琅琊榜

NIRVANA IN FIRE
十五年典藏版

中册

海宴 著

浙江文艺出版社
Zhejiang Literature & Art Publishing House

第二十二章 暗流突起

朝堂论辩大胜太子后，越妃复位带给誉王的烦躁一扫而光。兴奋之余，以驭下恩厚著称的这位皇子当然要立即嘉奖功臣，别的不说，对那位隐在幕后不显山不露水、只派人送了一封书信过府的梅长苏，就应该有所表示。

最初誉王是派人送去了几箱黄金白银、绫罗锦缎。可是这批礼连苏宅的门都没有进成，就原样带封条地给退了回来，说是没地方放，不要。

誉王自知糊涂，人家是清高名士嘛，当然不要毫无美感的黄白孔方，所以立即改正。第二天亲自选购了名店名家出品的珠宝珍玩，件件都是独家精品，价值不菲，可送去不一会儿还是如数抬了回来，说是没地方摆，不要。

誉王一看珠宝也不喜欢，果然书生是要玩雅的，于是立即从府里收集的古画字幅里挑了好几幅忍痛割爱，命人第三次送了过去。遗憾的是这次回来的速度一点也不比前两次慢，人家礼貌地回话说，没地方挂，不要。

这第三次退礼时，秦般若恰好在誉王的身边。她以袖掩面，悄悄笑了一下，被誉王眼角瞟见，本来他心里就正不自在，所以立即问道："你笑什么？"

秦般若星眸轻闪，叹息道："殿下安排礼品的本事，实在是不如王妃，折腾了这些日子，礼品还没进过门，难道您不知要投其所好吗？"

"可是这人深居简出的，本王哪里知道他喜欢什么？我府里也不是有成箱成箱的黎崇手稿啊……怎么，看你这表情，你知道？"

秦般若绽出春花一笑，悠然道："再高深的人，只要小心地分析他素日的言行，总能推究出一些东西来。我来准备礼品，包管这次可以进门。"

誉王知道秦般若一向心思细腻，慧眼善察纤丝微尘，当下放手让她去做。第二天，秦般若就准备好了若干新巧的玩具，比如可以走路的鸭子、会转圈的猫什么的，俱是机关好手设计制作、市面上无售的玩意儿，装箱后送了过去。

果然，这次的礼箱顺利进了门，被开了箱，玩具拿出来给了飞流，少年很高兴地在后院玩了起来。梅长苏亲自写了回执，虽然只有寥寥数字，但那好歹也是封致谢信。

誉王接到回执，心中甚是意外，不由得夸赞了般若几句。

秦般若脸上倒没什么特别得意的表情，浅浅含笑道："这也不过是另一种形式的投其所好罢了。如果确实不知道他喜欢什么，就只能转而观察他身边最得他看重的那个人。苏哲带着的这位少年，虽然名为护卫，实际上却一直如他幼弟般受到宠爱，要讨一个孩子的欢喜，自然比揣摸苏哲的心思容易得多了。"

誉王笑道："还是你们女人心细，这样的事府里其他人恐怕都想不到呢。"

秦般若却收了面上笑容，叹道："但对苏哲本人，我们了解得还是太少。若不能察知他心中确实想要的是什么，殿下日后又如何能调得动他呢？"

"你说的正是本王忧虑之处。苏哲如此奇才，本王实在是一日比一日更看重他，可他的心思也未免太深了些，总是让人觉得……他虽然已在为本王筹谋行动，但要说已得他忠心，怕还不是那么回事……"

"但若他是那些一招即来、只求依附殿下谋得富贵荣华之人，他也不是麒麟之才了。"秦般若嫣然一笑，"如何得人、用人，这是殿下您的长处，般若实在不敢妄言。"

"可是刺探情报供我参考，就是你的长处了。"誉王微微靠近香腮，在她耳边低声道，"你多留心，关于梅长苏的一切情况，无论是多么久远的事，本王都要知道。"

"是。"秦般若敛衽一礼，见誉王随即起身披上披风，忙问道："殿下要出门吗？"

"去苏府。"

秦般若一怔，神色略有不解。

"你那份礼虽好，"誉王深深地看了这位才女一眼，笑了笑，"但毕竟还是太轻了些。博他一笑可以，但要让他记在心里，那却不够。"

秦般若星眸一颤，顿时明白过来，垂首欠身道："殿下果然是真龙心思，般若自愧不如。"

誉王伸手扶住她，温言道："不必如此。本王要亲自走一趟，也不单单只为补礼。听去苏府的人回报，苏哲似乎是受了些风寒，身体不适。本王原就应该去探探病的。"

秦般若急忙起身，陪同誉王来到院外，先送他上了马车，这才自己乘轿离开。

誉王赶到苏府时，梅长苏小睡方起，看样子有些虚弱慵懒，接待这位贵客时的礼数也不似往日周全，只客套了数语，便默默地端茶啜饮。誉王既然是来探病的，也知他身体状态不好，当然没有见怪的道理，温言问候了几句，提出要荐宫中的御医来为他诊治。

"不过有些鼻塞声重的时感罢了，喝些姜汤草药就能治好，何须麻烦御医？"梅长苏靠在满是软枕厚裘的躺椅上，两只眼睛半睁半闭，"还惊动殿下亲来探候，实在让苏某过意不去。"

"先生才真是客气呢。近来屡蒙先生指点，本王实在是获益匪浅，若说重礼答谢，先生又不爱身外之物，只恨本王满腔谢意，竟无从表达。"誉王谦和地道，"近来天寒地冻，是大意不得的节候，先生身体不好，府里还是该请个良医住下，随时为先生调理才是。"

梅长苏将脸侧了过来，笑道："多谢殿下关心。还真让殿下说准了，我们盟里长老昨天指派了位晏大夫过来，年纪一大把却比我硬朗许多，又啰唆又爱管人，殿下没看见我被裹成这样捆在这里吗？"

誉王看了看他被包得严实的样子，也不禁一笑道："贵属对先生真是关爱有加。"

梅长苏笑而无语，眼光飘飘地扫向窗外。誉王随他的视线看过去，飞流正在空院的雪场上纵跃，时不时地用脚尖去拨弄一只摇摇摆摆十分笨拙的木制鸭子。在少年身后的甬道上，府里的其他仆从正在忙碌穿梭。誉王想起进来时看到满院已整修一新，到处有人挂灯笼贴桃符，角门边还有送菜蔬鱼肉以及其他年货的板车停着，不由得心里有些微微的迷惑。

这个苏哲，倒还真是一副要在京里过起日子来的架势呢。

正要再说话，院中的飞流突然闪身而起，一瞬间他的手里已捉了个二十来岁男仆打扮的人，拖倒在雪地上。

"飞流放手，那是来找誉王殿下的人……"一个中年人随后赶了过来大叫。

这时誉王也认出了自己府里的长随，眉间一跳，心里涌起一阵不好的预感。

会是什么要紧的事，竟让他们追到这里来找自己？

转念间那长随已连滚带爬地冲了进来，扑到地上叩头，却又因为喘气太急而说不出话来。

"你镇定点，什么事这么急？"誉王看了梅长苏一眼，觉得有些丢脸，斥道，"谁派你来的？"

"王……王妃……"

"王妃？"誉王深知自己这位正妻一向行事端重，当不是小题大做的人，不由得猛地站了起来，"宫里出事了吗？"

"王妃派小的来找王爷，"那长随咽了咽唾沫，喘定了一些，"请王爷立即进宫，皇后娘娘……皇后娘娘突然病倒了！"

誉王全身一震，心里顿时极为发慌，身子晃了晃，几乎没有站稳，抓住那长随欲待追问，想来在这人嘴里也问不出什么东西，又一把丢开他，匆匆回身向梅长苏招呼了一声："先生休息，本王有要事先告辞了！"连回应也来不及听，疾步便向院外奔去，他的随身侍从们忙追在后面，将狐皮大氅给他披在肩上。

"皇后病了？这个时候……"梅长苏微微蹙起双眉，表情也有些意外，沉思了一会儿，扬声叫道："黎大哥在外面吗？"

"宗主，"那名中年护卫出现在门口，"您有吩咐？"

"十三先生那里的童路到了吗？"

"他跟送菜的车一起来的，到了有一阵了，因为誉王进来，所以他留在外院等候。"

"麻烦你带他进来。"

"是。"

梅长苏向后仰在软枕上，闭上了眼睛，思绪有些繁杂。

童路这边带来的新消息应该不会出乎自己意料，可是宫里……没想到还会再起波澜。不知皇后是真的病了，还是另有隐情？若是真病，五天之内能痊愈吗？如果皇后的病到时未好，那祭礼上何人能够代她？

因为资料不足，梅长苏难得有些头疼，两颊火热起来，伸手按了按额角，又并不很烫，只是晕沉沉的，思路不清。

自己这场病，来得也有些不是时候啊……

没过多久，黎纲便带着一个二十多岁的汉子进来，那年轻人一身粗布麻衣，庄稼汉的打扮，生得眉目开阔，很是健壮，来到梅长苏面前便抱拳行礼，道："童路拜见宗主。"

童路原本就是务农之人，因妹妹被恶霸看中，家遭横祸，幸为江左盟所救，现在老母弱妹都在廊州。他本人因为资质聪明，性情坚忍，几年前被梅长苏看中，派到了金陵。十三先生在乐界毕竟名声显著，不好常来常往，所以伶俐可靠的童路便是最佳的传信之人，几乎每隔一天都要以送菜之名来苏府一趟。

"辛苦了，坐着说话。"梅长苏轻轻抬了抬手，"牢里有新的动向吗？"

"是，"童路口齿便捷地道，"他们已经找到了合适的人，由齐敏手下最心腹的一个叫吴小乙的班头一手经办。人现在就关在吴小乙的家里，确有七八分长得像何文新，只是瘦些，现在正好酒好肉调理着。何文新在牢里到底吃了些苦头，面容也不似以前那样白胖，到时候人头落地，只怕能够瞒得过去。文远伯万万没想过他们有这一手，再加上他本来对何文新也不是特别熟悉，即便是要来现场观斩，也是看不出什么破绽的。"

"嗯，"梅长苏沉吟了一下道，"那个吴小乙，替死者的家属，牢里的狱卒，全都要盯紧，但切不可被人察觉。何文新被替换出牢后，会立即被送出京城避祸，到时千万不可跟丢了。"

"是。"

"刑部以前暗换死囚的旧案，查出了几个？"

"已查出七桩能拿到人证、物证的。"

"再继续努力，务必要掌握到最要害的证人。"

"是。"

"告诉宫羽要留心秦般若，不能让她察觉到有人在追查刑部旧案。"

"是。"

说了这些话，梅长苏觉得眼前微微发黑，忙闭目调息了一下。吏部、刑部，暂且还可以让他们过个好年。明春行刑之日，方会上演好戏，只希望到时这个不争气的身体，千万不要出状况才好。

"宗主……"童路见他面色发白，十分地担心，小声问道，"要叫晏大夫过来吗？"

"不用……晏大夫只会让我吃补药，"梅长苏笑了笑，"没事。十三先生还有别的事要告诉我吗？"

"有。从运河青舵和脚行帮那边得来的消息。近几个月来，有不同的货主通过不同的途径陆陆续续从杂货中夹带火药运送入京，虽然每次的量都不大，但积起来怕也有两百斤了。脚行的兄弟们暂时都装作没发现一样，只暗暗通报了十三先生，现在先生尚在追查这些货主之间是否有联系，等有了进一步的消息，再向宗主禀报。"

"大批量的火药？"梅长苏皱了皱眉，"与江南霹雳堂有关吗？"

第二十二章 暗流突起　261

"目前还没发现有什么关联。"

"这些火药入京后存在何处?"

童路头一低,面有愧色:"收货人实在太小心,也太狡猾,转了几手后,我们居然追丢了……"

梅长苏不由得坐直了身子:"也就是说,这批火药现在下落不明?"

"是……火药之事,看来像是江湖纷争,应与我们无关,所以原本十三先生不想惊动宗主的。但现在火药的去向不明,会用在什么地方也不知道,宗主你又常在京城里四处走动,我们怕万一……"

"京城这么大,哪里有这么倒霉的?"梅长苏不由得一笑,"你们留心查看好了,但也不必过于担心。"

"是。"童路应了一声,从怀里摸了半天,摸出一只手掌般大小的灵貂来。那小东西摆着尾巴,歪着头看见梅长苏,嗖地钻进了他的怀里。

"你把小灵带来做什么?"

"这个……宫羽姑娘说,小灵这几天要跟着宗主。"童路低着头道,"它对火药最敏感,有一点点味道就会不停地乱动,宗主带着它,不管去什么地方,宫姑娘也放心些。"

梅长苏摇头失笑,但也知他们都是一片好心。看童路的神情,想必也因为追失火药一事被宫羽骂得奇惨,不忍再让他为难,便点头道:"也好,小灵很乖,就留几天好了。"

童路的脸上立即展开笑容,一抱拳道:"谢宗主!"

"谢我什么?"梅长苏好笑地摆了摆手,"好了,你也早些回去,跟十三先生……还有宫羽姑娘说,我的病已经好得差不多了,他们可以停止跟廊州那边告状了……"

"呃……"童路脸上阵青阵白,"我们没有……"

梅长苏听也不听,闭起眼睛已开始养神。童路不敢多说,蹑手蹑脚地退了出去,偷偷吐了一下舌头。

小灵眨着黑豆似的小眼睛,爬啊爬地爬到梅长苏肩上,用小爪子挠了挠他的耳垂,好半天没有得到回应,闷闷地又爬回他的衣襟里睡觉了。

两只手指突然伸了过来,一下子捏住了小灵的耳朵,将它拎在空中。小东西猝不及防,吓得身子拼命扭动,两只小肥腿交替蹬着,发出"吱吱"的叫声。

梅长苏睁开眼睛,温言道:"飞流,什么事?"

"那三个！"

"哦，"梅长苏揉了揉两边太阳穴，振作了一下精神，"你去带他们进来吧。"

"好！"飞流一松手，小灵从半空中直跌在梅长苏的肚子上，虽然不会受伤，却受惊不小，委屈地蜷成一团，呜呜低叫着不敢动弹。

"好了，不怕，飞流喜欢你而已……"梅长苏笑着抚摸了它一会儿，才重新放回暖暖的怀里，"你晚上跟飞流一起睡好不好？"

幸而小灵听不懂他的话，仍是眨着黑珠小眼，没有被吓晕过去。

这时阶前响起脚步声，轻重不一，节奏也不一样，就如同他们各自的性格那般迥异。

"苏兄，你好些了吗？"进来第一个开口的人当然是言豫津，"我带了几筐最新从岭南运来的柑橘，生病时嘴里觉得苦，吃那个最舒服了。"

"你别这么吵。"萧景睿皱着眉推了他一把，再看看梅长苏苍白的面色，担心地道："苏兄不要起来，坐着就好，这个节气犯病不是小事，大夫的药验效吗？"

"都好得差不多了，难为你们过来看我。"梅长苏微笑道，"快来坐，好久没跟你们聊了。"

三人走近几步，在旁边的椅子上各自落座。小灵突然在衣襟里乱动起来，小爪子抓来抓去的，梅长苏不禁心中一动。

"温泉泡着真是舒服，苏兄也该去试试，对身体很有好处的。"言豫津一边说着，一边从袖中拿了几个柑橘放在桌上，"那几筐他们搬到后面去了，我顺便先拿几个过来你尝尝，这个皮薄，又很好剥，汁多味甜，苏兄一定喜欢，我准备明年春天在自己院子里也栽几棵……"

"橘生淮南则为橘，生于淮北则为枳。"谢弼白了他一眼，"你读过书没有？要真栽在你家里，说不定结出来的是苦瓜……"

萧景睿与梅长苏一起笑了出来。后者伸出手拿过一个柑橘，放在鼻间轻轻嗅了一下，清新酸甜的气息，带着点霜露的冷意，细察之下，竟还有几丝淡淡的硝黄之味。

梅长苏隐隐推测到了一些缘由。

"这橘子很新鲜啊，居然还是从岭南运过来的？一定是走的官船吧？"

"对啊，是岭南府直发过来的官船，走富江，中途不需要停检，当然比漕运的船要快些。这种柑橘京里的官贵之家都喜欢，整整十船，没有多久就分完了，抢都抢不到，幸好我爹有预订。"

"是这样啊……真是承你厚情了。"梅长苏口中客套，心中却快速思考着。原来不只是运河和脚行，居然连官船都能偷偷混杂着搭进火药，普遍的江湖纷争，只怕做不到这一点……

小灵还在胸口动着，梅长苏伸手安抚地拍弄着它。大概因为火药的味道只是沾惹上的，并不浓烈，它最终安静了下来，呼呼睡着了。

"苏兄手冷吗？要不我来帮你剥吧？"萧景睿见梅长苏拿着那个柑橘，半天没有动作，体贴地问道。

"……哦，不必了，豫津说得对，这个皮很好剥的。"梅长苏忙剥开金黄色的外皮，将微带白筋的橘瓣放进嘴里，一咬，凉凉的汁液便渗满口腔，果然酸甜适口，味道极是甘爽。

"好吃吧？"言豫津也朝嘴里塞了几瓣，"身子烤得暖暖地来吃这个，真是无上的享受啊。"

"你看你，人家苏兄才吃一口，你倒开始吃第二个了。"谢弼笑道，"你是不是打算把一筐都吃完了再回去？"

"好吃嘛。"言豫津毫不在乎他的嘲笑，转向梅长苏："苏兄喜欢的话，我回去再多送些过来。"

"这就够了，我们人不多，大都是只爱吃肉的。不过飞流最爱吃柑橘，我先替他谢谢你。"

言豫津左右看看："飞流刚才还在呢，又不见了？"

"大概到后面玩去了。"梅长苏看着这位国舅公子，心头突然一动，用很自然的语调仿若顺口说起般道："你今天怎么会有空来看我？皇后娘娘也生了病，你不去宫里探望请安？"

"皇后娘娘病了？"言豫津的惊讶表情看起来确实不是装的，"不会吧，我昨天才进过宫，见到她还好好的，怎么今天就病了？"

"可能也是受了风寒吧，"梅长苏淡淡一笑，"天气这么冷，夜里稍稍失盖些，就会染上寒气。不过宫里那么多人伺候照顾，娘娘的病体一定无忧。"

"哦……"言豫津向外看了看天色，"现在太晚了，明天再去请安吧。如果确实病得重了，我再禀告爹爹叫他回来一趟。"

"怎么，国舅爷不在京里？"

"到城外道观打醮去了。我爹现在是两耳不闻红尘事，只想着求仙问道炼丹，要是没我这个儿子拖着，他一定把家里改成道观。"言豫津无奈地抱怨着，"不过也有好处，就是没人管我，自由自在的。除了前一阵子我爹突发奇想要把我塞进龙禁尉里当差以外，平时倒也没怎么操心我的前程。"

"像你这种世家少爷，本来就不用操心前程。"谢弼道，"不过你爹倒是真的越来越像方外之人了，一年到头，连宫里都没见他进去过几次，皇后娘娘怎么也不过问？"

"不知道……"言豫津歪着头想了想，"他们兄妹一向不亲近你也清楚啊，我爹喜欢清修嘛。如果不是宗祠在京城要照管，他应该会想要住到山里去呢。"

萧景睿也道："要不是你们长得像，谁会看得出你们是父子啊？言伯伯清淡无为，如闲云野鹤一般。可你却是个哪里热闹哪里凑的惹事精，别说没半分野鹤的气质，倒更像只野猫。"

"是，你萧大公子有气质。"言豫津耸耸肩道，"我是野猫，你是乖乖的家猫好不好？"

梅长苏忍不住笑出声来："好久没听你们拌嘴，还真是亲切呢。"

几个人说说笑笑，仿佛又回到了初相识时那般心无隔阂。时间不知不觉过得真快，似乎没多久天色就暗了。梅长苏置酒留客，三人也没有推辞。席间大家谈天说地，只绝口不提朝事，过得甚是愉快。

酒，是从北方运来的烈酿，一沾口火辣不已。言豫津高声叫着"这才是男人喝的酒"，一口就灌了一大杯，呛得大呼小叫。谢家两兄弟相比之下要斯文许多，即使是非常爱酒，酒量也甚豪的谢弼也只是小杯小杯地品着。飞流不知什么时候出现在屋子里，好奇地看着桌上的液体。

"小飞流……"言豫津有了几分酒意，也不是那么在意飞流身上阴寒的气息了，端着一杯酒向他招招手，"喝过这个没有，很好喝哦……"

"你别乱来，"因为生病而一直在喝汤的梅长苏忙笑着阻止，"我们飞流还小呢。"

"我十四岁就开始喝酒了，怕什么。飞流是男孩子嘛，不会喝酒永远都变不成男人的。"言豫津满不在乎地摇着手，"来来来，先尝一杯。"

飞流看了苏哥哥一眼，见他只是笑了一下，没有继续阻拦，便上前接过酒杯，不知轻重地一口喝下，顿时满口细针乱钻，整个头上爆开了烟花。

"不好喝！"飞流颇觉受骗，酒杯一摔，一掌便向言豫津劈去。国舅公子一推桌沿，跳起来闪身躲过，两人在屋子里上翻下跳，追成一团。萧景睿开始还看得有些紧张，后来发现飞流只是追着出气，没有真的想伤人的意思，这才放下心来。

"自从跟我来金陵之后，飞流就很少这样玩过了。"梅长苏也含笑看着，"所以你们每次来，他还是很高兴的。"

萧景睿显然从没感到过飞流高兴他们来，但这座宅院有些空落冷清倒是真的，不由得问道："苏兄，过年时你们还是只有这些人吗？"

"除夕多半就是这样了。不过到了初三、初四，我也还是要请些客人来聚聚的，你会来吧？"

"我随时都可以来啊。"萧景睿看看飞流，再看看梅长苏，脱口道，"可是除夕只有你们两个，也未免太寂寞了些，到我们家来过年吧，到时候卓爹爹一家人也会进京，很热闹的。"

梅长苏看了他一眼，没有说话，萧景睿也瞬间反应过来，想起了苏兄搬离雪庐之前的那一夜，不禁满面通红。

言豫津运动了一圈后回到原位，见到萧景睿这个样子，奇怪地问道："怎么了？你又说什么傻话了？"

"景睿是好意，担心我和飞流过年太冷清。"梅长苏淡淡笑着，想把话题随意带过。

"你不会是邀请人家苏兄去你家过年吧？"言豫津却一下子就射中了靶心，用手敲着萧景睿的额头，"苏兄又不爱热闹的，再说还有飞流陪他，你要同情也该同情我啊。每次祭完祖叩过头之后，我家就跟只有我一个人似的……"

梅长苏奇道："令尊呢？"

"回房静修去了。"

梅长苏不由得怔了怔。言老太师和豫津的母亲都已去世，他又没有兄弟姐妹，父亲要真是一离开祠堂就回自己房里去，这个爱热闹的孩子还真是寂寞啊……

"你博什么同情啊？"谢弼却笑骂道，"自己本来就是个风流浪子，没你爹管你你应该更高兴吧？秦楼楚馆，倚香偎翠，十几个姑娘陪着你，你还孤单啊？"

梅长苏端起茶杯嗅了嗅那氤氲香气，心中暗暗叹息。谢弼终究还是家族羽翼下长大的孩子，只怕从小到大都没有真正寂寞过，风月场所的那种喧嚣和热闹，又如何可以代替家庭中的团圆与温暖？

言豫津没有反驳谢弼的话，唇边依然挂着永远不灭的那抹微笑，仿佛什么也不放在心上似的："苏兄，要不要今年跟我到螺市街的青楼上去逛逛？你看飞流差不多也该成年了……"

出乎他的意料，梅长苏挑了挑眉竟然道："好啊，我还要养病就不去了，你带飞流去吧。"

"我一个人带他出去？"言豫津吓了一大跳，"这也太要命了，他要是被青楼的姑娘们摸一下就发飙，谁拦得住他啊。"

"不会的，我们飞流脾气很乖。"梅长苏微微笑道，"你祭完祖就过来我这边吧！大家一起喝点酒，然后你带飞流出去玩。今年不在廊州，我又刚好病了，飞流一定会觉得不习惯的。"

"知道了，小飞流，今年你就归我管了！"言豫津伸了个懒腰跳起来，笑道，"好酒要足兴，却不能尽兴，太尽兴了未免散后无趣。看你们一个个喝到这里全都快惜春悲秋起来，再喝下去岂不要长歌当哭？我看苏兄也乏了，都该告辞回家了吧？"

"也对。"萧景睿跟着站了起来，"苏兄是外感的病症，要多休息，我们叨扰了这么久，也该走了。"

梅长苏因为身体确实有些困倦，所以也没有多留，叫飞流送他们出去，自己靠回软枕上，准备闭目养一会儿神。大概是这一天太过劳神，只一会儿工夫就神思恍惚，似睡非睡，全身一时似火烧般灼热，一时又如浸在冰水般刺骨沁寒。辗转挣扎了不知有多久，突觉心脏猛然一绞一沉，身体微弹一下惊醒了过来，一睁眼，赫然看到三张脸悬在自己的上方。

"你们在这儿做什么？"梅长苏左右看看，发现自己躺在卧室的床上，已换了睡衣，被柔软的被子包裹着。

"你晕了一夜，自己不知道吗？"晏大夫喷着白胡子怒冲冲道，"看看窗外，天都亮了，想吓死我们啊？"

"……呃？……我没觉得有什么啊，精神也还好……"梅长苏试图从床上坐起来，被飞流一把按住，只好又跌了回去，拍着少年的手背安抚道："飞流不怕，苏哥哥睡一觉而已，你扶我起来好不好？"

"你还想起来？"晏大夫恶狠狠道，"三天之内我要是让你下了床，我就不姓晏！"

"晏大夫，这几天不行，有好多事情要办……"

"我管不了那么多，这次来医你是跟人打了赌的，你再这么折腾下去我就要输了！"

梅长苏本来想跟他说自己有寒医荀珍特制的丹药，只要按时吃就不会出什么大事，但又怕大夫们之间也会同行相轻，说出来情况变得更糟，也只好不再多说。在老人家火爆的注视下躺平了身子，转头对飞流道："飞流，你去请蒙大叔到我们家里来一趟好不好？要悄悄去，不给任何一个人看见哦。"

"好！"飞流见他醒来，脸色说话都跟平时一样，单纯的心里立时便安定了下来，不像晏大夫和黎纲那样仍悬着心。接受了指派后，马上就闪了出去。

"黎大哥，烦你传讯给十三先生，请他追查一下近期到港的官船，有没有关于运送火药的最新线索。"

"是！"黎纲是江左盟的下属，不像晏大夫那样敢管他，所以尽管也担着心，却不敢多嘴，立刻领命而去。

"你闹够了吧？"晏大夫粗暴地抓过他的手腕开始诊脉，凝目诊了半日，又换了一只手再诊，然后翻翻他的眼皮，再叫伸出舌头来看了看。病情如何半句也没有点评，其他的话倒是啰唆了一箩筐，什么年轻人不懂保养啦，什么身体是最重要的啦，什么要安稳心神不能胡思乱想啦，絮絮地说个没完。梅长苏静静地看着他，半句也没有反驳，从表情上看，似乎听得非常认真。

但不要说别人，实际上连晏大夫自己心里也明白，这个操劳命的年轻病人，脑子只怕早就转到其他的事情上面去了……

第二十三章 云收雾散

蒙挚从宫中当完值回到统领府，一进自己的房间就察觉到了异样。虽然他仍是不紧不慢地脱去官服改换便装，但整个身体已警戒了起来，如同一只绷紧了肌肉的猎豹，准备随时应对任何攻击。

可是他很快就明白，自己之所以能这么轻易地就发现不速之客的存在，是因为那人根本没有打算要对他隐瞒。

"好慢！"从梁上飘下的少年满脸不高兴。

"什么好慢？"蒙挚不是梅长苏，摸不准飞流的想法，"我回来得好慢，还是换衣服好慢？"

"都是！"

蒙挚哈哈大笑起来，快速地扣好了腰带："小飞流，你一个人来的？"

"嗯！"

"来做什么？找我比武吗？"

"叫你！"

"叫我？"蒙挚想了想，"你是说，你家苏哥哥叫我过去？"

"嗯！"

蒙挚突然有点紧张。前几天他就听说梅长苏病了，正准备去探候时，梅长苏派人传口讯给他，说没什么大病，叫他不要来得太勤，这才忍住了。此时见飞流特意来叫他，生怕是病情有了什么恶化，忙问道："你苏哥哥的病怎么样了？"

"病了！"

"我知道他病了，他病得怎么样了？"

"病了！"飞流很不高兴地重复了一遍，觉得这个大叔好迟钝，都已经答了还问。

蒙挚无奈地摇了摇头，心知从飞流这里是问不出什么来了，赶紧收拾停当，快步出门，牵过还没来得及卸鞍的坐骑，打马向苏府飞奔而去。

一进了大门，就有人过来牵马去照料。蒙挚直接奔入后院，急忙冲进了梅长苏的房间。一抬眼，看见房间主人包裹得暖暖地正坐在炕上，手里捧着一碗还在冒热气的汤药慢慢一小口一小口地喝着，虽然面色苍白，但精神看起来还好。

"小殊，你没事吧？"

梅长苏欠身起来："蒙大哥坐，我没事，就是染了点寒气，大夫让我盖着焐焐汗。"

"你真是吓了我一跳，"蒙挚这才长吁了一口气，"我还以为你这么急叫我来是身体出了什么状况呢。怎么，有别的事吗？"

梅长苏将喝得差不多的药碗放在旁边桌上，接过蒙挚递过来的茶水漱了漱，问道："听说皇后病了？"

蒙挚一愣："你消息真快，昨天才病的，据说症候来得很急。可我除非是随驾，否则不能擅进内苑，所以具体情况不太清楚。只是在太医出来时曾问过两句，据说病势并不凶险。"

梅长苏皱起双眉，似乎有些想不通："宫里向誉王报信时，他就在我这里，如果只是小病，应该不至于这么慌张啊……"

"大概是因为病得太突然，症状最初乍看之下好像很重，所以引起了一点恐慌吧。"蒙挚也想了想，"听太医的说法，确实是无碍性命的。"

"为何会发病，大约多久可以痊愈，这些你问了吗？"

"这个……"蒙挚不好意思地抓了抓头，"我没想到你想知道这个，也没多问……"

梅长苏沉吟了一下，道："这样吧蒙大哥，你去请霓凰郡主以请安为名进宫探问一下，再想办法弄一份太医的方子出来让我看，景宁公主那里大概也能打听到一些消息……至于誉王这边，你就不要管了，我来提醒他留意查看皇后的饮食……"

"你是不是怀疑，皇后这个病是人为的？"

梅长苏点点头："病得太巧了，不查我不放心。"

"如果有人对皇后下手，那最值得怀疑的人就应该是越妃和太子啊……"

"话是这么说没错，但还是有几点不解之处。"梅长苏微蹙着眉，边想边说，"首先，就因为他们是最可能下手的人，所以也就是最不容易下手成功的人。这些年皇后在宫里，最重要的事就是与越妃争斗，警觉性一定很高。以前越妃如日中天时都没能对付得了她，不可能现在反而得手。再说，皇后这场病无碍性命，如果真是太子和越妃所为，不可能下手这么轻，明明能得手，却又不置她于死地，只是让她生几天病，能得到什么大不了的好处？"

"也许他们的目的，就是想让皇后参加不了祭礼，而让越妃代替……"

"可就算替了这一回又能怎样？没有实质的名分，不过争了口气罢了。既然有能力下手让皇后生病，还不如直接让她死了，岂不更一劳永逸？再说你别忘了，越妃并没有晋回以前的一品皇贵妃。目前在宫中，排在她前面的还有许淑妃和陈德妃。虽然这两位娘娘只有公主，在宫中从不敢出头，但名分上好歹也比现在的越妃高一级，凭什么就一定由她暂代皇后之责呢？"

"那……你的意思是，太子和越妃这次是无辜的？"

梅长苏细细地吐了一口气，叹道："现在下任何的结论都为时过早，我无法断言。也许代皇后参加今年的祭礼有什么我没有想到的好处……也许皇后真的是碰巧自己病了……可能性太多，必须要有更多的资料才行。"

"可是离年尾祭礼，已经没有几天了……"

"所以才要抓紧……"梅长苏神色凝重，用手按了按自己的额角，"我有一种感觉，这件事的背后，一定有很深的隐情……"

蒙挚立即站了起来："我马上按你的要求去查……"

"辛苦你了蒙大哥，"梅长苏抬起头朝他一笑，"有什么消息，第一时间告诉我。"

蒙挚行事一向利落干脆，只答了一个"好"字，转身就离开了。

梅长苏长长吐一口气，向后仰在枕上，又沉思了一阵，只觉得心神困倦，晕沉沉的。为免等会儿精神不济，他强迫自己不再多想，摒去脑中杂念，调息入睡，只是一直未能睡沉，浅浅地迷糊着，时间也一样不知不觉地过去，再睁开眼时，已是午后。

再睡也睡不着，梅长苏便披衣坐起来，吃了一碗晏大夫指定的桂圆粥后，又拿了本宁神的经书慢慢地看。飞流坐在旁边剥柑橘，周边一片安静，只有隐隐风吹过的声音。

此时还没有新的消息进来，无论是十三先生那边，还是蒙挚那边。

其实这很正常，他分派事情下去也不过才几个时辰而已，有些情况不是那么容易查清楚的。

但不知为什么,梅长苏总是隐隐地感觉到,有什么掌控之外的事情悄悄发生了。只不过想要凝神去抓时,却又让它从指间溜过,捕不牢实。

正在神思飘浮之际,外面院门突然一响,接着便传来黎纲的声音:"请,请您这边走。"

梅长苏眉尖轻轻挑了一挑,虽然有人上门,但绝不会是他正在等待的蒙挚,也不会是童路。

因为如果是那两人,不会由黎纲在前面如此客气地引导。

"飞流,去把那张椅子搬到苏哥哥床旁边好不好?"

飞流把手里的几瓣橘子全部朝嘴里一塞,很听话地将椅子挪到指定的位置。等他完成这个动作之后,房间的门已被推开,黎纲在门外高声道:"宗主,靖王殿下前来探病。"

"殿下请进。"梅长苏扬声道。

随着他的语声,萧景琰大踏步走了进来。黎纲并没有跟在身后,大概是又出去了。

"苏先生放心,没人看到我到你这里来。"靖王开口第一句话就是这个,"先生的病怎么样了?"

"已是无恙。只是因为在焐汗,不能起身,请殿下恕我失礼。"梅长苏伸出手掌指向床旁的座椅:"殿下请坐。"

"不必讲这些虚礼了。"靖王脱去披风坐了下来,开门见山地问道:"你在查皇后生病的事情吧?"

梅长苏淡淡一笑:"殿下怎么知道?"

"我想以你的算无遗策,应该是不会放过任何一件不寻常的事……"

"难道殿下也觉得,皇后的病并不是寻常的病?"

"我不是觉得,我是知道。"靖王线条明晰的唇角抿了一下,"所以才特意来告诉你,皇后中的是软蕙草之毒。"

梅长苏微微一惊:"软蕙草?服之令人四肢无力、食欲减退,但药性只能持续六到七天的软蕙草?"

"对。"

"殿下为何如此肯定?"

靖王神色宁静,口气平淡地道:"我今天入宫请安,母亲告诉我的。皇后发病时,她正随众嫔妃一起去正阳宫例行朝拜，就站在皇后前面不远处，所以看得清楚。"

梅长苏眸色一凝，缓缓道："静嫔娘娘……是怎么判断出那是软蕙草的？"

"母亲入宫之前，经常见这种草药，熟悉它的味道，也知道它发作时的症状。"靖王看了看梅长苏的表情，又道："你也许不知道，我母亲曾是医女，她是不会看错的。"

"殿下误会了，我不是不相信静嫔娘娘的判断，我只是在想……到底是谁能在皇后身上下手，却又只下这种并不烈性的草药？"梅长苏凝眉静静地沉思，额上渗着薄薄的细汗。因为焦虑，他的手指无意识地捻住锦被的一角，慢慢地搓，不知不觉，指尖已搓得有些发红。

"这也不是什么大事，何必如此操心？"靖王皱眉看着他的脸色，有些不忍，"又不单是你、我在查，誉王虽不知皇后病因为何，但也已经开始在宫里大肆追访，说不定很快就能找到下药之人了。"

梅长苏闭了闭眼睛，有些虚弱地笑了一下："殿下说得不错，最糟的情况也只是皇后参加不了祭礼，的确不算影响太大的事件，想不通也罢了……"

"苏先生想事情的时候，手里也会无意识地搓着什么东西啊？"

梅长苏心头微震，面上仍是不动声色地放开了被角，笑道："我常常这样，就算是不想事情发呆的时候，手指也会乱动的。我想很多人都有这种习惯吧！"

"是啊……"靖王眸中露出一丝怀念之色，"我认识的人中，也有几个这样的……"

梅长苏把双手笼进暖筒，扯开话题道："这一向苏某疏于问候，不知殿下您近况如何？"

靖王深深看了他一眼，道："当然是在忙苏先生交代下来的事。府里营里都整治了一下，在外面也是按着你的名单在交朋友……苏先生确是慧眼，选出来的都是治世良臣，与他们交往甚是愉快。对了，我前几天在镇山寺碰巧救了中书令柳澄的孙女，这也是你安排的吗？"

梅长苏歪着头瞅了他半晌，突然笑了起来："殿下真当我是妖怪吗？"

"呃……"靖王猜错，有些不自在，"那是我多心了……"

"不过殿下倒提醒了我，也许真的可以好好策划一下，找几个重要的人下手，让殿下多攒点人情。"

靖王冷笑，似有些不太赞同："人情中若无真情，要之何用？交结良臣，手腕无须太多。与人交往只要以诚相待，何愁他们对我没好感？先生还是多休养吧，就不必操这个心了。"

"有道是君子可欺之以方，只有诚心，没有手腕也是不行的。"梅长苏看着萧景琰微露寒意的眼睛，语调竟比他更冷，"若夺嫡这种事，只是在比诚心、比善意，何来史书上的血迹斑斑？殿下现在只是小露锋芒，尚能再隐晦几日，一旦太子或誉王注意到了你，只怕就再无温情脉脉。"

靖王面色冷硬地沉默了片刻，缓缓道："先生的意思我明白。我已走上此路，当不至于如此天真。我刚才所说的，也只是因人而异，这世上有些人，你越弄机心，反而越得不到。"

梅长苏唇边露出一丝不易被察觉的笑容，静静道："用人之道，本就不能一概而论。我有我的方法，殿下也有殿下的策略。我来量才，殿下品德，有时以才为主，有时以德为先，这要看殿下把人用在什么地方、什么时候了。"

靖王浓眉微皱，低下头默默地细品这番话。他本是悟性极高之人，没有多久就领会到了梅长苏的话中之意，抬起双眸，坦坦然地认输道："先生的见识确实高于景琰，日后还请继续指教。"

梅长苏一笑，正要说两句舒缓些的话，突然从窗户的缝隙间看到童路在院子里徘徊，显然是有事情要来告知，却又碍于屋内有人，不敢贸然进来。

"殿下不介意我的一个下属进来说点事情吧？"梅长苏原本打算不理会童路，但旋即又改变了主意，微笑着询问。

靖王也是个很识趣的人，立即起身道："既然苏先生有事，我先告辞了。"

"请殿下再稍待片刻，我觉得他所说的事情最好让殿下也知道。"梅长苏欠起身子，也不管靖王如何反应，径自扬声对外道："童路，你进来。"

童路突然听到他的声音，吓了一跳，但立刻就镇定了下来，快步走上台阶，推开房门，还未抱拳施礼，梅长苏已经以目示意："见过靖王殿下。"

"童路见过殿下！"年轻人甚是聪明，一听见客人的身份，立即撩起衣衫下摆，拜倒在地。

"免礼。"靖王微抬了抬手，向梅长苏道："是贵盟中的人吗？果然一派英气。"

"殿下谬赞了。"梅长苏随口客气了一句，便问童路："你来见我，可是回报火药之事？"

"是。"童路起身站着回话。

"殿下不太清楚这件事,你从头再细说一遍。"

"是。"虽然面对的是皇子,但童路仍是一派落落大方,毫无畏缩之态,"事情的起因是运河青舵和脚行帮的兄弟们,发现有人把数百斤的火药分批小量地夹带在各类杂货中,运送进了京城……"

只这开始的第一句,靖王的表情就有些怔忡。梅长苏一笑,甚是体贴地解释道:"殿下少涉江湖,所以不太知道。这运河青舵和脚行帮,都是由跑船或是拉货的苦力兄弟们结成的江湖帮派,一个走水路,一个走旱路,彼此之间关系极好。虽然位低人卑,却极讲义气,他们的首领,也都是耿直爽快的好汉。"

靖王一面点着头,一面看了梅长苏一眼。虽然早就知道这位书生是天下第一大帮的宗主,但因为他本人一派书卷气息,外形也生得清秀文弱,常常让人忘记他的江湖身份。此时谈到了这些事情,心中方才有了一点点觉悟,意识到了他在三教九流中的影响力。

"因为是大批量的火药,如果用起来杀伤力会很大。为了确保宗主的安全,我们追查了一下火药的去处。"童路在梅长苏的示意下继续道,"没想到几经转折之后,居然毫无所获。之后我们又奉宗主之命,特意去查了最近漕运直达的官船,发现果然也有曾夹运过火药的痕迹。这批官船载的都是鲜果、香料、南绢之类贵宦之家新年用的物品,去向极杂,很多府第都有预订,所以一时也看不出哪家嫌疑最大。"

"但能上官船,普通江湖人做不到,一定与朝中贵官有关。"靖王皱着眉插言道,"你们确认不是两家官运的吗?"

靖王口中的两家官运,在场的人都听得懂。按大梁法度,朝廷对火药监管极严,只有兵部直属的江南霹雳堂官制火器,户部下属的制炮坊制作烟花爆竹,其他人一律不得染指火药。所谓两家官运,就是挂着霹雳堂或制炮坊牌子的火药运输与交易,除此以外,均是违禁。

"绝对不是,官运名录里,根本没有这批火药的存在。"童路肯定地道,"官船货品的去向几乎满布全城,本是漫无头绪,一时间还真的让人拘手无策,没想到无巧不成书,居然遇到……"

"童路,你直接说结果好了,"梅长苏温和地道,"殿下哪有工夫听你说书。"

"是,"童路红着脸抓抓头,"我们查到,这批火药最终运到了北门边上一个被圈起来的大院子里,那里有一家私炮坊……"

"私炮?"

"殿下可能不知道，年关将近时，爆竹的价钱猛涨，制炮售卖可获暴利。但官属制炮坊卖爆竹的收入都要入库，户部留不下来。所以原来的尚书楼之敬悄悄开了这个私炮坊，偷运火药进来制炮，所有的收入……他自己昧了一点儿，大头都是太子的……"

"你是说，太子与户部串通，开私炮坊来牟取暴利？"靖王气得站了起来，"这都是些什么东西！"

"殿下何必动怒呢？"梅长苏淡淡道，"楼之敬已经倒台，沈追代职之后必会严查。这个私炮坊，也留不了多久了。"

靖王默然了片刻，道："我也知道没必要动气，对太子原本我也没抱什么期望，只是一时有些忍耐不住罢了。苏先生叫我留下来听，就是想让我更明白太子是什么样的人吧？"

"这倒不是，"梅长苏稍稍愣了一下，失笑道，"童路进来之前我也不知道他们竟然查到了这个。"

说到这里，梅长苏从怀里捉出一个小小圆圆胖嘟嘟的小貂，递到了童路手上："拿去还给旧主吧，没必要让它跟着了，我又没时间照管。"

童路接了小灵退下。梅长苏待他出门之后，又转向靖王，低声问道："殿下是不是……已经跟静嫔娘娘说了什么？"

靖王一怔，随即点头道："我决定选择的路，必须要告诉母亲，让她好做准备。不过你放心，她是绝对不会劝阻我的。"

"我知道……"梅长苏用低不可闻的声音自言了一句，又抬起头来："请殿下转告娘娘，她在宫里力量实在太过薄弱，还请千万不要试图帮助殿下。有些事，她看在眼里即可，不要去查，不要去问。我在宫里大约还可以启动些力量，过一阵子，会想办法调到静嫔娘娘身边去保护她，请殿下放心。"

"你在宫里也有人？"靖王毫不掩饰自己惊诧的表情，"苏先生的实力我还真是小瞧了。"

"殿下不必惊奇，"梅长苏静静地回视着他，"天下的苦命人到处都是，要想以恩惠收买几个，实在是再容易不过的事了。比如刚才你见到的童路，就是被逼到走投无路时被江左收留的，从此便忠心赤胆，只为我用。"

"所以你才如此信任他，居然让他直接见我吗？"

"我信任他，倒也不单单是信任他的人品，"梅长苏的眸中渐渐浮上冰寒之色，

"童路的母亲和妹妹，现在都在廊州居住，由江左盟照管。"

靖王看了他片刻，突然明白过来，不由得眉睫一跳。

"对童路坦然相待，用人不疑，这就是我的诚心；留他母、妹在手，以防万一，这就是我的手腕。"梅长苏冷冷道，"并非人人都要这样麻烦，但对某些相对比较重要的人，诚心与手腕，缺一不可，我刚才跟殿下讨论的，也就是这样的一个观点。"

靖王摇头叹息道："你一定要把自己做的事，都说得如此狠绝吗？"

"我原本就是这样的人，"梅长苏面无表情地道，"人只会被朋友背叛，敌人是永远都没有'出卖'和'背叛'的机会的。哪怕是恩同骨肉，哪怕是亲如兄弟，也无法把握那薄薄一层皮囊之下，藏的是怎样的一个心肠。"

靖王目光一凝，浮光往事瞬间掠过脑海，勾起心中一阵疼痛，咬牙道："我承认你说得对，但你若如此待人，人必如此待你，这道理先生不明白吗？"

"我明白，但我不在乎。"梅长苏看着火盆里蹿动的红焰，让那光影在自己脸上乍明乍暗，"殿下尽可以用任何手腕来考验我、试探我，我都无所谓。因为我知道自己想要忠于的是什么，我从来都没有想过要背叛。"

他这句话语调清淡，语意却甚是狠绝。靖王听在耳中，一时胸中五味杂陈，竟不知该如何反应。室内顿时一片静默，两人相对而坐，都似心思百转，又似什么也没想，只是在发呆。

就这样枯坐了一盏茶的工夫，靖王站了起来，缓缓道："先生好生休养，我告辞了。"

梅长苏淡淡点头，将身子稍稍坐起来了一些，扶着床沿道："殿下慢走，恕不远送。"

靖王的身影刚刚消失，飞流就出现在床边，手里仍然拿着个柑橘，歪着头仔细察看梅长苏的神情，看了半晌，又低头剥开手中柑橘的皮，掰下一瓣递到梅长苏的嘴边。

"太凉了，苏哥哥不吃，飞流自己吃吧。"梅长苏微笑，"去开两扇窗户透透气。"

飞流依言跑到窗边，很聪明地打开了目前有阳光可以射进来的西窗，室内的空气也随之流动了起来。

"宗主，这样会冷的。"守在院中的黎纲跑了进来，有些担心。

"没事，只开一会儿。"梅长苏侧耳听了听："外院谁在吵？"

"吉伯和吉婶啦，"黎纲忍不住笑，"吉婶又把吉伯的酒葫芦藏了起来，吉伯偷偷找没找着，结果还被吉婶骂，说她藏了这么些年的东西，怎么可能轻易被他找到……"

梅长苏的手一软，刚刚从飞流手里接过的一杯茶跌到青砖地上，摔得粉碎。

"宗主，您怎么了？"黎纲大惊失色，"飞流你快扶着，我去找晏大夫……"

"不用……"梅长苏抬起一只手止住他，躺回到软枕之上，仰着头一条条细想，额前很快就渗出了一层虚汗。

同样的道理啊，私炮坊又不是今年才开始走私火药的，怎么以前没有察觉，偏偏今年就这样轻易地让青舵和脚行帮的人察出异样？难道是因为楼之敬倒台，有些管束松懈了下来不成？

不，不是这样……私炮坊走私火药已久，一定有自己独立的渠道，不会通过青舵或脚行帮这样常规的混运方式，倒是夹带在官船中还更妥当……户部每年都有大量的物资调动，使用官船，神不知鬼不觉，又在自己掌控之下，怎么看都不可能会另外冒险走民船民运，所以……

通过青舵和脚行帮运送火药的人，和户部的私炮坊一定不是同一家的！

假如……那个人原本就知道户部私炮坊的秘密，他自然可以善加利用。私运火药入京的事不被人察觉也罢，一旦被人察觉，他就可以巧妙地将线索引向私炮坊，从而混淆视听。由于私炮坊确实有走私火药入京，一般人查到这里，都会以为已经查到了真相，不会想到居然还有另一批不同目的、不同去向的火药，悄悄地留在了京城……

这个人究竟是谁？他有什么目的？火药的用处，如果不是用来制作爆竹，那就是想要炸毁什么。费了如许手脚，连户部都被他借力打力地拖起来做挡箭牌施放烟雾，他一定不是普通的江湖人……如若不是江湖恩怨，那么必与朝事有关，是想杀人，还是想破坏什么？京城里最近有什么重大的场合，会成为此人的攻击目标？

想到这里，有四个字闪电般地掠过了梅长苏的脑海。

年尾祭礼……大梁朝廷每年最重要的一个祭典……

梅长苏的脸色此时已苍白如雪，但一双眼眸却变得更亮、更清，带着一种灼灼的热度。

他想起了曾听过的一句话。当时听在耳中，已有些心中一动的感觉，只是没有注意，也没有留心，可此时突然想起，却仿佛是一把开启谜门的钥匙。

茫茫迷雾间，梅长苏跳过所有假象，一下子捉住了最深处的那抹寒光。

晏大夫赶过来的时候，梅长苏已经服过了寒医荀珍特制的丸药，穿戴得整整齐齐站在屋子中间，等着飞流给小手炉换炭。见到老大夫吹胡子瞪眼的脸，这位宗主大人抱歉地笑道："晏大夫，我必须亲自出去一趟，你放心，我穿得很暖。飞流和黎纲都会跟着我，外面的风雪也已经停了，应该已无大碍……"

"有没有大碍我说了才算！"晏大夫守在门边，大有一夫当关之势，"你怎么想的我都知道，别以为荀小子的护心丸是灵丹仙药，那东西救急不救命。你虽然只是风寒之症，但身子底跟普通人就不一样，不好好养着，东跑西跑干什么？要是横着回来，不明摆着拆我招牌吗？"

"晏大夫，你今天放我出去，我保证好好地回来，以后什么都听你的……"梅长苏一面温言赔笑，一面向飞流做了个手势："飞流，开门。"

"喂……"晏大夫气急败坏，满口白须直喷，但毕竟不是什么武林高手，很快就被飞流像扛人偶一样扛到了一边。梅长苏趁机从屋内逃了出来，快速钻进黎纲早已备好停在阶前的暖轿中，低声吩咐了轿夫一句话，便匆匆起轿，将老大夫的咆哮声甩在了后面。

也许是有药力的作用，也许是暖轿中还算舒适，梅长苏觉得现在的身体状况还算不错，脑子很清楚，手足也不似昨天那般无力，对于将要面对的状况，他已经做好了充足的准备。

轿子的速度很快，但毕竟是步行，要到达目的地还需要一些时间。梅长苏闭上眼睛，一面养神，一面再一次梳理自己的思绪。

如果只是为了阻止，事情并不难办，如何能镇住底下的暗流又不击碎表面平静的冰层，才是最耗费精力的地方。

大约两刻钟后，轿子停在了一处雍容素雅的府第门前。黎纲叩开大门把名帖递进去不久，主人便急匆匆地迎了出来。

"苏兄，你怎么会突然过来？快，快请进。"

梅长苏由飞流扶着从轿中走出，打量了一下对面的年轻人："这么冷的天，怎么如此短打扮？"

"我们在练马球呢，打得热了，大衣服全穿不住，一身臭汗，苏兄不要见笑哦。"言豫津笑着陪同梅长苏向里走，进了二门，便是一片宽阔的平场，还有几个年轻人正纵马在练习击球。

萧景睿快步跑了过来，对于梅长苏意外的到访显然也十分惊讶。

"闲来无事，想出门走走。"梅长苏看着面前两个焦不离孟的好朋友，微微一笑，"到了京城这么久，还从来没有到豫津府上来拜会过，实在失礼。豫津，令尊在吗？"

"还没回来。"言豫津耸耸肩，语调轻松地道，"我爹现在的心思都被那些道士给缠住了，早出晚归的，不过我想应该快回来了。"

"你们去玩吧，不用招呼我。我就在旁边看看，也算开开眼界啊。"

"苏兄别说笑了，不如一起玩吧。"言豫津兴致勃勃地提议。

"你说的这才是笑话呢，看我的样子，上场是我打球还是球打我啊？"梅长苏笑着摇头。

"那让飞流来玩，飞流一定喜欢，"言豫津想到这个主意，眼睛顿时亮了，"来吧小飞流，喜欢什么颜色的马，告诉言哥哥。"

"红色！"

言豫津兴冲冲地跑去帮飞流挑马，找马具，忙成一团。萧景睿却留在梅长苏身边，关切地问道："苏兄身体好些了吗？那边有座椅，还是过去坐着吧。"

梅长苏一面点头，一面笑着问他："谢弼呢？没一起来吗？"

"二弟不喜欢玩这个，而且府里过年的一应事务都是他打理，这几天正是最忙的时候。"

梅长苏见萧景睿边说边穿好了皮毛外衣，忙道："你不用陪我，跟他们一起继续练吧。"

"练得也差不多了。"萧景睿将视线转向场内，"我想在一边看看飞流打球，一定很有趣。"

"你不要小看我们飞流，"梅长苏坐了下来，也面向场内朝他的小护卫摇了摇手，"他骑术很好的，一旦记住了规矩，你们不见得是他的对手。"

两人谈话期间，飞流已经跨上了一匹枣红色的骏马，言豫津在旁边手把手教他怎么挥杆，少年试了几下，力度总是把握不好，不是一下子把草皮铲飞一块，就是碰不到球。其他的人都停止了玩球，围过来好奇地看，看得飞流十分冒火，一杆子把球打飞得老高，居然飞出了高高的围墙，紧接着墙外便有人大喊大叫："谁？谁拿球砸我们？"

"好像砸到人了，我去看看。"萧景睿站起身来，和言豫津一起绕出门，不知怎么处理的，好半天才回来。飞流却毫不在意，仍是在场内追着球玩，不多时就把球杆给打得折成两截。

这时其他来玩球的子弟们看天色不早，都已纷纷告辞，整个球场里只剩下飞流一个人骑着马跑来跑去。言豫津要换一个新球杆给他，他又不要，只是操纵着坐骑去踢那个球，以此取乐。

梅长苏问道："墙外砸着什么人了？要不要紧？"

"没有直接砸着，那是夜秦派来进年贡的使者团，马球刚好打在贡礼的木箱上。我刚看了一下，这次来的人还真多，不过那个正使看起来獐头鼠目的，一点使者气度都没有。虽说夜秦只是我们大梁的一个属国，但好歹也是一方之主，怎么就不挑一个拿得出手的人来啊！"

梅长苏被他一番话勾起了一段久远的记忆，目光有些迷离："那么言大少爷觉得，什么样的人才配胜任一国使臣？"

"我心目中最有使臣气度的，应该是蔺相如那样的，"言豫津慷慨激昂地道，"出使虎狼之国而无惧色，辩可压众臣，胆可镇暴君，既能保完璧而归，又不辱君信国威，所谓慧心铁胆，不外如是。"

"你也不必羡赞古人，"梅长苏唇边露出似有似无的浅笑，"我们大梁国中，就曾经出过这样的使臣。"

两个年轻人都露出了好奇的表情："真的？是谁？什么样的？"

"当年大渝、北燕、西漠三国联盟，意图共犯大梁，裂土而分。其时兵力悬殊，敌五我一，绵绵军营，直压入我国境之内。这名使臣年方二十，手执王杖梃节，只带了一百随从，绢衣素冠，穿营而过，刀斧胁身而不退。大渝皇帝感其勇气，令人接入王庭。他在宫阶之上辩战大渝群臣，舌利如刀。这种利益联盟本就松散不稳，被他一番活动，渐成分崩离析之态。我王师将士乘机反攻，方才一解危局。如此使臣，当不比蔺相如失色吧？"

"哇，我们大梁还有这么露脸的人啊？怎么我一点都不知道呢？"言豫津满面惊叹之色。

"三十多年前的旧事了，渐渐地不再有人提起，你们这点年纪，不知道也不奇怪啊。"

"那你是怎么知道的？"

"我毕竟还是要长你们好几岁的，听长辈们提过。"

"那这个使臣现在还在世吗？如果在的话，还真想去一睹风采呢。"

梅长苏深深地凝视着言豫津的眼睛，面色甚是肃然，字字清晰地道："他当然还在……豫津,那就是你的父亲。"

言豫津脸上的笑容瞬间凝结,嘴唇轻轻地颤动了起来:"你……你说什么?"

"言侯言侯,"梅长苏冷冷道,"你以为他这个侯爵之位,是因为他是言太师的儿子、国舅爷的身份才赏给他的吗?"

"可、可是……"言豫津吃惊得几乎坐也坐不稳,全靠抓牢座椅的扶手才稳住了身体,"我爹他现在……他现在明明……"

梅长苏幽幽叹息,垂目摇头,口中曼声吟道:"想乌衣年少,芝兰秀发,戈戟云横。坐看骄兵南渡,沸浪骇奔鲸。转盼东流水,一顾功成……"吟到此处,声音渐低渐消,眸中更是一片恻然。

豪气青春,英雄热血,勒马封侯之人,谁不曾是笑看风云,叱咤一时?

只是世事无常,年华似水,仿佛仅仅流光一瞬,便已不复当日少年朱颜。

然而梅长苏的感慨无论如何深切,也比不上言豫津此时的震惊。因为这些年,和那个暮气沉沉、每日只跟香符砂丹打交道的老人最接近的就是他了,那漠然的脸,那花白的发,那不关心世间万物的永远低垂的眼睛……根本没有想象过,他也曾经拥有如许风华正茂的岁月。

萧景睿把手掌贴在言豫津僵硬的背上,轻轻拍了拍,张开嘴想要说几句调节气氛的话,又不知该说什么才好。

梅长苏却没有再看这两个年轻人,他站了起来,视线朝向大门的方向,低低说了一句:"他回来了。"

果然如他所言,一顶朱盖青缨的四人轿被抬进了二门。轿夫停轿后打开轿帘,一个身着褐金棉袍、身形高大却又有些微微伛偻的老者扶着男仆的手走了下来,虽然鬓生华发、面有皱纹,不过整个人的感觉倒也不是特别龙钟苍老,与他五十出头的年龄还算符合。

梅长苏只遥遥凝目看了他一眼,便快步走了过去,反而是言豫津站在原处发呆,一步也没有迈出。

"言侯爷这么晚才回府,真是辛苦。"梅长苏走到近前,直接打了个招呼。

言阙先是国舅,后来才封侯,虽然侯位更尊,但大家因为称呼习惯了,大多仍是叫他国舅爷,只有当面交谈时才会称他言侯,而他本人,显然更喜欢后面那个称呼。

"请问先生是……"

"在下苏哲。"

"哦……"这个名字近来在京城甚红，就算言阙真的不问世事，只怕也是听过的，所以面上露出客套的笑容，"久仰。常听小儿夸奖先生是人中龙凤，果然风采不凡。"

梅长苏淡淡一笑，并没有跟着他客套，直奔主题地道："请言侯拨出点时间，在下有件极重要的事，想要跟侯爷单独谈谈。"

"跟老夫谈？"言侯失笑道，"先生在这京城风光正盛，老夫却是垂垂而暮，不理红尘，怎么会有什么重要的事需要跟老夫谈的？"

"请言侯爷不用再浪费时间了！"梅长苏神色一冷，语气如霜，"如果没有静室，我们就在这里谈好了。只是户外太冷，可否向侯爷借点火药来烤烤？"

第二十四章 除夕血案

梅长苏音调很低，适度地传入言阙的耳中，视线一直牢牢地锁在他的脸上，不放过他每一分的表情变化。

可是令人稍感意外的是，言阙面容沉静，仿佛这突如其来的一语没有给他带来一丝悸动，那种安然和坦荡，几乎要让梅长苏以为自己所有的推测和判断，都是完全错误的。

不过这种感觉只有短短的一瞬，他很快就确认了自己没有错，因为言阙抬起头看了他一眼。

那双常年隐蔽低垂的眼眸并不像他的表情那样平静，虽然年老却并未混浊的瞳仁中，翻动着的是异常强烈复杂的情绪，有震惊，有绝望，有怨恨，有哀伤，唯独没有的，只是恐惧。

可言阙明明应该感到恐惧的。因为他所筹谋的事，无论从哪一个角度来看，都是大逆不道，足以诛灭九族的，而这样一桩滔天罪行，显然已被面前这清雅的书生握在了手中。

然而他却偏偏没有恐惧。他只是定定地看着梅长苏，面无表情，只有那双眼睛，疲惫、悲哀，同时又夹杂着深切的、难以平复的愤懑。

那种眼神，使他看起来就如同一个在山路上艰难跋涉，受尽千辛万苦眼看就要登顶的旅人，突然发现前方有一道无法逾越的鸿沟，正冷酷地对他说："回头吧，你过不去。"

梅长苏现在就挡在前面，向他通知他的失败。此时的他无暇去考虑失败会带来的血腥后果，脑中暂时只有一个念头。

杀不了他了。如果这次都不行，只怕以后就再也杀不成那个男人了。

这时言豫津与萧景睿已经缓过神跑了过来，奇怪地看着他们两人。

"豫津，你们有没有什么安静的地方？我跟令尊有些事情要谈，不想被任何人打扰。"梅长苏侧过头，平静地问道。

"有……后面画楼……"言豫津极是聪明，单看两人的表情，已隐隐察觉出不对，"请苏兄跟我来……"

梅长苏点点头，转向言阙："侯爷请。"

言阙惨然一笑，仰起头深吸一口气，低声道："先生请。"

一行人默默地走着，连萧景睿也很知趣地没有开口说一个字。到了画楼，梅长苏与言阙进去，以目示意两个年轻人留在楼外。画楼最里面是一间洁净的画室，家具简单，除了墙边满满的书架外，仅有一桌、一几、两椅，和靠窗一张长长的靠榻而已。

"侯爷，"等两人都在椅上坐定，梅长苏开门见山地道，"你把火药都埋在祭台之下了吗？"

言阙两颊的肌肉绷紧了一下，没有说话。

"侯爷当然可以不认，但这并不难查，只要我通知蒙挚，他会把整个祭台从里到外翻看一遍的。"梅长苏辞气森森，毫不放松地追问着，"我想，你求仙访道，只是为了不惹人注意地跟负责祭典的法师来往吧？这些法师当然都是你的同党，或者说，是你把自己的同党，全部都推成了法师。是不是这样？"

言阙看了他一眼，冷冷道："过慧易夭，苏先生这么聪明，真的不怕折寿？"

"寿数由天定，何必自己过于操心。"梅长苏毫不在意地回视着他的目光，"倒是侯爷……真的以为自己可以成功吗？"

"至少在你出现之前，一切都非常顺利。我的法师们以演练为名，已经神不知鬼不觉地把火药全都埋好了，引信就在祭炉之中。只要当天皇帝焚香拜天，点燃锡纸扔进祭炉后，整个祭台就会引爆。"

"果然是这样，"梅长苏叹道，"皇帝焚香之时，虽然诸皇子与大臣们都在台下九尺外跪候，可以幸免，但皇后却必须要在祭台上相伴……尽管你们失和多年，可到底还顾念一点兄妹之情，所以你想办法让她参加不了祭礼，对吗？"

"没错，"言阙坦然道，"虽然她一身罪孽，但终究是我妹妹，我也不想让她粉身碎骨……苏先生就是因为她病得奇怪，所以才查到我的吗？"

"也不尽然。除了皇后病得蹊跷以外，豫津说的一句话，也曾让我心生疑窦。"

"豫津？"

"那晚他送了几筐岭南柑橘给我，说是官船运来的，很抢手，因为你去预订过，所以言府才分得到。"梅长苏瞟了一眼过来，眼锋如刀，"像你这样一个求仙访道，不问家事，连除夕之夜都不陪家人同度的人，会为了准备年货鲜果而特意去预订几筐橘子吗？你只是以此为借口，前去确定官船到港的日期罢了，这样才能让你的火药配合户部的火药同时入京，一旦有人察觉到异样，你便可以顺势把线索引向私炮坊，只要时间上吻合，自然很难被人识破。"

"可惜还是被你识破了。"言阙语带讥嘲，"苏先生如此大才，难怪谁都想把你抢到手。"

梅长苏并没有理会他的讽刺，仍是静静问道："侯爷甘冒灭族之险，谋刺皇帝，到底想干什么？"

言阙定定看了他片刻，突然放声大笑："我别的什么都不想干，我就是想让他死而已。刺杀皇帝，就是我的终极目的。因为他实在是该死，什么逆天而行，什么大逆不道，我都不在乎，只要能杀掉他，我什么事都肯做。"

梅长苏的目光看向前方，低声道："为了宸妃娘娘吗？"

言阙全身一震，霍然停住笑声，转头看他："你……居然知道宸妃？"

"又不是特别久远，知道有什么奇怪。当年皇长子祁王获罪赐死，生母宸妃也在宫中自杀，虽然现在没什么人提到他们了，但毕竟事情也只过去不到十二年而已……"

"十二年……"言阙的笑容极其悲怆，微含泪光的双眸灼热似火，"已经够长了，现在除了我，还有谁记得她……"

梅长苏静默了片刻，淡淡道："侯爷既然对她如此情深义重，当初为什么又会眼睁睁看着她入宫？"

"为什么？"言阙咬紧了牙根，"就因为那个人是皇帝，是我们当初拼死相保，助他登上皇位的皇帝。当我们从小一起读书，一起练武习文，一起共平大梁危局时，大家还算是朋友，可是一旦他成为皇帝，世上就只有君臣二字了。我们三个人……曾经在一起发过多少次誓言，要同患难共富贵，要生死扶持永不相负，他最终一条也没有兑现过。登基第二年，他就夺走了乐瑶，虽然明知我们已心心相许，他下手还是毫不迟疑。林大哥劝我忍，我似乎也只能忍，当景禹出世，乐瑶被封宸妃时，我甚至还觉得自己可以完全放手，只要他对她好就行……可是结果呢？景禹死了，乐瑶死了，连林大哥……他也能狠心连根给拔了，如果我不是心灰意冷远遁红尘，他也不会在乎多添我一条命……这样凉薄的皇帝，你觉得他不该死吗？"

"所以你筹谋多年，就只是想杀了他？"梅长苏凝视着言阙有些苍老的眼睛，"可是杀了之后呢？祭台上皇帝灰飞烟灭，留下一片乱局，太子和誉王两相内斗，必致朝政不稳，边境难安，最后遭殃的是谁？得利的又是谁？你所看重的那些人身上的污名，依然烙在他们的身上，毫无昭雪的可能，祁王仍是逆子，林家仍是叛臣，宸妃依然孤魂在外，无牌无位无陵！你闹得天翻地覆举国难宁，最终也不过只是杀了一个人！"

梅长苏携病而来，一是因为时间确实太紧急，二来也是为了保全言侯，此时厉声责备，心中渐渐动了真气，声音愈转激昂，面上也涌起了浅浅的潮红。"言侯爷，你以为你是在报仇吗？不是，真正的复仇不是你这样的，你只是在泄私愤而已，为了出一口气你还会把更多的人全都搭进去。悬镜司是设来吃素的吗？皇帝被刺，他们岂有不全力追查之理？既然我能在事先查到你，他们就能在事后查到你！你也许觉得生而无趣死也无妨，可是豫津何其无辜要受你连累？就算他不是你心爱之人所生，他也依然是你的亲生儿子！从小没有你的呵宠关爱倒也罢了，这么年轻就要因为你身负大逆之罪被株连杀头，你又怎么忍得下这份心肠？你口口声声说皇帝心性凉薄，试问你如此作为又比他多情几分？"

他句句严词如刺肌肤，言阙的嘴唇不禁剧烈地颤抖起来，伸手盖住了自己的双眼，喃喃道："我知道对不起豫津……他今生不幸当了我的儿子……也许就是他的命吧……"

梅长苏冷笑一声："你现在已无成功指望，若还对豫津有半分愧疚之心，何不早日回头？"

"回头？"言阙惨然而笑，"箭已上弦，如何回头？"

"祭礼还没有开始，皇帝的火纸也没有丢入祭炉，为何不能回头？"梅长苏目光沉稳，面色肃然地道，"你怎么把火药埋进去的，就怎么取出来，之后运到私炮坊附近，我会派人接手。"

言阙抬头看他，目光惊诧万分："你这话什么意思？你为什么要蹚这浑水？"

"因为我在为誉王效力，你犯了谋逆之罪，皇后也难免受牵连。大事化小，小事化了是最好的选择。"梅长苏淡淡道，"如果我不是为了要给你善后，何苦跑这一趟跟你静室密谈，直接到悬镜司告发不就行了？"

"你……"言阙目光闪动，狐疑地看了这个文弱书生半晌，脑中不知想到了什么，神色渐渐由激动变成阴冷，"你要放我当然好，不过我丑话说在前面，就算你这次网开一面，就算你手里握住我这个把柄，我也绝对不会为你的主上效力。"

梅长苏一笑道："我也没打算让你为誉王效力，侯爷只要安安生生地继续求仙访道就好了。朝廷的事，请你静观其变。"

言阙用难以置信的眼神看着他，摇头道："世上没有无缘无故的善意，你放过我却又不图回报，到底有何用心？"

梅长苏目光幽幽，面上浮起有些苍凉的笑容："侯爷不忘宸妃，是为有情；不忘林帅，是为有义。这世上还在心中留有情义的人实在太少了，能救一个是一个吧……只望侯爷记得我今日良言相劝，不要再轻举妄动了。"

言阙深深凝视了他半晌，长吸一口气，朗声笑道："好！既然苏先生年纪轻轻就有这般气魄，我也不再妄加揣测。祭台下的火药我会想办法移走，不过祭礼日近，防卫也日严，若我不幸失手露了行迹，还望先生念在与小儿一番交往的分上，救他性命。"

梅长苏羽眉轻展，莞尔道："言侯爷与蒙大统领也不是没有旧交，这年关好日子，只怕他也没什么心思认真抓人，所以侯爷只要小心谨慎，当无大碍。"

"那就承先生吉言了。"言阙拱手为礼，微微一笑，竟已然完全恢复了镇定。经过如此一场惊心动魄生死攸关的谈话，陡然终止了他筹谋多年的计划，他却能如此快速地调节好自己的心绪，短短时间便安稳如常，可见确实胆色过人，梅长苏不由得心下暗赞。

话已至此，再多说便是赘言，两人甚有默契地一同起身，走出了画楼。门刚一开，言豫津便冲了过来，叫道："爹、苏兄，你们……"问到这里，他又突然觉得不知该如何问下去，中途顿住。

"我已经跟令尊大人说好了，今年除夕祭完祖，你们父子一同守岁。"梅长苏微笑道，"至于飞流，只好麻烦你另外找时间带他去玩了。"

言豫津看看这个，再看看那个，心知画楼密谈的内容当然不会是这么可笑，不过他是心思聪敏，嬉笑之下有大智的人，只愣了片刻，便按捺住了满腹疑团，露出明亮的笑容，点头应道："好啊！"

梅长苏也随之一笑，左右看看："景睿呢？"

"他卓家爹娘今晚会到，必须要去迎候，所以我叫他回去了。"

"卓鼎风到了啊……"梅长苏眉睫轻动,"他们年年都来吗?"

"两年一次吧。有时也会连续几年都来,因为谢伯父身居要职,不能擅离王都,所以只好卓家来勤一点了。"

"哦。"梅长苏微微颔首,感觉到言阙的目光在探究着他,却不加理会,径自遥遥看向天际。

日晚,暮云四合,余晖已尽。这漫长的一天终于要接近尾声,不知明日,还会不会再有意外的波澜?

"豫津,去把苏先生的轿子叫进二门来,入夜起风,少走几步路也好。"言阙平静地吩咐儿子,待他领命转身去后,方把视线又转回到梅长苏的身上,沉声问道:"我刚才又想了一下,先生这次为我瞒罪,只怕不是誉王的意思吧?"

"誉王根本不知道。"梅长苏坦白地回答,"其实来见侯爷之前,我自己也没有十分的把握。"

言阙紧紧地闭了一下眼睛,叹道:"誉王何德何能,竟得了先生这般人物!只怕将来的天下,已经是他的了……"

梅长苏看了他一眼:"侯爷与皇后毕竟兄妹,誉王得了江山,又有何不好?"

"有何不好?"言阙斑白的双鬓在夜色幽光下闪动着,清削的脸颊如同抹上了一层寒霜,"都是一般的刻薄狠毒,一般的寒石心肠,是此是彼,根本毫无区别。我如今已失了红颜,亡了知己,苟延残喘至今,却无力还他们清名公道。此生既已颓然至此,还会在意谁得天下吗?"

梅长苏眸中亮光微闪,问道:"侯爷既知我是誉王的人,说这些话不怕有什么关碍吗?"

"我的这些想法誉王早就知道,只是见我不涉朝政,皇后又命他不要理会我,才有如今两不相关的局面。"言阙冷冷一笑,"以先生珠玉之才,要毁我容易,要想为誉王控制我、驾驭我,还请勿生此想。"

"侯爷多心了,苏某不过随口问问罢了。"梅长苏容色淡淡,神情宁静,"只要侯爷今后没有异动,苏某就绝不会再以此事相胁惊扰。至于誉王那边,更是早就不存能得侯爷相助的奢望了。"

言阙负手而立,眸色深远,也不知梅长苏的这个保证,他是信了还是没信。但是一直到言豫津叫来了苏哲的暖轿,他都没有再开口说一句话,只是仰首立于寒露霜阶之上,静默无言。

唯有在轿身轻晃起步的那一刹那，梅长苏才听到了这位昔日英杰的一声长长叹息。

叹息声幽幽远远，仿佛已将满腔的怀念，叹到了时光的那一边。

回到自己的宅院时，梅长苏已觉得全身发寒，气力不支，勉强撑着，又安排了人随时关注言阙的行动，这才放松下来，昏沉沉躺回到床上，向晏大夫说对不起。

对于他的道歉，老大夫是理也不理，为病人施针时也仍然沉着一张锅底似的面孔，颇让一旁的黎纲担心他会不会把手中银针扎到其他不该扎的地方出出气。

就这样卧床休养了三天，梅长苏的精神方渐渐恢复了一些。也许是下属们刻意不敢惊扰，也许是真的没发生什么大事，这三天京中局势甚是平静，只有皇帝下了一道诏书，称皇后患病，年尾祭典由许淑妃代执礼仪。

据宫中传说，皇帝原本还是属意越妃代礼的，不过越妃本人却亲自上疏，称位分在后，代之不恭，并提议按品级和入宫年限为准，推许淑妃执礼。

这份上疏实在写得理情兼备，彰显气度，令梁帝大为赞赏，亲赐新裳珠钗，以为嘉奖。消息传出，委实让誉王气闷。

不过气闷归气闷，这也是夺嫡之争来回攻防时常会有的事情，一方并非大胜，另一方也没什么实质损失。年关当前，事务繁多，双方都没有再深入纠缠，更多撕咬。

苏宅中当然也要准备过年，这个不是梅长苏要操心的事情。且不说黎纲是内务好手，十三先生那边也有宫羽周周全全地打点了几车的年货过来，大部分时下流行新巧的玩意儿都是全的，使得飞流基本上要每天从早忙到晚，忙着玩个不停。

其他诸如穆王府、誉王府、言府、谢府、统领府等有来往的府第也有年礼送上门，连靖王也派了府中长史登门问安，送来些例礼。

所有的礼物梅长苏大多只是看看礼单，便让黎纲自己处理，连回礼都由黎纲一手安排，他根本不闻不问。

不过这其中却有让飞流大爱的一样物事，便是穆王府所送的七箱烟花，个个筒身都有小儿臂粗，放出来绚丽异常，飞流每晚必放上半个时辰，结果还没到除夕当天，就放了个干干净净，黎纲派人出去重新买，才发现人家穆王府送的是宫制烟花，市面上一概买不到的。

为了安抚飞流，大病初愈的麒麟才子离开床榻后提笔写的第一封信，竟然是写给霓凰让她再代为多买十箱烟花。

信送出后只有一天，拉运烟花的马车就来到了苏宅后门，飞流大为欢喜，梅长苏心中也甚是欣悦。

因为他写信给霓凰，就真的只有穆王府再次送了烟花，并没有誉王之类其他府第闻讯跟着顺势讨好，这说明霓凰确是治府严谨，不相干的消息不会到处乱飞。

除夕很快就到了。那场万众瞩目的祭典，在事前明里暗里、朝上宫中引发了那么多的争斗与风波，但在举行的当天却顺顺利利、平平安安，没有发生任何意外的变奏，除了皇后缺席、越妃降位外，跟往年的祭典没什么大的区别。

祭礼之后，皇帝回宫，开始赐礼分烛，皇子宗室、亲贵重臣都在引安门外跪领了恩赏。按照往年的惯例，御赐的级别当以太子为尊，誉王次之，其余诸皇子再次，其他宗室大臣们则按品级不一而同。今年这个大规矩也没怎么变动，只是靖王在领受到与其他皇子同样的年赐后，多得了一领圆罗银铠。不过他最近的表现确实非常好，多出的这一点恩赏比起誉王所得的丰厚来说有珠米之别，因此并没有引起任何人的特别关注。

当晚咸安殿排开年宴，皇帝先去慈安宫向太皇太后请安再回殿中与后妃、皇子、宗亲们一起饮乐守岁，并将宴席上的部分菜品指送到重要的大臣府中。能在除夕之夜得到皇帝指赐的菜品，对朝臣们而言一向是无上的恩宠，不是圣眷正隆的人，一般都无此殊荣。

只是没有人能够想到，"赐菜"这项每年例行的恩泽，竟然也会引发不小的事件。

新年的京城之夜，爆竹喧天，花纸满地，家家守岁，满城灯火。热闹虽然热闹，但毕竟与元宵灯节不同，人人都待在家里与亲人团聚。街面上除了小巷内有孩童们在自家门口点放小爆竹外，基本没有行人踪迹。

宫城内"赐菜"的内监，身着黄衫，五人一队疾驰而出，在无人的街面上打马飞奔，奔向分散在皇城四面八方的那些备受荣宠的目的地。

除了中间一名拿有食盒的内监外，前后围绕着他的另四名同伴都手执明亮炫目的宫制琉璃灯，环绕宫城的主道两边也都挑着明晃晃的大红灯笼。比起白昼那无孔不入的光线来说，这些夜间的灯火无论如何也不能把每一个阴暗的角落都照得清楚，高高的宫城城墙沉沉压下来的，仍然是大片大片黝黑的阴影。

惊变就来自于这些黑暗，快得犹如无影的旋风，甚至连受害人自己也没有看清楚那夺命的寒光是何时闪起，又悄然地收归何处。

人体重重地落下,坐骑仍然疾奔向前,血液在冬日的夜里转瞬即凉,微弱的惨叫声也被连绵不断的"噼啪"爆竹声所掩盖,无人得闻。

绚烂的烟花腾空而起,其时,已近午夜,新、旧年之交的时刻,连巡夜的官兵也停下了脚步,仰望夜空中那盛开的朵朵艳丽,全城的爆竹鼎沸,即将达到最高点。

梅长苏拿着一支长香,亲自点燃了一个飞流特意为他留下来的最大的烟花,冲天而起的光弹在黑幕中划过一道焰痕,直蹿入夜色深处,爆裂开来,化为一幅几乎可以炫亮半个天空的流云飞瀑。

"过年了!过年了!"苏府上下齐声喧闹,连一向沉稳的黎纲都不知从哪里拿出一只唢呐,呜啦啦地吹起了喜调。几个年轻的护卫则开始敲锣打鼓,满院乱跑。

"还是你们应景,这时候就该吹这个敲这个,要是抚起琴来,反而煞了风景。"梅长苏一面笑着,一面回身到廊下软椅上坐了,拈了几颗栗子慢慢剥着,继续观赏满天的烟花。

午夜的钟漏终于翻转,全院上上下下已经集齐,连吉婶也丢开厨房的大勺走了出来。大家由黎纲带着挨个儿到自家宗主面前磕头拜年,领了重重的一个红包。这其中大部分人都是跟随梅长苏多年的贴身护卫,但也有那么两三个是一直待在京城内从未在宗主手里直接拿过东西的,激动得说不出话来,被前辈们揉着头好一阵嘲笑,大家闹成一团,欢快无比。

飞流按照在廊州时养成的习惯,排在了最后面走过来(因为他最小),踢开拜毯,直接在青砖地上一跪,大声道:"拜年!"

"今年也要乖哦!"梅长苏笑着说了一句,也拿了个红包放在他手里。虽然飞流不知道这个包得红彤彤的东西有什么好的,但却知道每年大家拿了它都那么开心,于是也很应景地露出一个笑脸。

这边拜完年,梅长苏起身到晏大夫面前,也向他行礼恭贺。老大夫好像还在生他的气,绷了绷脸,但怎么也绷不过这个新春的气氛,最终还是吹着胡子笑了笑,朝梅长苏肩上拍了拍,道:"别光说别人,你今年也要乖哦!"

"是。"梅长苏忍着笑,转头看向院子里,大家早就你跟我拜我跟你拜乱得一塌糊涂。

"吃饺子了!小伙子们都过来端!"吉婶在院门口一声召唤,人流立即向她拥去。梅长苏拉了晏大夫的手臂,带着飞流三人一起先进了室内。这里早就拼好了几张大桌,上面果馔酒菜齐备,热腾腾的饺子流水般一盘盘被端上桌,冒着氤氲的白气,香味四溢。

吉婶准备好了细葱姜醋的小碟给大家蘸饺子吃,但小伙子们全都把小碟抛开,一人手里拿着个大碗,飞流睁大眼睛看了,也跟着换成一个大碗。

"看来只有我们两个老人家斯文。"梅长苏悄悄跟晏大夫说了一句玩笑,被一指点在腰间,笑喘了一阵,提起筷子先在盘上蘸了蘸,众人这才一下扑上前,很快就把第一轮饺子抢得干干净净。

"抢什么抢?投胎呢?"吉婶虽然骂着,但眼看自己做的饺子这么受欢迎,眼睛早笑成了一条缝儿,直接就把刚刚煮好的第二轮饺子连锅端了进来,朝空盘子里补。一口直径两尺的大铁锅,满盛着滚烫的开水和白生生的饺子,她空手端来端去毫不费力,要换一个场合早让人惊诧得合不拢嘴了,可此时这间屋里都没人多看她一眼,大家眼睛里都装满了饺子,抢的时候有人拿着筷子连剑法都使上了。

"幸好他们还知道照顾老人家。"晏大夫看着这一群如狼似虎的人,笑着摇头。他和梅长苏面前都单独放了一盘水饺,不必加入战团。可是这样看着,怎么都觉得好像桌子上那其他几盘似乎更香一点。

"来,飞流吃这个。"梅长苏从自己盘中随手夹了一个放进飞流的碗中,少年虽然抢起来天下无敌,可惜怕烫,吃得很慢,两轮饺子下来,他还没吃上十个。现在正是二、三轮的空档期,他只能瞪着空盘子发呆,让人看了都忍俊不禁。

"宗主盘里的已经不烫了,飞流,一口吞下去!"吉伯眯着眼睛怂恿着。

飞流果然听话地端起碗,轻轻一拨,把整只饺子拨进了嘴里,刚嚼了一口,眼睛突然撑大了一圈儿,嚅动了几下嘴,吐出一个油晃晃的铜钱来,在桌上砸得清脆一响。

室内顿时爆发出一阵欢笑,好多只手一齐向飞流伸过去要摸他,乱哄哄嚷着:"沾福气!沾福气!"

少年不知道是怎么回事,本能反应一闪,人就上了房梁,立即引发了一场混乱的追逐,连吉婶的第三锅饺子上桌都没能平息。不过在并不宽阔的屋子里,这么多人拳来脚去挤着,竟没有人打碎任何一件器皿,也没人能成功抓住飞流的一片衣角,最后还是梅长苏伸手把少年召回到身旁,握着他的手让每个人过来摸了摸才算休战。

"要摸哦?"飞流像是学会了一项新规矩一样,满面惊讶。

"是啊,我们飞流吃到这个铜钱,就是今年最有福气的人,所以大家才都想摸你一下的。"

飞流歪着头想了想，突然道："都没有！"

满屋子里，只有梅长苏知道他在说什么，笑了两声道："去年是蔺晨哥哥吐铜钱，你都没有摸是不是？"

"是啊！"

"那就是蔺晨哥哥不对了，下次见到他，我们飞流去摸回来！"梅长苏一本正经地建议着，屋子里有认识蔺晨的人，已经捧着肚子笑倒在地上滚。

飞流认真地思考了一下，不由自主打了个寒战，摇着头道："不要了！"

"快吃饺子吧，都快凉了！"吉婶打了身旁几个年轻人一下，把大家又都赶回桌上，给梅长苏的盘子里换了新的热饺子，劝道："宗主，再吃两个吧。"

"差不多了。"晏大夫拦阻道，"吉婶，去把参粥端来，梅公子喝完粥就去睡吧，虽是新年，也不要熬得太晚。"

梅长苏也确实有些疲累，微笑着应了，慢慢喝完一碗热热的参粥，便回房洗漱安歇。此时已进入后半夜，但京城中依然是喧嚣不减，一片浮华热闹之下，没有人注意到天空又开始飘起零星的雪粒。

第二十五章 以静制动

初一的早晨，喜气仍浓，梅长苏起身后亲自挑了一件藕荷色的新衣给飞流穿，再配上浅黄色的发带、白狐毛的围领和黄岗玉的腰带，把少年打扮得甚是漂亮。

"飞流，苏哥哥带你出去拜年，好不好？"

"好！"

黎纲从外面走进来："宗主，轿子已经备好了。我们这就出发吗？"

梅长苏看了他一眼："黎大哥，你今天留在府里，不用跟我出去。"

黎纲登时一愣。

"我留你是有事要做的。我一向不爱出门，大概很多人都会以为我今天在家，所以来登门拜年的人也不会少。别的不说，像誉王这样的人，也只有留你来接待我才放心。拜托你了。"

"属下遵命。"黎纲忙躬身道，"宗主刻意出去让誉王见不到人，是不是有什么用意？先吩咐属下，也好早做准备。"

"没什么用意，"梅长苏淡淡道，"我只是在今天这样的日子里不想见他罢了。人总是喝毒药怎么会舒服？毕竟是新年，想有个好心情而已。"

"是……"黎纲的眸色中闪过一抹黯然，"属下明白了。请宗主放心，属下会照管好的。"梅长苏伸手在他壮实的肩上轻轻一拍，转过身，唇边已是一抹轻笑："飞流，出门了哦。"

"好！"

初一的上午，街面上到处都是火、纸的碎片，来往的行人不少，商贩却几乎没有。街市两边的铺子几乎都是关门闭户，只有两三家卖火烛的还开着。梅长苏所乘坐的是一顶两人的青布小轿，在人群中毫不显眼，晃晃悠悠地穿过数条街市，来到半个城区以外的一座府第。

比起云南藩领里那座王府，京都穆王府要小一些，但因是先朝时奉旨敕造的，依然十分气派。府门前侍立的皆是身着铁骑军军服的官兵，个个腰身扎得紧紧的，站得像木桩一样的笔直，目不斜视，十分精神。梅长苏的拜帖递进去，虽没有因为服色朴素而受到冷遇，但毕竟在初一流水般来拜年的高官贵族中很不起眼，被夹在一大沓差不多样子的拜帖中，搁在穆小王爷手边排着队。穆青翻着这些拜帖，一个一个请进来见面，喝口茶说几句话再打发了。这样排了小半个时辰，终于排到了这张署名为"苏哲"的拜帖。

穆青最初看到这个名字的时候，还歪着头愣了一下，翻来翻去确认了半天，最后终于确认，全天下没有标注其他任何身份，只写着"苏哲"二字，并且会送到他桌前的人，当然只有那一位而已。

"小王爷？"管事在旁边不安地看着主子脸上变幻不定的表情，"这位是不是不想见？"

穆青呆呆地抬起头看了他一眼，嘴唇动了动，突然跳起来，大叫一声"姐姐"便朝后院跑去。

片刻，穆府洗马魏静庵便出来，将其他所有的客人都带到了偏厅进行招待。霓凰郡主和穆青一起亲自来到门外，迎接在轿中等得都快睡着了的梅长苏。

"苏先生，实在抱歉，我不知道……"霓凰歉然地想解释一句，被苏哲微微一笑止住。

"不过小等了一会儿，有什么关系，我今天反正很清闲。"梅长苏一面宽慰着，一面与霓凰并肩进了小花厅，在客位上落座。穆青看见飞流站在苏哲的身后，急忙命人搬个凳子给他，可飞流却不愿意坐，站了一小会儿，人影便不知消失到哪里去了。

"飞流他觉得这里新鲜，所以到处玩玩看看。"梅长苏见穆青惊诧地左顾右盼，知道他心中所想，解释了一句后，又问道："不要紧吧？"

"没关系，没关系，随便他看好了。"穆青因为跟飞流年纪相仿，所以一直对这位影子护卫很有兴趣，"他轻功真好，我都看不清楚他是怎么出去的。"

"现在知道羡慕人家了？我叫你练功的时候干什么去了？就知道偷懒。"霓凰板着脸教训了他一句。

"姐姐，"穆青撒着娇，"我没有偷懒啊，我只是学得比较慢……"

"有道是勤能补拙,知道自己资质不好,就更应该比别人努力才行。"

穆青苦着脸道:"姐姐,大过年的,有客人在嘛,不要教训我了……"

梅长苏看着小霓凰现在一派长姐风范调教幼弟,心中又是酸楚,又是好笑,插言道:"现在南境局势平稳,穆王爷不需要上阵杀敌,武学搁一搁也不妨,不过兵法战策和藩领的治理之法却要勤加修习才是。"

"听见没有?苏先生的良言你要谨记,总是这副长不大的样子,以后让我怎么放心把云南交给你?"

"郡主也不必多虑,"梅长苏又劝道,"穆王爷只是少了历练,将门之风还是有的。趁着现在安稳,渐渐把一些藩务交接过去,假以时日,一定是一代英王。"

"姐姐现在已经把好多事交给我来做了。像今天的客人全都是我在见,所以才会怠慢了先生啊!"穆青笑嘻嘻的,又转头面向霓凰:"姐姐,你在后边忙了那么久,做好了没有?"

梅长苏一时好奇,不由得问:"做什么?"

"姐姐亲手做糖酥年糕给我们吃啊。"穆青抢先道,"她以前从来不沾厨房的,大概这两年看我长大了吧,姐姐也开始学着做菜了。"

梅长苏淡淡地笑了笑。神威凛凛的南境女帅为什么开始学着洗手做羹汤,他心中当然明白。虽然此刻两人都有些微妙的尴尬,但为她欣慰的心情,却是极为真挚的。

穆青正想再多说两句恭维姐姐的话讨好,突然看见魏静庵快步走了进来,面色十分凝重,不由得一愣,问道:"老魏,怎么了?"

"郡主、小王爷,"魏静庵拱手行了礼,沉声道,"我刚刚得知,昨夜宫城边上出事了。"

"昨夜?昨夜可是除夕之夜啊,会出什么事?"穆青跳起来问道。

"陛下昨晚按惯例赐出年菜十二道,分赏各个重臣府第,这个事情小王爷是知道的吧?"

"知道,我们收到一碗鸽子蛋……皇上也是,都不赐点好的……"

"小青!"霓凰斥道,"你总是这样没正经的样子,让魏洗马好好说。"

穆青缩了缩脖子,不敢再开口。

"这赐出的每道年菜,都由五名内监组成一队送出,"魏静庵继续道,"昨夜自然也就派出了十二队,可是一直到黎明,也只有十一队回去。禁军和巡卫营得报后一起出动,最后在宫城边上找到了这五人的尸体。"

"尸体？被杀了？"霓凰柳眉一挑。

"是。杀人手法十分利落，都是一剑封喉，死者面色安然，衣物完好洁净，毫无挣扎之相，就像是凭空被人索去了性命一样。"

"这样的手法，定是江湖高手所为。"霓凰凝神想了想，又问道："有没有什么追查的方向？现场难道没有什么遗留下来的线索吗？"

她这两个问题刚刚问出口，就看见梅长苏神情肃然地向她做了个暂停的手势。

"苏先生……"

"凶手的问题稍后再谈也不迟，"梅长苏的目光凝在魏静庵的脸上，"你先说说蒙大统领怎么样了。"

魏静庵见这位苏哲一下子就看到了自己匆匆来报的最主要原因，面上不由得浮起赞叹之色："蒙大统领现在处境不好。除夕之夜，天子脚下，宫城墙边，诛杀御使内监，实在是对皇威的严重挑衅，陛下闻报后龙颜十分震怒。因为案发地还没有离开宫城护城河的内岸，应属于禁军的戒护范围，故而蒙大统领要负事件的主要责任。陛下责骂他怠忽职守，护卫不力，以至于在大年之夜发生如此不吉的血案，当场就命人廷杖二十……"

"廷杖？"梅长苏的眉尖跳动了一下，"还是这样翻脸无情……然后呢？"

"责令蒙大统领三十日内破解此案，缉拿凶手，否则……会再从重惩处。"

"皇上在想什么啊？"穆青忍不住又跳了起来，"蒙大统领忠心耿耿，护卫宫城这些年功不可没，就算这桩案子他有责任，皇上也不能把火全都发在他身上啊，哪有这样昏……"

"小青！"霓凰厉声喝道，"妄议君非，你说话过不过脑子？"

"这里又没有外人……"穆青小声咕哝了一句，又缩了回去。

霓凰定神想了想，回身看向梅长苏，见他默默坐着，以手抚额沉思不语，不敢惊扰，便转过身来，降低了音调吩咐道："魏洗马，麻烦你继续追踪打探一下后续的消息，有什么情况立即来报。"

"是。"

"先请偏厅的各位将军退下吧，这件事很快就会传开，但我不希望听到穆王府的人在任何场合肆意多言，讨论此事。这要靠各位约束部下了。"

"遵命！"

"小青，你马上给我回你自己的房间，面壁静思两个时辰。这个毛躁的性子，要说多少遍才会改？"

"姐姐……"

"快去！"

"是……"

霓凰这才缓步走到梅长苏身边，慢慢蹲在他膝前，低声问道："林殊哥哥，蒙大统领和你交情很好，是不是？"

梅长苏轻轻抬了抬眼，点点头："是。"

"你可要霓凰进宫去为他求情？"

梅长苏微微叹息一声，摇了摇头："暂时不用。我现在忧虑的，不是他目前的处境，而是日后整个事件的发展……"

"日后？"

"虽然天威难测，但皇上也不是笨人，绝不会单单以这么一桩案子就否认蒙挚掌管禁军、护卫宫城的能力。斥骂也好，廷杖也罢，不过是一个皇帝震怒之下的发泄，蒙大统领是可以承受过去的。可惜这顿打并不是结束，如果三十天内破不了案，更有甚者，如果以后不断有类似的新案发生，皇上对蒙挚的评价就会越来越低，那才是真正的危险……"

"新案？"霓凰有些吃惊，"你是说还会有……"

"这只是我的感觉。"梅长苏伸手将霓凰拉起来，让她坐到身旁，解释道，"你想，杀人都是有动机的，为什么会挑这五个内监下手呢？情杀当然最不可能。仇杀？宫中的普通内官会结下什么深仇大恨要挑大年夜在宫城外杀他们？劫财吗？他们身上不会有什么贵重银钱，衣物也是完好的……抛开这些常见的杀人动机，江湖上倒还有一个杀人理由，那就是高手相争，要夺个名头，可这五个内监默默无闻，就算有武功，只怕也不是高手……所以想来想去，杀他们的原因应该与他们本人无关，只是冲着他们的身份去的。"

霓凰边听边颔首道："也就是说，凶手想杀的就只是皇帝钦派出宫的内监，至于是哪几个内监，他不在乎。"

"应该是这样。"梅长苏一面说着，一面修正着自己的思路，"可为什么要杀钦使呢？为了惹恼皇帝，向他示威？为了试探禁军的防卫，准备更进一步的行动？或者……根本就是冲着蒙大哥去的，想要动摇他在皇上面前受到的信任……无论是什么目的，都不是杀了五个内监就可以停手的。"

"可是……单凭现有的资料,我们根本无法判断凶手的目的到底是什么啊!"

"霓凰,你要记住,当你不知道敌人的箭究竟会射向何方时,一定要先护住自己最要害的部位。只要不被一招将死,其他的都可以徐而图之,慢慢修正。"梅长苏淡淡一笑,"就这个事件而言,我们应该先护住蒙大哥,有了更多的资料后,再考虑调整相应的对策。反正只要蒙大哥还掌管着禁军,宫城里就不会发生多大的意外。"

霓凰想了想,眼睛也渐渐亮了起来:"我明白了。先假设他们的目标就是蒙大统领,以此来确认我们下一步应该怎么应对。"

"不错,"梅长苏赞许地笑了笑,"从目前的情况来看,杀这五个内监对宫城的安全其实根本没有什么影响,所以他们最可能的目的,就是想以此来减弱皇帝对禁军的信任。而削弱禁军的目的,当然是为了控制宫城,那么进一步推测,想要控制宫城的人,自然是离权力中心最近的人。"

"太子和誉王……"霓凰喃喃道。

"对,两者其一。不过誉王手里没什么军方的心腹,就算拉下了蒙挚,他也找不到可信赖的继任者去补位,而太子……"梅长苏深深地看了霓凰一眼,"他手里是有人的……"

"宁国侯谢玉!"霓凰将双掌一合,面色恍然,"谢玉是一品军侯,深得皇上宠信,手里的巡防营势力不容小觑,也很有些部下可以调派。禁军一旦被打压,或者蒙大统领被免职,只有他可以顺利上手……"

"这样推测,顺理成章。不过……皇上又不糊涂,他对蒙挚还是极为信任的,无论怎样发雷霆之怒,免职还远不至于……"梅长苏蹙起双眉,"所以我觉得,如果此事确是谢玉的手笔,他一定还有什么后手……"

"会不会像你刚才所说的那样,不停地制造新案出来,日日杀人,使得皇上越来越不相信禁军的防卫能力?"

"蒙挚自今日起一定会大力整顿,杀人就不容易了……"

"但偌大一个宫城,总有百密一疏的时候,如果有谢玉这样的敌人恶意为之,只怕防不胜防。"

"你说得也有道理……"梅长苏闭上双眼,将后脑仰放在椅背上,喃喃自语道,"若我是谢玉,当然不只有杀人这一个简单的手法……想要皇上不再信任蒙挚,就必须要针对皇上的弱点……"

说到这里,梅长苏的眼睛突然睁开,黑水晶般的瞳仁一凝,顿时从座椅上站了起来。

"林殊哥哥？"

"陛下的弱点，就是多疑！"梅长苏深吸一口气，快速道，"他之所以信任蒙挚，是因为确认蒙挚一心只忠于他，与这两位小主子根本没有私下的交往。但如果在现在这种关键时候，谢玉略施手腕，引逗誉王前去皇上面前为蒙挚求情的话，事态就会恶化了。"

"誉王会这么容易被引逗入瓮？"

"誉王现在太需要一柄剑了。庆国公倒台后，他手下完全没有一丝的军方兵力。就算大家认为靖王现在与他交好，那也只不过是象征性的支持，如果能得到禁军大统领的偏向，他一定会做梦都笑醒。"梅长苏的眉头越拧越紧，"要引逗他，其实一点都不难，只要想办法传个风声给他，说是蒙大统领仅仅因为护城河内侧发生命案就被皇上斥骂廷杖，而太子殿下已经私下赶过去为大统领讲情鸣不平去了。你想，誉王怎么肯落于人后，把这个人情让给太子一个人领了去？他一定会立即进宫见驾，在皇上面前尽其所能替蒙挚说话，就算不能让大统领感恩投入己方，至少也不能让他被太子拉拢了去……"

霓凰听着，脸色渐渐发白："陛下生性多疑，现在又在气头上，一旦见到誉王如此卖力地护卫蒙大统领，一定会怀疑他们之间交情匪浅。护卫宫城的禁军大统领，如果跟可能争得嫡位的皇子亲王有联系，那绝对是皇上不能容忍的一件事。"

"这是一步狠棋，棋子将的是帝王之心。"梅长苏微微咬了咬牙，"谢玉是下得出这种棋的……霓凰，你关注一下情势，我必须马上去一趟誉王府。"

"是。"霓凰知道以梅长苏的口才，事先不着痕迹地让誉王免于上当并不是难事，便也不再多问，起身陪他到了二门，目送他匆匆上轿而去，这才回身到小书房，召来魏静庵细细商议如何进行下一步的探察。

可是此时的霓凰和梅长苏都没有想到，尽管他们得到的消息已经算是非常之快，分析局势和制定的行动策略也非常正确，但却终究在速度上慢了一步。

誉王在梅长苏到来前一刻钟，就已经离开王府，入宫去了。

按梅长苏原本的打算，是先劝服誉王不要插手去为蒙挚讲情，然后再到悬镜司府走一趟，问问夏冬皇帝是否有意让掌镜使协查此案。可现在来迟一步，誉王多半已经上当，到宫里火上浇油去了。此时自己再有任何举动，只怕都会被视为按誉王的意思在替蒙挚活动,所以竟只能先按兵不动,静观事态发展才是上策。"

在回苏宅的途中,梅长苏坐在轿里闭目重新思考了一下整个事件目前的局势。誉王入宫维护蒙挚,必然会引起梁帝对这位禁军大统领的疑心,虽然现阶段这份疑心还不会在行动上表露出来,但最起码,梁帝不会再放心让蒙挚单独调查内监被杀案,而一定会派出掌镜使同时查办。谢玉在明知掌镜使迟早会介入的情况下,仍然走出了这步棋,想来很自信没有在现场留下任何证据。他身为一品军侯,皇帝的宠臣,夏冬就算是再怀疑他,也不能无凭无据就向皇帝汇报。更何况在现在微妙的夺嫡局面中,任何没有证据支持的指控,都会被对方辩称为"有意构陷",不仅达不到目的,反而会适得其反。

所以现在最关键的一步,就是必须找到证据,可要做到这一点实在是太难了。杀人手法干净,没有任何指向性的线索,自然拿不到物证;而案发时是除夕,宫墙边的大道上少有行人,因此也找不到目击证人。除了在假定谢玉为幕后真凶的前提下,可以深入调查调查卓鼎风以外,整个案件几乎寸步难行。

梅长苏深吸一口气,觉得胸口有些发闷。这时小轿已抬进了苏宅内院,黎纲一面迎上来搀扶,一面问道:"宗主怎么回来得这么早?誉王还没有来过……"

"我知道,他今天不会来了。"梅长苏匆匆走进室内,边走边解下披风。虽然刚才屋内无人,但炉火一直烧得很旺,暖意融融,以备主人随时回来。梅长苏刚在软椅上坐下,黎纲已命人拧来了热毛巾,端来了熬好的参汤。

"今天童路来过了吗?"

"来过了。本来他想等宗主的,可我不知道您会这么早回来,就让他走了……宗主要见他吗?"

"没关系。你通知盟内天机堂,尽快查清卓鼎风近来跟哪些高手来往过,这些高手有谁已经到了京城。另外再通知十三先生,目前留在京城的剑术好手,无论是何门派,都必须严密监察他们的行踪。谢府周边要重点布控,卓鼎风和他的长子卓青遥的所有行动,必须即时报到我这里来。明白吗?"

"属下明白。"黎纲记性甚好,流畅地复述了一遍后,立即起身出去传令。

梅长苏仰靠在椅背上,顺手拿起手边小茶几上压着的几张拜帖来翻了翻,大多都是誉王派系里一些交往不深的贵族或官员,派人来尽礼节应景的。大约黎纲也觉得没必要汇报,所以只是压在一旁,随梅长苏什么时候爱看就看看。

飞流无声无息地走进房内,手臂上托着一只雪白雪白的信鸽,俊秀的小脸紧紧板着，来到梅长苏面前把白鸽递给他，随后便朝地毯上一坐，将整张脸都埋在苏哥哥的腿上。

梅长苏笑着揉了揉他的后颈，从白鸽腿上的信筒里抽出一个纸卷展开来看了，眸中闪过一抹光亮，但只是转瞬之间，又恢复了幽深和宁静，随手将纸卷丢进火盆中烧了。

小白鸽被蹿起的火苗惊吓了一下，偏着头"咕咕"叫了两声。梅长苏用指尖拍着它的小脑袋低声道："别叫，飞流一看见你们就不高兴，再叫他会拔你的毛哦。"

"没有啦！"飞流一下子抬起了头，抗议道。

"可是我们飞流很想拔啊，只是不敢而已。"梅长苏拧了拧他的脸颊，"上次你被关黑屋子，不就是因为藏了蔺晨哥哥一只信鸽吗？"

"不会啦！"飞流气得腮帮子都鼓了起来。

"我知道你以后不会了。"梅长苏笑着夸奖他，"你今天就很乖啊，虽然很不高兴，但还是带它来见我了，没有像上次一样藏起来……"

"很乖？！"

"对，很乖。去给苏哥哥拿张纸，再把最小那支笔蘸点墨过来好不好？"

"好！"

飞流跳起身，很快就拿来了纸笔。梅长苏悬腕在纸角上写下几个蝇头小字，裁成小条，卷了卷，放入信筒中，再重新把白鸽交回给飞流。

"飞流去把它放飞好不好？"

飞流有些不乐意地慢慢移动着身子，但看了看梅长苏微微含笑的脸，还是乖乖地托着白鸽到了院子中，向空中一甩，看它振翅绕了几圈后，向远处飞去了。

当雪白的鸽影越飞越远，渐成黑点后，飞流还仰着头一直在看。黎纲手里拿着张烫金拜帖从外面走进来，一看他的这个姿势，忍不住一笑："飞流，在等天上掉仙女下来吗？"

"不是！"飞流闻言有些恼怒。

"好好好，你慢慢等。"

"不是！"大怒。

黎纲笑着闪开飞流拍来的一掌，但一进屋门，神色立即便恭整了起来。

"宗主，言公子来拜。"

梅长苏凝目看了那拜帖一眼，不禁失笑道："他哪次不是嘻嘻哈哈直接进来，什么时候这么讲究起礼仪来了？怕是有话要跟我说，请进来吧。"

"是。"黎纲退出后没多久，言豫津便快步走了进来，穿着一身崭新的酱红色皮袍，整个人仍然是风流潇洒、神采奕奕的，如果不细看，看不出他神情有什么异样。

"豫津来了，快请坐。"梅长苏的视线随意地在国舅公子有些淡淡粉红的眼皮上掠过，吩咐黎纲派人端上茶点。

"苏兄不用客气了。"言豫津欠身接茶，等黎纲和仆从们都退下去后，便把茶盅一放，立起身来，向梅长苏深深一揖。

"不敢当，不敢当，"梅长苏笑着起来扶住他，"你我同辈相称，不是这个拜法的。"

"苏兄明知豫津此礼不是为了拜年，"言豫津难得正色道，"是拜谢苏兄搭救了言氏满门。"

梅长苏拍拍他的手臂，示意他坐下，慢慢问道："言侯爷已经……"

"昨夜父亲把什么都告诉我了，"言豫津低下头，脸色有几分苍白，"如果说父亲一向的确忽视我，那么我身为人子，从没想过他内心有那么多苦楚，只怕也称不上一个'孝'字……"

"你们父子能坦诚互谅，实在是可喜可贺。"梅长苏温和地笑道，"至于我放过令尊的事，你不必太记在心上。近来朝局多变，动荡得过分了，我只是不想让令尊的行为再多添变数，引发不可控的局面罢了。"

言豫津深深地看着他，眸中一片坦荡："苏兄为何做此决定我并不想深究，但我相信这里面还是有情义存在的。说实话，家父直到现在，都不后悔他所谋划的这个行动，可是他仍然感激你阻止了他。也许这听起来很矛盾，但人的感情就是这么复杂，并非只有简简单单的黑白是非，可以一刀切成两半。无论如何，言府的平静是保了下来，我只要记得苏兄的心意就行了，至于其他更深层次的原因，与我何干？"

梅长苏看了他半晌，突然失笑："你果然比我想象的还要聪明。虽然人看起来有些轻狂，但对你的家人朋友而言，却是可以依靠的支撑。"

"苏兄过奖了。"言豫津仰首一笑，"我们大家未来的命运如何，将会遭遇到什么，现在谁也难以预料，所能把握的，唯此心而已。"

"说得好，值得尽酒一杯。"梅长苏点着头，眸中笑意微微，"可惜我在服药，不能陪你。"

"我代苏兄喝好了。"言豫津爽快地说着，起身到院外找黎纲要来一壶酒，两个杯子，左手一杯，右手一杯，轻轻碰了碰杯沿，两口便干了。

"你与景睿交情这么好，可是性情脾气却是两样。"梅长苏不禁感慨道，"不过他也辛苦，现在只怕还在家里陪四位父母呢。"

"他年年初一都不得出门，要膝下承欢嘛。"言豫津笑道，"就算是我要找他消遣，也要等初二才行。"

梅长苏看了他一眼，似是随口道："那明天烦你也带他到我这里来坐坐。你看这院中冷清，我也没多少别的朋友。"

"这是自然的，谢弼只怕也要跟来。"

梅长苏淡淡一笑，没有再继续这个话题，随口聊到其他琐事上面。没聊多久，晏大夫捧着满满一碗药进来，言豫津担心妨碍到他休息，再加上要说的话已经说完，便起身告辞。

喝过药，梅长苏靠在软榻上昏昏睡了两个时辰，醒来后接待了几个无关紧要的客人，之后便一直在看书。

入夜掌灯，飞流又在院子里放起了烟花，梅长苏坐在廊下含笑看他放完，轻轻招手叫他过来。

"要放？"

"不，苏哥哥不想放。"梅长苏笑着凑近他耳边，"飞流我们悄悄去看蒙大叔好不好？"

第二十六章 朔风渐紧

身为禁军大统领,蒙挚经常值宿宫掖,不当班的时候,大部分时间也都会留在统领司处理公务,只有在休两天以上的假期时,才会回到他自己的私宅中。

虽然主人是声名赫赫,跺一跺脚京城都会震动的人物,但蒙府看起来却甚是朴素,丫鬟仆役不过一二十人,府禁也并不森严。不过蒙挚本身就是大梁国中第一高手,又不是江湖人,会想要到他家里去找麻烦的人基本没有,故而府中一向太平,从未曾闹出过什么大的动静来。

蒙挚的原配妻子是自幼由父母择定的,出身虽然贫寒,却极是贤良。当年蒙挚从军离乡,全靠她在家奉养公婆双亲,因为曾小产过一次,之后就再也没有怀上孩子。不过蒙挚却并未因此纳妾,只是收养了隔房的一个侄子承祧,夫妇二人互敬互爱,感情一直很好。

这次蒙挚受罚回府,全家上下慌作一团,只有蒙夫人依然镇定自若,在内请医敷药,羹汤养息,对外管束仆从,闭门谢客,把场面稳了下来。而对于这场祸事的原因,蒙挚没有说,她也就不多问,只是嘘寒问暖,殷勤侍候,入晚等丈夫睡去之后,她才和衣侧卧一旁。

蒙蒙眬眬间还未睡熟,就听得窗上有剥啄之声,一惊而起,还未开言,丈夫的手突然按住了她的肩膀。

"是谁?"蒙挚沉声问道。

"我们!"一个清亮的声音答道。

蒙挚的脸上不由得露出笑容,低声对妻子道:"是我的客人,你去开门。"

蒙夫人急忙披衣起身,点亮了桌上的纱灯。打开房门一看,一个青年书生乌衣轻裘站在外面,后面还跟了个面色阴寒的俊秀少年。

"惊扰嫂夫人了。"书生柔声致歉。

"既是拙夫的朋友,就不要客气,快请进。"蒙夫人闪身让两人进门,自己到暖炉旁拿了一直煨着的茶壶,斟茶待客,又装了两碟果糖端过来,然后方低声道:"官人,我到隔壁去了。"

"你今天也累了,就在隔壁睡吧。"蒙挚忙道。

蒙夫人一笑未答,退出门外,还很细心地把门扇关好。

"得妻如此,是蒙大哥的福分。"梅长苏赞了一句,又关切地问道:"你的伤不要紧吧?"

"我练的是硬功,怕那几下板子吗?不过是为了平息陛下之怒,让他见一点血罢了。"

梅长苏知他忠君之心,也不评论,只是问了一句:"你宿夜辛劳,不过出了一桩案子,皇上就这样翻脸,可有心寒?"

蒙挚挥了挥手,道:"皇上素日就是这样,我身为臣子,难道还指望君上为了我改脾气不成?再说这案子确实是发生在禁军戒护范围中,本就该我来承担责任,皇上也并没有冤枉我。"

梅长苏唇角扯起一抹冷笑,凝视着灯芯,眸色幽幽又问道:"誉王可有进宫给你求情?"

"说起这个我也奇怪,素日与他又没什么来往,这次竟好心来求情了,可惜不知是不是话没说对,我看他走后,陛下的脸色倒沉得更厉害了。"

"……那你可知,陛下为何更加生气?真的是因为誉王不会说话吗?"

蒙挚一怔:"我没想过,难道……誉王此举有什么不妥吗?"

"你是手握数万禁军的大统领,说句不好听的话,皇上的命是捏在你手里的。现在刚刚出一点事,就有位皇子在第一时间急匆匆地来为你说情,而这个皇子又不是别人,恰巧是对皇位有些企图心的誉王。依你素日对皇上的了解,他会首先反应到哪里去?"

被他一提醒,蒙挚顿时脊冒冷汗,背心寒栗直滚:"可是……可是……我……皇上如果朝那方面疑我,也实在太冤枉了……"

"冤枉?"梅长苏更加忍不住冷笑,"你在这位主子面前喊冤枉,你才认识他吗?"

蒙挚的双手慢慢紧握成拳，眉头深锁："皇上命我一月内破案，这并非我所长，本就漫无头绪……誉王偏偏又来这一出……"

"誉王倒不是想要害你，他不过是打算借机拉拢你罢了。"梅长苏笑了笑道，"不过这案子，你也确实破不了。"

蒙挚呆了呆，看着他说不出话来。他知道自己查案本事不强，恐怕理不清这一团乱麻，不过从一开始，他就理所当然地认为梅长苏会代他彻查此事，所以倒也没怎么着急，结果现在听到这样一句论断，一时竟反应不过来。

"等一月期限到了，你就到皇帝面前请罪，说自己无能，不能捕获真凶，请求皇帝免去你大统领之职，以儆效尤。"梅长苏笑着靠近了他一点，"怎么样啊大统领，舍得下这个地位吗？"

蒙挚大笑了两声道："恋栈权位，非我所好。可一旦我解甲而归，又从何帮你？"

"你人没有事，就是帮我了。"梅长苏拿起桌上的银剪，剪断已经开始爆头的灯芯，缓缓道，"我现在差不多已经可以肯定，内监被杀一案，幕后之人一定是谢玉……京里其他人没这个动机，也没这个能耐。"

"那这案子岂不是……"

"知道是谢玉，并不代表破了案。"梅长苏容色宁静，"尤其是你，刚刚被皇上疑心与誉王有联系，要是再无凭无据指控谢玉，岂不更像是在参与党争？"

"那就找证据啊！"

"暗杀钦使是什么罪？谢玉又是什么人？他犯下这种罪的时候，会留下一丝一毫的罪证吗？"梅长苏的唇边浮着其寒如冰的笑意，"别说你找不到证据，就算你找到了，这案子也不能由你来破。"

蒙挚有些糊涂，脱口问道："为什么？"

"当今皇上登基这么些年，别的我不予置评，但无论如何不是一个平庸之人。内监一案，关乎皇家体面，就算他对你仍是绝对的信任，也断不会把这桩案子只交给一个没多少查案经验的禁军统领来独办。所以……悬镜司一定会奉命同时查这件案子，只不过他们查他们的，不会跟你一起协查罢了。"

"这倒是，"蒙挚不由得点了点头，"这原本就是应该悬镜司出手的事情。"

"不错，既然这原本就是最该悬镜司来查的那类案子，所以谢玉在犯案之前，首先考虑要对付的查案人，必然不是你这个外行而是悬镜司。也就是说，就算他不能保证自己一定不会被悬镜司列为疑犯，但最起码，他有自信不会被抓住任何证据。而没有证据的话，悬镜司也是不敢向皇上禀报说他们已经破案的。"梅长苏微笑着用指节敲了敲桌面，"蒙大哥，连悬镜司都破不了的案子，要真被你破了，皇上就不会只是吃惊，而是忌惮了。"

"啊……"蒙挚足足呆了好半天才回过神来，"小殊，你怎么想得清楚这么多的关节，我就根本没朝那边想过。"

"你侍奉这种君上，如果不想周全一点，吃亏的就是你。"梅长苏稍稍垂下头，面上掠过一抹隐痛，"他现在已对你起了猜疑之心，要是你见招拆招，什么难关都难不倒的话，他就会越发觉得以前没有看透你，会觉得尚未完全驾驭住你，反而为你惹来不测之祸。所以唯今之计，只有示弱，要让他看到你处境危殆、艰险难支，头上的罪名一件都推不掉，全靠他对你开恩。这样他才会认为自己拿捏得住你，不用担心你对他造成危害。"

蒙挚面上肌肉紧绷，愤懑的表情中还夹杂着一丝悲哀，咬着牙根道："你说的虽然有道理，但君臣之间何至于此？只要我一腔衷肠不怀二心，再大的猜疑又能奈我何？"

"你是没见过一腔衷肠不怀二心的下场吗？"梅长苏没料到蒙挚此时竟会说出这样的话来，不禁微微动了气，"你不惜自己的命，难道也不惜嫂嫂的泪？这样天真的话，你也只能说说罢了，真要做，那就不是忠烈，是愚蠢了！"

"我……"蒙挚恨恨地低下头，"我知道你是为我好，可不知怎么，心里实在难受……"

梅长苏凝目看着他，面色如雪，只觉胸口一阵绞痛，又接一阵发闷，气息瘀滞之下，不由得以袖掩口，剧烈地咳嗽起来。蒙挚慌忙过来为他拍抚背部，输入真气，想想自己方才那句话，确实说得不妥，只觉得愧疚难言，欲待要分解，又怕措辞失当，更惹他伤心，正在焦急为难之际，飞流闪身进屋，抓住了梅长苏的手，狠狠瞪过来一眼。

咳了好一阵，梅长苏方渐渐平了气喘，先安抚地拍拍飞流的手，然后再露出一抹微笑，轻声道："不好意思，这油灯烟重，呛着了……"

"小殊……"

"好了，蒙大哥，我知道你心里委屈，但事到如今，只怕你还是要听我的……"

"我明白，"蒙挚心头滚烫，握紧了他的手，"小殊，你怎么说我就怎么办。这一个月我什么都不查，等期限满了，就去向陛下请罪。"

"也不是这样，"梅长苏淡淡地笑着，"这一个月你该怎么查就怎么查，查不出来该怎么着急，就要有怎么着急的样子，只不过结果一定是徒劳罢了。至于你的请辞，皇上是不会准的，他虽对你动疑心，信任的基础总是有的。虽说是满朝文武，但一时又怎么找得出比你还信得过的人来接替禁军统领之职？可惜，有人要遭受池鱼之灾了。"

"谁？"

"你的副统领。"

"朱寿春？他跟了我有七八年了……"

"就是这样才要撤。我想皇上最可能的做法，不是撤你的职，而是另选几个与你素无瓜葛的生人来当你的副手，以此制衡分权。"

蒙挚冷冷一笑："我问心无愧，随便派谁来都行。不过被撤下来的兄弟们，我却一定要为他们谋个好的去处。"

"如果要调巡防营，只怕谢玉不肯收。趁此机会塞到靖王那里去吧，他是不会委屈你的兄弟的。"

"唉，"蒙挚长叹一声，"虽然有些气闷，但有你来为我出主意，还是心定了不少。这个事情，大约可以这样揭过去吧？"

"现在还不能就此放心。"梅长苏摇头道，"这一个月你不闲，谢玉当然更不会闲着。他闹出这个动静，应该不会想一招收手，所以你的禁军要更周密地护卫宫防，绝不能再出任何乱子，让事态更加恶化。"

"要说周密布防，把宫城守得如铁桶一般，我有这个自信。可谢玉身边有卓鼎风，武林高手的行动，普通士兵总是难以尽防的。"

"这个交给我好了。卓鼎风在明处，并不难对付。不管是他也好，他儿子也好，他所结交的其他高手也好，我都有办法监控住。如果他们机灵，察觉得到被人监视，必然不敢在没把握脱身的情况下犯事。如果他们迟钝一点，没有察觉到我的布控，那就刚好撞在我手里，只要一有异动，我就能抓住罪证，到时朝夏冬手里一送，看她这次还会不会再放过谢玉。"梅长苏清眉一扬，面上突现如霜傲气，"除夕这个案子，谢玉不过是先发制人，要论起江湖手段来，江左盟还会输给天泉山庄吗？"

"可不是，"蒙挚不由得笑道，"如果卓鼎风真的以为你的实力越不过江左十四州的范围，那就实在太托大了。"

梅长苏有些感慨地叹息了一声，道："不知是为名还是为利，为情还是为义，卓鼎风算是已经被谢玉拖上了同一条船。他到底也是一代江湖英豪，不可小瞧。只不过这京城乱局，毕竟不是他所熟悉的战场。如今儿女联姻，不是一家也是一家，他今后再想全身而退，只怕不容易了。"

蒙挚口气微微冷冽地道："说到底，这也是他自己的选择，有什么结果，也只有他自己吞下去。倒是萧景睿这年轻人……我素来欣赏他的温厚，可惜以后难免要受父亲所累。"

听了他这句话，梅长苏的眉头微微蹙了一下，怔怔地看着灯花出了会儿神，喃喃道："景睿吗……那就已不只是可惜二字了……"

次日誉王一早便来到苏宅，询问梅长苏昨天过府何事。由于事过境迁，梅长苏只答说是去贺拜新年的，其他的话并没有多讲，一直等到誉王主动提起内监被杀案后，方轻描淡写地提醒他不要再为蒙挚求情。

因为昨夜从蒙府回来时已经很晚，上床后又久久未曾入眠，今天早起待客，让梅长苏感觉十分困倦难支。誉王看出他精神不济，说话有气无力的，也不好久坐，只聊了一刻来钟便起身告辞了。

梅长苏看看时间还早，虽说昨天让言豫津约请谢家兄弟过府做客，但想来也是下午才会登门的，所以吩咐了黎纲几句，就回房补眠去了。

他一早就精神不好，这一睡，立即被黎纲当成了头等大事，不仅卧房周围严禁喧哗，连飞流也被又哄又骗地带到了院外玩耍。

所以梅长苏并不知道，那一天的上午，有个轻纱遮面的女子，悄悄从侧门进来想要求见他。

"抱歉，宫姑娘，宗主已经睡着了，现在不能惊扰。"黎纲为难地拦阻着，"你是不是有什么重要的事？"

"我……只是想来给宗主行礼拜年……"

"如果只是这个的话，恐怕不行……你也知道宗主这一向身体不好，大夫说要多休息的。他睡的时候吩咐过，下午还有事，让我们午后叫他起来。你看，本来就只能睡这几个时辰，为了自家人拜年什么的去搅扰他，实在不妥……要不姑娘在外院等等，等午后宗主起身了再进去如何？"

薄薄的面纱下，只看得见女子雪白的皮肤与明亮的双眼，看不清她脸上的表情。片刻静默后，一声轻叹逸出："算了，我瞒着十三先生出来的，等不了那么久。麻烦黎大哥，不要跟宗主说我来过……"

"啊？"黎纲有些糊涂，"姑娘不就是来见宗主的吗？"

"我原本想，只要能见宗主一面，就算被他责备也无所谓，可是现在既然见不着，又何必白白让他生气呢？宗主原本吩咐过的，我们未经许可，不得擅自到这里来……"

黎纲还是有些摸不着头脑，听不太明白，但他至少知道女人的心思一向既善变又难懂，没有必要追根究底，便只是笑了笑，送她出去。

这边宫羽刚刚离去，前面又有一些府第打发人来贺年，黎纲急忙赶过去接待，这一来二去不停气地忙活，很快就把宫羽来过的事情抛到了一边。

午后梅长苏不等人叫，自己就醒了，起身重新净面结髻，再换上一件颜色稍亮的衣服，整个人的气色一下子显得好了许多。晏大夫过来看了看，好像还算满意的样子。当然，他根本不知道梅长苏昨晚偷偷出去的事情，否则绝对要再多唠叨半个时辰。

约请好的几个年轻朋友果然是下午过来的，除了见熟的那三位外，还带了一个十八九岁的少年郎，想必就是谢家三少——谢绪。

也许是因为幺子多娇宠，也许是因为年少更骄狂，也许是因为他既不像大哥那样游历过江湖，又不像二哥那般了解仕途经济，谢三公子看起来更像是那种典型的门阀清贵子弟，恃才傲物、目无下尘。对于被哥哥们拉来见一个无职无爵，又病恹恹未觉得有何过人之处的平民，他的眼睛里表露出明显的不耐烦，好像是在说着："喂，你有什么了不起的本事赶紧亮出来我看看，否则我就当你是徒有虚名、招摇撞骗……"

不过梅长苏似乎对驯服这个贵族少年不感兴趣，除了最开初的客套以外，他就没怎么搭理过谢绪，大部分时间都在跟萧景睿说话，对他甚是温柔关怀。

"你们谢、卓两家那么多人，除夕一定过得相当热闹吧？"

"热闹是热闹啊，可是繁文缛节也不少，依辈分年齿拜一圈年，就快半夜了。"萧景睿见梅长苏兴致这么好，也跟着高兴起来，顺着他提的问题描述起家里过年的情形来。他虽不是像言豫津那般爱说话，但口才其实相当好，桩桩件件讲得既有趣又生动，颇让人有身临其境之感。

"这有什么好讲的，哪个世家高门不是按这种规矩过年？"谢绪因为受了冷落，心气本就不顺，忍不住插言讽刺道，"苏先生以前没这么过过年吗？"

"三弟！"萧景睿与谢弼一起叱喝了一声。

"哦，对不起，"谢绪立即做失言状，"我忘了，苏先生出身不一样，过年都是自由自在的，哪像我们这么拘束，什么规矩都错不得……"

萧景睿脸色一变，登时便要发作，梅长苏轻轻抬手止住他，口中淡然地道："钟鸣鼎食之家，过年规矩确实都多，难为谢三公子小小年纪，学得周全。"说着便把这话题揭过，随口问言豫津什么时候来带飞流出去玩。

既然他大度不计较，萧景睿也不好非要在人家家里管教自己弟弟，见谢弼已经用力把谢绪拉到他身边去坐了，便不再多言。

"苏兄真的放心让我把飞流带出去？"言豫津笑道，"不怕我带出去的是飞流，带回来的就是'风流'了？"

谢弼接着他的话嘲笑道："你还能带'风流'回来？不带'下流'回来就不错了。"

"又开始嫉妒我了，不服气的话跟我到妙音坊去，你看宫羽姑娘是理我还是理你？"言豫津眉飞色舞地道，"只不过你是说话就有媳妇儿的人了，恐怕要收敛收敛。"

"怎么，谢弼近期有文定之喜吗？"梅长苏笑了笑，故意追问道。

"别听豫津胡说八道……还有半年才……"谢弼一面答着，一面忍不住红了红脸。

"是哪家的千金小姐？"

萧景睿以为他真不知道，忙道："是我卓爹爹的女儿，大家常来常往的，所以早被二弟给瞄上了。"

"大哥！"

梅长苏莞尔笑道："大家彼此有情，成婚后才会更恩爱啊。不过景睿，你可是大哥，怎么让谢弼抢了先？"

"我……"萧景睿低了低头，脸色不红反白，"我不急……"

"别理他，这人眼光太高。"言豫津轻飘飘地挤进来岔开话题，"苏兄现在病已经好了，何不约个日子，大家一起去螺市街逛逛？别的不说，妙音坊的乐曲实是一绝，苏兄是音律大家，当可品鉴一二。"

梅长苏笑了笑，正要作答，黎纲捧了一沓帖子出现在门外："宗主，这是刚刚驿寄到的贺帖，您要看吗？"

"先搁在这儿吧。"梅长苏用目光指了指旁边的书桌，"我晚上再回。"

黎纲恭恭敬敬地进来，将贺帖整齐摆放好，方躬身退出。

言豫津的座位离书桌最近，所以顺便瞄了一下，刚看清最上面那封浅色书帖的落款,眼睛登时便睁大了:"那……那……那是墨山先生的亲笔贺帖……"

"是吗?"梅长苏只轻轻转过去一眼,"这么快就寄到了?我还以为今年人到了京城,这帖子起码要初五后才能到呢。"

"墨山先生每年都要寄贺帖来吗?"言豫津凑过去更仔细地看了看,"他落款'愚兄墨山'呢,居然是跟苏兄你同辈相称的……"

"墨山兄青眼相看,我却之不恭,其实也只是每年书信往来,君子之交罢了。"

"能与墨山先生有君子之交的,世上能有几人?"言豫津啧啧称叹,故意看了旁边呆若木鸡的谢绪一眼,"墨山先生的松山书院,也是非少年英才不收入门下的……对了,谢绪,你不就是在松山书院念书吗?这样算起来你比苏兄要矮一辈嘛……"

梅长苏见谢绪的脸已涨得通红,想到他毕竟年少,不愿太难为他,只用轻松的口气说了一句"非亲非故,排什么辈分"之后就不再看他,转过头去对萧景睿温和地笑了笑,道:"好久没见景睿舞剑了,今日难得闲暇,让为兄看看你的进益如何?"

萧景睿虽然方才恼怒谢绪无礼,但此刻见小弟尴尬,心中又不忍,听了梅长苏此言,知他有意轻松气氛,忙趁势起身,抱拳笑道:"确实好久没得苏兄的指点了,大家到院中去可好?"

梅长苏所居的主院,朝南是粉壁院门,东西北三侧均为宽敞结实的高大房屋,围合着中间青砖铺设的方正场地。这种简朴平实、无半点园林设计的屋院建筑,确实与梅长苏本人清雅书卷的文士气质不符,他也一直表示要改建,只是目前还是冬季正月,暂没有开工,仍保持着当初买来时的原样,虽无景致,但若要舞剑,却是一个天然最佳的演武场。

说是舞剑,自然要有剑才行。可是萧大公子毕竟不是纯粹的江湖人,没道理来人家府上拜年还随身携剑同行,所以梅长苏吩咐黎纲随便在府里找一把给他。

未及片刻,这把随便找来的剑递到了舞剑人的手中。鲨皮剑鞘,青云吞口,剑锋稍稍出鞘,寒气已直透眼睫,拔剑而出握在掌中,只觉微沉称手,但震动剑身试着劈刺时,却又轻巧随意,再细观剑身,秋水青泽,幽透寒锋,分明是一柄上佳的神兵利器,可惜无主。

"景睿,你觉得自己横持剑身盯着看的姿势很帅是不是?"言豫津笑闹道,"摆那么久还不动,我们都等僵了。"

萧景睿一笑,还剑入鞘,左手一扯襟带,旋身之际衣袂翻飞,已将外面的皮质长袍脱下,甩给了一旁的黎纲,露出朱底银纹的簇新箭衣。他本是长身玉立英俊年少,这种窄袖长襟、腰身紧束的劲装打扮自然最能衬出那悦目的身段，剑势尚未起手，言豫津已鼓起掌来："好！好！漂亮！漂亮！"

"看，有人开始嫉妒了……"谢弼满脸正经地凉凉刺了一句，梅长苏忍着抿住嘴角荡起的笑意。此时场中寒光轻闪，剑已凌空。

萧景睿所使的剑法，自然是传自天泉山庄的天泉剑法。当年荝佐卓氏最鼎盛的时期，不仅领袖南方武林，还出过两个一品大将军，威扬天下。后来虽退出朝廷，但在江湖上的地位却一直保持了下来，本代庄主卓鼎风的名头也是人尽皆知，近十年从没有跌下过琅琊高手榜，目前在榜中排第四位，在大梁国中，仅居于蒙挚之下。

虽说萧景睿一来因为身世原因，二来不是长子，所以笃定不会继承天泉山庄，但平心而论卓鼎风在传授他剑法时，并没有因此而有所保留。有名师精心指点，再加上景睿本人资质又好，目前已尽得此套剑法真义，尽管应敌时还少些机变，平时演练已挑不出什么毛病。

现下是年节喜日，梅长苏让萧景睿舞剑只为舒缓气氛，并不想真的与他研讨剑招，当下只是赞誉了两句，夸他没有荒废练习，大有进步。其他观者中，言豫津的武功本就稍逊一筹，谢弼更是不谙武技，谢绪虽然算是文武双修，但也不过是跟其他豪门子弟一样，以弓马骑射为主，因此大家都只能欣赏欣赏，说不出什么褒贬来，反倒是飞流坐在屋顶的檐角上认认真真地从头看到尾，手指不停地动来动去，似在分解剑招。

一套剑法舞完，吉婶恰好端上新出锅的芝麻汤团。大家重新回到暖融融的室内，边吃点心边随意谈笑，谢绪觉得无趣，只随口吃了几个，便找借口要先走。大家看他实在融不进来，倒也没有强留，但萧景睿还是起身到门外，仔细叮嘱随从们要小心护送后才放心让他离去。

"景睿倒真是个当哥哥的样子呢，我想你卓家那位兄长，应该也很持重。不知他的剑法如何？"梅长苏用长勺轻轻拨划着碗中玉丸般雪白软糯的汤团，一面嗅着那甜香的气息，一面随口问道。

"青遥大哥的功力比我强多了。"萧景睿大力赞道，"比如那招飞鸟投林，我一招只击得出七剑，他可以出九剑呢。"

"你年纪小些，自然差了火候。不过你卓家大哥的名头，如今在江湖上也是叫得响的，我在廊州时便时常有所耳闻。"梅长苏像是突然想起一般，又问道："你平时在他面前怎么称呼的？是叫大哥，还是叫妹夫？"

"我听他是叫大哥的,"言豫津扑哧一笑,"可是这既是大哥又是妹夫,外人不知道的只怕搞不懂是怎么回事呢。"

"景睿的事如今已是朝野佳话,哪还有不知道的。"梅长苏吹着汤团的热气,慢慢咬了一口,白气萦绕间,面上的表情有些模糊,"……他们过完正月就回玢佐吗?"

"没有那么急了,玢佐到京城,也不过是十天内的路程,所以一般会待到四月中再走。不过今年只有卓爹爹回去,娘和青遥大哥都会陪着绮妹留下来……"萧景睿说着说着脸上已露出欢喜的笑容,"我绮妹怀了身孕,差不多五月就会生产,我就要当叔叔……嗯……还有当舅舅了……"

"恭喜恭喜。"梅长苏朝谢家两兄弟同时一笑,"想来是长公主殿下不放心,才会让大小姐在娘家生产的吧!"

"没错。我卓爹爹是江湖人,谢爹爹是武门,都不在乎什么生产不能在娘家的世俗规矩。再说女儿在亲娘身边受照顾是最妥当的,卓家娘亲也会留下来,绮妹一定安心不少。"

"景睿,"言豫津挤了挤眼睛,"你怎么不跟苏兄说说为什么你卓家爹娘要过了四月中再走?"

"大、大家想要多、多聚一聚嘛,"萧景睿脸上有些发红,不好意思地瞪了言豫津一眼,"我还想着两家要是能住在一起就好了。"

梅长苏何等聪明,目光轻闪间含笑道:"难不成四月中有什么重要的日子不成?"

"苏兄猜猜。"谢弼也凑热闹地插了一句。

"景睿的生日吗?"梅长苏眉尖微挑,"四月中的哪一天呢?"

"四月十二。"言豫津嘴快地抢先答道,"不过这也太好猜了,你看景睿的表情,明显是在跟苏兄说,'那日子跟我有关!跟我有关!'"

"去你的!"萧景睿笑着踢了一脚过去,"你见过表情会说话的?"

梅长苏静静看着两人笑闹,虽是见惯的场景,此时却莫名地有些心酸,那碗热腾腾的汤团捧在手中已变得温凉,却只吃了两个下去。

"苏兄不舒服吗?"谢弼细心地欠身靠近,"还是劳累了?"

"没什么,我一到冬天就是这样。"梅长苏随即一笑,将手中汤碗放到桌上,目光柔和地看着萧景睿,问道:"你过生日一般都怎么庆祝?"

"我是小辈啦,哪里值得庆祝什么……"萧景睿刚说了这一句,就被谢弼打断了:"你少来了,要是你的生日都不算庆祝,我和谢绪每年岂不要哭着过生日?谢绪还好,反正他那个时候在书院念书，眼不见心为净，只留下我在这里嫉妒得咬手指。"

"那倒是，景睿的生日排场，是要比谢老二老三强些。没办法啊，人家有两对父母嘛，当然要过双份的。"言豫津显然非常了解情况，"礼物成堆不说，年年都少不了有场晚宴，让他把想请的朋友全都请来热闹热闹，吃过晚饭长辈退场后，那更是想怎么疯都可以，你一年大概也就只有这一天这么随心所欲吧？"

"这么说，景睿年年过生日时，都是最开心的了吧！"梅长苏一看萧景睿的神情，就知道言豫津所言不虚，"今年应是满二十五岁，这是半整数，只怕更热闹。"

"能和朋友们自由自在聚会，我当然很高兴。"萧景睿看着梅长苏，面色微微沉郁了一下，"今年要是苏兄也能来就好了……"

"你昏头了？"言豫津打了他一下，"苏兄四月份肯定还在京城，当然是要来的。你除夕夜都贸贸然地请人家去，难不成自己过生日反而不请了？"

萧景睿的目光闪动了一下，欲言又止。言豫津再聪明，有些事情他还是不知道。一想到梅长苏在雪庐最后一夜所遇到的事，他就拿不准这位深得自己敬重的苏兄还肯不肯再迈进谢家的大门了。

相对于萧景睿的复杂心绪，梅长苏却表现得神态自若，仍是一脸笑意："我也觉得景睿这话说得奇怪……景睿，你当真不请我？"

萧景睿呆怔了片刻，迟疑地问道："苏兄肯来吗？"

"你我既是朋友，又同处一城，哪有不来的道理？只是我虚长几岁，闹是闹不动了，到时候别嫌我沉闷就是了。"

萧景睿甚是欣喜，忙道："一言为定，届时一定早早恭候苏兄。"

"哼，你还真是赚到了，苏兄要来，定然不是空手，多半要送你好东西。"言豫津用脚尖踢了朋友一下，又转过身来："苏兄，我的生日是七月七，你别忘了。"

梅长苏忍不住笑出声来，忙又咳着掩饰："是……我会记着……"

"难得有乞巧日生的男孩子，苏兄想忘也忘不了。"谢弼嘲笑道，"你要再晚生几天，生在七月半就更好了。"

"七夕生的男孩子无论表象如何，一定都是极重情义的人，"梅长苏有意回护，"我想豫津应该也是这样的。"

"嗯，"谢弼点着头，正色道，"对漂亮姑娘，他还算重情义……"

"懒得理你！"言豫津朝他撇了撇嘴，又凑到梅长苏耳边低声道："等苏兄想好了送景睿什么东西，一定要先告诉我，免得咱们两个送重样儿了。"

这声音说低虽低，但也不至于坐在旁边都听不到。萧景睿推了他一把，笑骂道："你当苏兄和你一样，总想些古里古怪的东西出来？礼物只是心意罢了，随便一字一画我更喜欢呢。"

"礼物什么的确是小事……我倒是觉得景睿今年，一定会有一个永生难忘的生日……"

梅长苏这句话语意甚善，说的时候脸上又一直挂着浅淡的笑容，三个年轻人嬉笑之下，没有注意到在他浓密眼睫的遮掩下，那双幽黑眼眸中所闪动的混杂着同情、慨叹与冷酷的光芒。

"宗主，"黎纲再次出现在房间门口，"誉王派人过府，送来初五年宴的请柬，来使立等回话，所以属下冒昧惊扰……"

红色的请帖缓缓地递到了桌面上，室内方才轻松欢快的气氛也随之凝滞。言豫津抿了抿嘴唇，萧景睿垂下眼帘，而谢弼则是脸色发白。

在脆弱的友情上，现实的阴影似乎总是挥之不去。

"你回告誉王，就说初五王府贵客云集，我又有其他的事情，就不去打扰了。"梅长苏的目光轻飘飘地扫过三人，淡淡地道。

第二十七章 歌舞升平

金陵城外的地势，西南北面均以平地为主，间或起伏些舒缓的丘陵，唯有东郊方向隆起山脉，虽都不甚高，却也连绵成片。

孤山便是东郊山区中距京城最近的一座山峰，从帝京东门出，快马疾驰小半个时辰即可到达孤山山脚。若是秋季登山，触目所及必是一片红枫灼灼，但此时尚是隆冬，光秃秃的枝干林立于残雪之中，山路两边弥漫着浓浓的肃杀萧瑟之气。

拾级而上，在孤峰顶端幽僻的一侧，有亭翼然，藤栏茅檐，古朴中带着拙趣。距此亭西南百步之遥，另有一处缓坡，斜斜地伸向崖外，坡上堆着花岗岩砌成的坟茔，坟前设着两盘鲜果，点了三炷清香，微亮的火星处，细烟袅袅而上。

今年的新春来得晚，四九已过，不是滴水成冰的那几日。但在孤岭之上，山风盘旋之处，寒意依然刺骨。

夏冬身着一件连身的纯黑丝棉长袍，静静立于坟前，同色的裙裾在袍边的分叉处随着山风翻飞。她平常总披在肩上的满头长发此时高高盘起，那缕苍白依然醒目，衬着眼角淡淡的细纹，述说着青春的流逝。

纸灰纷飞，香已渐尽，祭洒于地的酒浆也已渗入泥土，慢慢消了痕迹。只有墓碑上的名字，明明已被苍白的手指描了不下千万次，可依然那么殷红，那么刺人眼眸。

从天蒙蒙亮时便站在这里，焚纸轻语，如今日影已穿透枝干的间隙，直射前额，晃得人双眼眩晕。前面深谷的雾岚已消散，可以想见身后的京华轮廓，只怕也已渐渐自白茫茫的雾色中浸出，蒙蒙显现它的身影。

"聂锋，又是一年了……"

自他别后，一日便是三秋，但这真正的一年，竟也能这样慢慢地过去。

站在他的墓前，让他看着自己一年一年年华老去，不知坟里坟外，谁的泪更烫些，谁的心更痛些？

也许泪到尽时，便是鲜血，痛到极致，便是麻木。

悠悠一口气，若是断了，相见便成为世上最奢侈的愿望。

夏冬的手指，再一次轻轻地描向碑前那熟悉的一笔一画，粗糙的石质表面蹭着冰冷的指尖，每描一下，心脏便抽动一次。

山风依然在耳边啸叫，幽咽凄厉的间隙，竟夹杂了隐隐的人语声，模模糊糊地从山道的那一头传来。

夏冬的两条长眉紧紧锁起，面上浮现出阴魅的煞气。

冬日孤山，本就少有人踪，更何况此处幽僻，更何况现在还是大年初五。年年的祭扫，这尚属头一遭被人打扰。

"宗主，那边是小路，主峰在这边，您看，已经可以看到了……"

"没关系，我就想走走小路，这里林密枝深，光影跃跃，不是更有意趣吗？"

轻轻的语声中，积雪吱吱作响。夏冬深吸了一口气，缓缓回身，面无表情。

"夏大人……"来者似乎有些意外，"真是巧啊……"

"严冬登山，苏先生好兴致。"夏冬语气平静地道，"不过今天，我记得似有一场盛会……"

"就是不耐那般喧闹，才躲出城来，若是留在寒宅里受人力邀，倒也不好推托。"梅长苏毫不避讳，坦然地道，"何况苏某新病方起，大夫让我缓步登山，慢慢恢复体力，也算一种疗法。恰好这孤山离城最近，一时兴起也就来了。可有搅扰大人之处？"

"这孤山又不是我的，自然人人都来得。"夏冬冷冷道，"这是拙夫的坟茔，一向少有人来，故而有些意外。"

"这就是聂将军的埋骨之所吗？"梅长苏踏前一步，语调平稳无波，只有长长双睫垂下，遮住眸色幽深，"一代名将，苏某素仰威名。今日既有缘来此，可容我一祭，略表敬仰之情？"

夏冬怔了怔，但想想他既已来此，两人也算是有雪下倾谈的交情，如果明知是自己亡夫坟茔却无表示，那也不是应有的礼数。至于敬仰之类的话，真真假假也不值得深究，当下便点了点头，道："承蒙先生厚爱，请吧。"

梅长苏轻轻颔首一礼，缓步走到墓碑正前方，蹲下身去，撮土为香，深深揖拜了三下，侧过脸来，低声问道："黎纲，我记得你总是随身带酒？"

"是。"

"借我一用。"

"是。"黎纲恭恭敬敬地从腰间解下一个银瓶,躬身递上。

梅长苏接过银瓶,弹指拔开瓶塞,以双手交握,朗声吟道:"将军百战声名裂。向河梁、回头万里,故人长绝。易水萧萧西风冷,满座衣冠似雪。正壮士、悲歌未彻。啼鸟还知如许恨,料不啼清泪长啼血。谁共我,醉明月?……将军英灵在此,若愿神魂相交,请饮我此酒!"

言罢洒酒于地,回手仰头又饮一大口,微咳一声,生生忍住,用手背擦去唇角酒渍,眸色凛凛,衣衫猎猎,只觉胸中悲愤难抑,不由得清啸一声。

夏冬立于他的身后,虽看不到祭墓人的神情,却被他词句所感,几难自持,回身扶住旁边树干,落泪成冰。

"聂夫人,死者已矣,请多节哀。"片刻后,温和的声音在耳边响起,听他改了称呼,更觉酸楚。但夏冬到底不是闺阁孀妇,骄傲坚忍的性情不容她在不相熟的人面前示弱失态。在快速地调整了自己不稳的气息后,她抬手拭去颊上的泪水,恢复了坚定平稳的神情。

"先生盛情,未亡人感同身受。夏冬在此回拜了。"

梅长苏一面回礼,一面又劝道:"祭礼只是心意,我看聂夫人衣衫单薄,未着皮裘,还是由苏某陪你下山吧。聂将军天上有灵,定也不愿见夫人如此自苦的。"

夏冬原本就已祭拜完毕,正准备下山,当下也不多言,两人默默转身,沿着山道石阶,并肩缓步。一路上只闻风吹落雪的簌簌之声,并无片言交谈。

一直快到山脚,遥遥已能看见草棚茶寮和拴在茶寮外的坐骑时,夏冬方淡淡问了一句:"先生要回城吗?"

梅长苏微笑道:"此时还未过午,回城尚早。听闻邻近古镇有绝美的石雕,我想趁此闲暇走上一走。"

"赤霞镇的石雕?确实值得一看。"夏冬停了停脚步,"恕我京中还有事务,不能相陪了。"

"夏大人请便。"情境转换,梅长苏自然而然又换回了称呼,"内监被杀这个案子确实难查,大人辛苦之余,还是要多保重身体。"

夏冬的目光扫了过来,利如刀锋:"苏先生此话何意?"

"怎么,这个案子没有交给悬镜司吗?"

夏冬脸色更冷了一些。此案明面上是由禁军统领府在查，她奉的是密旨参与。不过既然已经开始调查了，被人知道也是迟早的事。只不过这个苏哲，他也知道得太早了一点。

"这的确算是一件奇诡的案子，也许悬镜司以后会有兴趣吧。"夏冬虚虚地应对着，既不明言，话也没有说死，接着又套问了一句："不过凶手杀人如此干净，定是江湖高手，苏先生可有什么高见？"

"江湖能人异士甚多，连琅琊阁每年都要不停地更新榜单，我怎敢妄言？再说论起对江湖人物的了解，悬镜司又何尝逊于江左盟？目前有什么高手停留在京城，只怕夏大人比我还要更加清楚吧？"

夏冬冰霜般的眼波微微流转，眸色甚是戒备。掌镜使身为皇帝心腹，自然必须不涉党争，不显偏倚。这苏哲目前差不多已算是誉王阵营里的人了，再与他交谈时，实在不能不更加小心谨慎。

梅长苏唇角含笑，将目光慢慢移开。夏冬此时的想法，他当然知道。放眼整个京城，除了那些明白他真实目的的人以外，其他的人在知道他已卷入党争之后，态度上或多或少都有变化，哪怕是言豫津和谢弼也不例外。若论始终如一赤诚待他的，竟只有一个萧景睿而已。

在别人眼里，他首先是麒麟才子苏哲，而在萧景睿的眼中，他却自始至终都只是梅长苏。

无论他露出多少峥嵘，无论他翻弄出多少风云，那年轻人与他相交为友的初衷，竟是从未曾有丝毫的改变。

萧景睿一直在用平和忧伤却又绝不超然的目光注视着这场党争。他并不认为父亲的选择错了，也不认为苏兄的立场不对，他只是对这两人不能站在一起的现实感到难过，却又并不因此就放弃自己与梅长苏之间的友情。他坚持着一贯坦诚不疑的态度，梅长苏问他什么，他都据实而答，从来没有去深思"苏兄这么问的用意和目的"。此非不能也，实不为也。

包括这次生日贺宴的预邀，梅长苏可以清清楚楚地看见那年轻人亮堂堂的心思：你是我的朋友，只要你愿意来，我定能护你周全。

萧景睿并不想反抗父亲，也不想改变梅长苏，他只想用自己的方式，交他自己的朋友。

霁月清风，不外如是。可惜这样的人，竟生长到了谢府。

梅长苏摇头轻叹，止住了自己的思绪。命运的车轮已辘辘驶近，再怎么多想已是无益，因为没有一个人，可以重新扭转世间的因果。

对于他的感慨和沉默，此时的夏冬并没有注意到，她的目光远远地落到了环绕山脚的土道另一端，口中轻轻地"咦"了一声。

梅长苏顺着她的视线看了过去，也不禁挑高了双眉。只见临近山底的密林深处，陆陆续续跳出了近百名的官兵，有的手执长刀，有的握着带尖刺的钩枪，还有人背着整卷的绳索。从他们沾满雪水和泥浆的长靴与脏污的下裳可以看出，这群人大概已在密林中穿梭了一阵子了。

"找到没有？"一个身形高壮魁伟，从服饰上看应是百夫长的士官随后也跳了出来，声音洪亮，吼出来似有回音。

"没有……"

"什么都没看见……"

下属们纷纷答着，大家的神情都很失望。

"不是有山民报说在这里看见过？妈的！又扑空了！"百夫长气呼呼地骂了一句，抬起头，视线无意中转到梅、夏两人的方向，不由得愣住。

梅长苏露出一抹明亮的笑容，向他点头示意。

真是人生何处不相逢，有意无意都能遇到熟人呢……

"怎么，是苏先生认识的人吗？"夏冬看了看梅长苏的表情，问道。

"不算是认识吧，只是见过。那是靖王府的人，虽然我只登门拜访过靖王爷一次，但却对这位仁兄有些印象。"

夏冬略略感到有些讶异："一个百夫长，居然会给苏先生留下印象，想来应该有些过人之处吧？"

梅长苏点点头："不知他的过人之处，现在改好一点没有……"

这话听着奇怪，夏冬挑了挑眉正想再问，那百夫长已经大踏步走了过来，没有理会梅长苏，只是向夏冬抱拳施了一礼，道："在下靖王麾下百夫长戚猛，请问夏大人可是从山上下来的？"

夏冬打量了他一眼，微微颔首："不错。"

"两位在山上时，可曾见过什么怪兽？"

"怪兽？"夏冬皱了皱眉，"这里可是京都辖区，怎么会有怪兽？"

"有,是只长着褐毛的怪兽,搅扰得山民不宁,我们才奉命来围捕。"

梅长苏插言问道:"我记得你们也行动了有一阵子了吧,怎么还没有捉到?"

戚猛本是四品参将,可血战得来的军衔却因为梅长苏几句冷言便被降成了百夫长,要说心里对他没有疙瘩那是假的。不过靖王府中也颇有慧眼明达之士,那日他挨了军棍后,至少有三个人过来解劝,将道理讲得丝丝分明,让他甚觉理亏汗颜。此时再见到梅长苏,尽管心里仍有些不舒服,不愿意主动理他,但他既然开口相问,也没有甩脸子不答的道理。

"东郊山多林密,那怪兽又极是狡猾,我们总不能日日守在这里,只是山民有报才来一趟,但每次来却连影子都看不到,也不知那些山民是不是看错了……"

梅长苏展目看了看四野,想到这东郊山势连绵,范围极广,想要有针对性地捉一只兽类,只怕确如大海捞针,难怪总是劳而无功。

"这里的山民报案,不是该京兆尹衙门管的吗?"夏冬又问道。

"那怪兽厉害着呢,京兆尹衙门的捕快们围过一次,五十个人伤了一半,最终也没捉住。高府尹没了办法,才求到我们王爷面前。这种干了也没什么大功劳的闲事,也只有我们王爷肯管。"

夏冬心里明白这个百夫长所言不虚,但她与靖王素有心结,不愿多加评论,"哼"了一声,转向梅长苏:"我这就回城了。改日再会。"

"夏大人慢走。"梅长苏欠身为礼,一直目送夏冬去茶寮旁取了寄放的坐骑,扬鞭催马去后,方徐徐回身,看了戚猛一眼。

"干什么?"戚猛被他这一眼看得有些心虚,脑子飞快地转着,回忆自己刚才有没有哪句话说错。

见他一副紧张的样子,梅长苏不禁解颐一笑:"不错不错,几日不见你,学会自我反省了,看来靖王殿下确实有调教部属。你刚才那番话在夏冬面前说得没什么不妥,只是以后能不说就不说吧。靖王殿下现在要多做事少说话,这个道理他都明白,你们当手下的就更应该明白。"

梅长苏只不过是一介平民,并非靖王身边的谋臣,与戚猛又多少有些梁子,按道理讲是没有半点资格来教训人的。但不知为什么,他素淡文弱地立在那里,却别有一种服人的气势,令戚猛不知不觉间竟点了点头,说了一声"我知道了"。

这时黎纲已命人将马车赶了过来,放下脚凳,搀扶梅长苏登车。就在马车即将启动之时,梅长苏突然掀起车帘,像是想起什么似的探出半个身子,对着戚猛:"你向山民打听一下那怪兽喜欢吃什么，设个陷阱引它好了。"

戚猛一怔之下还未反应，车帘又再次放下，马车夫鞭鞘脆响，晃悠悠地去了。

当晚梅长苏回府，得知誉王果然曾亲自上门相邀，因为不相信他真的不在，还坚持进了后院四处看过，后来大概由于家中已是宾客盈门，终究不能多等，方才怏怏地走了。

过了初十，京城各处便开始陆续扎挂起花灯，为元宵大年做准备。宫中也不例外，上至皇后，下至彩嫔，各宫各院都各出奇思，争相赶制新巧的花灯，以备十五那天皇帝赏玩，博得欢心赞誉。

不过对于某些人而言，这一派欢乐祥和的气氛只是表面。禁军大统领蒙挚在加紧调查内监被杀案的同时，大力改进宫防设置，密集排班加重巡视力度，很快就取得了成效，一连阻止住两起太监蓄意在宫中纵火的事件。可惜被捕的疑犯当场自尽而死，没有问出口供，但根据尸体调查出的身份，这些疑犯确是在册的内务太监，并非从外面混入的。言皇后因此被梁帝当众斥责，被迫脱簪请罪。她明白宫中出任何的乱子，负责任的都是自己这个东宫之主而非其他的妃嫔，越妃更是不担一点儿罪责，因此只能加倍地小心在意，严管各宫的人员走动。皇后是先朝太傅之女，十六岁嫁与当时还是郡王的梁帝为正妃，因梁帝登基而受封皇后，执掌六宫至今。虽然早已恩淡爱弛，也没有生子，但这么些年的正宫娘娘毕竟不是白当的，管束后宫自有她的独到之处，以越氏当年皇贵妃之宠，也未能翻出什么大浪，如今下了狠心整饬，还算能控住局面。

与宫中的阴霾密布相比，梅长苏在宫外的行动似乎清闲许多。查出了目前在京中与卓鼎风有联系的几名江湖高手后，这位江左盟宗主不声不响地急调了一个无名剑客进京，按江湖规矩挨个儿挑战，全都打得半个月下不了床，解决得干净利落。而这位无名剑客在迅速引起一片风潮后，又悄然而去不知所踪，惹得一时传言四起，大家都在纷纷猜测此人到底是何来头，明年的琅琊高手榜上会不会有他……

没了帮手，卓鼎风又敏感地察觉到周围总似有眼线跟随，而且探看的方法极是老辣，虽然感觉不对，但又抓拿不出。在这种情况下，他也只好按兵不动，与对手这样耗着。谢玉是谨慎小心的人，行事务求不留证据，因为担心是悬镜司已有所行动，故而也未敢催卓鼎风贸然动手，这样僵持多日，京内自然是一片平静。

除夕的传统是守岁，元宵节的传统则是呼朋唤友、挈妇将雏出门看花灯。虽然暗中宫里宫外都加强了戒备，但对隐于幕后的梅长苏而言，该有的娱乐那是一样也不能少，尤其是在飞流天没黑便自己换好漂亮衣服，绑好新发带准备跟着出门看灯的时候。

由于此夜不宵禁，街市上人流滚滚。黎纲做足了十分的紧张功夫，不仅安排护卫前后左右围着，还特意叮嘱飞流一定要牵牢苏哥哥的手，不要走丢了。

"不会丢！"对于黎大叔的这个吩咐，飞流颇感受辱。

"你出了门就知道了，元宵节的街市是挤死过人的，一不小心就会走丢。飞流，你可不能大意哦。"

"不会丢！"飞流依然愤怒地坚持。

梅长苏忍着笑拍拍少年的脑袋，柔声道："你弄错了，黎大叔的意思是说苏哥哥会走丢，不是说我们飞流会走丢啦。"

飞流愣了愣，认真地思考了半天，突然紧紧拉住了梅长苏的手，大声道："不丢！"

黎纲这才松了一口气，擦擦额上的微汗。

初更鼓起后，一行人出了府门，刚进入繁华的灯街主道，立时便感受到了摩肩接踵的气氛。鱼龙华烁、流光溢彩之间，人潮如织，笑语喧天。这是大梁国都中等级地位最不分明的一天，贵族高官也好，平民走卒也好，在观灯的人群中并没有特别明显的区别，许多名门高第甚至把元宵节穿白服、戴面具、挤成一堆赏灯嬉玩当成了一种时尚，只有身份贵重的贵妇与闺秀们才会扯起布幛稍加隔阻，但仍有很多人刻意改扮成平民女子，戴着顶兜罩住半面便随意走动。上元节会成为情侣密约最好的日子也是因此而起。

和所有的孩子一样，飞流最喜欢这种亮闪闪耀眼炫目的东西，那些兔子灯、金鱼灯、走马灯、仙子灯、南瓜灯、蝴蝶灯……盏盏都让他目不转睛，每次梅长苏问他"买不买"的时候，他都会肯定地答道："要！"以至于还没逛完半条街，基本上每个人的手里都提了两三盏。

"宗主，宠孩子不是这样的……"黎纲忍不住抱怨道，"飞流一定巴不得把整条街都搬回家里去……"

"好！"少年大乐，立即赞成。

"没关系啦，等会儿跟他们会合之后，你雇两个人把这些灯都送回去，反正我们

院子大，顺着屋檐全挂上，让飞流好好玩几天吧。"梅长苏笑着安抚完黎纲，又回头哄飞流："飞流啊，这些灯按规矩只能正月才挂的，正月过了就要全部收起来，知不知道？"

"知道！"

黎纲苦笑了一下，只好不再念叨，伸长了脖子向前看："这么多人，可怎么找呢？"

"找桃花灯吧，说好了他们在桃花灯下面……"

梅长苏话音刚落，一名护卫已大叫起来："看那里！"

众人顺着他所指的方向一看，前方大约五十步的地方，徐徐挑起了一盏硕大无朋的桃花灯，粉纱黄蕊，扎得极是精致，纵然是在万灯丛中，也依然十分惹眼。

"扎这么大，想不看见都难啊。"梅长苏一面笑了笑，一面带着随从人等朝灯下进发。短短五十来步，进进退退走了差不多有一刻钟，总算汇集到了一起。

"小飞流，这桃花灯送你，喜不喜欢？"言豫津笑着摇动长长的灯竿。

"嗯！"

"要谢谢言哥哥。"梅长苏提醒道。

"谢谢！"

"这么多人，要走到你说的妙音坊，只怕得挤到天亮呢……"梅长苏看着潮水般的人流，叹了口气，"后悔答应你们出来了……"

"不要紧，"萧景睿道，"也只是主街人多点而已，我们走小巷，可以直接到妙音坊的后门。那条路豫津最熟了，他差不多隔几天就走一回……"

言豫津白了他一眼："熟就熟，又不丢人，唯大英雄能本色，是真名士始风流……"

"行了，你先别风流了，大家还是快走吧，再晚一会儿你订的位子只怕要被取消……难得宫羽姑娘今天出大厅，说要演奏新曲呢。"谢弼插进来打了圆场，一行人挤啊挤，挤到小巷入口，方才松了口气。

不走主街走小巷，虽然路程绕得远了一些，但速度却快了好几倍。踏着青石板上清冷的月光，耳边却响着不远处主街的人声鼎沸，颇让人有冰火两重天的感觉。及至到了螺市街，则更是一片繁华浮艳、纸醉金迷的景象。

言豫津好乐，是妙音坊的常客，与他同来的人又皆是身份不凡，故而一行人刚进门便得到极为周到的接待，由两位娇俏可爱的红衣姑娘一路陪同，引领他们到预订好的位子上去。

妙音坊的演乐大厅宽敞疏阔，高窗穹顶，保音效果极好。此时厅内各桌差不多已到齐，因为有限制人数，所以并不显得嘈杂拥挤。虽然有很多豪门贵戚迟了一步不得入内，但却没有出现闹场的局面。这一来是因为妙音坊在其他楼厅也安排精彩的节目，二来世家子弟总是好面子，像何文新那么没品的毕竟不多，再不高兴也不至于在青楼闹事，徒惹笑谈。一早就抢订下座位进得场内的多半都是乐友，大家都趁着宫羽没出场时走来走去相互拜年，连静静坐着的梅长苏都一连遇到好几个人过来招呼说"苏先生好"，虽然他好像并不认识谁是谁。

这样忙乱了一阵子，萧景睿与谢弼先后完成社交礼仪回到了位子上，只有言豫津还不知所踪。想来这里每一个人都跟他有点交情，不忙到最后一刻是回不来的。

"怎么，苏兄又开始后悔跟我们一起出来了？"谢弼提起紫砂壶，添茶笑问。

梅长苏游目四周，叹道："这般凌乱浮躁，还有何音可赏、何乐可鉴？"

"也不能这么说，"萧景睿难得一次反驳苏兄的话，"宫羽姑娘的仙乐是压得住场子的。等她一出来，修罗场也成清静地，苏兄不必担心。"

他话音方落，突然两声云板轻响，不轻不重，却倏然穿透了满堂哗语，仿佛敲在人心跳的两拍之间，令人的心绪随之沉甸甸地一稳。

梅长苏眉睫微动，再转眼间言豫津已闪回座位上坐好，其神出鬼没的速度直追飞流。这时大厅南向的云台之上，走出两名垂髫小童，将朱红丝绒所制的垂幕缓缓拉向两边，幕后所设，不过一琴一几一凳而已。

众人的目光纷纷向云台左侧的出口望去，因为以前宫羽姑娘少有的几次大厅演乐，都是从那里走出来的。果然，片刻之后，粉色裙裾出现在幕边，绣鞋尖角上一团黄绒球颤颤巍巍，停顿了片刻方向前迈出，整个身影也随之映入大家的眼帘中。

"呜……"演乐厅内顿时一片失望之声。

"各位都是时常光顾妙音坊的熟朋友了，拜托给妈妈我一个面子吧。"妙音坊的当家妈妈莘三姨手帕一飞，娇笑道，"宫姑娘马上就出来，各位爷用不着摆这样的脸色给我看啊。"

莘三姨虽是徐娘半老，但仍是风韵犹存，游走于各座之间，插科打诨，所到之处无不带来阵阵欢笑。众人被引着看她打趣了半日，一回神，才发现宫羽姑娘已端坐于琴台之前，谁也没注意到她到底是什么时候出来的。

身为妙音坊的当家红牌，卖艺不卖身的宫羽绝对是整个螺市街最难求一见的姑娘。尽管她并不以美貌著称，但那只是因为她的乐技实在过于耀眼，实际上宫羽的容颜也生得十分出色，柳眉凤眼，玉肌雪肤，眉宇间气质端凝，毫无娇弱之态，即使是素衣荆钗，望之也恍如神仙妃子。

虽然从未曾登上过琅琊榜，但无人可以否认，宫羽确是美人。

看到大家都注意到宫羽已经出场，莘三姨便悄然退到了一边，坐到侧廊上的一把交椅上，无言地关注着厅上的情况。

与莘三姨方才的笑语晏晏不同，宫羽出场后并无一言客套串场，调好琴徽后，只盈盈一笑，便素手轻抬，开始演乐。

最初三首，是大家都熟知的古曲《阳关三叠》《平沙落雁》与《渔樵问答》，但正因为是熟曲，更能显示出人的技艺是否达到炉火纯青、乐以载情的程度。如宫羽这样的乐艺大家，曲误的可能性基本没有，洋洋流畅，引人入境，使闻者莫不听音而忘音，只觉心神如洗，明灭间似真似幻。

三首琴曲后，侍儿又抱来琵琶。怅然幽怨的《汉宫秋月》之后，便是清丽澄明的《春江花月夜》，一曲既终，余音袅袅，人人都仿佛浸入明月春江的意境之中，悠然回味，神思不归。

言豫津心神飘摇之下，手执玉簪，击节吟道："春江潮水连海平，海上明月共潮生。潋滟随波千万里，何处春江无月明？江流宛转绕芳甸，月照花林皆似霰。空里流霜不觉飞，汀上白沙看不见。江天一色无纤尘，皎皎空中孤月轮。江畔何人初见月？江月何年初照人？人生代代无穷已，江月年年只相似。不知江月待何人？但见长江送流水……"

轻吟未罢，宫羽秋波轻闪，如葱玉指重拨丝弦，以曲映诗，以诗衬曲，两相融合，仿若早已多次演练过一般，竟无一丝的不谐。曲终吟绝后，满堂寂寂，宫羽柳眉轻扬，道声"酒来"，侍儿执金壶玉杯奉上，她满饮一盅，还杯于盘，回手执素琵琶当心一划，突现风雷之声。

"十三先生新曲《载酒行》，敬请诸位品鉴。"

只此一句，再无赘言。乐音一起，竟是金戈冰河之声，狂放悲怆、激昂铿锵，杂而糅之，却又不显突兀，时如醉后狂吟，时如酒壮雄心，起承转合，一派粗疏，在乐符细腻的古曲后演奏，更令人一扫痴迷，只觉豪气上涌，禁不住便执杯仰首，浮一大白。

一曲终了，宫羽缓缓起身，敛衽为礼，厅上凝滞片刻后，顿时喝彩声大作。

"今夜便只闻这最后一曲，也已心足。"萧景睿不自禁地连饮了两杯，叹道，"十三先生此曲狂放不羁，便是男儿击鼓，也难尽展其雄烈，谁知宫姑娘一介弱质，指下竟有如此风雷之色，实在令我等汗颜。"

"你能有此悟，亦可谓知音。"梅长苏举杯就唇，浅浅啄了一口，目光转向台上的宫羽，眸色微微一凝。

只是短暂的视线接触，宫羽的面上便微现红晕，薄薄一层春色，更添情韵。在起身连回数礼，答谢厅上一片掌声后，她步履盈盈踏前一步，朱唇含笑，轻声道："请诸位稍静。"

这娇娇柔柔的声音隐于堂下的沸然声中，本应毫无效果，但与此同时，云板声再次敲响，如同直击在众人胸口一般，一下子便安定了整个场面。

"今日上元佳节，承蒙诸位捧场，光临我妙音坊，小女子甚感荣幸。"宫羽眉带笑意，声如玉落银盘，大家不自禁地开始凝神细听，"为让各位尽欢，宫羽特设一游戏，不知诸君可愿同乐？"

一听说还有余兴节目，客人们都喜出望外，立即七嘴八舌应道："愿意！愿意！"

"此游戏名为'听音辨器'，因为客人众多，难免嘈杂，故而以现有的座位，每一桌为一队，我在帘幕之后奏音，大家分辨此音为何种器乐所出，答对最多的一队，宫羽有大礼奉上。"

在座的都是通晓乐律之人，皆不畏难，顿时一片赞同之声。宫羽一笑后退，先前那两名垂髫小童再上，将帘幕合拢。厅上慢慢安静下来，每一个人都凝神细听。

少顷，帘内传来第一声乐响。因为面对的都是赏乐之人，如奏出整节乐章便会太简单，所以只发出了单音。

场面微凝之后，靠东窗有一桌站起一人大声道："胡琴！"

一个才束发的小丫头跑了过去，赠绢制牡丹一朵，那人甚是得意地坐下。

第二声响过。萧景睿立即扬了扬手笑道："胡笳！"

小丫头又忙着过来送牡丹，言豫津气呼呼地抱怨好友"嘴怎么这么快"，谢弼忍不住推了他一掌，笑骂道："我们都是一队的！"

第三声响过。言豫津腾地站了起来，大叫道："芦笙！"于是再得牡丹一朵。

第四声响过。国舅公子与另一桌有一人几乎是同时喊出"箜篌"二字，小丫头困扰地看看这个，再看看那个，大概是觉得这桌已经有两朵了，于是本着偏向弱者的原则进行了分发。

第五声响过。略有片刻冷场，梅长苏轻轻在谢弼耳边低语了一声，谢弼立即举起手道："铜角！"

"铜角是什么？"言豫津看着新到手的牡丹，愣愣地问了一句。

"常用于边塞军中的一种仪乐和军乐，多以动物角制成，你们京城子弟很少见过。"梅长苏刚解释完毕，第六声又响起，这桌人正在听他说话，一闪神间，隔壁桌已大叫道："古埙！"

接下来，横笛、梆鼓、奚琴、桐瑟、石磬、方响、排箫等乐器相继奏过，这超强一队中既有梅长苏的鉴音力，又有言豫津跳得高、抢得快的行动力，当然是战果颇丰。

最后，幕布轻轻飘动了一下，传出锵然一声脆响。

大厅内沉寂了片刻，相继有人站起来，最后张张嘴又拿不准地坐下。言豫津拧眉咬唇地想了半天，最后还是放低姿态询问道："苏兄，你听出那是什么了吗？"

梅长苏忍了笑，低低就耳说了两个字，言豫津一听就睁大了双眼，脱口失声道："木鱼？！"

话音刚落，小丫头便跑了过来。与此同时，帘幕再次拉开，宫羽轻转秋水环视了一下整个大厅，见到这边牡丹成堆，不由得嫣然一笑。

"大礼！大礼！"言豫津大为欢喜地向宫羽招着手，"宫姑娘给我们什么大礼？"

宫羽眼波流动，粉面上笑靥如花，不疾不徐地道："宫羽虽是艺伎，但素来演乐不出妙音坊，不过为答谢胜者，你们谁家府第近期有饮宴聚会，宫羽愿携琴前去，助兴整日。"

此言一出，满厅大哗。宫羽不是官伎，又兼性情高傲，确实从来没有奉过任何府第召陪，哪怕王公贵族，也休想她挪动莲步离开螺市街，外出侍宴这可是破天荒的第一遭。众人皆是又惊又羡，言豫津更是笑得眼睛都成了一条缝儿，道："宫羽姑娘肯来，没有宴会我也要开它一个！"

梅长苏却微微侧了侧头，压低了声音问道："宫姑娘这个承诺可有时限？是必须最近几天办呢，还是可以延后些时日？比如到四月份……"

他这轻轻一句，顿时提醒了言豫津，忙跟着问道："对啊，对啊，四月中可以吗？"

宫羽一笑道："今年之内，随时奉召。"

"太棒了！"言豫津一拍萧景睿的背，"你的生日夜宴，这份礼够厚啊！"

萧景睿知他好意，并没有出言反对。因为他的生日宴会一向随意，以前曾有损友用轻纱裹了一个美人装盘带上时被父亲撞见，最后也只是摇头一笑置之，更何况宫羽这样名满京华的乐艺大家，自然更没什么问题。另外莅阳长公主也喜好乐律，只是不方便亲至妙音坊，如今有机会请宫羽过府为母亲奏乐，也是一件令人欣喜的事。

"那就定了，四月十二，烦请宫姑娘移驾宁国侯府。"言豫津一击掌，槌落定音。

谢弼佯装嫉妒地笑称大哥太占便宜，旁边有人过来凑趣祝贺，言豫津神采飞扬地左右答礼，宫羽抚弄着鬓边的发丝淡淡浅笑。一片热闹中，只有梅长苏眼帘低垂，凝望住桌上玉杯中微碧的酒色，端起来一饮而尽，和酒咽下了喉间无声的叹息。

第二十八章 惊天一震

经过一个新春,年前那风波频频的紧张局面至少在表面上稍稍松缓了下来。在宫中,越妃做足了示弱的姿态,皇后的主要精力又要放在安稳六宫上面,两人好一阵子没有起过大的冲突。朝堂上,太子和誉王虽然仍是政见不和,但由于暂时没有新的引线燃起,针尖对麦芒的情况毕竟有所减少。自十六皇帝复朝开印后,两人还没有一次当面的正式交锋,让人感觉很是和平,甚至有些和平得过了分。

果然,清闲的日子总是延续不了几天。正月二十一,一声巨响震动了半个京城。

当时正在窗前晒着暖暖冬阳的梅长苏感到了一丝轻微得几乎难以察觉的颤动,大约半个时辰后,他得知了这丝颤动并不是错觉。

"私炮坊所存的火药意外爆炸?"听完黎纲第一时间来报的消息,梅长苏闭上了眼睛,喃喃自语了一句,"誉王果然比我狠……他竟然能将事情闹大到如此程度……"

"据说是由于最近无雪天干,火星蹦落引起的,整个私炮坊爆炸后被夷为平地,四周受牵连的人家初计也有九十多户,这其中大部分是毁于后续引发的大火,烧了大半个街坊,死伤惨重。现在因为尸体不全,具体死了多少人暂时难定,但单私炮坊内就有数十人,加上遭受无妄之灾的平民,少说也有一百多了……"

"伤者呢?"

"近一百五十人,重伤的有三十人左右。"

"现在火情如何?"

"好在今天无风,没有延到下一个街坊,现在勉强已算被扑灭下去了。不过当时火势实在太大,最先赶到的京兆衙门只有那么点人,即使加上了周边自发来救火的居民,也根本控制不住。邻近人家忙着转运财物,有些奸邪之徒便开始趁机哄抢。巡防营这时才赶到,一面镇压,一面自己趁乱摸取,场面十分混乱,最后还是靖王殿下率亲兵到现场才镇住的。后来靖王殿下支出一部分军中帐篷,暂且安置灾民和伤者。太医院的医士和药品都是官册的,一时调拨不出来,殿下出资征用民间的,属下已经启动京城里的药堂兄弟们前去支援了。"

"做得好。"梅长苏赞了一句,又补充道:"烧伤不好治,浔阳云家有种不错的膏药,你派人快马兼程去取一些来交给靖王。"

"是。"

梅长苏的目光幽幽地闪动了一下,又道:"现在正月都快过完了,私炮坊已不是最危险的时候,反而发生了这种惨烈的意外,时机未免太巧……传我的话,一定要重点针对誉王详细彻查,尽量找到他有意引发此案的证据。这么多条人命啊,岂能无声无息地死去……一旦有任何进展,立即密报给我。"

"是。"

黎纲躬身退下后,梅长苏缓缓起身,走到书桌边展开一幅雪白的宣纸,开始濡墨作画,想以此稳定心神。飞流也进来拿了支笔不声不响地趴在旁边画着,默默地陪伴他。窗外的日脚慢慢移动,梅长苏的心绪也渐渐沉淀。一幅完就,停笔起身时只觉腰部有些微酸,旁边的少年也随之抬起了头,漂亮的大眼睛里全是关切。

"飞流出去玩吧?"

"不!"少年摇着头。

"那……跟苏哥哥一起出去走走?"

"好!"

梅长苏从旁边衣架上拿起一件貂皮翻领的大毛衣服穿了,走出房门。守在院中的护卫见他是外出的打扮,忙备好小轿。一行人出了大门后,按梅长苏的指示,穿街过巷,来到一处余烟未尽的街口。

虽未设明卡,但京兆衙门的捕快们三三两两地成队,还是在阻止闲人们随意进出。遥遥看去,半个街坊都是断壁残垣,弥漫着一股焦臭的味道,偶尔还有残留的明火蹿出,被巡视的官兵们泼水浇灭。梅长苏下了轿,沿着狼藉一片的街道向里走着,负责警戒的捕快见他衣着不俗,不知是何来头,虽然还是要遵照职责过来询问,但态度还算和蔼。

"我是……"梅长苏正想着该怎么说比较合适,突然看见靖王府的中郎将列战英从一个拐角处出来,便抬起头,向他打了个招呼。

列战英其实根本没怎么跟梅长苏说过话，但是对于这位直接导致了靖王府内部整饬活动的苏先生还是印象深刻，见人家主动招呼，立即予以了礼貌的回复。

捕快们呆呆地看着两人相互招呼，以为都是靖王府的人，忙退到一边让出道路。梅长苏快步走过去，问道："靖王殿下呢？"

"在里面……"列战英以手势指明方向，突然又觉得不是特别妥当，补问了一句："是殿下约先生来的吗？"

梅长苏回头看了他一眼，故意道："不是，殿下一直躲着不想见我，今天听说他在这里，所以找了过来。"

"啊？"列战英呆了呆，梅长苏已扬长而去。等他反应过来急忙从后追上时，靖王恰好带着亲兵从里面巡视而来，三人碰了个面对面。

"苏先生？"靖王虽然也有些意外，但随即了然，"京中的任何大事，果然都逃不过先生的法眼啊。"

梅长苏游目四周，虽然耳边仍是一片哀哀哭声，但并无流离街头之人。沿着道路两边扎着一座座挨着的帐篷，有官兵捧着一盆盆热气腾腾的食物，一个帐篷、一个帐篷地分发着。草药的味道从街道的另一头飘过来，同时也有蒙着白布的担架被抬出。

"若是战场，这不算什么，但这是大梁国的繁华帝都，景象未免有些惨烈。"梅长苏叹息一声，"殿下真是辛苦了。"

"都是勤勤恳恳的小百姓，没有人知道自己家隔壁是个火药库。"靖王也随之叹了口气，示意一旁的列战英退下，"也许真是时也命也，能多过一天就好了……"

梅长苏挑了挑眉："殿下此言何意？"

"沈追昨日很高兴地对我说，他终于查明了太子与户部那个楼之敬设立私炮坊牟取暴利的一应事实，只是无权立即查封，所以已具折上报圣听，请求陛下恩准京兆尹府协助封收这座私炮坊，抄没赃款，缉拿疑犯。他当时很有自信地说，一两天内就会有朱批下来。没想到啊……折子才递上去一天，就发生如此惨烈的意外，上百条人命眨眼灰飞烟灭……而且对其中大多数人来说，这简直是场无妄之灾。"

梅长苏深深地看了他一眼："殿下觉得，这是个意外？"

靖王的视线瞬间凝结，缓缓回头直视着梅长苏的脸，语气冰冷："苏先生在暗示什么？"

"沈追身为继任者，具表弹劾前任，就算有再多的人证物证，闹到天也不过是一桩贪渎案。太子毕竟是太子，陛下无论如何斥责他，惩罚都必然是不疼不痒的。可如今一声炮响，事情顿时被闹得众人皆知，这到底也是上百条人命，民情民怨，很快就会形成鼎沸之态。太子将要受到的惩罚，只怕会比以前重得多。殿下请细想，这案子闹大了，太子必然吃亏，那谁有好处呢？"

"只是为了加重打击太子的砝码，誉王就如此视人命为无物？"靖王面色紧绷，皮肤下怒气渐渐充盈，唇边抿出如铁的线条。恨恨的一句自语后，他突然又将带有疑虑的视线转向了梅长苏："这是苏先生为誉王出的奇谋吗？"

梅长苏一开始以为自己听错，转头看了靖王一眼，才慢慢领会到他说的确实是自己所听到的意思。虽然是被误会，而且就情势而言这也不是太值得生气的事情，可不知为什么，梅长苏就是觉得心头一阵怒意翻腾，强自忍耐了半晌，方冷冷地道："不是。这都是事情发生后，我调查推测而知的。"

靖王见他沉下了脸，语气甚是凛冽，心知说错了话，心中歉然，忙道："是我误会了，先生不必多心。"

梅长苏淡淡地将头转向一边，看着被浓烟熏得发黑的倒塌民房，没有说话。靖王的性子一向孤傲，道了一句歉后人家不理，便不肯再说第二句，场面顿时冷了下来。

这时靖王府中一名内史跑了过来，禀道："王爷，属下已奉命查清完毕，除了府里内院支出的物资外，军账上共计支出帐篷两百顶，棉被四百五十床。这些都是军资，要不要上报兵部？"

"多亏你提醒，不然我还忘了。这虽不是什么大事，但还是报兵部一声比较好。"

"是。"内史刚要行礼离开，梅长苏突然低声说了两个什么字。因为声音小，连与他只相隔一步的靖王最初都有些拿不准自己有没有听对，转头看了他一眼，见对方双眼低垂，神色安静，并没有再重说一遍的意思，心中不由得微微一动，对那内史道："你手里事情也多，就当是本王忘了，你也忘了，暂时不必报知兵部。"

对于这样奇怪的吩咐，内史实在想不出是为什么，讶异地张着嘴愣了半天，直到靖王皱了皱眉，才赶紧应诺了一声"是"，快步离去。

等他走远，靖王方缓缓问道："先生可知，这批军资虽然已经拨付给了我，但用于安置这些灾民，已算是挪为他用了。按规矩确实应该通知一下兵部，为什么先生说不报？"

"现在是战时吗？"

"不是。"

"这算是很大一批军资吗？"

"从数量上来看几乎不算什么。"

"帐篷和棉被用过了不能回收再用吗？"

"最后当然是要收回的。"

"非战时，借几顶帐篷、几床棉被出去，算什么芝麻大的事？"

"事情虽小，但按制度还是应该告知……"

"不告知又怎么样？"

靖王目光微凝：“先生应该知道兵部是太子的势力范围，这过错虽然小，但一旦被兵部抓住，只怕还是会具本参我。”

"就是要让他们参你。"梅长苏侧转身子，与靖王正面相对，"殿下对灾民广施仁慈，这是坏事吗？"

"当然不是……"

"殿下做的是好事，犯的错也只是小小一桩、不值一提，兵部明明可以体谅殿下的一时疏忽，却非要抓着不放。这一状告到内阁，朝臣们会认为是殿下你罪不可恕，还是太子借兵部之手打压你？"梅长苏的唇边挂着一丝冷笑，"朝堂之上远不是太子能一手遮天的，兵部要参你，你只需要认错，承认事急事杂，一时疏忽就行了。到时就算誉王不出面，也自然会有耿介的朝臣打抱不平，出来为你讲话，有什么好担心的？"

靖王傲然道："我倒不是怕兵部会把我怎么样，就算父皇再怎么严厉，这点小罪名我还不放在眼里。只是明明可以免此疏漏的，为什么非要闹这一出？"

梅长苏的笑容更冷："不闹怎么行？现在济济朝臣，大部分的目光都盯在太子和誉王的身上，殿下做的事有几个人会真正注意到？虽然是多做事少说话，但自己不说，让别人说总可以吧。兵部这一状告上去，皇上和朝臣们才会注意到，当太子和誉王互咬互撕的时候，是谁在控制场面？是谁在安稳民心？是谁明明默默无争，却反而要被攻击？人人心中都有一杆秤，孰是孰非，自然会有公论。反之，如果殿下你现在报了兵部，事情虽然做得天衣无缝了，可效果却适得其反，白白埋没了殿下的善行，好像衣锦夜行一般，无人得知。"

靖王两道英挺的浓眉皱在了一起，道："本王做这些事，不是做给别人看的。"

梅长苏一连冷笑了几声，道："如果做之前就想着是要给别人看，那是殿下的德行问题，但如果做完了善行却最终无人得知，那就是我这个谋士无用了……就算是为了苏某，请殿下您委屈一下吧。"

靖王听他语有讥嘲，辞意甚是尖锐，知道他方才的气性未平，倒也不恼，淡淡道："先生皆是为我，何谈委屈？这是先生思虑周密，我自愧不如，一切都照你说的办吧。"

此时若有知情者旁观，当觉得这两人之间情形古怪。为主君者无意出言笼络，为下属者也不愿曲意和柔，时不时还相互冷刺一句，说出的话极是尖刻。但如果说他们之间有敌意吧，却又都坦坦荡荡，有什么话全都说了出来，彼此并不暗藏猜疑。

不过令人庆幸的是，两人对目前这样的相处模式，都还觉得不错，并无反感之意。

"请问殿下，庭生近来如何？"梅长苏负手在后，淡淡问道。

"很好，文才武功都有进益，心性也愈来愈稳，府里的人都很喜欢他。"靖王的目光闪动了几下，终于还是忍不住问道："我一直都想问你，你这么关爱庭生，以前是不是认识我大皇兄？"

"我关爱庭生，当然是因为要讨好殿下你啊。"

靖王被梅长苏这不咸不淡的语气弄得有些恼火，加重了语气："我此问并非玩笑，还望先生认真作答。"

"祁王殿下吗……"梅长苏的视线飘飘浮浮地望着旁边轻袅直上的黑烟，"素来仰慕，也曾想过要在他的麾下伸展宏图抱负，只可惜……"话到此处，他突然停住，向靖王递了个眼色，一转身快速地离开了。

靖王愣了愣，转头顺着梅长苏刚才所看的方向一瞧，只见顶顶帐篷间，一个三十七八岁的官员费力地穿行而来，一边走一边向靖王抬手打着招呼。

"见、见过殿下……"因为身形微胖，走到近前时官员已有些微气喘，拱着手道，"如此惨剧，多亏殿下及时出面。我今天恰好外出，所以这时候才过来，接下来的善后工作户部会尽快接手，请殿下放心。"

"都是百姓的事，分什么彼此。"靖王一面微笑了一下，一面暗暗地朝梅长苏消失的方向瞟了一眼。他是看见沈追过来才走的吗？不愿意让自己正在结交的这些忠直官员们发现两人之间的来往吗？

"刚才好像看见殿下在跟人谈事情，怎么走了？是谁啊？"沈追因为本身与宗室有亲，再加上与靖王相交投契，两人之间相处比较轻松，故而随口问着，也没想过该不该问。

靖王稍稍迟疑了一下，最终还是坦然道："那人就是苏哲，他的名字你一定听过，近来在京城也算声名赫赫了。"

"哦？"沈追踮着脚尖张望一回，当然什么也看不到了，"那就是大名鼎鼎的麒麟才子啊？可惜刚才没看清模样。听说他最近在为誉王殿下献策效力呢，怎么殿下你也认识他？"

"何止认识，他还曾到我府上来过。"靖王淡淡道，"此人果不负才子之名，行为见识，都在常人之上。你一向爱才，以后若有机会与他相交，也一定会为之心折。"

"只是不知道他除了有才之外，心田如何？"沈追真心地劝说道，"据说此人的才气多半都在权谋机变上。殿下与这样的人来往，还是应该多加防备才是。"

"嗯，我自会小心。"靖王点了点头，也不多言。

"这样的场合，他来做什么？"沈追环顾左右一遍，"莫非是为誉王殿下察看情况的？"

"你是不知道，这位苏先生对京城情况一向了如指掌，出了这么大的动静，他会来看看也不奇怪。"靖王神情凝重了下来，"你先别好奇他了，这件事明天便会惊动圣听，你想好怎么办了吗？"

沈追的神色也随之肃然了下来，道："没什么好想的，具实上报就是了。楼之敬历年的账目，我已经清算好了，他与太子殿下之间分利的暗账我也追查到手。不瞒你说，我府里昨天还闹了刺客呢。"

靖王微惊，一把抓住他的肩头："那你受伤没有？"

沈追心中感动，忙笑道："我生来福相，一向逢凶化吉的。不过那刺客倒极是厉害，我府中那些三脚猫护卫根本不是对手，幸好不知从何处来了一位高手相救，只是他打跑刺客就走了，名字也没留下一个，到现在我也不知是何方高人救了我呢。"

"你可看清相貌？"

"他蒙着脸，不过眼睛很大很亮，应该十分年轻。"

"那你手上的这本暗账……"

"我一早就交到悬镜司请他们直接面呈皇上了。只要证据没事，现在杀了我也没用。"沈追乐观地呵呵一笑，"所以我才敢这样到处乱走。"

"你别大意，纵然不为灭口，报复也是很可怕的两个字。"靖王正色道，"户部被楼之敬折腾成这个样子，全靠你拨乱反正，这是关系国计民生的大事。如此重担子，要是你出了什么意外，等闲谁能挑得起？"

"殿下厚爱，我真是感激不尽。"沈追叹道，"身为社稷之臣，自当不畏艰难，我是不会轻舍其身的。只可惜朝堂大势，都是权谋钻营，实心为国的人难以出头，就是殿下你……"

"好了，"靖王截住了他的话头，"我们说过不谈这些的。查清此案对你来说，既是大功一件，也是大祸的起端。你府中护卫那样我实在不放心，只不过直接调我府里的人也不太妥当，你可介意我从外面荐几个人来？你放心，一定都是信得过的好汉。"

"殿下说哪里话，我是分不出好歹的人吗？"沈追感激地谢过了。两人又大略聊了几句闲话，因为都有很多事要忙，便分了手，靖王先回府去，沈追则带着几个干吏在现场处理后续事务。

私炮坊的这声巨响，余波惊人。虽然与太子有关的部分略略被隐晦了一些，但事实就是事实。梁帝震怒之下，令太子迁居圭甲宫自省，一应朝事，不许过问。由于此案被挂落的官员近三十名，沈追正式被任命为户部尚书，除日常事务外，还奉旨修订钱粮制度，以堵疏漏。

此次事件从爆发到结束，不过五天时间，由于证据确凿，连太子本人都难以辩驳，其他朝臣们自然也找不到理由为他分解。除了越妃在后宫啼哭了一场以外，无人敢出面为太子讲情。不过在整个处理过程中，有一个人的态度令人回味，那便是太子的死对头誉王。按道理说他明明是最高兴太子跌这么大一个跟头的人，不追过来补咬两句简直与他素日的性情不符。但令人惊讶的是，这次他不知是受了什么指点，一反常态，不仅自始至终没有落井下石地说过一句话，甚至还拘束了自己派别的官员，使朝廷上没有出现趁机疯狂攻击太子党的局面。这一手的明智之处在于让此案至少在表面完全与党争无关，全是太子自己德政不修干下的污糟事，而梁帝也因此没有疑心誉王是否从中做了什么手脚，把一腔怒意全都发在了太子的身上。

这样高明的一招到底是谁教给他的大家只能暗暗猜疑。只有极少数的人知道，太子迁居的当日，誉王曾欢欢喜喜地亲自挑选了许多新巧的礼物，命人送到了苏哲的府上，虽然人家最终也没有收。

这桩丑恶的私炮案令梁帝的心情极端恶劣，但同时，也让这位毕竟已过花甲之年的老人甚是疲累。以至于蒙挚在月底向他复命请罪，称自己未能在期限前查明内监被杀案时，他在情绪上已经没有了多大的波动，只是罚俸三月，又撤换了禁军的两名副统领后，便将此事揭过不提了。

靖王果然收到了来自兵部对于他挪用军资未及时通报的指控。在他上表请罪的第二天,户部新贵沈追在朝堂之上发表了激情洋溢的演讲,为靖王进行了愤怒的辩护。萧景琰虽然性子执拗,但一向为人低调,近来的表现又非常之好,朝廷中对他有好感的人与日俱增,连梁帝也因为父子俩有多年未再提当初旧事,渐渐不似以前那般反感他。在这件事情上,梁帝认为靖王没什么大错,不仅没有降罪,还夸了他一句"遇事决断,实为朝廷分忧",命他补报一份文书了事。兵部没把握好风向,吃了哑亏不说,还白白让对方露了一个大脸,太子阵营因此更是雪上加霜。

第二十九章 两败俱伤

春分过后,天气一日暖似一日,融融春意渐上枝头。郊外桃杏吐芳,芳草茵茵,有些等不及的人已开始脱去厚重的冬衣,跑去城外踏青。萧景睿与言豫津也上门来约了好几次,但梅长苏依然畏寒,不太愿意出门,两人也只好自己游玩去了。

若说金陵盛景,自然繁多,适合春季观赏的,有抚仙湖的垂柳曲岸、万渝山的梨花坡和海什镇的桃源沟。这三处景致都在京南,因此南越门出来的官道上十分热闹,两边甚至形成了临时的集市,售卖些小吃点心、茶水,或者手工玩物什么的,居然也客如云来,生意极好。

踏青回城的途中,萧景睿看中一组釉泥捏制的胖娃娃,觉得它们神态各异、娇憨可爱,打算买回去送给因待产而气闷的妹妹。摊主忙着用草纸一个个分别包好,放进小盒子中,言豫津觉得口渴,不耐等候,自己先一个人到一处茶摊喝茶去了。

片刻后,萧景睿拎着扎好的小盒子过来,小心地放在桌上,这才坐下,也要了碗茶慢慢喝着。言豫津瞧着那盒子,撑着下巴笑道:"小绮会喜欢吗?"

"这娃娃这么可爱,连我都喜欢,小绮一定喜欢。"

正说着,旁边一桌的客人起身,大包袱一甩,差点将装泥娃娃的小盒子扫落在地,幸而萧景睿眼疾手快,一把抓住了,连念两声:"幸好,幸好。"

"不就一泥娃娃嘛,摊子还在那儿呢,碎了再买呗,也值得你这般紧张?"

"只剩这最后一套了,碎了哪里还有?"萧景睿小心地将盒子改放了一个地方,"小绮最近心情一直不好,我还想她看着这些娃娃开心点儿呢!"

"心情一直不好?"言豫津的双眸微微变深了一些,"是因为……青遥兄的病吧?"

"是啊，"萧景睿叹一口气，"青遥大哥上个月突发急病后，一直养到现在才略有起色，虽然我们都劝她宽心，说不会有事的，但小绮还是难免担忧。"

"青遥兄……到底得的是什么病？我记得头天还看到他很好，第二天就听说病得很重。"

"大夫说是气血凝滞之症，小心调理就好了。"

言豫津深深地看着他，吐出两个字："你信？"

萧景睿一呆："什么意思？"

"气血凝滞之症……"言豫津的笑容有些让人看不懂，"我探望过青遥兄几次，说实在的，也就你不知道疑心……"

"自家兄弟，疑心什么？疑心青遥大哥装病吗？"

言豫津没好气地看着他，不再绕圈子，干干脆脆地说："景睿，那不是病，那是伤！"

"伤？"萧景睿惊跳了一下，"青遥大哥怎么会受伤的？"

言豫津白了他一眼："你问我我问谁啊！"

"那你凭什么说青遥大哥身上的是伤？他是江湖人，受伤也不是什么见不得人的事，何必要装成是病瞒着大家？"

"那可不一定……如果受伤的时候，刚好是在做什么见不得人的事呢？"

"豫津！"萧景睿顿时脸色一沉，"你这话什么意思？我青遥大哥素有侠名，会去做什么见不得人的事？"

"你恼什么恼？"言豫津理直气壮地回瞪着他，"我小时候不过逗弄一下小姑娘，你就说我做的事见不得人，从小一路说到大，我恼过你没有？"

"你……我……"萧景睿哭笑不得，"我那个是在开你的玩笑啊！"

"那你怎么知道我不是在开玩笑？"

萧景睿简直拿这个人没有办法，只能垮下肩膀，无奈地放缓了语气道："豫津，以后不要拿我大哥开这种玩笑……"

"知道了，知道了。"言豫津摆了摆手，一把抄起桌上的杯子，正要朝嘴边递，官道上突然传来一个声音。

"老板，麻烦递两碗茶过来。"

"好嘞！"茶摊主应了一声，用托盘装了两碗茶水，送到摊旁靠路边停着的一辆样式简朴的半旧马车上。一只手从车内伸出，将车帘掀开小半边，接了茶进去，半晌后,递出空碗和茶钱,随即便快速离开,向城里方向驶去。

言豫津捧着茶碗,呆呆地望着马车离开的方向,忘了要喝。

"怎么了?"萧景睿赶紧将茶碗从他手里拿下来,以免他溅湿衣襟,"那马车有什么古怪吗?"

"刚才……刚才那车帘掀起的时候,我看到要茶的那个人后面……还坐着一个人……"

"什么人啊,让你这么吃惊?"

"我不知道是不是自己看错了……"言豫津抓住好友的胳膊,"那是何文新!"

"怎么会?"萧景睿一怔,"何文新马上就要被春决了,现在应该是在牢里,怎么会从城外进来?"

"所以我才觉得自己看错了啊……难道只是长得像?"

"可能,这世上芸芸众生,容貌相像的人太多了。"

"算了,也许真是我发昏……"言豫津站了起来,抖一抖衣襟,"也歇够了,咱们走吧。"

萧景睿付了茶钱,提起小盒子,两人随着进城的人流一晃一晃地走着。刚走进城门,突见有一队骑士快马奔来,萧景睿忙将好友拉到路边,皱了皱眉:"刑部的人跑这么快做什么?"

"后天就是春决,行刑现场已经在东城菜市口搭好了刑台和看楼,昨天就戒防了,这队人大概是赶去换防的。"言豫津凝望着远去的烟尘,"我想……文远伯应该会来观刑吧……"

"杀子之仇,他自然刻骨。"萧景睿摇头叹道,"那何文新若非平时就跋扈惯了,也不至于会犯下这桩杀人之罪……但不管怎么说,他这也是罪有应得。"

言豫津眯着眼睛,不知在想什么,但出了一阵神后,也并没有多言。两人在言府门前分手,萧景睿直接回到家中,只换了一件衣服,便先去卓家所住的西院探视。

此时卓鼎风不在,院子里樱桃树下,卓夫人与大腹便便的谢绮正坐在一处针线。见萧景睿进来,卓夫人立即丢开手中的刺绣,将儿子招到身边。

"娘,这一天可好?"萧景睿请了安,立起身来,将手里的小盒递给妹妹。

谢绮拆开包装,将那一组十二个小泥娃娃摆放在旁边矮桌上,面上甚是欢喜:"真的好可爱,多谢睿哥了。"

萧景睿转向卓夫人,问道:"青遥大哥的病今天怎么样了?我看绮妹这么轻松的样子，多半又好了些？"

"是好多了。午后吃了药一直睡着，现在也该醒了，你去看看吧。"

萧景睿立起身走向东厢，在他身后，谢绮轻轻用指尖挨个儿抚摸着桌上可爱的泥娃娃，面上带着柔和的微笑。

卓青遥夫妇的居处有一厅一卧，一进去就闻到淡淡的药香。由于窗户都关着，光线略有些暗淡，不过这对视力极好的萧景睿来说没什么障碍，他一眼就看见床上的病人已坐了起来，眼睛睁着。

"大哥，你醒了？"萧景睿赶紧快步赶上扶住，拿过一个靠枕来垫在他身后。

"你们在外面这样笑闹，我早就醒了。"卓青遥的笑容还有些虚弱，不过气色显然好了许多。萧景睿去推开了几扇窗子，让室内空气流通，这才回身坐在床边，关切地问道："大哥，可觉得好些？"

"已经可以起来走动了，都是娘和小绮，还非要我躺在床上。"

"她们也是为了你好。"萧景睿看着卓青遥还有些使不上力的腰部，脑中不由自主地闪过言豫津所说的话，脸色微微一黯。

"怎么了？"卓青遥扶住他的肩头，低声问道，"外面遇到了什么不快活的事情吗？"

"没有……"萧景睿勉强笑了笑，默然了片刻，终究还是忍不住问道："大哥，你到京城来之后，没有和人交过手吧？"

"没有啊。"卓青遥虽然答得很快，但目光却暗中闪动了一下，"怎么这样问？"

"那……"萧景睿迟疑了一下，突然一咬牙，道，"那你怎么会受伤的呢？"

他问得如此坦白，卓青遥反而怔住，好半天后才叹一口气，道："你看出来了？不要跟娘和小绮说，我养养也就好了。"

"是不是我爹叫你去做什么了？"萧景睿紧紧抓住卓青遥的手，追问道。

"景睿，你别管这么多，岳父他也是为国为民……"

萧景睿呆呆地看着自己的大哥，突然觉得心中一阵阵发寒。夺嫡、争位，这到底是怎样一件让人疯狂的事，为什么自己看重的家人和朋友一个个全都卷了进去？父亲、谢弼、苏兄、大哥……这样争到最后，到底能得到什么？

绮妹马上就要临产，父亲却把女婿派了出去做危险的事情，回来受了伤，却连家里的人都不敢明言，怎么可能会是光明正大的行为？为国为民，如此沉重的几个字，可以用在这样的事情上面吗？

"景睿，你是不是又在胡思乱想了？"卓青遥轻柔地用手指拍打着弟弟的面颊，"就是因为你从小性子太温厚，娘和岳母又都偏爱你，所以岳父所谋的大事才没有想过要和你商量。如今誉王为乱，觊觎大位，岳父身为朝廷柱石，岂能置身事外，不为储君分忧？你也长大了，文才武功，都算是人中翘楚，有时你也要主动帮岳父一点忙了。"

萧景睿抿紧了嘴唇，眸色变得异常深邃。他温厚不假，但对父亲的心思、朝中的情势却也不是一概不知。听卓青遥这样一讲，便知他，甚至卓爹爹，都已完全被自己的谢家爹爹所收服，再多劝无益了。只是不知道，青遥大哥冒险去做的，到底是一桩什么样的事情呢……

"大哥，你的天泉剑法，早已远胜于我，江湖上少有对手，到底是什么人，可以把你伤得如此之重？"

卓青遥叹了一口气："说来惭愧，我虽然惨败于他手，却连他的相貌也没有看清楚……"

"那大哥是在什么地方受的伤呢？"

卓青遥锁住两道剑眉，摇了摇头："岳父叮嘱我，有些事情不能告诉你……听说你和那位江左的梅宗主走得很近？"

萧景睿微微沉吟，点头道："是。"

"这位梅宗主确是奇才，岳父原本还指望他能成为太子的强助，没想到此人正邪不分，竟然倒向了誉王那边……景睿，我知道你跟他有交情，但是朝廷大义，你还是要记在心里。"

萧景睿忍不住道："大哥，太子做的事，难道你全盘赞同……"

"臣不议君非，你不要胡说。岳父已经跟我说过了，这桩私炮案，太子是被人构陷的。"

萧景睿知道自己这位大哥素来崇尚正统侠义，认准了的事情极难改变。现在他伤势未愈，不能惹他气恼，当下也只得低下头，轻声答了个"是"。

次日一早，两府女眷一起去了长公主府赏花，谢弼被府里的一些事绊住了脚，因此只有萧景睿随行护送。春季开的花品种甚多，迎春、瑞香、白玉兰、琼花、海棠、丁香、杜鹃、含笑、紫荆、棣棠、锦带、石斛……栽于温室之中，催开于一处，满满的花团锦簇，艳丽吐芳。大家赏了一日还不足兴，当晚便留宿在公主府，第二天又赏玩到近晚时分，方才起辇回府。

因为游玩了两日，女眷们都有些疲累，萧景睿只送到后院门外，便很快退了出来。他先到西院探望了卓青遥，之后才回到自己所居的小院，准备静下心来看看书。

谁知刚翻了两页，院外便传来了一个熟悉的声音，一路叫着他的名字，语气听起来十分兴奋。

萧景睿苦笑着丢下书，到门边将好友迎进来，问道："又出什么热闹了？来坐着慢慢说。"

言豫津来不及坐下，便抓着萧景睿的手臂没头没脑地道："我没有看错！"

"没有看错什么？"

"前天我们在城外碰到的马车，里面坐的就是何文新，我没有看错！"

"啊？"萧景睿一怔，"这么说他逃狱了？不对吧，逃狱怎么会朝城里走？"

"他是逃了，不过年前就逃了，那天我们看见他的时候，他是被抓回来的！"

"年前就逃了？可是怎么没有听说过这个消息，刑部也没有出海捕文书啊……"

"就是刑部自己放的，当然没有海捕文书了！"言豫津顺手端起桌上萧景睿的一杯茶润了润嗓子，"我跟你说，何文新那老爹何敬中跟刑部的齐敏勾结起来，找了个模样跟何文新差不多的替死鬼关在牢里，把真正的何文新给替换了出来，藏得远远的。直等春决之后，砍了人，下了葬，从此死无对证，那小子就可以逍遥自在，换个身份重新活了！"

"不可能吧？"萧景睿惊得目瞪口呆，"这也……太无法无天了……"

"听起来是挺胆大包天的，可人家刑部还真干出来了。你别说，这齐敏还挺有主意的，不知道这招儿是不是他一个人想出来的……"

萧景睿感觉有些不对，双手抱胸问道："豫津……这怎么说都应该是极为隐秘之事，你怎么知道的？"

"现在何止我知道，只怕全京城的人都知道了！"言豫津斜了他一眼，"今天春决，可算是一场大戏，你躲在家里足不出户的，当然什么都不知道。"

"你到菜市口看春决去了？"

"我……我倒也没去……杀人有什么好看的……"言豫津不好意思地抓抓头，"不过我有朋友去了，他从头看到尾，看得那是清清楚楚的，回来就全讲给我听了……你到底要不要听？"

"听啊，这么大的事，当然要听。"

言津豫顿时兴致更佳，眉飞色舞、绘声绘色地道："据说当时在菜市口，观刑的是人山人海，刑部的全班人马都出动了，监斩官当然是齐敏。他就坐在刑台正对面的看楼上，朱红血签一根根地从楼上扔下来，每一根签落地后，就有一颗人犯的头掉下来。就这样砍啊砍啊，后来就轮到了何文新，验明正身之后，齐敏正要发血签，说时迟那时快，你爹突然大喝一声：'且慢！'"

"你说谁？"萧景睿吓了一跳，"我爹？"

"对啊，你爹，谢侯爷。他当时也在看楼上，叫停了刽子手后，他问齐敏：'齐大人，人命关天，你确认这人犯正身无误？'"言豫津学着谢玉的口气，倒有七八分相像，"这句话一问，齐敏的脸色立时就变了，只是箭已离弦，断无回弓之理，齐敏也只能硬着头皮说绝无差错，喝令刽子手赶紧开刀。你爹刚叫了一句'刀下留人'，一辆马车恰在此时由巡防营护卫着闯到了刑台旁，好几名营兵从马车里拖啊拖，拖出一个人来，你猜是谁？"

萧景睿没好气地道："何文新。"

"猜对了！这个是真正的何文新。可是他老爹和齐敏却咬口不认，非说这个才是假的。你爹这时冷笑两声，又带出三个人来，是牢头、替死鬼的中间人，还有一个女的。那女的只哭喊了两句，台上那假何文新就撑不住了，突然嘶声大叫，说他不是死囚，他不想死……你想想看，周围挤得满满腾腾都是围观的百姓，一时哗然，场面那个乱啊，齐敏当时都快晕死过去了。文远伯也来观刑，一看刑部来这一手，气得直跳，揪着何敬中和齐敏不放，闹着要面君。最后还是你爹有魄力，派巡防营的大队兵马接管了现场，倒也没失控。后来他们几个大人就连拖带扯地一起进宫去了，估计这阵子正在太和殿外等着皇上召见呢。"

这简直是以前听也没有听说过的奇闻，萧景睿呆呆思忖了片刻，问道："你觉得真的是何大人和刑部同谋干了这件替换死囚的事吗？"

"我觉得是真的。"言豫津压低了一点声音，"你爹是多谨慎的一个人啊，没有铁证，他最多密奏，不会当众整这么一出的。吏部倒也罢了，大约只有何敬中一个人涉罪，但刑部……这次恐怕会被煮成一碗粥呢。"

"这倒是，如果现在追查出以前还有同类型的案子，齐尚书的罪会更重的。"萧景睿喃喃应着，突然想起父亲前天晚上回来时十分高兴，现在看来，是因为抓到了何文新。吏部和刑部都是支持誉王的，这位最近顺风顺水的王爷，只为了这一个案子就折伤了两只臂膀，也够他疼上一阵子的了……

"说起来都是六部首脑,还真是龌龊,"言豫津自顾自地摇头感慨道,"从什么时候起,朝臣都变成了这个样子,这样的人来协助君上治理天下,天下能治好吗?"

萧景睿低着头沉默了半晌,突然道:"能都怪朝臣吗?君者,源也,源清则流清,源浊则流浊。如今在朝中为官,坦诚待人被讥为天真,不谋机心被视为幼稚,风气若此,何人之过?"

他此言一出,倒把言豫津惊得闭不拢嘴,好半天方道:"你还真是一鸣惊人,我当你素日根本不关心朝局呢?能说出这样的话来,请受我一拜。"

"少打趣我了,"萧景睿瞪了他一眼,"再说这话也不是我说的,我只是越来越觉得……他说得对……"

"谁?"言豫津想了想,迟疑地问道:"苏兄?"

"嗯。我们千里同行,一路上什么话题都聊过,这是有天晚上谢弼睡了,他跟我秉烛夜谈时所发的感慨……我真是想不通,苏兄既有这样的理念,为何会选择誉王?"

"大概他也没得选吧?"言豫津耸了耸肩,"太子和誉王,有多大区别?"

萧景睿点着头,神色也有些无奈:"苏兄曾说过立君立德,所谓君明臣直,方为社稷之幸。待民以仁,待臣以礼,非威德无以致远,非慈厚无以怀人。时时猜忌、刻薄寡恩的君上,有几个成得了流芳百世的名君、贤君?我想苏兄的痛苦,莫过于不能扶持一个能在德行上令他信服的主君吧……"

言豫津的眸光微微闪动,想要说什么,最终又没说,手指拨动着桌上的茶壶盖,翻来翻去地玩了一阵,突然起身,将刚才的话题一下子扯开老远:"景睿,外面好月色,陪我去妙音坊吧?"

皇帝对于换死囚诸案的处理诏书在十天后正式廷发。吏部尚书何敬中免职,念其谋事为亲子,降谪至岳州为内吏,何文新依律正法;刑部尚书齐敏草菅人命,渎职枉法,夺职下狱,判流刑,刑部左丞、郎中、外郎等涉案官员一律同罪。誉王虽然没受什么牵连,但他在朝廷六部中能捏在掌中得心应手的也就是这两部了,一个案子丢了两个尚书,懊悔心疼之余,更是对谢玉恨之入骨。

有心人给夺嫡双方这大半年来的得失做了一下盘点,发现虽然看起来太子最近屡遭打击,誉王意气风发,但一加上此案,双方的损失也差不了太多。

太子这边,母妃被降职,输了朝堂论辩,折了礼部尚书和户部尚书,自己又被左迁入圭甲宫；誉王这边，侵地案倒了一个庆国公，皇后在宫中更受冷遇，如今又没了刑部尚书和吏部尚书。人家都说此消彼长，可奇怪的是，这两人斗得如火如荼，不停地在消，却谁也没看见他们什么地方长了，最多也就是誉王可以勉强算是拉近了一点和穆王府及靖王之间的关系罢了。

不过此时的太子和誉王都没有这个闲心静下来算账，他们现在的全副精力都放在一件事上——那就是如何把自己的人补入刑部和吏部的空缺，退一万步讲，谁也不能让对方的人上。

太子目前正在圭甲宫思过，不敢直接插手此事，只能假手他人力争，未免十分力气只使得上七分；而誉王则因为倒下的两个前任尚书都是由他力荐才上位的，梁帝目前对他的识人能力正处于评价较低的时期，自然也不能像以前那样说风得风、要雨得雨。所以两人争了半天，总也争不出结果来。

吏部倒也好说，只是走了一个尚书，机构运行暂时没有问题，但刑部一下子被煮掉了半锅，再不定个主事的人只怕难以为继。梁帝心中烦躁，暮年人不免有些头昏脑涨，诸皇子公主都一个接着一个入宫来问病请安。靖王是和景宁公主一起来的，聊到梁帝最近的这桩烦心事时，靖王随口提起了上次三司协理侵地案时，刑部派出的官员蔡荃。梁帝被他这一提醒，顿时想起此人当时执笔案文，还给自己留下上佳的印象，急忙一查，确认他这次并未涉案，于是立召入宫。面谈了半个时辰，只觉得他思路清晰，熟悉刑名，对答应奏颇有见地，竟是个难得的人才，不过资历略浅些，又没有背景，才会一直得不到升迁，心中顿时有了主意。第二日，蔡荃被任命为三品刑部左丞，暂代尚书之职，要求其在一月内，恢复刑部的重新运作，并清理积务。鹬蚌相争的太子与誉王谁也不知道这个蔡荃是从哪里掉下来的，本来都以为是对方的伏兵，查到最后才不得不相信，此人竟然真的就是个不属于任何阵营的中间派。

刑部先稳住之后，梁帝定下心来细细审察吏部尚书的人选。考虑了数天之久，他最终接纳中书令柳澄的推荐，调任半年前丁忧期满，却一直未能复职的原监察院御史台大夫史元清为吏部尚书。史元清素以敏察刚正闻名，与太子和誉王都有过摩擦，梁帝也因受过他的顶撞而不甚喜他。这次不知中书令柳澄是如何劝说的，竟能让梁帝忍了个人喜好，委其重职。

不过朝堂上的热火朝天，并没有影响到梅长苏在府中越来越清闲的日子。虽然他现在是公认的誉王谋士，可誉王在换死囚一案上吃的亏纯属自己大意轻敌，事前从没跟人家麒麟才子提过，事后当然更没人家的责任。至于如何争抢两个尚书位的事情，誉王倒是来征求过梅长苏的意见，但他毕竟是江湖出身，在朝堂上又没有可用的人脉，最多分析推荐几个适用的人选，实施方面是指望不上的。幸好誉王也没在他身上放太多的希望，只听了听他的看法，就自己一个人先忙活去了。

因此，在这段春暖花开的日子里，梅长苏只专专心心地做了一件事，那就是招来工匠，开始改建苏宅的园林。

新园子的图稿是梅长苏亲自动手设计的，以高矮搭配的植被景观为主，水景山石为辅，新开挖了一个大大的荷塘，建了九曲桥和小景凉亭，移植进数十棵双人合围的大型古树，又按四季不同补栽了许多花卉。难得的是工程进展极是快速，从开工到结束，不过一个月的时间而已。

苏宅改建好的第二天，梅长苏甚有兴致地请了在京城有过来往的许多人前来做客赏园。在他的特别邀约下，谢家两兄弟带来了卓青遥和卓青怡，穆王府两姐弟带来了几名高级将领，蒙挚带来了夫人，夏冬甚至把刚刚回京没多久的夏春也带来了，言豫津虽然谁都没带，却带来了一只精巧的独木舟，惹得飞流一整天都在荷塘水面上漂着。

在主人的热情招待下，这场聚会显得非常欢快热闹。登门的客人们不仅个个身份不凡，关键是大家的立场非常杂乱，跟哪方沾关系的人都有，这样一来，反而不会谈论起朝事，尽拣些天南海北的轻松话题来聊，竟是难得的清爽自在。这里面言豫津是头一个会玩会闹的，穆青跟他十分对脾气，两个人就抵得上一堆鸭子。其他人中卓青遥通晓江湖逸事，掌镜使们见多识广，霓凰郡主是传奇人物，东道主梅长苏更是个有情趣的妙人……来此之前谁都没有想到，这个看起来组成如此古怪的聚会，居然会令人这般愉快。

游罢园景，午宴就设在半开敞式的一处平台之上，菜式看起来简单清淡，最妙的是每种菜都陪佐一种不同的酒，同食同饮，别有风味。与座人中，只有爱品酒的谢弼说得出大部分的酒名，余者不过略识一二罢了。

宴后，梅长苏命人设了茶桌，亲手暖杯烹茶，等大家品过一杯，方徐徐笑道："如此枯坐无趣，我昨夜倒想了个玩法，不知大家有没有兴致？"

江左梅郎想出来的玩法，就算不想玩至少也要听听是什么，言豫津先就抢着道："好啊，苏兄说说看。"

"我曾有缘得了一本竹简琴谱，解了甚久，粗粗断定是失传已久的《广陵散》。昨晚我将此谱藏在了园中某一处，大家室内室外随便翻，谁最先将它寻到，我便以此谱相赠。"梅长苏一面解说着，一面摇杯散着茶香，"若是对寻宝没有兴趣的客人，就由我陪着在此处饮茶谈笑，看看今天谁能得此彩头。"

一听得"广陵散"三个字，言豫津的双眼刷的一下就亮了，穆小王爷穆青年轻爱玩，也是神情兴奋，谢弼虽然对琴谱不感兴趣，但觉得去寻宝应该会比坐着喝茶更有趣，因此这三人是最先站起来的。萧景睿本来觉得可去可不去，但刚一犹豫，言豫津的眼睛便瞪了过来，他知道好友是多拉一个人多一分胜算，笑着放下茶杯，拉了卓青遥一起起身。卓青怡从表情上看也甚感兴趣，但因为女孩儿家矜持，不好意思去凑热闹，红着脸坐在原地未动，悄悄地看了霓凰郡主一眼。

郡主是何等冰雪聪明的人，一看就知道她在祈盼什么，微微一笑站了起来，道："卓姑娘，可愿跟我一路？"

卓青怡忍住面上喜色，忙立起身来敛衽一礼，道："郡主相召，是青怡的荣幸。"

见郡主和小王爷都去了，原本就跃跃欲试的穆王府诸将哪里还坐得住，立即也跟了过去。只这一会儿工夫，整个平台就空空荡荡了。

梅长苏用指尖轻轻转动着薄瓷茶杯，笑道："看来愿意跟我一起坐着喝茶的人，只有蒙大哥、蒙大嫂和夏冬大人了……"

"怎么会，还有夏春大人……"蒙挚一面随口接着话茬儿，一面向东席上看去，顿时一愣，"夏春大人呢？"

"早就走了，"夏冬满面的忍俊不禁，"春兄也是个乐痴，一听见有古琴谱，哪里还坐得住，苏先生的话还没说完，他就一阵风似的……飘了……"

"对对对，"蒙挚用手拍着脑门，"是我健忘，夏春大人上次为了份古谱，跟陛下还争上了呢。"

"夏春大人最善奇门遁甲、机巧之术，我藏谱的小小伪装，自然会被一眼看破，看来今天豫津要气闷了。"梅长苏微笑道。

"这也难料，苏先生的园子可也不小，是不是一开始就找对了方向，还是要看运气的。"夏冬柳眉一扬，狭长的凤眼中波光流溢，邪邪笑道，"豫津这臭小子拖了那么多帮手去，我看除了春兄，其他任何人找到了这古谱，最终都会被他死磨硬缠地给抢过去。这样算起来他的胜率也不低啊。"

梅长苏但笑不语，低头照管茶炉，又给大家换了热茶，闲聊些各地风物。大约两三刻钟后，夏春人如其名，满面春风地回来了，手里抱着个小小的红木盒子，大踏步上前，朝着梅长苏一拱手，道："苏先生，如此厚赠，愧不敢当。"

梅长苏朗声一笑，道："夏春大人自己寻得了，与苏某何干。其他人呢？不会还在找吧？"

"是啊，"夏春笑得有些狡黠，"我悄悄回来的。"

"想不到夏春大人还如此有戏耍的童心。"梅长苏不禁失笑，摇着头将目光转向平台左侧。

黎纲不知何时已侍立在那里，见到宗主的目光扫来，他不动声色地挑起了右边的眉毛，躬身一礼。

梅长苏心中顿时安定，开口道："你去请郡主他们回来吧，就是再找，也没有第二本了。"

"是。"黎纲领命退下后不久，其他寻宝人便陆陆续续地回来了。言豫津一见琴谱在夏春手里，虽然郁闷，但也知道此人乐痴的程度比自己尤甚，只惋叹了两声，很快也就丢开了。

日影西斜，宾主尽欢。申时之后，客人们便相继起身告辞。蒙挚是最后一个走的，一向骑马的他大约是陪夫人的缘故，居然也上了马车，辘辘而去。

第三十章 密室初启

梅长苏在宅门口送完客,方缓步回到后园自己的寝院之中,一进屋门就笑道:"蒙大哥,你回来得好快。"

"我又没有走远,"蒙挚过来帮他将门关上,回身皱着眉道,"你今天玩这个游戏是不是忘了夏春在这里?刚才真是惊出我一身冷汗来,他可是出了名的机关高手,你居然敢让他随意满园子乱翻……"

"这游戏就是为了夏春而设的,"梅长苏的唇边浮起一抹傲然的笑意,"连夏春都发现不了的暗道,那才是真正的暗道……再说那暗道口我特意改建过,就算万一被夏春翻出来了,他也只看得出来是间密室而已。再说了,我要是没有七分赢他的把握,也不会冒这个险。"

"说得也是,"蒙挚长长吐一口气,"你办的事,什么时候不周全过了?"

梅长苏笑着扶住他的手臂,低声道:"今天是第一次,蒙大哥,可愿陪小弟去靖王府一游?"

"好。"蒙挚回答得毫不迟疑,转身从衣架上取了狐裘的斗篷,为梅长苏披在肩上,"地道里阴湿,你多穿些。"

"你真的要陪我去?"梅长苏眸中的亮光闪动了一下,"那要是靖王问你怎么会跟我在一起的,你怎么回答?"

蒙挚确实未曾想到此节,怔了怔道:"我以为他知道……"

"他知道你我有交往,他也知道你很赏识我、偏向我……"梅长苏定定地看着这位禁军大统领的眼睛,"但是他却不知道你我之间真正的渊源。如果你陪着我一起从这条全京城最隐秘的地道中走出来,那就代表着你和我之间的关系,远比他想象中还要亲近十倍，他怎么可能不惊诧？怎么可能不想要问个清楚明白？"

"那……"蒙挚拧眉想了一阵，"就说你曾经救过我的命，我要报恩，或者说我有把柄落在你手里，所以不得不……"

梅长苏失笑着摇了摇头："景琰不是那么好骗的。你蒙大统领是什么人物，如果你我之间只是为了报恩，或只是因为被威胁，那么我最多能利用你一下就不错了。若非推心置腹，若非信任无间如同手足，我怎么可能会把这条关系到我生死成败的秘道都告诉你呢？"

"小殊，"蒙挚突然紧紧攥住他的手，"干脆什么都跟他说了吧，我们之间真正的关系，还有你真正的……"

梅长苏的神色突然凛冽了起来，方才目光柔柔的眸子瞬间凝结如冰面，掩住了冰层下所有情感的流动，连说话的语调，都散发出了幽幽的寒气。

"蒙大哥，我最怕的，就是你忍不住这个……"梅长苏用力反握住蒙挚的手，指尖几乎陷进了他手背上的肉中，"以后，景琰和你之间的来往会越来越多，你千万要记着，任何情况下，你都要咬紧牙关，不能告诉他我是谁，一个字也不能说！"

"为什么？！你为什么一定要一个人撑着？如果靖王知道了所有的真相，他一定会更加……"

"那样反而会坏事的。"梅长苏冷冷地截断了他的话，"靖王现在夺嫡的决心还算坚定，我给他的进言，无论他感受如何，至少他全都听了，我的计划和行动他也一一配合，从来没有抗拒过，你知道这是为什么吗？"

"因为……"蒙挚喃喃嗫嚅了半天，也说不出下半句。

"因为他现在心无杂念，夺位目前对他而言就是最重要的一件事。我为他所做的一切，他只需要判断是否对夺位有利就行了。至于这些事对梅长苏本人会造成什么样的后果，他根本不必在意。"梅长苏语意冷绝，但眸中却不由自主地露出一丝伤感的笑意，"可一旦他知道我就是林殊，优先顺序便会调换过来，他会忍不住想要保全我，要为我留后路，这样做起事来，难免缚手缚脚，反而相互成为拖累……"

蒙挚也深知靖王的为人和心性，明白他说得不假，无从反驳，只觉得心中惨然，一阵阵疼痛难忍。

"其实从另一方面来说，不告诉他，对我也轻松些。"梅长苏深深吸一口气，勉强露出一个笑容，"我和景琰，毕竟是太熟的朋友了。如果是以梅长苏的身份在他面前，无论谋划什么，我心里也不觉得怎样，可一旦变回了林殊，就难免会觉得伤心、难过，会莫名其妙地心绪烦躁。要是屈从于这样的情绪，别说夺位了，多少人的命也要跟着搭进去……"

"你别说了……"蒙挚铁打的汉子，此刻却不禁眼圈儿发红，"我答应你，任何情况下，绝不吐露半字……靖王不知道也没什么，还有我呢。小殊，以后蒙大哥照看你，死也不会让你受委屈……"

梅长苏忍着胸中激荡，轻轻拍着他的上臂，安慰道："你放心，景琰不是那种兔死狗烹、可共患难不可共富贵的凉薄之人，我将来也委屈不到哪里去。"

"这倒也是，"蒙挚叹道，"不善权谋，不懂机变，过于看重情义，这都是靖王的缺点，要扶他上位，实在是辛苦你了。"

梅长苏微微将脸侧向窗外，面上清韵似雪，唇边浅笑如冰，冷冷道："我们大梁国，难道还缺那种刻薄多疑、只知玩弄帝王心术驾驭臣下的皇帝吗？扶景琰上位是难了些，可一旦成功了，就凭他坚毅不可夺的心志，凭他敏察忠奸的眼力，凭他清明公允的行事风格，难道他不是好皇帝吗？只有少了内耗，方可君臣齐心，共修德政。这些年你也看见了，朝中文不思政，武不思战，都揣摸上意、固守权位去了，亏得大梁还算国力雄厚，制度健全，勉强才撑得住这个虚架子，如果下一朝还是这样，只怕国力会继续颓危，再不力图振作，将来何以震慑虎狼四邻，何以保土安民？"

他的声音低沉醇厚，语调也并不慷慨激昂，但蒙挚听在耳中，却觉得全身的血液仿佛都突然加速了流动一般，胸口热辣辣一片滚烫。整肃朝纲，激浊扬清，一直是皇长子祁王的心中夙愿。蒙挚当年在赤焰军中时，也曾听这位贤王描述过他心中理想的朝局。可自他死后，当年聚集在祁王府中的济济英才们也随之四散凋零，或被株连而死，或消沉隐去，或识了时务改换心志，或一直被打压难以出头，朝中只余一片唯唯诺诺、暮气沉沉，皇帝的喜恶成了衡量一切的标准，人人想的都是如何争权，如何固宠，如何为自己的将来选择正确的立场。太子和誉王更是乐此不疲，几乎已经把玩弄人心当成了治国宝典。若说整个大梁皇族中谁还能够承续一点祁王当初的治国理念，确实只有从小就在萧景禹身边受教的靖王而已。

"蒙大哥，"梅长苏仿佛已从他的眼睛中读出他心中所思般，面上浮起安然的微笑，轻声道，"你现在明白了吧？很多事，我不能让景琰和我一起去承担。如果要坠入地狱，成为心中充满毒汁的魔鬼，那么我一个人就可以了，景琰的那份赤子之心一定要保住。虽然有些事情他必须要明白，有些天真的念头他也必须要改变，但他的底线和原则，我会尽量地让他保留，不能让他在夺位的过程中被染得太黑。如果将来扶上位的，是一个与太子、誉王同样心性的皇帝，那景禹哥哥和赤焰军，才算是真正地白死了……"

蒙挚心中百感交集，只能重重地点头，好半天也说不出话来。虽然他答应过梅长苏很多次不吐露真相，但直到此刻，他才是真正地心悦诚服，将这个承诺刻在了心上。

梅长苏的目光已恢复宁静柔和，扶着旁边的书案道："蒙大哥，我说要请你今天跟我一道去靖王府，那是玩笑的。要让景琰不起疑心，恐怕要你从他那一边走到我这里才行。"

蒙挚一时没有听明白他的意思，脱口问道："从他那边走？怎么走？"

梅长苏觉得有些疲累，就近在身旁的木椅上坐下，又示意蒙挚也入座，方缓缓道："你近来因为内监被杀一案，平白无故被皇上猜疑，两个副统领都被调走，这一切人人都看在眼里，靖王自然也知道你受了委屈。我会找机会向靖王进言，让他抓到这个时机多与你来往，把你的手下接收入他的府中关照。你也尽量不着痕迹地让他明白你对太子和誉王的反感，以及对祁王的怀念。你们原本关系就很不错，等再亲近一点，你就假装无意中发现了他卧房之中的地道入口，逼他不得不向你道出实情。此时你再推心置腹，向他表明自己虽然绝不会背叛皇上，但在储位之争中，是可以支持他的。靖王素日了解你的忠心，也明白你的偏向，所以一定会深信不疑。这地道既然已经被你发现了，他瞒也瞒不住，到时候，就该是你陪着他，走到我这边来让我吃一惊了……"

"你还真是……"蒙挚不禁笑道，"我看看这脑子是怎么长的。这样一来，我的确是顺理成章就变成你们的心腹了，只是靖王不免要先吓上一跳……"

"若不是一定要让靖王知道你是我们这方的，以便日后行事，我又何必唱这一出？将来我们就是同一位主君的同僚了，一文一武，也没什么冲突，就算交情再厚几分，靖王也不会奇怪，岂不比找什么报恩的借口更好？"

"你说的是，就依你的法子好了。只是今晚，不能陪你走这第一次了。"

"今天陪了一天的客，我也乏了，又没什么火烧眉毛的急事，原本就没打算过去的。时辰不早，你也该回府了，免得嫂夫人在家为你担心。"

蒙挚细细觑了觑他的脸色，皱眉道："眼睑下都是青的，看来你确实过于劳累了。地道在这里，今日不走也不会飞掉，好生歇息休养要紧。我不吵你了，你快些去睡吧。"

梅长苏确实觉得倦意浓浓,对蒙挚也不用多加客套,只点了点头,便真的径直回到内室,展被上床安睡去了。原本就在内室一张小床上睡着的飞流抬头看看是他,只眨了两下眼睛,便又闭目倒下,也不知刚才那会儿算是醒了还是没有。

被他这可爱的样子一逗,蒙挚的脸上忍不住绽开笑纹,但又忍着没有发出声音,只细心地为他们又关好门窗,吹灭了桌上的灯烛,这才悄然离开。

这似乎应该是平静的一夜。无风,无雨,清润的月色柔柔淡淡的,蒙着一层薄如轻纱的浮云,不会白花花照着窗棂晃人眼目。梅长苏睡得非常安稳,没有咳嗽,也没有胸闷到一定要半夜起来坐一会儿。这样的阳春季节,是适合安眠的,室内的炭火昨天刚刚撤下,空气异常舒爽,室外也没有夏秋的草虫之声,恬然宁静,若是一夜无梦到天明,当是一桩清酣美事。

然而金星渐淡,东方还尚未见白时,飞流却突然睁开了双眼,翻身而起。少年没有披上外氅,只穿着雪白的中衣便走到了卧房西北角的一面书架旁,歪着头听了听,这才回身来到梅长苏的床前,轻轻摇着他的肩膀。

"苏哥哥!"

除非是昏睡,否则梅长苏一向是浅眠,只摇了两下,他便醒了过来,迷迷蒙蒙间半睁开双眼,伸手按着额头,声音还有些发涩:"什么事啊,飞流?"

"敲门!"

纵然梅长苏一向都能毫无误差地理解到飞流简便话语中的所有意思,但此刻也不由得怔了怔,坐起来清醒了片刻才突然反应过来他说的是什么意思。

急忙起身穿好衣衫,随意将散发一束,披了件貂绒的斗篷,接过飞流递来的温茶润了润嗓子,顺手又拿棉质布巾擦了擦脸,这才快步走到书架前,用足尖在光滑无痕的地面上穿花般地连点数下,朝西的墙面上现出了仅供一人进出的狭窄通道。飞流正准备当先进去,梅长苏却一把拉住了他,低声道:"今天你不进,在外面等苏哥哥好不好?"

少年露出不情愿的表情,但依然很乖顺地服从了指令,让到一边,梅长苏闪身进了通道,在里面不知怎么触动机关,整个墙面很快又恢复了原样。飞流拖来椅子坐下,两只黑亮的眸子专注地盯着墙角,非常认真严肃地等待着。

梅长苏进了墙道,从怀中取了夜明珠照明,催动机关下沉数尺,来到一条通道入口,转折又走了一段,开启了一道石门,里面是一间装饰简朴的石室。陈设有常用的桌椅器具，安置在石壁上的油灯已被点燃，发黄的灯光下，靖王穿着青色便服，转向缓步走进来的梅长苏，向他点头为礼。

"苏先生，惊扰你了。"

梅长苏微微躬身施礼，道："殿下有召即来，是苏某的本分，何谈惊扰。只是仓促起身，形容不整，还请殿下见谅。"

靖王显然心事重重，但还是勉强露出了一丝笑容，抬手示意梅长苏坐下。

他凌晨来访，肯定是有疑难之事，但见面出语客套，显然又不算什么火烧眉毛的急事，故而梅长苏也依他的指示，缓缓落座后，方徐徐问道："殿下来见苏某，请问要商议何事？"

靖王拧着两道浓眉，沉吟了一下，道："说来……这原不该苏先生烦心，其实与我们现在所谋之事无关。只是……我实在无人商量，只好借助一下先生的智珠。"

"苏某既然以主君事殿下，那么殿下的事就是苏某的事，不必说什么有关无关的。请殿下明言，苏某或有可效力之处，一定尽力。"

对他的反应，靖王显然是预计到了的，所以立即回了一笑，顺着他的口风道："那我就直说好了。今天下午我入宫给母亲请安，景宁妹妹过来找我，一见面就哭了一场，求我救她，说是……大楚下月有求亲使团入京，如果父皇同意，适龄的公主似乎只有她了……"

"与大楚联姻吗？"梅长苏凝神想了想，"有霓凰郡主坐镇南境，梁楚之间互相僵持，确实经年未战。此时联姻修好，大楚固然是为了腾出手去平定缅夷，但我们大梁也可趁机休整一下近两年来的银荒，倒也不失为一个好方法。不过既是联姻，自然应该是互通，我们有公主嫁过去，他们也该有公主嫁过来，否则就变成我们送主和亲了。大楚若是单为求娶而来，陛下未必会同意，可如果他们提出公主互嫁，陛下只怕有八成会答应的。"

靖王有些哭笑不得地看着这个立即进入谋士状态的人，叹着气道："苏先生，我不是想知道父皇有几分可能性会同意，我是想请教，如果父皇同意联姻，有没有办法不让景宁嫁过去。她跟我说，她心上已经有了一个人……"

梅长苏凝目看着自己足尖前方的一小块阴影，看了好久才慢慢将视线转移到靖王脸上："请问殿下，目前在婚龄的公主有几位？"

靖王怔了怔，咬了咬牙道："只有景宁……"

"亲王郡主，可有未婚适龄，能加封公主者？"

"……父皇一辈的兄弟，当年继位时零落了些，余下只有纪王、钱王、栗王三位王叔，他们的郡主成年未嫁的，大约还有三四位吧……"

"明珠郡主，有咯血弱疾；明琢郡主，左足伤跛；明瑞郡主，已剃度出家半年；明璎郡主，似有狂迷之症。既是为了联姻修好，你觉得陛下能加封这几位郡主中的谁呢？"

靖王对宗室女的情况不太了解，但梅长苏既然这样说，自然不会错，心情不由得更加沉重，想了半天，突然想起一人，忙道："我约莫记得，栗王叔家有位明珏郡主，与景宁同年……"

梅长苏冷冷一笑："己所不欲，勿施于人。明珏郡主与先朝太宰南宫家有位年轻人有情，只因临订婚前对方母丧，暂时推后了。这件事京城知者甚众，殿下你当时出兵在外，所以才不清楚的。"

靖王呆呆地听了，面颊上肌肉微跳："照先生的意思，父皇一旦允亲，景宁当无任何回旋余地了？"

梅长苏表情漠然，只是在眸底深处藏着些怜惜，语调甚是清冷："景宁是公主，纵然不外嫁，婚姻也注定不能由己，难道她还没有面对这个事实吗？"

靖王长叹一声："你所说的，我何尝不知？不过景宁哭成那般模样，我实在怜她痴心，想着先生也许会有什么奇诡之计，所以才前来相商。"

梅长苏瞟了他一眼，突然道："既然说起这个，殿下你只想到景宁公主吗？"

靖王一愣，显然不明他此话何意。

"大楚若有公主嫁来，定是嫁给皇子，定不能当侧妃，殿下细想，会是何人迎娶？"

"啊？！"靖王立即听出他言下之意，不由得按了按桌面，"先生是说……"

梅长苏面色凝重地道："大楚毕竟是敌国，楚国公主中又尚未闻有什么贤名、才名高绝如霓凰般的人物。陛下疑心一向深重，既然殿下有心夺嫡，娶个敌国公主为正妃，终究不是好事，苏某要设法为殿下挡开这个桃花运了。"

靖王神色一振："既然先生有办法为我拒亲，怎么景宁那边……"

"情况不一样吧？公主中只有景宁适嫁，但皇子中殿下你又不是唯一人选。太子与誉王已有正妃，陛下本也不会让他们两位来娶敌国公主，故且除开他两人。余下的人中，三殿下虽有些微残疾，五殿下虽闭门读书不闻政事，但他们都是实打实的皇子，也都正妃亡故尚未续弦。越是像这样看着与皇位继承根本无关的皇子，才越适合去迎娶。所以陛下一旦允亲，定会在你们三个人中间挑。定亲之前，必须要先合八字，景宁公主的八字会送到大楚去合，我们无能为力，但大楚公主的八字会送到这边儿来让礼天监的人测合，我倒可以想想办法，让测合的结果按我们的心意走。谁娶她都无所谓，只要殿下你的八字与大楚公主不合就行了啊。"

"怎么，礼天监里也有听命于先生的人？"

"不能说听命，只不过……有些手段可以使罢了。"

靖王眸色深深，定定地直视着梅长苏："苏先生最初入京时，给人的感觉仿若是受了'麒麟之才'盛名之累，被太子、誉王两边交逼而来。但如今看来，先生你未雨绸缪，倒是一副有备而来的样子啊……"

梅长苏毫不在意地一笑，坦然道："苏某自负有才，本就不甘心屈身江湖、寂寂无为。有道是匡扶江山、名标凌烟，素来都是男儿之志。如果不是狠下了一番功夫，有几分自信，苏某又怎么敢贸然舍弃太子和誉王这样的轻松捷径不走，而决定一心一意奉殿下为君上呢？"

靖王将这番话在心里绕了绕，既品不出他的真假，也并不想真的细品。梅长苏确是一心一意要辅佐他身登大宝，这一点萧景琰从来没有怀疑过，但对于梅长苏最终选择了他的真正原因，他心中仍然存有困惑，不过在这个时候，靖王尚没有多深的执念要寻查真相，毕竟现在正是前途多艰之时，有太多更重要的事情需要优先考虑。对他来说，这位高深莫测的谋士是他手中最利的一把剑，只要好使就行了，至于这把剑是怎么被煅造出来的，为何会雪刃出鞘，他此时并不十分在意。

密室不是茶坊，话到此处，已是尽时，当没有继续坐下来闲聊的道理。虽然来此的目的没有达到，但靖王本身也明白景宁脱身的希望不大，所以尽管有些失望，却也不沮丧。两人淡淡告别，各自顺着秘道回到自己的房间。

萧景琰虽建府开牙，有自己的亲兵，在军中威望极高，但毕竟是仅有郡王封号的庶出皇子，又不似誉王那般享有诸多特权，故而除非是在朔望日、节气日、诞日、母诞日、祭日等特殊日子，否则不请旨便不能随意进出后宫。萧景宁那日求了他后，一连有好些天都望不到这位七哥的影子，不免心中忧急，竟不顾宫规禁严，派宫女携自己亲笔写的书信乔装出宫，想求靖王帮她联络宫外的心上人，结果还没走出定安门，便被禁军发现截住。蒙挚闻讯赶来后，只收缴了书信，将宫女放回内苑，之后严令手下不得对外吐露此事，悄悄掩住。当晚，他连夜暗访靖王府，向萧景琰出示了书信。

靖王知道自内监被杀案后，蒙挚对禁军的控制已不似以前那般铁板一块，这件事只怕未必能彻底瞒住，赶紧又去与梅长苏商议。果然，大约只过了两三天，梁帝便听闻了公主私遣宫女外通的风声。他一向宠爱这个幼女，自然更是怒不可遏，当即命人唤来蒙挚，劈头盖脸一通雷霆责问。

蒙挚得了提点，早有准备，等梁帝发完了怒火，方叩拜徐徐回道："陛下见责，臣自当罪该万死。但自古宫闱清誉最是要紧，臣虽蒙陛下恩宠，忝为禁军统领，可毕竟只是个外臣。那宫女是公主贴身随侍，书信又是密封。臣一无权审问内宫人等，二不能拆看书信窥密，不审不看，便不知真伪。不知真伪，又岂敢将这种事擅报陛下？故而臣只能将宫女逐回，令手下噤口，将书信焚烧。如此方能将此事遮下，不伤公主圣德。臣见识粗陋，此举若有不妥之处，请陛下责罚。"

梁帝听了他的分辩，细想竟大是有理。这种宫闱私事，自然是能消就消，能免就免，大肆查证出来，也不过是丢自己的脸面。这样一想，一团火气渐渐也消了，命蒙挚平身，安抚了两句，又将刚才派往公主宫中代天讯问的内使召回，只下了暗令给皇后，命她加倍严管景宁，便匆匆掩了此事。

蒙挚与靖王以前关系一直不错，此次他刻意回护，没有让任何人察觉到是靖王在帮助公主与外人联络，更是明显表示出了极大的善意。靖王原本就曾被梅长苏暗中劝告要结交蒙挚，加上此次又受了这个人情，一来二去交往渐渐增多，虽没有频繁到让人注意的程度，但推心置腹的程度已远比以前更深了几倍。

与此同时，蒙挚这方也依照梅长苏的安排，表现得很是积极和主动。一日趁着到靖王府中参加他举办的骑射赛会的时机，挑起话题，借口要看他从北狄王处缴获的双弦剑，如愿到了靖王悬剑的卧房内，并且很凑巧地发现了那个隐秘的地道入口。

就这样，蒙挚顺理成章地成为第一个知晓梅长苏与靖王臣属关系的朝臣，并且趁机向靖王表明了自己在不违皇命的情况下，一定会支持他夺嫡的态度。

这个时候，已是草长莺飞，芳菲渐尽的四月。

大楚求亲的使团带着可观的礼物已来到了金陵帝都之外。由于楚帝这次派了自己嫡亲的皇侄陵王宇文暄担任正使，故而梁帝按照相应的王族规格礼敬，誉王奉旨前去城门迎接，并安排他们住进了皇家外馆保成宫。

从大楚方面的郑重其事与大梁这边的礼遇态度来看，这次联姻之事，似乎已成了七八分，见面只在于协商细节了。

两国联姻，是一件大事。虽然还未有明旨允婚，但朝廷上下已先忙碌了起来。大梁正使宇文暄入宫陛见后的第五天，内廷连下了两道旨意，一是加封景宁公主为九锡双国公主，二是赐赏五皇子淮王敕造新府第一座。这似乎表明联姻的人选已初步确定了下来。

哭闹过、抗争过，也绝食过的萧景宁最终还是屈服了。身为大梁公主，她其实一开始就明白自己身上不容挣脱的桎梏和责任，对父皇的违逆，只是不甘心就这样放弃自己想要选择的幸福，而结果，自然是早已预料到的冷酷。皇后派出了最心腹的宫女昼夜看管公主，各宫妃嫔也都轮番出面百般相劝。在这个一切以上位者意志为主宰的后宫，景宁得不到任何公开的支持。因为对于大多数冷眼旁观的人而言，她所经受的，不过是历代公主同样的命运而已，虽然没有因受宠爱而更幸运，但也说不上更不幸。

靖王每次进宫都会去探望这个妹妹，见她慢慢接受了现实，心中稍稍放心。

近来太子受责不预政事，誉王在朝堂之上异常的活跃，每次廷论时无论议的是何事，他都会积极参与。要说现在群臣都已甘心向他效忠，那当然远远不是，只不过以他如今红得发紫的身份，只要不是错得太离谱，诸臣等闲也不会驳逆他的词锋。而且不知为何，最近一个月来连太子派别的人都表现得异常恭顺，不再热衷于与誉王作对。再加上这位贤名在外的皇子又不是庸才，府中也是人才济济，在大事上错得离谱的情况少之又少，所以渐渐便给人一种群臣附和的感觉。梁帝心里怎么想的没人知道，至少表面上他愈发地爱重誉王，遇到难决之事，首先便会与他商议，听取他的意见。一时间谣言四起，人人都传言誉王殿下很快就会成为太子殿下了。

这种风声自然不可避免地最终传到了梁帝耳中，他询问随侍在旁的蒙挚。蒙挚却说从未听过此类传言，虽然梁帝很赞赏他这种完全置身事外的态度，但心里仍不免有些郁郁。起驾回后宫时，因为烦闷，便弃了车辇不用，只带着贴身几个随侍，信步闲走。

"陛下，您今晚是去……"六宫都总管高湛小心翼翼地打听着，以便早通知、早准备。

梁帝凝了凝脚步。皇后一向端肃不讨喜，越妃近来为太子事常有哀泣，他都不想见。年轻美人们固然娇艳柔媚，但今夜他似乎没有这个兴致。所以最终，他也只是沉了沉脸，没有理会高湛。

察言观色已快成精的高公公当然不敢再问，躬身跟在皇帝身后。

第三十一章 大楚来客

宫灯八盏，稳稳地在前引路。各宫都已点起蜡烛，明晃晃的一片。可梁帝却偏要朝最昏暗的地方走去，似乎刻意要寻找一种清冷和安静。

走着走着，一股药香突然扑鼻而来，怔怔地抬头，看见前面小小一所宫院，仿佛游离于这荣华奢腴的宫院之外般，未植富丽花树，反而辟出一片小小药圃，宁朴雅致。

"这是哪里？"

高湛忙道："回陛下，这是静嫔娘娘的居所。"

"静嫔……"梁帝眯了眯眼睛，似在回忆。是啊，静嫔，景琰的母亲……倒也常常见。年节等场合，后宫拜贺，她总是低眉顺眼站在很靠后的位置，从来不主动说话，就如同她初进宫时一般。

"高湛，静嫔入宫，有快三十年了吧。"

高湛背脊上冒出些冷汗来，不敢多答，只低低回了个"是"。

"乐瑶生了景禹后，总是生病，拖了许久都不见大好。林府担心，所以才送了医女进宫贴身调理……朕记得，乐瑶待她，一向亲如姐妹……"

宸妃林乐瑶、故皇长子萧景禹，这些都是不能陪着一时心血来潮的皇帝随便回忆的禁忌话题，高湛只觉得内衣都快被浸湿了大半，努力不让自己的呼吸太急促，腰身弯得更低。

梁帝冷冷地瞟了他一眼："你也不必吓成这样……去传旨，让静嫔接驾吧。"

"是。"

不多时，药香萦绕的芷萝院添了灯烛，静嫔率宫婢们正装出迎，跪接于院门之外。

梁帝并没有细细看她，只丢下"平身"二字，便大步跨入室内。静嫔忙起身跟上，过来服侍他宽下外衣，暗暗觑了觑脸色，柔婉地问道："陛下看来疲累，可愿浸浴药汤解乏？"

梁帝想到她是医女出身，自然精于药疗，加之确实觉得头痛力衰，当下点头许可。静嫔命人抬来浴桶香汤，自己亲配药材，不多时便准备停当，伺候梁帝入浴，又为他点药油熏蒸，按摩头部穴位止痛。静嫔虽然年纪已长，容色未见惊艳，但医者心静，保养得甚好，鬓边未见华发，一双手更是滑腻修韧，推拿按压之间，令人十分舒服。

梁帝已经很久，没有这般安静闲适过了。

"陛下，蒸浴易口干，喝口药茶吧？"静嫔低低问道，将细瓷碗递至他口边。梁帝眼也不睁，就着她的手喝了几口，甘爽沁香，毫无药味，恍然间，激起了一些久远模糊的影像。

"静嫔……这些年，是朕冷落了你……"握了她的手，梁帝抬头叹道。

听了这句话，静嫔既没有趁机倾诉委屈，也没有谦辞逊谢说些漂亮话，只是淡淡一笑，仿佛根本不萦于心一般，仍然认真地揉拿着梁帝发酸的脖颈肩胛之处。

"一晃这么多年，朕也老了……"梁帝倒是清楚她这种恬淡的性子，并不以为意，"要说什么补偿也给不了你，不过景琰孝顺，你还是有后福的。"

"陛下说得是，有景琰在，臣妾就知足了。这孩子孝心重，有情义，只要他在京城，必会常来请安。能看见他，臣妾怎么都是开心的。"

梁帝瞟了她一眼，可见那双柔润清澈的眼中满漾着的都是母性的慈爱，心中也不由得一软："景琰是重情义的好孩子，朕何尝不知道？只是性子拗了些……有些才气，被抑住了，朕也没给他太多机会。不过你放心，朕还是要关照他的，战场凶险，以后也会尽量不遣他出去了……"

"若是朝廷需要，该去还是得去，"静嫔淡然地道，"宫外的事臣妾不清楚，但身为皇子，卫护江山也是应尽之责。这孩子虽然不爱张扬，但心里是装着陛下，装着大梁的。如果陛下为了爱护他，一直让他赋闲在京享清福，他反而会觉得更委屈呢。"

梁帝不由得一笑："说得也是。景琰就是心实，再委屈也不跟朕厮闹，虽说君臣先于父子，但他也未免太生分了些。这性子，倒有几分像你。"

"龙生九子，各有不同。陛下的皇子们自然也不都是同样的性情了。"

梁帝眉尖一跳，又想起太子与誉王之争，心口略闷。

对于历代帝王而言，身边要是有一个众望所归、德才兼备的储君，那可真不是什么好玩的事，所以他虽立了太子，但却又一向爱重誉王，以此削弱东宫之势，使其不至于有碍帝位之稳。不过太子景宣序齿较长，生母又是宠妃，本人也素无大错，要说梁帝早就有易储之心，那却又不尽然。直到近半年来，多次丑闻迭发，梁帝这才真正动了怒，有了废立之意，放太子于圭甲宫，不许他再参与政事。本来誉王就是东宫的有力争夺者，太子下位由他补上应是顺理成章的事，只不过……

"静嫔，你觉得誉王如何？"后宫也早有派系，无人可以商议，没想到竟是这与世无争三十年的低位嫔妃，才让他可以毫无疑虑地开口询问。

"臣妾觉得誉王容姿不凡，气度华贵，是个很气派的皇子。"

"朕不是问他的样貌……"

"请陛下见谅，除了样貌礼数，臣妾对誉王知之甚少，只是偶尔听起后宫谈论，说他是个贤王。"

"哼，"梁帝冷笑一声，"后宫妇人，知道什么贤不贤？这些话还不是外面传进来的！现在朝堂议事，大臣们都以他马首是瞻，倒还真是贤啊！"

"这也都是陛下爱重的缘故。"静嫔随口淡淡道，"以前太子在朝时，难道不是这样的吗？"

她仿若无心的一句话，却勾得梁帝心中一跳。

太子以东宫之尊，奉旨辅政，在朝堂上都没有这样顺风顺水的局面，誉王现在还只是一个亲王，便已有了如此的震慑力，一旦立他为储，只怕……

"陛下，水已经温了，请起身吧。"静嫔似没有注意到梁帝的沉思般，一面扶他起来，一面命侍女拿来丝巾为他拭去水滴，换上柔软的中衣，扶到床榻之上安睡，自己跪在一边，力道适中地为他捏脚。

"你也累了，"梁帝坐起半身，紧紧握住了静嫔正在忙碌的手，"睡吧。"

静嫔安详地侧过脸来，灯光掩去了岁月的许多痕迹，将她的肤色染得格外柔润。在露出一个异常温婉的笑容后，她轻轻答了一声："是，陛下……"

三天后，内廷同时下了三道旨意：

赦太子迁回东宫，仍闭门思过；

越妃恪礼悔过，复位为贵妃；

晋静嫔为静妃。

一时间朝野困惑，不知道这位圣心难测的皇帝陛下，这葫芦里到底卖的是什么药。

在越贵妃重得贵妃封号的巨大光环下，静嫔的晋位不是那么引人注意。她入宫三十多年，未尝有过失，生有皇子成年开府，得个妃位本是理所应当，只是多年被冷落、忽视罢了。所以后宫人等，在敷衍般前来祝贺后，依然大群大群地拥向了越贵妃的昭仁宫。只有极少数敏锐的人，将年前恩赏中靖王多得的赐礼与静嫔此次晋位联系了起来，预先察觉到似有新贵即将崛起，从而前来极力交好。

但无论是静妃也好，靖王也罢，母子都表现出有些宠辱不惊的味道，有礼却又疏远，静妃更是只有礼节性地接待，连贺礼都不收。除了朝见皇后时她站的位置有变以外，简直让人感觉不到这次升迁对她有什么实际的意义。甚至有人认为，她的晋位只是皇帝陛下为了不让越贵妃复位显得突兀而顺手拉来陪衬的。

靖王的表现与她稍有不同。他深知自己对朝臣们的了解不够，也完全信任梅长苏的判断和决策，所以一直很严格地按照梅长苏所举荐的人在进行结交，所有与他有来往的人他都待以同样的礼节，但正是在这同样的礼节下，却隐藏着微妙的亲疏差别。

梅长苏心里明白，靖王这样取得人心的方式，需要更长久的时间，但同时，也会有更稳固的效果。

月余前清明节气后，霓凰郡主和穆青就已上表请求回云南封地，梁帝一直不允，挽留至今。但大楚使团入京后没有几天，他就准了这道奏章，同意霓凰回南境镇守，却将穆青留了下来，理由是他袭爵未久，太皇太后不舍，要他多陪伴些时日。

这样明显留人质的行为几乎在穆王府中掀起大波，随两人赴京的南境军将领们无一不愤怒心寒。反而是霓凰更冷静持重些，先镇抚住部下，不让不当的言论传出府外，又精挑了信得过的心腹同留，对幼弟更是再三小心叮咛，诸事都布置妥帖了，这才安排自己的回滇事宜。

临行前，她依次向京城好友拜别，最后，才来到苏宅。

整修一新的苏宅花园内，一派晚春韶光。海棠谢尽，桃李成荫，繁华中又透着一股伤春的气息。下属们退出后，并肩立于荼蘼花架下的两人当不再是梅长苏与郡主，而是林殊与他的小霓凰。

只是淡淡的一个眼神，浅浅的一个微笑，便能激起生死莫逆的信任之感，和温暖心腹的浓浓亲情。霓凰今日未着劲装，穿一袭广袖长裙，鬓边一朵素色山茶，一枝白玉步摇，更显女儿娉婷，只是那姣姣红颜上的风露清愁，依然鲜明地表露出她肩上的千钧之担与心中的沉沉重负。

"林殊哥哥，霓凰此去，短时不能再见。我云南穆府在京中也算略有人脉，这面黄岗玉牌是祖父传下的，持牌人的号令，就连青儿也必须要从。今日托付给大哥，万望勿辞。"

随着这恳切的话语，霓凰盈盈拜倒，双手托出的，是一面凝脂般光润的古玉牌，刻着篆体的一个"穆"字，底下绕着水波印纹。

梅长苏神色清肃，目光慢慢地落在了这面令牌之上。他心中明白，眼前这位独力支撑云南穆氏的女子向他郑重托付的，不仅仅是面玉牌，更是心爱弟弟在京中的安危，一旦接手，便是十分沉重的责任。然而此时此刻，不容他犹豫，也根本没有想过犹豫，唯一的反应，便是毫无谦辞地接过，将霓凰从地上搀起。

"你放心，皇上只是制衡，不是动了什么心思。青儿虽少历练，却是机敏聪慧的孩子，有我在京城一日，他就不会有任何危险。"

霓凰的颊边，漾着浅浅梨窝，但一双如明月般清亮的眼睛中，却蒙着一层泪光："林殊哥哥，你……也要保重……"

梅长苏向她温和地一笑，多余的话，不必再说，甚至连聂铎也不必再多谈起。只要彼此知道彼此的牵挂，知道彼此心中最纯洁、最柔软的那个部分，就已经足够。

霓凰郡主于四月十日的清晨起程离开金陵，皇帝派内阁中书亲送于城门以示恩宠。除了来尽礼的朝臣外，萧景睿、言豫津、夏冬等人自然也都来了，不过在送行的人群中，却没有梅长苏的身影，反而出现了一个让人觉得有点意外，却又似乎应在意料之中的人。

从外貌上看，大楚正使宇文暄是个典型的南方楚人，疏眉凤眼，身形高挑，肩膀有些窄，显得人很清瘦，然而举止行动，却又透着股不容忽视的力度。

大楚王族不领兵，因此宇文暄并没有跟霓凰郡主直接交过手。但无论如何天下人都知道，历代镇守南境的穆氏与大楚之间百年难化的仇结，更不用说上代穆王便是在与楚军交战时阵亡的，而霓凰郡主本人也曾多次经历生死一瞬的沙场险境。

所以这位大楚的陵王敢跑到大梁的京都城门外，来给敌对多年的南境女帅送行，确实还是有几分胆色的。

看到这一队来者的楚服与车马楚饰之后，穆青的脸早已沉得像锅底一般，与他相反，霓凰郡主的面上却浮起了傲然的笑意。

"见过霓凰郡主。"宇文暄下了马车,快步走上前来施了一礼。

"陵王殿下。"霓凰回了一礼,"这是要出城吗?"

"哪里,我是专程来为郡主送行。"宇文暄眼角堆起笑纹。

穆青不耐烦地插言:"那你现在送过了,请回吧,我们还有话要跟姐姐说呢。"

"这位是……"宇文暄凝目看了他两眼,一副不认识的模样,只待手下凑过来小声说了两句什么,才露出一副恍然的表情:"啊,原来是穆小王爷。请恕我眼拙,我们楚人嘛,一向只知有霓凰郡主,不知道有什么穆王爷的。仗都让姐姐打了,小王爷真是有福。平时爱做什么?绣花吗?可惜我妹妹没有来,她最爱绣花了……"

即便是有些城府的人,也受不住他这刻意一激,更何况年少气盛的穆青,当即涨红了脸跳将起来,却又被姐姐一把按住。

"陵王殿下也很眼生,"霓凰郡主冷冷道,"霓凰在沙场之上从未见过殿下的踪影,可见同样是不打仗的,莫非平日里也以绣花自娱?"

宇文暄嘻嘻一笑,竟是毫不在意:"我本就是游手好闲的王爷,不打仗也没什么。可穆小王爷身为边境守土藩主,却从未出现在战场王旗之下,这不是有福是什么?我可真是羡慕他呢……"

穆青怒气上撞,猛地挣脱了姐姐的手,身体前冲的同时抽出随身利剑,直指宇文暄的咽喉,大声道:"你给我听着,我袭爵之后,自然不会再让姐姐辛劳,你若是男人,就不要只动口舌之利,你我战场上见!"

"啧啧啧,"宇文暄咂着嘴笑道,"这就生气了?现在贵我两国联姻在即,哪里还会有战事?就算不幸日后开战,我也说了自己不会上战场,所以这狠话嘛,当然是由着穆王爷放了。至于我是不是男人……呵呵,穆王爷这样的小男孩,只怕是判断不出的……"

霓凰郡主皱了皱眉。这宇文暄一张好嘴,摆明是挑弄穆青生气,自己若是出面维护,更让人觉得穆青是在受姐姐翼护,不由得心中有些犹疑。

正在此时,萧景睿踏前一步,冷笑一声道:"陵王殿下,既然你明知两人并无机会决胜于沙场,还说那么多废话做什么?穆小王爷刚刚成年袭爵,日后王旗下必少不了他的影子。若他到时给你这个当面交手的机会,不知陵王殿下敢不敢接呢?"

穆青咬紧了牙根道:"没错,废话少说,阴阳怪气地挑衅,算什么本事?你我现在就可以交交手,若是你没有胆子与我一战,叫你的手下来,几个人上都行!"

言津豫看那宇文暄虽身形劲瘦,但脚步虚浮,武学造诣显然远远逊于武门世家的穆青，心里明白萧景睿的意思是要结束掉处于弱势的口舌之争，干干脆脆地当面对决，当下也帮腔道："我们大梁风俗与贵国不一样，喜欢实力说话，不喜欢清谈，尤其是男人更不喜欢。陵王殿下，您还是入乡随俗，嘴里少吐几朵莲花，省口气切磋一下如何？"

宇文暄的视线轮番在两个年轻人的脸上绕了一圈，突然仰天一笑，道："都说大梁人物风流，看两位也算是俊雅公子，怎么学了燕人的脾气，一言不合就要动手的？"

"你到底敢不敢打？不敢趁早说，谁爱听你磕牙？"穆青怒道。

"敢，怎么不敢？"宇文暄眸色突然一冷，伸手轻抚着顶冠上垂下的翎尾，"不过今日大家都是来为郡主送行的，兀自争起胜来，实是对郡主不恭。敝国上下都知道，我这人虽然什么都敢做，却就是不敢冒犯佳人。所以今天嘛……诸位就是把我卸成了八大块，我也是不会动手的。"

"不敢就是不敢，啰唆那么多干什么？"穆青撇着嘴回身一拉姐姐："咱们到长亭上去吧，不用理这个有嘴没胆的人。"

"我话还没说完，穆小王爷急着走做什么？是不是怕一不小心，逼我真的答应了？"难得宇文暄此时面上还荡着大大的笑容，更难得的是他的眼睛里竟半点笑意也无。

"哼，"穆青用眼尾斜了斜他，"你也不过只有点激将的本事，我多听几句就习惯了，要是没什么新招，小爷我还不奉陪了。"

见他能这么快就按捺住自己的情绪，不再随着宇文暄的牵引走，霓凰郡主的唇角已轻轻上挑。

宇文暄歪头看他两眼，突然放声大笑，道："有趣有趣，小王爷真的只当我说说罢了吗？今日我虽然是绝不会出手的，不过……"说着他的目光直直地转到萧景睿身上，笑道："我有个朋友一向久慕萧公子大名，意图讨教，不知肯赏脸否？"

他的目标突然转移，倒让人有些出乎意料。但身为被挑战者，萧景睿当时不能有片刻迟疑，立即踏前一步，正色道："在下随时候教。"

宇文暄定定地凝视了他半晌，满脸的笑容突然一收，语调也随之变得严肃起来："多谢萧公子。念念，萧公子已经应允，你来吧。"

跟随这位大楚陵王来到现场的，一眼扫过去共有八人，看服饰有两人是马夫，五人是侍卫。最后一个，穿着一身雪青色的箭衣，身形略薄，金环束发，周身上下无所装饰，只有腰间垂着一条极精致的刺绣流苏，单看装束，判断不出此人究竟是何身份。

乍看这人第一眼时，只觉得他容貌平平，表情木然，但等他缓步走近了些后，江湖历练较多的霓凰、夏冬已看出他戴了隐藏真容的人皮面具，萧景睿也眯了眯眼，大约同样察觉到了异样。

要说人皮面具这种东西，无论做得多少精巧，毕竟是死皮一张，无法契合活人脸上微妙的肌肤变化，因此很难瞒过真正观察细微的人。所以自它问世以来，江湖人戴它的情况是越来越少，顶多就是拿来当一个不容易被揭开的蒙面巾用，意思就是"你看出我戴了面具也无所谓，反正你看不到我真正的样子就行了"。

"萧公子，请。"

"请。"

两人相向而立，抖剑出鞘，以起手之式向对方微施一礼。言豫津忍不住笑了起来："景睿一向懂礼貌，想不到这个念念也这么讲礼。"

可夏冬和霓凰却暗暗交换了一下眼神，目光都凝重了起来。

虽然只是一个简单的起手式，但两位女中高手已隐隐猜到了这位挑战者是何人。

片刻寂然后，龙吟声冲天而起，在两道剑光的炫目华彩下，持剑人的身影仿佛都已经变淡。剑势融为剑招，剑招渗出剑气，剑气化作剑意，剑意最后幻凝为一缕剑魂，魂魂相接，并无丝毫的激烈，却又让人背心发凉，剑风刚一迫近，竟连发根都被狂风吹起般，根根直立。

这是一场真正的比试，不是决斗，不是拼杀，就只是两派剑法的比试。对战双方似乎有默契一般，全都没有下任何杀手，却又都是全力以赴。以招应招，以招拆招，以招迫招，以招改招，一时间竟不分上下，越战越酣，连围观者的神情都不由自主地越来越认真，越来越投入。

然而这场比试进高潮进得快，结束得却也不慢。两人正缠斗至难分难解处，萧景睿剑势突缓，回臂旋身，眉宇一凝，扣指捏起剑诀，天字诀如天马南来，空阔含容，泉字诀如水势奇诡，流冲荡卷，其高远如天，其喷突如泉，俯仰折冲间，似漫天水雾扑面而至。对手也不甘示弱，正面迎击，左右手交握，竟成双手握剑之势，抢挡之间凌厉加倍，其灵透却又不减，幻出一片夺目光网。眼看着剑雾与光网即将相接，两道身影就令人惊诧地凝住了，好似一首曲子正嘈嘈切切响成一片时，突地戛然而止。尘埃初定后，那念念一扬首，额发飞落少许，萧景睿随即抱拳道："承让。"

念念半晌没有出声，面具掩盖之下，不知他表情如何，只看得出他目光凝结，似在发呆。宇文暄目露关切之色，上前扶住他背心，低声问道："念念，你可有受伤？"

念念轻轻摇头，挺直腰身看了萧景睿片刻，一开口，嗓音依然平静悦耳："萧公子深谙天泉剑意，而我对遏云剑法却领悟不足，今日一战，是我败于萧公子，而非遏云剑败于天泉剑。请转告令尊勿忘旧约，家师已至金陵，择日当登门拜访。"言毕转身就走，倒是干干脆脆。

"郡主一路顺风，我也不耽搁各位了，告辞！"宇文暄扬袖抚胸，行了个楚礼后，带了手下，也匆匆跟着离开。

萧景睿凝视着那一行楚人远去的背影，剑眉微锁，面色有些沉重。言豫津抓了抓头，若有所思地道："遏云剑？莫非这个念念的师父就是……"

"岳秀泽，楚帝殿前指挥使，琅琊高手榜排名第六，或者说，现在已经是第五了……"夏冬甩了甩散于颊边的一绺长发，眸色幽沉。

"第五不是大渝的金雕柴明吗？"言豫津问道。

"我前几天才得到的消息，岳秀泽大约一个月前约战柴明，在第七十九招时将他击败……看来这短短一年，他进益不小呢。"

"已经击败了柴明啊，难怪他接下来就要找卓伯父了呢。"言豫津看了好友一眼，"景睿，听那人意思，好像卓伯父跟岳秀泽有什么旧约？"

萧景睿点了点头："卓家爹爹以前曾与岳秀泽交手两次皆胜出，若是那时订了什么再战的约定，也是很有可能的。"

霓凰郡主沉吟着道："岳秀泽也算大楚贵官，这次跟使团一起入京，竟没有亮出他的身份，可见他此行的目的无关公务，只是为了挑战排名比他高的高手罢了。"

言豫津见萧景睿的神色有些沉重，便敲了敲他的手背，微笑道："卓伯伯纵横江湖这些年，哪年不要接十几份挑战书的。此地又是我们大梁的地盘，岳秀泽还能有什么花招不成？只要是公平一战，胜负只凭实力，胜固可喜，败也非耻，你有什么好担心的？"

萧景睿温和地回了他笑，道："我倒不是担心，遏云剑与天泉剑并不相克。岳秀泽有进步，卓家爹爹这一年也没闲着，哪里轮得到我担心了？我不过是在想，明明是岳秀泽准备挑战我卓爹爹，怎么他徒弟会先跑来跟我比试一番？"

"这有什么奇怪的？"言豫津笑道，"他是遏云剑传人，你是天泉剑传人，他师父正铆足了劲儿要跟你爹比武，他会一时好奇，想要先试试天泉剑的深浅也是情理之中的啊。"

"这个我明白，可他要试天泉剑法，怎么会找到我？按道理应该找青遥大哥才对吧？"

言豫津听他这样说，也有些不明所以，夏冬却在旁笑了起来，摇头道："他找你才是对的。我刚才看得仔细，那个念念虽掩盖了真容，但是骨骼尚未终定，剑力稚嫩了些，年纪最多二十岁，想来他自己也知道自己的斤两不足以挑战卓青遥，而我们景睿公子出了名的温厚，天泉剑法的造诣也是有口皆碑，不找你找谁？"

霓凰徐徐叹道："这位念念姑娘虽年轻，修为已是不凡，可见岳秀泽是用心调教了她。可惜我今日起程，不能目睹天泉、遏云之战，战果如何，只能请各位写信相告了。"

夏冬莞尔一笑："一定，一定。"接着斜飞的眼角一挑，瞟向身边："喂，小伙子们，发什么呆啊？没听见郡主的吩咐吗？"

言豫津连喘几口气，瞪着眼睛道："郡主刚说什么？念念……姑娘？"

"对啊，"夏冬歪了歪头，"你没看出来？"

言豫津呆呆地将目光转到萧景睿脸上："景睿，你看出来了没？"

萧景睿虽没有瞠目结舌的表情，但吃惊程度其实也不下于言豫津，见他问，脖子僵硬地摇摇头："我……我没注意……"

"没什么啦，"穆青安慰道，"我也没看出来。"

言豫津看了这位小王爷一眼，心想就你那眼力没看出来那是正常的，但因为大家不算很熟，这句话最终也没说出来。

"好了，时辰不早，郡主也该起程了。有道是送君千里，终须一别，大家就在此处分手吧。"夏冬习惯性地顺手拧了拧言豫津的脸，最后才回头看着霓凰，低声道："郡主，一路保重。"

萧景睿闻言也感到歉然："我们本来是为郡主送行的，却无端争斗起来，误了郡主的行程，实在抱歉。"

霓凰郡主爽朗笑道："我又不赶这一会儿的时间，有什么好愧疚的？再说方才那场比试着实的精彩，反而壮了我的行色呢。"

"姐姐，"穆青有些恋恋不舍地道，"你既然想看天泉、遏云之战，就再多留两天，看了再走嘛。"

"又胡说了，"霓凰郡主虽蹙眉斥责，但眸中却是一派温婉，抚着弟弟的头道，"行程已报陛下，岂能随意更换？我看不到，你替我看也是一样的。"

言豫津笑呵呵地把穆青扯过来,刻意舒缓气氛:"那我们就得要串通景睿了,岳秀泽约战卓伯伯一定是私下的,如果没有景睿通风报信谁会知道他们定在何时何地啊。"

萧景睿一本正经地道:"这个要卓爹爹同意才行。"

言豫津偏着头道:"算了吧,你的情况我还不知道,虽然谢伯父待你一向严厉,可是卓伯伯却一直把你宠得像个宝,只要你帮我们撒个娇,他什么都会同意的。"

被他一打岔,穆青总算稳住了情绪。为了不让姐姐伤感担心,他努力振作起精神,露出甜甜的笑容:"说的也是。我想用不了多久,皇上就会准我回藩的,姐姐不用牵挂。"

霓凰微笑颔首,拍拍弟弟的手背,又轻抚了一下他颊边被风吹乱的头发,女将军的如铁心志掩住了为人姐的柔肠百转。后退几步后,她决然转身上马,唇边一直含着笑意。

"云南不是天涯,再会之日可期,请大家留步吧。"

随着一声清脆的鞭响,回滇的轻便马队正式出发。霓凰郡主向帝京投去最后一眼,拨转马头,只轻轻一夹马腹,胯下坐骑便微微一嘶,扬首奋蹄,沿着黄土烟尘的官道,飞奔而去。

第三十二章 嘉宾云集

梅长苏坐在自家花园一株枝叶繁茂的榕树下，一面跟飞流玩着猜左右手的游戏，一面听童路向他汇报今天送行郡主时所发生的事件。除了讲到宇文暄意外出现时梅长苏认真听了一下之外，其他的事情他似乎都没太放在心上，至于萧景睿与遏云传人念念的比试，他更是只"嗯"了一下，连眉毛也没有动上一根。

其实仔细想想，他的这种态度也并不奇怪。无论是萧景睿也好，岳秀泽的徒弟也好，单就武林地位而言都不算什么，对于执掌天下第一大帮，见惯了江湖最顶尖对决的江左梅郎来说，这种级别的比试确实勾不起他任何的兴趣。如果不是因为萧景睿算是一个朋友的话，恐怕他连结果都不太想知道。

"左边！"飞流大叫一声，放开蒙着眼睛的手。梅长苏微笑着摊开左掌，空荡荡什么也没有，少年的脸立即皱成一团，连站在一旁的童路也忍不住笑了起来。

"好了，你输了三次，要受罚，去帮吉婶切甜瓜，苏哥哥现在想吃一块。"

"甜瓜！"飞流是大爱水果的，柑橘的最佳季节过了，他就开始每天啃甜瓜，梅长苏常笑他一天可以啃完一亩三分地，为了不让他吃坏肚子，不得不予以数量上的限制。

少年的身影纵跃而去，梅长苏随即收淡了唇边的笑意，语气带出丝丝阴冷："通知十三先生，可以对红袖招开始行动了。先走第一步，必须断得干净。"

"是。"童路忙躬身应了，"宗主还有其他吩咐吗？"

梅长苏半躺着将头仰靠在脑枕上，闭上眼睛："你明天可以不用过来了……"

童路大惊失色，扑通跪倒在地，颤声道："童路有什么事情……做得不合宗主的意吗？"

梅长苏被他的激烈反应吓了一跳，偏过头看了他一眼道："让你休息一天而已，你想到哪里去了？"

"啊？……"童路这才松了一口气，抓了抓头道，"我以为宗主是让我以后都不用过来了……好容易有直接为宗主效力的机会，童路舍不得……"

"傻孩子，"梅长苏失笑地拍拍他的头，"其实是我想要彻彻底底地休息一天，什么都不想，什么都不管……摒去杂念安详地过一日，也算为后天积养精神吧……"

童路不是太明白后天有多重要，但他并非好奇心过剩、多嘴多舌的人，不知道也并不问，只静静等待他的吩咐。

"跟宫羽说，让她明天也好好休息……"

"是。"

"没别的事了，你走吧。"

童路深深地施了一礼，却步退出。黎纲随即进来，手里托着个用红布蒙盖着的大盘子。

"宗主，东西送来了，请您过目。"

梅长苏坐了起来，掀开红布。盘面上立着一个纯碧绿玉雕成的小瓶，乍看似乎不起眼，但细细观看，可见玉质瓶面上竟绕着一整幅奔马浮雕，顺着玉石本身的纹理呈现出矫健飞扬、栩栩如生的意态，其构图严谨，刀工精美，却又如同天然般毫无斧凿之感，令人叹为观止。

可是尽管这玉瓶本身已是可令人疯狂追逐的珍品，但它最有价值的部分，却还在里面。

"多少颗？"

"回宗主，一共十颗。"

梅长苏伸手拿过玉瓶，拔开檀木软塞，放在鼻下轻轻嗅了嗅，又重新盖好，将玉瓶拿在手里细细地把玩了一会儿。

黎纲的目光闪动了一下，似乎欲言又止。

"黎大哥，你有什么话，只管说好了。"梅长苏根本未曾抬过头，也不知道他是怎么察觉到黎纲的神情变化的。

"宗主，这个礼会不会太重了些？"黎纲低声道，"霍大师亲雕的玉瓶，可救生死的护心丹，任何一样拿出去都够惊世骇俗，何况两样放在一起？"

梅长苏静默了一会儿，眸中慢慢浮起一丝悲悯之色："等过了这个生日后，只怕再贵重的礼物，对景睿来说都已经没有多大的意义了……"

黎纲垂下头，抿了抿嘴唇。

"不过你说得也对，这样送出去，确实过于招人耳目，是我考虑不周了。"梅长苏的指尖拂过瓶面，轻叹一声，"拿个普通些的瓶子，换了吧。"

"是。"

玉瓶被重新放回到托盘中，梅长苏的视线也缓缓地从那幅奔马浮雕上滑过，最后移到一旁，隐入合起的眼帘之内。其实最初选中这个玉瓶，就是因为这幅奔马图，想着景睿从小爱马，见了这图一定喜欢，所以一直疏忽了它惊人的身价。

看来自以为宁静如水的心境，到底还是随着那个日子的临近，起了些微难以抑制的波澜。

"黎大哥，取我的琴来……"

"是。"

一直关切地凝望着梅长苏每一丝表情的黎纲忙应了一声，带着托盘退下，很快就捧来了一架焦桐古琴，安放在窗下的长几上。

几桌低矮，桌前无椅，只设了一个蒲团，梅长苏盘腿而坐，抬手调理了丝弦，指尖轻拨间，如水般乐韵流出，是一曲音调舒缓的《清平乐》。

琴音静人，亦可自静。乐音中流水野林，空谷闲花，一派不关风月的幽幽意境，洗了胸中沉郁，断了眉间悲凉。一曲抚罢，他的面色已宁静得不见一丝波动，羽眉下的眼眸，更是平静得有如无风的湖面般，澄澈安然。

早已决定，又何必动摇。既然对萧景睿的同情和惋惜不足以改变任何既定的计划，那么无谓的感慨就是廉价而虚伪的，不管是对自己，还是对那个年轻人，都没有任何实际的意义。

梅长苏仰起脸，深深地吸了一口气。春日和煦的阳光照在他的脸上，却映不出一丝的暖意，反而有一些清肃和冷漠的感觉。

抬起手，迎着阳光细看。有些苍白，有些透明、虚弱，而且无力。

那是曾经跃马横刀的手，那是曾经弯弓射大雕的手。如今，弃了马缰，弃了良弓，却在这阴诡地狱间，搅动风云。

"黎大哥，"梅长苏转过头，看向静静立于门边的黎纲，"抱歉，让你担心了……"

黎纲顿觉心头一阵潮热，鼻间酸软，几乎控制不住发颤的声音："宗主……"

梅长苏闭上了眼睛，胸口仍有一些淡淡的闷，隐隐的痛，只不过在呼吸吐纳间，这些感觉被坚定地忽视了过去。

再过一天，便是萧景睿二十五岁的生日。

梅长苏清楚地知道，对于这位贵公子而言，这一天将是他此生最难忘怀的一天……

酉时初刻，对于大多数人而言，已经是将近黄昏，准备结束一天辛苦之时。然而对于迎来送往、灯红酒绿的螺市街来说，这却是一个沉慵方起，还未开始打扫庭院待客的清闲时刻。整整一条长街，都是关门闭户，冷冷清清的，安静得让人几乎想象不出这里入夜后那种车水马龙、繁华如锦的盛况。

然而正是在这一片沉寂、人踪杳杳之时，有一辆宝璎朱盖的轻便马车却静悄悄地自街市入口驶进，以不快不慢的速度摇摇前行着。马车的侧后方，跟着一匹眼神温顺、周身雪白的骏马，上面稳稳坐着位容貌英俊、服饰华贵、眉梢眼角还带着些喜色的年轻公子。看他骑在马上那潇潇洒洒的意态，一点都不像是走在无人的街头，反而如同在满楼红袖中穿行一般。

随着轻微的吱呀之声和清脆的马蹄足音，轻便马车与那公子一前一后地走过一扇扇紧闭的红漆大门，最后停在了妙音坊的侧门外。马车夫跳了下来，跑到门边叩了三下，少时便有个小丫鬟来应门，不过她只探头看了看来客是谁，话也不说，便又缩了回去。车夫与那公子都不着急，悠闲地在外面等着。大约一炷香的工夫后，侧门再度打开，一位从头到脚都罩在轻纱幂离间的女子扶着个小丫头缓步而出。虽然容颜模糊，但从那隐隐显露的婀娜体态与优雅轻灵的步姿来看，当是一位动人心魄的佳人。

华服公子早已下马迎了过去，一面欠身为礼，一面朗声笑道："宫羽姑娘果然是信人，景睿的生日晚宴能有姑娘为客，一定会羡煞半城的人呢。"

"言公子过誉了。"宫羽柔声谦辞了一句，又敛衣谢道："有劳公子亲自来接，宫羽实在是受之有愧。"

"有这种护花的机会，我当然要抢着来了。"言豫津眉飞色舞地道，"景睿是寿星，根本走不开，谢弼眼看有家室的人了，心里想来嘴上也不敢说，其他人跟宫羽姑娘又不熟，谁还抢得过我？"

宫羽薄纱下秋波一闪，掩口笑道："言公子总是这般风趣……"

言豫津也不禁笑了起来，侧身一让路，抬手躬身："马车已备好，姑娘这就起程吧？"

宫羽低声吩咐了那小丫头一句什么，方才踩着步蹬上马车，蹲身坐了进去。车夫扬鞭甩了一个脆响，在鲜衣白马的青年公子的陪伴下，车轮平稳地开始转动，辘辘压过青石的路面，带起一点微尘。

与此同时，宁国侯谢府的上上下下，也正在为他们大公子的生日晚宴穿梭忙碌着。

由于萧景睿是两家之子，那么庆祝他的生日无疑有着一些与他本人没什么大关系的深层意义。姑且不说十分疼爱他的卓鼎风夫妇，连一向教子严苛的谢玉，也从来没有对萧景睿所享有的这项特殊待遇表示过异议。

客人的名单是早就确定好了的，当初报给谢玉的时候，他瞧着苏哲两个字，神情也曾闪动了一下，不过却没说什么。虽然已是各为其主，但谢玉并不打算阻拦儿子与这位誉王谋士之间的来往。因为他很清楚萧景睿所知道的事情非常有限，就算全被苏哲给套了出来也没多大的意思，而从另一方面来说，萧景睿与苏哲的良好关系也许某一天是可以利用的，就算利用不上，那至少也不会有太大的坏处。

所以对于这份既有敌方谋士，又有乐坊女子的客人名录，他最后也只淡淡说了一句话："给你母亲看看吧。"

既然谢玉没有表示反对，深居简出、举止低调的莅阳长公主当然更不会有什么意见，于是请柬就这样平平顺顺地正式发了出去。

萧景睿平时也有些玩玩闹闹的酒肉朋友，往年过生日时都请过的，等长辈们一退席就一大群挤在一起胡天胡地，不过是借着由头玩乐罢了。可是今年梅长苏要来，从不出坊献艺的宫羽也要来，萧景睿对这个晚宴的重视程度一下子就翻了几倍，不想让它再度成为跟以前一样的俗闹聚会。可如果往年都请，今年突然不请人家，似乎又有些失礼，所以免不了左右为难。言豫津看出了他的心思，替他想了个主意，推说父母有命，要求晚宴必须清雅，要以吟诗论画、赏琴清谈为主，怕搅了大家的兴致，故而提前一天在京城最大、最好的酒家包了个场子，当红的姑娘们叫来十几个作陪，把这群朋友邀来玩闹了一天。这群贵家公子乐够了，对于第二天那个据说会十分"雅致素淡"的晚宴更是敬而远之，纷纷主动表示不想去添乱，就这样顺利解决了萧景睿的这个难题。

因此四月十二日的晚上，前来参加萧景睿生日晚宴的人并不算多，除了家人以外，原本只有梅长苏、夏冬、言豫津、宫羽四个外人，后来碰巧请柬送到苏宅的时候蒙挚也在，大统领顺口说了一句："景睿，你怎么不请我？"萧大公子当然只好赶紧补了一份帖子送过来，添了这位贵客。

　　虽然人数不多，但酒宴的筹备仍有不少的事情要做。女眷们只张罗厅堂布置、仆从调动，其余一应的物品采购都得谢弼去安排，所以谢二公子一得了空闲就咬牙切齿地捉着大哥抱怨："凭什么你过生日自己闲来逛去的，我却为你累死累活？不行，收礼要分我一半！"

　　"你我骨肉兄弟，还分什么分，我的东西你喜欢什么，尽管拿走好了。"萧公子四两拨千斤，一句软绵绵的话就让谢弼再也跳不起来，顺便还捎了个信儿过来："娘和母亲叫你进去，说是要议定酒席菜单的事。你慢慢忙，我不耽搁你了……"

　　看着寿星施施然地躲出门去，谢弼也只能在后面恨恨地跺跺脚，便认命地接着忙活去了。

　　正日子当天晚上，来得最早的人当然是言豫津和宫羽。一看见萧景睿从里面走出来迎接，国舅公子便悄悄俯在佳人耳边笑道："我今天是沾了姑娘的光，平时我来谢府，景睿可从没有出来接过，都是我自己孤孤单单走进去找他……"

　　果然，萧景睿一拱手，开口便是："宫姑娘芳驾降临，景睿有失远迎了。快请进。"

　　"喂，"言豫津冷着脸道，"你看见我没有？"

　　"是是是，"萧景睿好脾气地哄他，"言公子也请进。"

　　"你还没说有失远迎……"

　　"是，对言公子也有失远迎了，要在下背您进去吗？"

　　"不用，搀着就行了。"

　　宫羽忍不住"扑哧"一笑，摇头道："你们两位……真是一对好朋友……"

　　"那是我让着他。否则还好朋友呢，早就一天打八架了。"言豫津一本正经地道，"要是有人想知道什么叫容人之量，叫他向我学就行……"

　　"你还不快滚进来！"萧景睿笑骂道，"要让宫姑娘陪着你在这风口上站多久？"

　　言豫津慌忙向佳人拱了拱手，用唱词的念白道："哎呀，是小生之过，此地风大，小姐快些进来……"

　　"你收敛些吧，戏还没开锣呢，你倒先唱上了。"萧景睿白了他一眼，引领宫羽进了花厅。待客人喝了两口茶，少歇片刻，便提出要带她进去与女眷们见面。

　　宫羽这时已除去外罩的幂离，露出一身鹅黄色的雅致衣衫。未曾敷粉涂朱的素颜并没有减损她的美貌，反而更增添了一种楚楚的风韵。对于萧景睿的盛情相邀，她很认真地起身施礼，低声婉拒道："宫羽虽蒙下帖，但毕竟只是艺伎，来尊府为公子助兴而已。长公主殿下何等尊贵的人，宫羽怎敢进见？"

言豫津眉头一皱，正待开口说话，萧景睿已抢先一步，温言道："这是私交场合，姑娘何必顾虑太多？再说内院中我娘和青怡妹子都是江湖人，并不在意俗礼，谢绮妹妹也一向性情豪阔。我母亲虽为人冷淡些，但素来不是傲下的人，加之她爱好音律，对于姑娘的乐名更是仰闻已久，早就吩咐过我，等姑娘来了，一定要先引来让她见见呢。"

他这番话说得恳切，宫羽也不好再推托，谢了两句，便随他进去了。言豫津没道理跟着，只能在花厅前游来荡去，好在不多时萧景睿便匆匆回来陪他，宫羽并没随行，可见是被内院给留住了。

聊了两句，言豫津觉得时辰大概差不多了，正想问，突见谢弼疾步过来，隔着一段距离便开始叫道："大哥快来，蒙统领到了。"

萧、言二人忙起身，匆匆迎出二门外。由于蒙挚是谢玉的朝中同僚，身份贵重，所以门房下仆先去通报的是老爷，故而萧景睿赶到的时候，谢玉和卓鼎风已经双双迎出，正与蒙挚在门厅处站着寒暄。

萧景睿不敢打断长辈们交谈，便静静站在一边，候到一个谈话空隙，正要过去见礼，门外又传来语调高高的扬声通报："苏哲苏先生到……"

门厅诸人一齐转过身来，萧景睿更是准备迎出门去。脚步刚动，梅长苏含着浅浅笑意的面容已出现在眼前。他今晚着了件月白外袍，内衬天蓝色的夹衣，看起来气色甚好，那温文清雅的样子，实在令人无法想象这近一年来京城的连绵风波，能有多少是出自他的手笔！

淡淡一瞥，梅长苏已将门厅的情况尽收眼底。按照礼节，他首先向谢玉欠身致意，道："苏某见过侯爷。"

"小儿区区一宴，竟能请动先生大驾光临，敝府实在是蓬荜生辉。"谢玉客套地应答着，抬手介绍身边的人："这位是卓鼎风卓庄主。"

梅长苏微微一笑道："卓庄主与我是见过几面的，只是无缘，未曾交谈过。想不到今天能在此幸会。"

"梅宗主客气了。卓某久慕宗主风采，今日也甚觉荣幸。"卓鼎风抱拳过胸，长揖下去，回的是平辈之礼。旁边的两个年轻人怔忡之间，这才突然发现自己因为跟苏兄交往频频，竟渐渐有些忽略了他在江湖上的傲然地位。

接下来梅长苏又与蒙挚相互见礼，几个人赘赘地客套了半天。言豫津早就不耐烦，无奈都是年长者，他又不敢造次，只能陪在一旁站着，心中后悔不该跟着萧景睿一起出来，看，人家谢弼就比较聪明……

好在客套话总有说尽的时候。尽完礼数，身为主人的谢玉和半个主人的卓鼎风便陪着两位贵客上正厅奉茶，萧景睿自然从头到尾跟着，但言豫津却趁着后行的机会，跟只闪现了一下的飞流一样，不知消失到哪里去了。

谢府是一品侯府与驸马府合二为一，规制比同类府第略高。除却一般的议事厅、暖厅、客厅、花厅、侧厅等厅堂以外，还在内外院之间，建了一座临于湖上，精巧别致的水轩，命名为"霖铃阁"。由于今年人数适中，故而莅阳长公主特意将萧景睿生日晚宴的举办地指定在此处。

等最后一位客人夏冬到达之后，谢玉便遣人通报了内宅，引领客人们进入霖铃阁。由于大家都是平素常有交往的熟人，只有卓夫人认识的人稍稍少了一些，故而介绍的时间很短，不多时便各自归座了。

因是居家私宴，座次的排定并不很严谨，谢玉夫妇是主座，卓鼎风夫妇侧陪，夏冬与蒙挚相互推辞了半天，最后还是年纪较长的蒙挚坐了客位居右的首座，夏冬的位置在他对面，蒙挚的右手边是梅长苏，夏冬的右手边坐了言豫津。为了防止夏冬姐姐习惯性地顺手拧自己的脸，言豫津很谨慎地把自己的座位向后挪了有一尺来远。其余的年轻人都是序齿顺位，只有宫羽坚持要坐在末席，大家拗她不过，也只能依了。卓青怡因为非常喜欢这个姐姐，便跟她挤在了同一个几案前。萧景睿还想把飞流找到照顾一下，可惜到处都寻不到少年的踪影，梅长苏笑着叫他不用管。

寿星今天穿的是卓夫人亲手缝制的一袭新袍。虽然江湖女侠的手艺是比不上瑞蚨斋的大师傅，但心思还是花足了的，领口袖口都绣了入时的回云纹，压脚用的是金线，腰带上更是珠玉玛瑙镶了一圈儿，一派富丽堂皇。好在萧景睿腹有诗书气自华，穿上才不至于变了富家浪荡子的模样。不过言豫津在第一次见他试穿此衣时，还是很委婉地评论道："景睿，看你肯穿这个衣服，我才知道你是真正的孝顺。"

宴会开始时各方的礼都已经送上了。长辈们无外乎送的是衣衫鞋袜，卓青遥夫妇送了一支玉笛，谢弼送的是一方端砚，卓青怡则亲手做了个新的剑穗，言豫津送了一整套精致的马具，夏冬与蒙挚都送的是普通的摆件玩器，宫羽则带来一幅桌上摆的精巧绣屏。

夹在这些礼物中，梅长苏送的护心丹一开始并不显眼，如果不是言豫津好奇地凑过来问，问了之后还大惊小怪地惊叹了几声，旁人也没注意到他送的是如此珍贵之物。

"不行，不行，苏兄真是太偏心了，送这么好的东西给景睿实在是糟蹋，连我你都没送过，你明明更喜欢我的！"

言豫津正在笑闹，旁边突然出现了一只修长有力的玉手，准确无误地拧住了他侧颊上肉最厚的地方，微一用力，半边脸就红了。

"你闹什么闹？七月半不是还没到吗？说不定苏先生到时候送更好的东西给你呢。"夏冬咯咯笑着，朝言豫津的脸上吐了一口气。

国舅公子捂着脸挣扎到一边，恨恨地道："我的生日不是七月半啦，是七七，是七七啊！"

"哦，七夕啊……"夏冬斜瞟他一眼，"跟七月半又差不太多，你急什么？"

言豫津泪汪汪地瞪着她。拜托，七夕跟七月半不光是日子，连感觉都差很多好不好……

"行啦，行啦，"谢弼笑着来打圆场，"你真是什么都争，护心丹虽贵不可求，但也不是平常吃的东西。等哪天你吐血了、断气了，我想大哥一定会喂你吃一粒的……"

言豫津立即将愤怒的视线转到了谢二身上。你才吐血，你才断气！

年轻人这一闹，宴会最初的拘谨气氛这才松泛了下来，连莅阳长公主都忍不住笑着道："豫津有时会来向我哭诉你们欺负他，我原本还不信，今天看来，果真是在欺负他……"

"好了，"谢玉微笑道，"哪有这样待客的，睿儿，快给大家斟酒。"

萧景睿边应诺边起身，捧着一个乌银暖壶，依次给诸人将案上酒杯斟满。谢玉举杯左右敬了敬，道："小儿贱辰，劳各位亲临，谢玉愧不敢当。水酒一杯，聊表敬意，在下先干为敬了。"说着举杯一饮而尽。席上众人也纷纷干了杯中酒，只有梅长苏略沾了沾唇，便放下了杯子，萧景睿知他身子不好，故而并不相劝，悄悄命人送了热茶上来。

"来来来，既是私宴，大家都不要客气，谢某一向不太会招待客人，各位可要自便啊，就当是自己家好了。"谢玉呵呵笑着，一面命侍女们快传果菜，一面亲自下座来敬劝。

酒过三巡，夏冬拨了拨耳边垂发，单手支颐，一双凤眼迷迷蒙蒙地对主人道："谢侯爷说让我们把这里当自己家一样,这句话可是真的?"

"此言自然无虚。夏大人何有此问?"

"我不过确认一下罢了。"夏冬面上流动着邪魅娇媚的笑容,轻声道,"我在自己家,一向任性妄为,但凡有什么无礼的举动,想必侯爷不怪?"

谢玉哈哈大笑道:"夏大人本就率性如男儿,谢某有什么好怪的?"

"那好。"夏冬抿着嘴角慢慢点了点头,娇柔的目光突然变得如冰剑般冷厉,越过谢玉的肩头,直射到主座旁卓鼎风的身上,扬声道:"夏冬久仰卓庄主武功高绝,今日幸会,特请赐教。"

与此凛冽语声出唇的同时,夏冬高挑的身形飞跃而起,以手中乌木长筷为剑,直击卓鼎风咽喉而去。

这一下变生急猝,大家都有些发呆。还未及反应之下,那两人已来来往往交手了好几招。虽然只是以筷为剑,但其招式凌厉,劲风四卷,已让人呼吸微滞。

片刻之间,数十招已过,夏冬纵身后撤,如同她攻击时一般毫无征兆地撤出了战团,抬手抚了抚鬓边发丝,直到凝定了身形,飞扬的裙角才缓缓平垂。

在一般人的眼中,此时的夏冬神色如常,只有极少数的人才能敏感地察觉到她眼底快速掠过的一抹困惑之色。

宁国侯谢玉的唇边,淡淡地浮起了一个冷笑。

夏冬果然是执着之人。内监被杀案其实现在已经冷了,但她却仍然没有放弃追查,只不过今天敢请她来,必要的准备总是做了的。这位女掌镜使想要从卓鼎风出招的角度刀锋来比对死者身上的伤口,只怕不是那么容易。

"精彩精彩!"瞬间的沉寂后,蒙挚率先击掌赞叹,"两位虽只拆了数十招,却是各有精妙,幻采纷呈,内力和剑法都令人叹为观止,在下今天可真是有眼福。"

夏冬娇笑道:"在蒙大统领面前动手,实在是班门弄斧,让您见笑了。"

卓鼎风也谦逊道:"是夏冬大人手下留情,再多走几招,在下就要认输求饶了。"

"高手相逢,岂能少酒?来,大家再痛饮几杯。"谢玉执壶过来亲自斟了满满一杯,递到夏冬的面前,显然是想要就这样平息这场猝然发动的波澜。夏冬一动也不动地看了他片刻,方才缓缓抬手接了酒杯,仰首而尽。

卓青遥此时也携着妻子走过来,拱手道:"夏大人真是海量。青遥也借此机会敬大人一杯,日后江湖相遇,还望大人随时指正。"

夏冬浅浅一笑,也没说什么就接杯饮了。接着谢绮、谢弼和卓青怡都在长辈的暗示下纷纷过来敬酒，连卓夫人都起身陪同丈夫一起敬了第二杯。本来在一旁悄悄跟萧景睿说着什么的言豫津觉得有些奇怪，小小声地问道："他们在做什么？灌酒吗？"

萧景睿也低声回应道："我很少见夏冬姐姐喝酒，她酒量如何？要不我过去挡一挡？"

"我也很少见她喝酒……你看那脸红的，你还是去挡一挡吧，我怕她喝醉了来折磨我……"

刚好从他两人身边走过的蒙挚忍不住笑出声来，转头安慰道："没关系，夏冬喝一杯就脸红，喝一千杯也只是脸红而已……你们刚才在商量什么？"

"不是商量，我是在提醒景睿，现在气氛正好，该请宫羽姑娘为这厅堂添辉了。"言豫津一面说着，一面将目光转到静坐一旁的宫羽身上，见她抬头回视，立即抛过去一个大大的笑容。

萧景睿笑着用脚尖踢了踢他："好啦，口水吞回去，我这就去跟母亲提一提。"说罢正要挪步，就看见长公主身边的贴身嬷嬷快速走到谢玉身边，低头禀了几句什么。谢玉随即点头，转身回到主位，清了清嗓子扬声道："各位，雅宴不可无乐，既然有妙音坊的宫羽姑娘在此，何不请她演奏一曲，以洗我辈俗尘？"

此建议一出，大家当然纷纷赞同。宫羽盈盈而起，向四周敛衣行礼，柔声道："侯爷抬爱了。宫羽虽不才，愿为各位助兴。"

此时早就有侍女过来抱琴设座，萧景睿一眼认出那是母亲极为珍爱的一把古琴，平时连孩子们都不许轻碰，今天居然会拿出给一个陌生女子演奏，可见她确实非常爱重宫羽的乐艺。

而身为乐者，宫羽虽然不清楚莅阳长公主素日是何等爱护此琴，但却比萧景睿更能品鉴出此琴之珍贵，以至于她坐下细看了两眼后，竟然又重新站起来，向长公主屈膝行礼。

莅阳长公主面上表情仍然清冷，不过只看她微微欠身回应，就已表明这位尊贵的皇妹对待宫羽实在是礼遇至极，令一向知道她性情的谢玉都不禁略显讶然。

重新落座后，宫羽缓缓抬手，试了几个音，果然是金声玉振，非同凡响。紧接着玉指轻捻，流出婉妙华音，识律之人一听，便知是名曲《凤求凰》。一般乐者演曲，多要配合场合，不过对于宫羽这般大家，自然无人计较这个。因此尽管她是在寿宴之上演此绮情丽曲，却并无突兀之感。曲中凤兮凤兮，四海求凰，愿从我栖，比翼翱翔之意，竟如同潇湘腻水，触人情肠，一曲未罢，已有数人神思恍惚。

谢玉虽书读得不少，但对于音律却只是粗识，尽管也觉得琴音悦耳华艳，终不能解其真妙。只是转头见妻子眉宇幽幽，眸中似有泪光闪动，心中有些不快。待曲停后，便咳嗽了一声道："宫羽姑娘果然才艺非凡。不过今日是喜日，请再奏个欢快些的曲子吧。"

宫羽低低应了个"是"，再理丝弦，一串音符欢快跳出，是一曲《渔歌》，音韵萧疏清越、声声逸扬，令人宛如置身夕阳烟霞之中，看渔舟唱晚，乐而忘返。纵然是再不解音律之人听她此曲，也有意兴悠悠、怡然自得之感。但谢玉心不在此，一面静静听着，一面不着痕迹地察看着莅阳长公主的神情，眼见她眉宇散开，唇边有了淡淡的笑容，这才放下心来，暗暗松了口气。

两曲抚罢，赞声四起。言豫津一面喝彩，一面厚颜要求再来一曲。宫羽微笑着还未答言，谢府一名男仆突然从厅外快步奔进，至谢玉面前跪下，神情有些仓皇，喘着气道："禀……禀侯爷……外面有、有客、客……"

谢玉皱眉道："客什么？不是早吩咐你们闭门谢客的吗？"

"小的拦不住，他们已、已经进来了……"

谢玉眉睫方动，厅口已传来凛冽的语声："早有旧约，卓兄为何拒客？莫非留在宁国侯府，是为了躲避在下的挑战不成？"

第三十三章 天翻地覆

随着这内容挑衅、温度冰冷，但语调却并不激烈的一句话，霖铃阁的格花大门外，出现了几条身影。当先一人，穿着浅灰衫子，梳着楚人典型的高高发髻，面容清瘦，两颊下陷，一双眸子精光四射直视着厅上主座，整个人如同一把走了偏锋的剑，凌厉中带着些阴鸷。

这便是琅琊高手榜上排名第五，目前任职大楚殿前指挥使，以一手遏云剑法享誉天下的岳秀泽。

谢玉振衣而起，面上带了怒色，厉声道："岳大人，此处是我的私宅，你擅入擅进，这般无礼狂妄，视我谢玉为何等样人？难道在大楚朝廷上，就学不到一点礼数吗？"

"冤枉，冤枉，"谢玉话音未落，岳秀泽的身后突然闪出宇文暄，拱着手笑嘻嘻道，"岳秀泽早已在半月前辞去朝职，现在是一介白衣江湖草莽，谢侯爷对他有何不满，只管清算，可不要随便扯到我们大楚的朝廷上来。"

谢玉气息微滞，忍了忍，将寒冰般的目光转到宇文暄身上，冷冷道："那陵王殿下总算是大楚朝廷的人吧，你这样冲进来是否也有违常理？"

"我没有冲进来啊。"宇文暄惊讶地睁大了眼睛，表情甚是夸张，"先声明清楚，我们跟岳秀泽不是一路的。我来是因为听说今天是萧公子的寿辰，想着怎么也是相识的人，所以备了薄礼来祝寿，顺便也讨好一下谢侯爷。这一路走进来的时候只看见贵府的家仆不停地在拦岳秀泽，又没有人来拦我们，我怎么知道不能进来？侯爷如果不相信的话，可以亲自问问贵仆啊。"

他这一番胡言乱语，诡词巧辩，竟将谢玉堵得一时说不出话。欲要认真分证，对方又只是进来，并没做什么，何况还打着给自己儿子祝寿的旗号。如果就这样粗暴地将联姻使团的正使、一个大楚皇族赶出去，未免显得自己太失风度，只得咽了这口气，将精力转回到岳秀泽身上，道："本侯府中不欢迎岳兄这般的来客，若岳兄尽速离去，擅闯之事可以揭过不提，否则……就不要怪本侯不给面子了。"

此时厅堂之上甚是安静，他的语调也不低，岳秀泽对他的话应该听得非常清楚。可看他平板的神色，却分明如同没有听见一样，丝毫不理会，仍然将湛亮的眸子锁在卓鼎风脸上，用着与刚才同样淡漠的声音道："当面挑战，是江湖规矩，为此我还特意辞了朝职，卓兄若要推托，好歹也自己回个话。如此这般由着他人翼护，实在不是我所认识的卓兄，难不成卓兄跟谢侯爷成了亲戚之后，就已经不算是江湖人了吗？"

卓鼎风眉间一跳，颌下长须无风自飘，右手在桌面上一按，刚刚直身而起，就被谢玉按住了肩膀。

其实江湖挑战，一向是武学比试和交流的一种普遍方式，跟仇斗、怨斗之类的打斗根本是两回事，双方一般都很谨慎。如果在一场挑战比斗中给予对方除必要以外的重大伤害，这种行为一向是为人所不齿和抵制的，尤其是对岳秀泽和卓鼎风这样的高手而言，更是不需伤人就能分出胜负。所以除了场合有些不对外，卓鼎风接受此项挑战并不是很凶险的事，至多就是打输了，导致名声和排位受损，但要是他身为江湖人，拒不接受对手登门发出的挑战，那名声只怕会受损更多。

所以此时在场的大部分人，都不太明白谢玉为什么要强行阻拦，难道就因为岳秀泽进来的方式不太礼貌？

感觉到凝聚在自己身上的数道困惑目光，这位宁国侯现在也是有口难言。说实话，岳秀泽嗜武，喜欢找人挑战的习性天下皆知，对于他闯入的行为，其实一笑置之是最显世家贵侯气度的处理方式，可惜他现在却没有显摆这种气度的本钱。

因为夏冬和蒙挚在这里。因为岳秀泽是高手。

方才夏冬猝然发难，向卓鼎风出手，目的就是要观察他的剑锋与剑气是否与除夕晚被杀的内监身上的伤口相符。对此谢玉已提前料到，所以让卓鼎风做了充足的准备。再加上他们拿准了夏冬只是试探，出手总要留上几分，故而接招时心态轻松，刻意改变后的剑势没有被女掌镜使发现异样。

可是岳秀泽就没那么好打发了。一来他与卓鼎风以前交过手，熟知他的剑路；二来他毕竟是来挑战的，就算再不伤人，也必然会进攻得很猛。有道是高手相争，毫厘之差，这一场比斗可跟应付夏冬的试探不同，想要刻意藏力或者改变剑势的微妙之处,那就不仅是会不会输得很难看的问题,而是也许根本做不到……

但如果任凭卓鼎风以真实的武功与岳秀泽比斗,那么就算侥幸没让夏冬看出来,蒙挚这个大梁第一高手的如电神目也是瞒不住的。而内监被杀案的钦定追查者,至少在表面上恰恰就是这位禁军大统领。

谢玉的额上薄薄地渗出了一层冷汗,开始后悔怎么没早些将卓家父子都遣离京师。不过话又说回来,谁能料到从大楚会跑一个岳秀泽过来,巧之又巧地找了个夏冬、蒙挚都在场的时候挑战卓鼎风?

"岳兄,今晚是我小儿生日,可否易时再约?"卓鼎风温言问道。

"不可。"

"这是为何?"

"我辞朝只有半年的时间,可以自由四处寻觅对手。"

"那约在明日如何?你不至于这么赶时间吧?"

"明日……"岳秀泽眸中闪现出一抹让人看不懂的悲哀之色,"夜长梦多,谁知道今夜还会发生什么?谁知道还有没有明日?既已见面,何不了断?对试又不是凶事,难不成还冲了你儿子的寿宴不成?"

"岳兄的意思,是非要在此时此地了断了?"

"不错。"

"放肆!"谢玉一咬牙,扬声怒道,"今夜是小儿生日宴会,贵客如云,岂容你在此闹场!来人,给我轰了出去!"

岳秀泽神色如常,淡淡道:"卓兄,我是来挑战,还是来闹场,你最清楚。给我一个答复。"

此时已有数十名披甲武士拥入,呈半扇形将岳秀泽围住。枪尖如雪,眼看就要发动攻势,卓鼎风突然大喝一声:"住手!"

谢玉眉睫一震,按在卓鼎风肩上的手猛地加力,正要说话,这位天泉山庄的庄主已将恳切的目光投注在他的脸上,低声道:"谢兄见谅,我……毕竟是个江湖人……但请放心,此事我会圆满处理的……"

谢玉唇角一抖,隐隐猜到了什么,欲待出言阻止,想了想,又硬起了心肠,缓缓收回了自己压在卓鼎风肩上的手,语调温和地道:"卓兄有何决策,我一向是不干扰的。"

卓鼎风淡淡一笑,面色宁静地站起身来,与岳秀泽正面而立,道声:"请。"

此时宫羽已抱琴退回到角落，厅堂正中一大片空地，竟仿若天然的演武场。凝目对视的两大高手，剑虽未出鞘，但那种渊停岳峙的气势，那种傲然自信的眼神，当远非前日他们两人的弟子对战时可比。

为表对此战的尊敬，除了长公主仍然端坐外，其他所有人都站了起来，连谢绮都在夫君的扶持下捧着隆起的腹部起身。

由于宇文暄等人站在厅口，故而厅门是开着的。一缕夜风晚来清凉，卷了红烛焰舞，室内光影摇动。烧焦的烛芯噼啪裂响的同时，两柄剑似闪电横空，交击在了一起。

听名思义，天泉剑与遏云剑都是以剑法飘逸灵动著称，两门传承都近百年，彼此之间历代互有胜负。纵横江湖时，除了北燕拓跋氏的瀚海剑或许偶能压它们一头外，其他剑门基本上都望其项背而莫及。卓鼎风二十七岁那年与岳秀泽初战获胜，三十五岁那年再战又获胜，看战绩似乎占了上风。但从他面对遏云剑时异常凝重的表情来看，无论赢了多少次，这仍然是一个让他无法等闲视之的对手。

厅堂之上两人这第三战，剑影纵横，衣袂翻飞，来回近百招，仍未入高潮。单从场面上来看，竟好像还不如那日萧景睿与念念打得好看。

但实际上，这一战的分量当然远非那一战可比，从两战皆在场的夏冬眼睛里，便可以清楚地明白这个事实。

她的目光晶莹透亮，似乎已完全被这场剑试吸住了心神，而忘记了其他应该注意的一切。那每一剑的角度、力度、速度，无不精妙到毫巅，剑诀心法，更是如同附着在剑锋之上的灵魂，与挥出的一招一式水乳交融，丝毫不见年轻人出招时的刻意与生涩。

这一点卓青遥与萧景睿当然体会得更深，两人都站在烛光最明亮之处，目不转睛地凝视着场内每一道光影。高手与高手的碰撞，才能迸出最亮丽的火花，观摩这一战，当比他们受教一年都有进益。

可是与大多数全副心神观战的人不同，厅上还有三个人似乎对此比拼毫无兴趣。莅阳长公主闭着眼睛，靠着短榻的扶手小憩，神情与旁边紧张凝重的谢玉和卓夫人形成了鲜明的对比；梅长苏倒是看着场内，但从那没有焦距的目光和有些发呆的表情来看，他显然只是应景地瞧着，脑子里不知在想些别的什么；角落里的宫羽安然宁和，怀里抱着琴，细细看着木质的纹理，流水般的长发垂在她粉颊两边，眼睫根本抬也没有朝场中抬上一眼。

他们三个人都在等待，等待这场比斗结束的那一刻，莅阳长公主是因为本就漠不关心，而另两个，则是因为他们知道真正的高潮还在后面……

旁边蒙挚放在书案上的手指突然一紧，握成了一个拳头。被他动作惊动的梅长苏略略收敛心神，看向场中。缠斗的双方仍然气息均匀，看来与刚开始时并无二样，可是真正的高手都已看出，决胜的一刻已经到来。

不知是巧，还是不巧，他们二人决胜的最后一招，竟与前日萧、念二人所比拼的最后一招相同。

天泉剑翻动雨云，漫天水雾散开，光影细如牛毛，似无孔不入。岳秀泽双手握剑，抡起飘乎剑风，然而幻出的却不是他女徒的那一片光网，而是一堵光墙。

细针入墙，可没不可透，仿若茸茸春雨入土，只润了表层。岳秀泽的眸中不由得闪过一丝笑意，然而笑意刚起，瞬间又突转凌烈。对手剑尖余势未歇，强力停住，一片水雾刹那间凝为一支水箭，在光墙似隐非隐时突破。岳秀泽侧身转腰，避开光箭来势，然而胸前的衣衫已被剑锋割裂了一条长口。大楚人在空中换气，丝毫不乱，手指翻弹间，剑柄已转为反握格击，挡住了对手横削过来的后招。

然而他心中已明白，自己虽然及时化解了卓鼎风的后手，但那毫厘之败，终究是已经败了。接下来的这一回合，不过是为了将那败局定格为毫厘这一程度，不再扩大罢了。

卓鼎风的脸上，此时也现出了微笑。不过他的笑容之中，多了些怆然，多了些决绝。

横削过去的一剑，被岳秀泽格稳，只需在对手滑剑上挑时顺势跃开，这一战就结束了。

所有认真观战的人此刻都已预见到了这个结果，全体放松了身体。只有谢玉的眼睛，仍然紧盯着场内，如同一潭寒水般冷彻人的肺腑。

梅长苏轻轻地长叹了一声。在他叹息的尾音中，岳秀泽滑剑上挑，剑锋切入卓鼎风本应早已回撤开的手腕中，鲜血四溅，天泉剑脱手落地，发出尖锐的铿然之声。

"爹！"

"老爷！"

妻子与儿女们的惊呼声四起，萧景睿与卓青遥双双抢上前去，扶住了卓鼎风的身体，同时将怒意如火的视线投向了岳秀泽："这只是比试，你怎么……"

岳秀泽的震惊似乎也不少于他们二人，瞪着卓鼎风道："卓兄，你、你……"

"不关岳兄的事……"卓鼎风努力控制住自己的声音，"最后一下，我有些走神……"

萧景睿和卓青遥都不是外行,刚才只是情急,其实心里明白这不是岳秀泽的责任。只不过萧景睿惊骇之中甚是迷惑,而卓青遥心里略略有些明白罢了。

"快,快请大夫来!"谢玉一面急着吩咐,一面快步下来亲自握着卓鼎风的手腕检视,见腕筋已然重创,恢复的可能渺茫,脸上不由得浮起复杂的表情。

"这只是外伤,不用叫大夫来了,让青遥拿金疮药来包扎一下就好。"卓鼎风刻意没有去看谢玉的脸,低声道。

夏冬与蒙挚一直凝目看着这一片混乱,直到此时,方才相互对视了一眼。

虽然该看的东西都看到了,但卓鼎风这一伤,一切又重新烟消云散。谢玉与内监被杀案之间那唯一一点切实的联系,至此算是完全终结。

可是卓鼎风一不愿避战损了江湖风骨,二不愿被抓到把柄连累谢玉,姑且不论他是否做得对,单就这份壮士断腕的气概,也委实令人敬佩。只可惜卓青遥功力尚浅,琅琊高手榜上大概又有很多年,看不见天泉剑之名了。

"此战是我败了。"岳秀泽看着卓鼎风苍白的面色,坦然道,"我遏云一派,日后将静候天泉传人的挑战。"说罢抚胸一礼。

"多谢岳兄。"卓鼎风因手腕正在包扎,不能抱拳,只得躬身回礼,之后又转身对谢玉道:"我确对岳兄说过随时候教的话,所以今夜他入府对谢兄的冒犯,还请勿怪。"

谢玉笑了笑道:"你说哪里话来,江湖有江湖的规矩,这个我还懂,我不会为难岳兄的,你放心。到后面休息一下如何?"

卓鼎风伤虽不重,但心实惨伤,亦想回房静一静,当下点头。在两个儿子的搀扶下,正转身移步,突然有一个声音高声道:"请等一等!"

这一声来得突兀,大家都不由得一惊。声音的主人学着梁礼向四周拱着手,满面堆笑地道歉:"对不起,惊扰各位了……"

"陵王殿下,你又想做什么?"谢玉只觉一口气憋着吐不出来,直想发作。

宇文暄深深地看了他一眼,并不答话,反而把视线移到了岳秀泽脸上,静静道:"岳叔,我已经按承诺让你先完成心愿挑战了,现在该轮到我出场了吧?"

"喂,"卓青遥怒道,"我爹刚刚受伤,你想乘人之危吗?要出场找我!"

"哎呀,误会误会,"宇文暄双手连摇道,"我说的出场可不是比武,在场各位我打得过谁啊？我只是觉得接下来的一幕，卓庄主最好还是留下来看一看比较好。"

谢玉冷"哼"了一声，拂袖道："真是荒诞可笑，卓兄不用理他，养伤要紧。"

梅长苏却在此时没头没脑地插了一句嘴："景睿，我送你的护心丹给你爹多服一粒吧。"

"啊？"萧景睿不由得一愣。伤在手腕上的外伤，吃护心丹有用吗？

梅长苏直视着卓鼎风的眼睛，叹道："一身修为，断去之痛，在心不在手。卓庄主终有不舍之情，难平气血，只怕对身体不利。今夜还未结束，庄主还要多珍重才是。"

他刚说了前半句，萧景睿便飞奔向摆放礼品的桌案前取药，所以对那后半句竟没听见，只忙着喂药递水，服侍父亲将护心丹服下。

宇文暄在一旁也不着急，静静地看他们忙完，方才回身拉了拉旁边一人，轻轻抚着她的背心推到身前，柔声道："念念，你不就是为了他才来的吗？去吧，没关系，我在这里。"

从一开始，念念就紧依在宇文暄的身边，穿着楚地的曲裾长裙，带了一顶垂纱女帽，从头到尾未发一言。此时被推到萧景睿面前后，少女仍然默默无声，只是从她头部抬起的角度可以看出，这位念念姑娘正在凝望着萧景睿的脸。

气氛突然变得有些微妙和尴尬，连最爱开玩笑的言豫津不知怎么都心里跳跳的，没敢出言调侃。

萧景睿被看得极不自在，脑中想了很久，也想不出除了前日一战外，跟这位念念姑娘还有什么别的联系，等了半日不见她开口说话，只好自己清了清嗓子问道："念……念姑娘，你……有什么话要说吗？"

念念保持着原来的姿势，没有回答，只是抬起了手，慢慢地解着垂纱女帽系在下巴处的丝带。因为手指在发抖，解了好久也没有完全解开。

梅长苏闭了闭眼睛，有些不忍地将头侧向了一边。

纱帽最终还是被解下，被主人缓缓丢落在地上。富丽画堂内，明晃晃的烛光照亮了少女微微扬起的脸，一时间倒吸冷气的声音四起，却没有一个人开口说话。

一眼，只看了一眼，萧景睿的心口处就如同被打进了粗粗的楔子，阻住了所有的血液回流，整张脸苍白如纸，如同冰人般呆呆僵立。

两人就这样面对面站着，互相凝视。在旁观者的眼中，就仿佛是同样的一个模子，印出了两张脸，一张添了英气、棱角，给了男人，另一张加上些娇媚与柔和的线条，给了女孩。

可是那眉，那眼，那鼻梁，那如出一辙的唇形……当然，这世上也有毫无关系的两个人长得非常相像的情况发生，但宇文暄打破沉默的一句话，却断绝了人们最后一丝妄想。

"这是在下的堂妹，娴玳郡主宇文念，是我叔父晟王宇文霖之女……"

主座上突然传来异响，大家回头看时，却是莅阳长公主双目紧闭，面色惨白地昏晕了过去，她的贴身侍女们慌慌张张地扶着，一面呼喊，一面灌水抚胸。

宇文暄的声音，仿佛并没有被这一幕所干扰，依然残忍地在厅上回荡着："叔父二十多年前在贵国为质子时，多蒙长公主照看，所以舍妹这次来，也有代父向公主拜谢之意。念念，去跟长公主叩头。"

宇文念缓缓前行两步，朝向莅阳长公主双膝跪下，叩了三下方立起身形，再次转过头来，凝望着萧景睿，眸中期盼之意甚浓。

然而萧景睿此时的眼前，却是一片模糊，根本看不见她，看不见厅上二十多年的父母家人，看不到任何东西，就好似孤身飘在幽冥虚空，一切的感觉都停止了，只剩了茫然，剩了撕裂般的痛，剩了让人崩溃的迷失。

小时候，他曾经有一段时间非常想知道自己究竟是卓家的孩子，还是谢家的孩子。后来长大了，他渐渐地开始接受自己既是卓家的孩子，又是谢家的孩子。那两对父母，那一群兄弟姐妹，那是他最最重要的家人，他爱着他们，也被他们所爱。他做梦也没有想到，有一天上苍会冷酷地告诉他，他二十多年来所拥有的一切，都只是幻影和泡沫……

莅阳长公主悠悠醒来，散乱的鬓发被冷汗黏在颊边，眼下一片青白之色，整个人仿佛苍老了十岁。侍女将热茶递到她嘴边，她推开不喝，撑起了发软的身子，向阶下伸出颤颤的手，声音嘶哑地叫道："睿儿，睿儿，到娘这里来，快过来……"

萧景睿呆呆地将视线转过去，呆呆地看着她憔悴的脸，足下却如同浇铸了一般，挪不动一丝一毫。

"睿儿！"莅阳长公主越发着急，挣扎着想要起来，双膝却抖动得支撑不住身体，只能在嬷嬷和侍女的搀扶下跌跌撞撞地向阶下爬去，口中喃喃地说着："你别怕，还有娘，娘在这里。"

这个时候首先恢复镇定的人竟是卓鼎风。二十多年来，他早就有景睿可能不是自己亲子的准备，而当下这个结果，最震撼和最让人难以接受的部分又都在萧景睿和谢玉身上，他反而可以很快地调整好自己的感觉。

所以最先拍着萧景睿的肩膀将他向莅阳长公主那边推行的人便是卓鼎风。

梅长苏就在这时看了角落中的宫羽一眼。这一眼，是信号，也是命令。当然，沉浸在震惊气氛中的厅堂上，没有任何一个人注意到这寒气如冰、决绝如铁的眼神。

除了宫羽。

宫羽将手里抱着的琴小心地放在了地上，前行几步来到烛光下，突然仰首，发出一串清脆的笑声。

此时发笑，无异于在紧绷的弓弦上割了一刀，每个人都吓了一跳，把惊诧至极的目光转了过来。

"宫姑娘，你……"言豫津回头刚看了她一眼，身体随即僵住。

因为此刻站在他面前的宫羽，似乎已经不是他平时所认识的那个温婉女子。虽然她仍是柳腰娉婷，仍是雪肤花容，可同样的身体内，却散发出了完全不同的厉烈灼焰，如罗刹之怨，如天女之怒，杀意煞气，令人不寒而栗。

"谢侯爷，"宫羽冰锋般的目光直直地割向这个府第的男主人，字字清晰地道，"我现在才明白你为什么一定要杀我父亲了，原来是因为先父办事不力，受命去杀害令夫人的私生子，却只杀了卓家的孩子，没有完成你的委托……"

这句话就如同一个炸雷般，一下子震蒙了厅上几乎所有人。谢玉脸上一阵青一阵白，怒吼一声，抓起跌落在地上的天泉剑，一剑便向宫羽劈去。

谢玉本也是武道高手，这一剑由怒而发，气势如雷，可是弱不胜衣的宫羽却纤腰微摆，如同鬼魅一般身形摇荡，轻飘得就像一缕烟，闪避无痕。

夏冬不由得失声道："夜半来袭，游丝无力……杀手相思是你何人？"

"正是先父。"宫羽应答之间，已连避数招，谢玉急怒之下，大喝一声："来人！"

随着他这一声召唤，一道身影倏忽而至，直扑宫羽而去。与两支判官笔的攻势同时，还发出了三柄飞刀、一枚透骨钉，出手狠辣毫无余地，目力好的人还能察觉出暗器上幽幽的煨毒蓝光。

宫羽甩袖如云，仍是应对自如。卷走三柄飞刀之后，拔下银钗，正准备格挡那枚透骨钉，一柄蛾眉刺横空斜来，将毒钉震飞，一个身影随即挡在了她身前，大家一看，出手的竟是卓夫人。

"你继续说，谁杀了我的孩子？"卓夫人眸中一片血红，语声之凌厉，丝毫不见平时的温柔娴雅。

"夫人，你先冷静一下。"卓鼎风喝止住妻子，全身轻颤地转向谢玉："谢兄请让宫姑娘说完，她若是胡言乱语，我先不会放过她！"

"我是不是胡言乱语，看看萧公子的脸就知道了，"宫羽说出的话，直扎人的心肺，"大家谁都不能否认，他有杀婴的动机吧？当年死去的婴儿全身遍无伤痕，只有眉心一点红，我说得可对？谢侯爷那时候还年轻，做事不像现在这样滴水不漏，杀手组织的首领也还活着，卓庄主若要见他，只怕还可以知道更多的细节呢。又或者……现在直接问一下长公主殿下吧，当初殿下明知丈夫试图杀害自己的儿子，却又不能当面质问他，个中苦楚自是煎熬。不过还好，虽然那时候听你倾诉的姐妹已不在，但幸而还有知情的嬷嬷一直陪伴在你身边……"

莅阳长公主心如刀割，呻吟一声捂住了脸，似乎已被这突然袭来的风雨击垮，毫无抵御之力。她的随身嬷嬷扶着她的身子，也早已泪流满面。

"真是一派胡言！"谢玉眉间涌出煞气，手一挥，"来人！将此妖女，就地格杀！"

他一声令下，谢府的武士们立即蜂拥而上，直奔宫羽而去。卓鼎风呆立当场，反而是卓夫人执刀咬牙，叫了一声："遥儿！怡儿！"

卓青怡闻唤立即冲向母亲，卓青遥犹豫了一下，慢慢将惊呆的妻子抱到厅角的柱子后放下，一晃身也来到父母身边。言豫津看了看宫羽，一把拉住萧景睿的胳膊，先把依然僵立的好友推到梅长苏身边，自己随即纵身护在了宫羽之前。

谢玉此时已面沉如水，眼中杀意大盛。

对他来说，宫羽自然是非杀不可的，但卓、谢两家今夜失和只怕也在所难免。就算卓鼎风不会立即翻脸不认人，但杀子的嫌隙非同小可，一桩儿女姻亲，是否保得准卓鼎风一定不会背叛，谢玉实在觉得毫无把握。想到卓鼎风多年来替自己网罗江湖高手，行朝中不能行之事，知道的实在太多，若是现在让他就这样离去，无异于是送到誉王手上的一桩大礼，只怕以后再也掌控不住他的动向，徒留后患，让人旦夕难安。而且届时誉王也一定会尽力护他，若有异动，再想除掉就难了。可如果趁他此刻还在自己府中，狠下心破釜沉舟，绝了后患，搅浑一池春水，大家到御前空口执辩，再扯上党争的背景，只怕还有一线生机。

念及此处，他心中已是铁板一块。

"飞英队围住！速调强弩手来援！"

一听要出动弩手，谢绮立即嘶声大叫了一声"父亲"，便要向场中扑来，被谢玉示意手下拉住，谢弼此时已经完全昏了头，张着嘴连话都说不出来。

"谢兄，"卓鼎风心寒入骨，颤声道，"你想干什么？"

"妖女惑众，按律当立即处死，你若要护她，我不得不公事公办！"

卓鼎风本意只是想听宫羽把话说完，查明当年之事后再做决定，哪里是想要护她，听谢玉这样一说，便知他起了狠毒之心，一时气得浑身发抖。旁观的夏冬看到此刻，终于忍不住开口道："谢侯爷，你当我和蒙大统领不在吗？妥夜杀人，也太没有王法了吧？"

谢玉牙根紧咬，面色铁青。他知道在夏、蒙二人面前杀卓鼎风并不明智，但若是此刻不杀，可以想象卓鼎风出门后就会被誉王严密保护起来，再无动手的机会。正所谓箭在弦上，不得不发，尽管怎么做都不是万全之策，但终究要做个抉择。

"本朝祖制有令，凡涉巫妖者，立杀。这个妖女在我侯府以乐惑人，已引人迷乱。夏大人，请你不必多管闲事。"谢玉一面将夏冬冷冷地顶回去，一面指挥手下围成个半扇形，将厅堂出口尽数封住。

不过，他心里很清楚厅上这群人个个都不是省油的灯，尤其是夏冬和蒙挚最为棘手。一来这二人本就不一定杀得了，二来以他们的身份被杀死在自己府中也是桩麻烦事，所以谢玉已做好了被他们脱身而去的准备。反正现在事已至此，仓促之间想不到更好的处理方法，只能先把一切能灭的口全都灭了，再跟夏、蒙二人到皇帝面前各执一词，赌在没有人证的情况下，皇帝会信谁。若是那人回来也偏帮自己的话，说不定还可以死里逃生。

"谢侯爷，有话好说，何必定要见血呢？"蒙挚见谢玉大有下狠手之意，也不禁皱眉道，"今日之事，我与夏大人都不可能袖手旁观，请你三思。"

谢玉冷笑一声，道："这是我的府第，两位却待怎样？御前辩理，我随你们去，可是妖女和被她魅惑的党羽，只怕你们救不了。"

蒙挚眉尖一跳，心知他也不全是虚张声势，一品军侯镇府有常兵八百，其中枪手五百，已难对付，更何况等强弩手赶到，四周围一放箭，个人的武技再高，也最多自保而已，想要护住卓家满门，只怕有心无力。想到此处，他不由得回头看了梅长苏一眼。

可此时的梅长苏，却正在看着莅阳长公主。

第三十四章 情绝义断

面对这一片混嚣，莅阳长公主神态狂乱，努力踩着虚软的步子挪动，似乎只是一心想赶到萧景睿的身边去。

"莅阳，"谢玉也凝视着她，柔声哄道，"你不要管，我不会伤害景睿，这些年要杀他我早就杀了，所以你放心。我做的任何事都是为了你，这一点你千万不要忘记……"

莅阳长公主看着相守二十多年的丈夫，只觉心痛如裂，柔肠寸断，一时间跪倒在地泣不成声。

谢玉的目光又转向了宇文暄，后者耸了耸肩，道："你不伤念念看重的人，我就不蹚这摊浑水多事多嘴，说到底，关我什么事呢？"

谢玉阴冷地笑了笑，道："好，陵王殿下的这个人情我一定会领的。"说着他的目光又在厅中扫视了一圈，在梅长苏身上刻意停留得久了些，似乎正在打算把这位最让人头疼的敌方谋士趁乱一锅给煮了。

蒙挚不由得有些着急，挺身挡在梅长苏前面，偏了偏头问他："飞流哪里去了？"

梅长苏眼珠转动了一下，哈哈一笑，道："总算有人问飞流到哪里去了，其实我一直等着谢侯爷问呢，可惜您好像是忘了我还带了个小朋友过来。"

谢玉心头刚刚一沉，已有个参将打扮的人奔了过来，禀道："侯爷，不好了，强弩队的所有弓弦都被人给割了，无法……"

"混账！"谢玉一脚将他踢倒，"备用弓呢？"

"也……也……"

谢玉正满头火星之时，梅长苏却柔声道："飞流，你回来了，好不好玩？"

"好玩！"不知何时何地从何处进入霖铃阁的少年已依在了苏哥哥的旁边，睁大眼睛看着四周的剑拔弩张。

谢玉怒极反而平静下来，仰天大笑道："苏哲，你以为没有弩手我就留不住自己想要留的人吗？对于宁国府的实力，你这位麒麟大才子只怕还是低估了。"

"也许吧，"梅长苏静静道，"今夜侯爷想要流血，我又怎么拦得住。万事有因必有果，今天这一切都是侯爷您种下的因所带来的，这个果你再怎么挣扎，最终也只能吞下去。"

谢玉负手在后，傲然道："你不必虚言恫吓，本侯是不信天道的人，更大的风浪也见过。今日这场面，你以为击得倒本侯吗？"

"我知道。"梅长苏点头道，"侯爷是不敬天道、不知仁义的人，当然是什么事都敢做，但苏某比不得侯爷，一向胆小怕事，所以今天敢上侯爷的门，事先总还是做了一点准备的。誉王殿下已整了府兵在门外静候，要是一直等不到我出去，只怕他会忍不住冲进来相救……"

谢玉狐疑道："你以为本侯会信？为了你个小小谋士，誉王肯兵攻一品侯府？"

梅长苏笑得月白风清，语调轻松至极："单为我当然没这个面子，但要是顺便可以把侯爷您从朝堂上踩下去，您看誉王肯不肯呢？"

梅长苏说得毫不在乎，谢玉颊边的肌肉却紧紧地一跳，随手招来个部下，低声吩咐了一句，那人立即领命而去，大约是去探看府外是不是真的有伏兵。

梅长苏笑道："看来暂时不会打起来了。大家闲着也闲着，宫姑娘，没说完的话接着说吧，万一卓庄主一听是个误会，大家化干戈为玉帛，岂不是一件好事？"

"好。"宫羽面对如此局面，仍是神色沉静，说的话运了气息，字字清晰，"正如大家所知，先父是个杀手，因杀人手法素来轻飘无痕，故有'相思'之名。他名气虽重，但世上知他真面目的人，也只有他所隶属的组织首领而已。有道是杀手无情，有情便是负累，故而父亲在遇到先母之后，便决定洗手不干。那时母亲刚怀了身孕，组织首领要求父亲完成最后一项任务后方可归隐，而那最后一项任务，便是受一名朝中要人委托，杀一个未出世的婴儿。"

她款款道来，语调平实，却让人陡生毛骨悚然之感。一直发呆的萧景睿，想到自己就是那个预谋被杀的婴儿，心中更是惨伤至极。

"任务的说明很详细，孕妇的身份、容貌、行踪，还有身边嬷嬷的模样都说得很清楚。父亲跟踪了长公主一个月，终于等到她临产。没想到那一夜雷击大火，场面一片混乱，产妇和婴儿身边都围满了人，父亲无处下手，只能回山间树林躲了一日，第二天夜里再去。由于他早就认熟了长公主家的嬷嬷，所以便将她所抱的那个婴儿，无声无息地杀死了……"

卓夫人呜咽一声，几乎站立不稳，被女儿紧紧扶住。

"先父以为任务完成，就离开了睿山，根本不知道雷击那天夜里，在他走后大家发现婴儿混乱的事。后来谢玉归来，知道活下来的这个婴儿还有一半可能是他要杀的那个之后，十分恼怒，说宁可杀错，不可放过，逼我父亲再去下手。这时我母亲怀胎日久，腹中已有胎动，父亲每天感受着自己骨肉的小小动作，早已不是一颗杀手之心，所以他带着我母亲逃了。杀手组织的首领截住过我们一次，可是他跟父亲自幼交好，不忍杀他，就放我们走了。没想到杀手肯放过我们，谢玉却不肯，他派了另外的人来追杀。我们逃了两年，最后父亲将母亲和我安顿在一个小县城的青楼之内，自己孤身引开追杀者，之后就再也没有回来。我长大后查证过，他是在离开我们之后七个月，被谢玉的人杀掉的。"

"可是既然岳父……呃……谢侯爷连你们都不肯放过，他怎么放过了景睿，让他活了下来？"卓青遥比较冷静，立即问道。

"这就要问长公主了。"宫羽的目光幽幽地看向那个令人怜惜的女人，"那个婴儿之死，别人不知道，你却知道是为什么。所以最初的几年，你几乎是疯狂地在保护活下来的那一个，日夜须臾不离，对不对？"

卓夫人心头一颤，想起景睿幼时的情形。他住在金陵时，莅阳长公主捧着他不放，他住在天泉山庄时，莅阳长公主还是会紧紧跟随，当时只以为那是她第一个孩子，又受了惊吓才会如此，竟没有想到此中渊源如此之深。

"萧公子慢慢长大，谢玉杀他之心渐渐没有最初那么强烈了，他也知道长公主察觉到了一些，不愿与她翻脸。更重要的是，他发现以萧公子为纽带，可以与武林实力不低的天泉山庄建立起一种亲密无间的联系，从而利用卓家的力量，完成一些他想要做的事。"宫羽看向卓鼎风，"这个卓庄主应该很清楚吧？有个共同的儿子，有了频繁的交往，你们之间开始建立友情，建立亲情，慢慢变成你对他无条件的信任，甘心为他做一些隐秘的事，而且还以为自己所做的是对的，是符合家国大义，可以在不久的将来，为天泉山庄和卓氏一族带来无上的荣耀……"

卓鼎风嘴唇一片乌紫，一口鲜血喷了出来，卓家人登时慌作一团，梅长苏在旁轻声安慰道："他服了护心丹，无妨。"

言豫津听了这话，像是突然被提醒了一样，立即奔到桌边拿了药瓶，倒出一颗递给萧景睿，见他茫然不理，便强行塞在他嘴里拿茶水冲了下去。

梅长苏温和地看着他的举动，轻轻喟叹。

"岳兄，"蒙挚感慨地看向大楚的高手，"若你肯改日再约战卓庄主的话，他就不至于为了谢玉伤了手腕，舍了这多年的修为。"

岳秀泽脸色一僵，冷冷道："我时间不多，只知他会在今夜知道那个儿子不是他的，担心这会影响他与我对决时的心境，所以才要抢先挑战，谁料到他这么傻要自己受伤，后面还有这么一大堆牵扯……"

"这个不怪岳兄，是我自己有眼无珠，看错了人。"卓鼎风目光灼灼地看向谢玉，额头渗着黄豆般大小的冷汗："现在想起你对我说的那些慷慨激昂之语，实在是令人齿寒。"

"我所说的话，也未必全是骗你，"难得到现在谢玉还能保持冷静，"扶保太子本就是大义，其他野心之辈皆是乱臣贼子。我许诺你日后会给卓氏的殊荣，至少现在还没有打算事成之后赖掉啊。"

"可是只要他对你有一点点疑虑不满，你便会下狠心杀他全家灭口。"夏冬咯咯冷笑了数声，"说到底，你又何尝不是无肝无肠的野心之辈？"

"成大事者不拘小节。"谢玉唇角挑起一抹笑容，"陛下会了解我对朝廷的忠心。"

梅长苏突然插言道："谢侯爷，您去府外探看的人还没回来吗？"

谢玉定定地看了他片刻，仰天大笑道："果然是苏先生最先反应过来。本侯之所以听你们在这儿闲聊耗时间，当然有本侯的用意。"

梅长苏细细一想，眉尖不由得挑了挑："你调了巡防营的官兵来？"

"没错，"谢玉面色如冰，"誉王的府兵有什么战力？巡防营绝对能挡着不让他们进来。"

蒙挚厉声道："谢玉，巡防营不是你的府兵，调为私用罪莫大焉，你真的胆大如此？"

"大统领不要冤枉人，我岂敢调巡防营入我府当私兵来用？可无论誉王殿下来与不来，我都可以让他们在府门外大街上维持一下治安吧？"

梅长苏本就没指望今晚会和平过去，谢玉调动巡防营只会把事情闹得更大，倒也不是纯粹的坏事。不过当务之急，还是要保护卓家老小，不要被人灭口了才行，当下向蒙挚递了个眼色，提醒他做好准备。

谢玉脸挂寒霜，手一举，眼看就要下令，一个人猛地扑到他的面前跪下，抱住了他的腿，低头一看，竟是谢弼。

"请父亲三思！"谢弼面色蜡黄，眼里含着泪，哀求道，"卓、谢两家相交多年，不是亲人胜似亲人，不管有什么误会，父亲也不能下杀手啊！"

"没出息！"谢玉一脚踹开他，"我怎么就调教出你这么个妇人之仁的东西！"

"父亲！"谢弼不顾身上疼痛，又爬回来攀住他的手，"世上谁人不知我们两家的关系，父亲不怕天下人的议论？"

"天下人知道什么？你给我记住，只有活下来的人才有权利说话。为父这是大义灭亲，你快给我闪开！"

谢弼心头绝望，抓着谢玉衣襟的手剧烈颤抖着，突然向前一扑，拔出了父亲腰间的小短刀，横在自己颈前，泪水夺眶而出："父亲，请恕孩儿不能眼见您下此狠手，父亲要杀他们，就先杀了孩儿吧！"

谢玉冷冷地盯着他，冷冷地"哼"了一声道："你要自尽？好啊，尽管动手吧。"

"父亲……"

"从小养你长大，你是什么样的人我不知道吗？若你真有这个烈性割断自己的脖子，就算为父小看了你。"谢玉说着大踏步向前，一掌就打飞了谢弼手中的短刀，再一反手给了他一记耳光，拧住他的胳膊向旁边一甩，命令道："把世子带下去，好生看管！此地混乱，也扶长公主和小姐回后院去。"

"是！"

"厅中妖女及卓氏同党，给我格杀勿论！"谢玉一声令下后，身形随即向外退了数步。潮水般的官兵一拥而上，一片血腥杀气荡过。

谢玉军旅出身，他的府兵一向训练有素，使用的都是铸造精良的长矛，不打近身战，而是结组围刺。蒙挚、夏冬虽是高手，却又不能真的对这群听命于人的官兵们下死手，速度和杀伤力未免受限。更何况蒙挚还担心飞流一人在乱军丛中护不周全梅长苏，难免分神。这样此消彼长，不到两刻钟，卓家上下已险象环生。

卓青遥随身并未带剑，只有卓夫人分给他的一柄蛾眉软刺，拼杀之间又要勉力护着新伤的父亲，不多时就臂上见血。卓鼎风的天泉剑已被谢玉拾走，卓青怡也只有护身的短剑，卓夫人握着另一柄蛾眉刺，挡在丈夫和女儿一侧，左支右绌，渐渐难以为继。她刚奋力削断了几只枪头，左侧又有寒光突袭，腰间一大片衣衫尽裂，回身防护时，前面又露破绽，一柄角度刁钻的长枪从斜下方扎出，待发现时已躲闪不及，卓青怡吓得失声惊呼："娘！"

眼看着那枪头就要扎进卓夫人下腹，一柄青锋剑闪电般削来，切断了枪头。剑花闪处，一个修长的身影挡在了卓夫人身前，面对他的近十名长矛手尽被逼退，有几人还带了伤口。

"睿儿……"卓夫人眼眶一热，颤声叫道。

萧景睿并未回头，只说了一句话，从后面看不到他脸上的表情，那低低的嗓音也颤抖着，几乎让人听不清他在说什么。

可是卓夫人却柔声回应了一句："娘没事……你别担心……"

见萧景睿取了墙上挂着的宝剑加入战团，一直旁观的宇文念也跃身而起，自官兵群中杀出一条路来，向他靠拢。岳秀泽凝目看到此时，倏地一声长叹，遏云剑再次出鞘，也纵身到了卓鼎风的身边。

谢玉在后面高声怒道："宇文暄，你不是说不掺进来吗？"

"我没有啊，"宇文暄摊开手道，"我说了不关我的事，所以一步都没有动，你别冤枉人好不好？"

谢玉此时不便理会他，只能冷冷地"哼"了一声，指挥着手下加猛攻势。他这两百长枪兵皆是好手，被围的一方纵然添了几个战力，仍未能将下风扭转过来，而阁外一片宁静，似乎尚没有援军到来的迹象。

"夏大人，我听说掌镜使之间有一种联络用的烟花，是不是？"在这紧迫时刻，梅长苏竟然找夏冬聊起天来。

"是。"夏冬刚答出口，就已明白他的意思，从怀里摸出烟花弹，正要纵身向外冲杀，梅长苏一句话又留住了她的脚步。

"让飞流去放吧，他喜欢这个。"

飞流果然喜欢，飘身出外的速度也要快得多，那些长枪手连他的衣角都碰不到，更不用提拦截了。

烟花升上天空，灿烂耀目，飞流回来时还一路仰着头看，顺便折断了两个截杀他的官兵的胳膊。梅长苏赞许地向他点头，又对蒙挚道："大统领，看样子誉王的府兵暂时是进不来了，夏春大人也要过一阵才能到，只好麻烦你，擒贼先擒王，抓个人质让大家休息一下吧，你看，好几个人已经伤得不轻了。"

蒙挚立即领会，大喝一声，震得较近的官兵一愣神，他已如大翅灰鹏般踏着人头顶奔出了霖铃阁，直扑谢玉而去。

谢玉看清他的来势，心中一凛，登时明白蒙挚是想擒住自己要挟谢府士兵停手，忙喝令身边的护卫们拦着，自己抽身后退。蒙挚是万军中取敌将头颅的超一流高手，谢玉的护卫也只挡得了他一时，但也正是这片刻的时间，这位宁国侯竟已躲得不见踪影。

眼看见蒙挚出师无功，身旁妻子儿女们都是伤痕累累，卓鼎风心中惨然。最开始他只是想听宫羽说说真相，没想到谢玉竟会如此绝情翻脸，令他始料未及。此时前方仍是黑压压杀之不绝的武士，己方战力却越来越弱，只怕最多能再支撑一刻钟就会被击散。卓鼎风绝望之余，只觉家族此难皆由自己识人不明引起，一时只觉愧疚难当，竟放弃了抵抗，闭目迎向枪尖。

萧景睿纵身扑过来，将卓鼎风撞开，挥剑挡枪，化解了凶险，但肋下也因此多了一条伤口。岳秀泽瞪眼怒道："你才击败我，若是死于这些竖子之手，岳某的颜面何存？"

卓鼎风被他这一骂，突然惊醒，左手劈手夺下一柄长枪，侧身执着横扫了一枪，高声道："不错，死也要死得体面，且再多杀几个！"

听到岳秀泽责骂卓鼎风，言豫津也很想学着骂骂自己的那位好朋友。萧景睿虽加入了战团，但却只见他救护卓家人，于自身防卫则非常漫不经心，仿佛仍有些心绪如灰的样子。言豫津眼见着宫羽身法如魅，出手厉辣，根本不需旁人操心，便把全部的注意力都集中到了萧景睿身上，与念念一左一右替他补漏，从开始打到现在，别的暂且不说，这两个人倒培养起不错的默契来了。

在整场血战中，唯一安安稳稳没有动过一个手指头的人就是梅长苏。除了蒙挚和宫羽时刻注意着他以外，飞流除非受命，基本上更是寸步不离。胆敢向梅长苏发起攻击的士兵，全被少年给极狠厉的手法咔咔折碎腕骨臂骨，痛得直滚，偏生梅长苏还阴恻恻地在旁边说着"飞流啊，要记住只能折断胳膊，不要一不小心又折到脖子了"，听那话的意思好像这位冷魅少年经常会一不小心就折断人家脖子似的，吓得比较靠前的人纷纷后退。再加上谢玉格杀令的主要目标是卓家人，所以到后来，攻击梅长苏的人大部分都转移到了卓家那边，不想在此处费力不讨好地断手断脚。

此时蒙挚追击谢玉到了外面，阁内少了一个超一流高手，情势顿觉恶化。内力不足的卓夫人与卓青怡渐渐有些体力不支，本已受伤的卓鼎风看起来更是不妙，只有不在谢玉格杀令范围内的夏冬、言豫津和大楚人没那么狼狈，但场面绝对是惨淡支撑，如果援兵再不进来，谢玉想要的结果已近在眼前。

就在这时，夏冬嗅到一丝灯油的焦臭气，不由得眉宇一沉。

"难道谢玉还打算放火烧霖铃阁……"

"什么？"言豫津吃了一惊。

"此阁后面临湖，他封了前门放火，我们只有跳水，如果湖岸上布了长矛手，从水里上岸就会很难，虽然你、我没什么问题，可有些人就难说了。"

言豫津手上未停，心中已是剧震。大家跳水后，若聚在一起上岸，刚好可以让人家集中兵力对付，若各自分散，实力弱一些的又怎么可能逃得出这深海侯门？想到此节，额前已渗冷汗，大声道："夏冬姐姐，你别光预测他会怎么样，也说说看我们该怎么办啊！"

"先别急，谢玉也没预想过今天会烧自己家，所以府内引火之物未必充足，最多搬些灯油过来，隔得又远，想泼到房脊上是不可能了，最多从连廊处开始引燃，先烧外阁侧楼。幸好昨天春雨，屋梁都是湿的，一时半会儿要把我们都给烧到水里去，也没那么快啦。"

"可是就算再慢，迟早也要烧过来啊！再说，我们也撑不了多久了。"

夏冬百忙中扭头看了梅长苏一眼，见自己说了这么多他却毫无反应，忍不住嗔道："苏先生，大家都这么忙就你一个人闲着，你还不动动脑筋，你在入定吗？"

"没有。"梅长苏闭着眼睛道，"我在听你们冤枉人家谢侯爷。"

"啊？什么意思？"

"我们现在可是在水阁里，一时半会儿又烧不干净，所以谢玉是不会放火的。他以灭巫为由在府内杀人，是捂着盖着干的，外头的巡防营虽听从他的命令在维护治安，不放人进来，但其实并不知道这里面发生了什么。可一旦大火烧起来，就很明显这里头出事了，届时不仅誉王有借口进来察看，夏春大人，还有言老侯爷，只怕都会心中焦急牵挂，谁也拦他们不住。谢玉怎么会出此昏招，自己放火把他们招进来？"

言豫津神情一呆，但手上却没闲着，两掌劈中攻至面前的一名士兵："你说谁？我……我爹？"

"你到谢府来赴宴，结果这里面烧起来了，令尊能不着急吗？言府跟这里只隔了一条街，他很快就会得到消息的。"

言豫津心里暖融融地，又忍不住担心："这里乱成这样，巡防营还守在外面，我爹还是不要来的好……"

梅长苏唇边露出一丝微笑，安慰道："你放心，巡防营今夜当值的应该是欧阳将军吧，他是绝不会伤害言老侯爷一丝一毫的……"

虽是父子，但言豫津对父亲的过去基本上是一无所知，闻言忙追问道："为什么啊？"因为分心，一柄长枪几乎刺中他肋下，被宇文念一剑挑偏，国舅公子定了定神，连声道谢。

"你小心些，"夏冬拉长了声音娇笑道，"等今晚过了你来问我好了，欧阳将军与令尊当年的旧交，夏冬姐姐也知道的。"

言豫津不由自主打了个寒战，赶紧装没听见。

"啊，烧起来了……"一旁的宇文念突然细声细气地说了一句，与此同时每个人都已经看见被渐起的火势映亮的窗棂，闻到了风中的烟尘味道。

"谢玉不会放火，那这火是谁放的？"言豫津喃喃地道，"难道是……可蒙大统领从哪里找到的灯油啊？"

飞流无声无息地一咧嘴，露出两排雪白整齐的牙齿。

此时因为火起，阁内猛攻的士兵们都乱了手脚，有些人进，有些人退，渐无章法，夏冬等人趁机反击，一时压力大轻。

"嗯……虽然有点晚了，但我想最好还是问一声，"梅长苏突然道，"我们中间有不会游泳的吗？"

良久没有回答，梅长苏甚是满意："看来都会了……卓庄主，你的伤还支持得住吗？"

卓鼎风咬牙道："没问题！"

此时蒙挚已从外面冲了回来，所到之处，士兵纷纷避让，可谓势如破竹。阁外宇文暄的声音这时也响了起来："念念，你要小心哦！"

"我没事！"宇文念扬声应道，"暄哥，你快躲开吧。"

"好，那我先走了，在外面等你。"

这句话之后，外面果然就再无他的声息。过了良久，言豫津才轻声评论了一句："你们大楚人，做事还真干脆……"

外面火势越来越大，室内渐有灼热之感。围攻的武士们已尽数撤去，大概是谢玉知道在此剿杀掉他们已无可能，开始重新在湖岸处布置人手。大家得了口喘息的时间，退到离火源最远的角落处，互相检视伤口，没想到竟是不声不响的卓青遥伤势最重，左胸和背部都浸染着鲜血。梅长苏递了瓶药膏过去，说是止血收口功效极好，卓夫人忙含泪接了道谢，轻柔地为儿子处理伤口，一面包扎一面落泪，口中还不停地问着他感觉如何。不过卓青遥却只是红着双眼惨然摇头，一个字也不想多说，目光时时看向外面那一片火红，显然心中正在牵挂即将临产的妻子。

宫羽在这时走到了卓家人的面前，挽发收袖，敛衣下拜，用平静的语调道："令郎死于家父之手，此罪难消。我既然找了谢玉报仇，你们自然也可以找我报仇。宫羽这条命在这里，听凭各位的处置。"

"宫……"言豫津一急，刚想冲过去，被夏冬一把拉住。

卓鼎风夫妇凝目看了她片刻，虽然面色寒冽如霜，却也没有立即发作，而是缓缓地对视一眼，似乎在无声地交流看法。

片刻后，卓夫人转过头来，看着宫羽冷冷地道："若是你父亲还活着，我必定天涯海角，杀之而后快，可惜他死了……至于你，那个时候还没出生，我纵然心头再恨，拿你的命又能解几分？卓家以后不会再找你一个孤女报仇，但是你……今夜之后也不要再出现在我面前……"

宫羽垂着头，两滴珠泪溅落在衣衫上。她飞快地抬袖拭目，模模糊糊地回答了一句什么，站起身形，果然避到了较远的地方去。

梅长苏默默地在旁边观望一阵，走到了卓鼎风身边，轻声道："卓庄主，我知道你也累了，但是有些话，我还是想现在问问你。"

卓鼎风深吸一口气，用手掌抹了一把脸："你问吧。"

"虽然你与谢玉之间有杀子之仇，但如果今夜他不下杀手，你是否一定会吐露他的秘密？"

卓鼎风仰面向天，脸上的皱纹仿佛在这须臾之间，变深了一倍。仔细想了片刻，他仍是目光茫然："说实话，我也不知道。杀子之仇如斯惨重，叫人怎么能轻易放开？但若要真的置谢玉于死地，遥儿……遥儿怎么办……还有他的孩子……"

"可是谢玉好像根本没有给你任何考虑的机会，非要灭你的口才行，"梅长苏硬起心肠忽视掉他的悲伤难过，又逼紧了一步，"你知道这是为什么吗？"

卓鼎风怔怔地将视线转到这位江左梅郎的脸上，颤声道："请梅宗主指教。"

"因为他赌不起。他不能把自己最致命的机密，放在一个与他有杀子之仇的人手里。以前你以为你们是在合作，但现在你已经明白他只是在利用，甚至包括联姻，都不过是他利用的一种手段而已。你们之间，彼此都已再无任何信任可言。"说这些话的时候，梅长苏的目光掠过了卓青遥惨白如雪的脸，惋叹一声："可悲的是，这桩婚姻虽然对谢玉而言是手段，可对卓公子与谢小姐而言，却是真正的神仙美眷……不过，谢小姐总归是卓公子的妻子，怀的也总归是他的孩子。只要大家都能劫后余生，也未必就走到了绝路。"

卓青遥用手捂住嘴剧烈地咳嗽了一阵，擦去唇角的血丝，重重闭上了眼睛。

"梅宗主，"卓鼎风脸色灰白，颓然地扶着儿子的肩膀，低低道，"我知道你今日援手为的是什么……可是……为着所谓扶保太子的大义，我已走错一步，以致有今日之难，实在不想再卷得更深……"

梅长苏慢慢点着头，神色冷峻："原来卓庄主以为自己还可以抽身，真是可喜可贺。"

卓鼎风一呆，视线在妻子儿女身上逡巡了许久，颓然地低下头去："我是一家之主，是我带他们走错了路……"

"庄主是明白人，"梅长苏淡淡道，"现在你已知道谢玉当年杀你小儿之事，那么除非你死，否则就算你向他保证不记此仇，以谢玉的心田也未必会信。如今卓、谢两家已势同水火，谢玉绝不会就此放过你们。要保你家人，就只能扳倒谢玉。只不过这样一来，庄主你……"

梅长苏吞住了后半句话，没再说下去，但卓鼎风却明白他的意思。要扳倒谢玉，就必须揭露一些隐秘，而自己也是这些隐秘的参与者之一，纵然首告有功，也终不能完全免罪。

"梅宗主，若你能保全我卓氏一门，能让我们得回遥儿尚未出世的那个孩子，我自有回报……"卓鼎风慢慢说着，语调十分悲怆无奈，"纵有天大的罪孽，让我一人承受就好……"

"爹……"卓青遥似有所触动，猛地睁开眼睛，痛苦地叫了一声。

"你什么都不要说了……"卓鼎风抬起了手，在空中迟疑了半刻，终于还是落在了卓青遥的头上，轻轻揉了揉，"你是长子，你还有娘和妹妹要照顾，明白吗？"

卓青遥用力抿紧嘴角，却仍然止不住双唇的颤抖，控制了好久，方道："可是爹……绮儿也是无辜的，她什么都不知道……"

"若她能不计两家的新仇旧怨，还愿意做你的妻子，我与你母亲都会好生待她。但若是她不愿……遥儿，你又能怎样呢……"

听到此处，卓青遥尚能咬牙忍住，卓青怡却突然"哇"的一声，大哭起来。

"是我一开始错了，拖累了家人……"卓鼎风看着小女儿，轻轻将她拉进怀里，两行清泪落下。远远坐着的萧景睿明明应该听不清他们的对话，此时眸中竟也有微微水光漾动。

梅长苏远远地看了他一眼，站起身来道："这些以后再说。火势快过来了，大家先到后面的栈桥上避一避吧。"

大家依言起身，先后绕出后门，萧景睿一直垂头不语。等宇文念和言豫津过来拉他，他才默默地跟着行动，好像脑袋里是空的一样。

霖铃阁的后廊处，连着一道九曲木制栈桥，一直向湖面延伸了有十多丈远，末端竖了座小小亭子。梅长苏请蒙挚和夏冬联手，将栈桥拆断一截，绝了火源，大家挤在亭子间里，竟是暂时安全了。

"我都忘了这后面有湖心亭啊！"言豫津拍着自己脑袋道，"这样一来根本烧不到我们啊，那苏兄为什么要问我们会不会游水？"

夏冬一把又拧住了他的脸，嗔道："桥都断了，你回去的时候不要游水？这湖这么浅，难不成还为你大少爷再挖深点好拖条船来接？"

梅长苏没有理会这二人，只凝目看着对面的湖岸。沉沉夜色中并无灯火，那一片墨染中不知藏着些什么样的魑魅魍魉。谢玉今夜之败，此时已成定局，昨日之非，方有今日之报，只是可怜无辜的年轻一辈，各有重创。

谢弼和卓青怡，良缘已是难成，家业终归败落；卓青遥与谢绮，夫妻劳燕分飞，幼子生而无依；还有景睿……

景睿……

梅长苏忍住喉间的叹息，不愿意再多想下去。

四周波声微荡，那边的烈火飞焰被这一弯浅水隔着，竟好像异常的遥远。刚从血腥鏖战中脱身的人突然安静下来，神思都不免恍惚起来，只觉得这一切沉寂得可怕，仿佛一只无形的手，翻起了心底最深的寒意，也唤醒了由于激战而被忽略掉的疼痛。

漫长的静默后，言豫津突然站起身道："你们看，岸上的情况好像变了……"

霖铃阁所临的这个人工湖湖岸弯曲，跟众人目前所处的这个小亭的距离也不一致。有些地方植着杨柳，有些地方则只有低矮花草，在这深夜之中望过去，只觉得是或黑或灰的块块色斑，中间有些形影乱动，目力稍次一点的人，根本看不清到底是什么。

"是援兵到了吧，他们跑来跑去的……"言豫津努力眯着眼，想要看得更清楚些。

亭子间里一片沉默。良久之后，蒙挚咳嗽了一声，道："照我看来，那更像是……

谢玉从巡防营调来了些弓箭装备……"

夏冬拧着言豫津的脸，后者想躲，却因为亭子间太窄小，根本无处可去。

"小津，我居然不知道你有夜盲症？白天眼神不是挺好吗？"女掌镜使高挑着眉毛嘲笑道。

"你才有……"言豫津刚想反击，脸上突然加深的痛感提醒了他这位是夏冬姐姐，反抗不得，只好委屈地道，"我只是到了晚上视力稍稍差那么一点而已，离夜盲还远着呢。"

"谢玉已经快黔驴技穷了，看来侯府门外他压力很重。不过困兽犹斗，虽然此地离岸上有些距离，但在某些地方架弓的话，射程还是够的，各位不要大意了。"梅长苏劝道。

"苏先生放心，"蒙挚长声笑道，"这大概也就是谢玉的最后一击了。这种距离放箭，到这里已经软了不少，伤病者和女眷都靠后，有我们几个，撑上一时半刻的没问题……呃，夏大人，你去哪里？"

"你不是让女眷靠后吗？"夏冬斜斜地飞过来一个眼波，"难道我不算女眷？"

不过她虽然话是这么说，但也只是玩笑了一下，便又重新站了出来，护在亭子的东南侧。言津豫小小声地咕哝了一句"本来就不像女人嘛"，也站到了前方。很快亭子里就围成了两层半扇形，内侧是无武功护身的梅长苏、俱都带伤的卓氏全家，外侧则是蒙挚、夏冬、岳秀泽、言豫津、萧景睿和飞流，宇文念和宫羽本来也想挤到外侧来，因为实在站不下了，又被男人们推了回去。夏冬不由得咯咯笑道："你们还真是怜香惜玉……"

话音未落，第一波利箭已经袭到，来势比估计的更猛更密，格挡的众人凝神以待，不敢大意，出手时俱运了真气。岸上的弩手们也皆训练有素，换队交接几无缝隙，那漫天箭雨一轮接着一轮，竟似没有中途停顿过。到后来内息较弱的言豫津已是汗透锦衣，一个岔气，漏挡了两箭，幸有萧景睿在旁闪过剑光卷住，顺手把他推到后面，宫羽随即从他手里夺了兵器补位。

梅长苏扶了言豫津在自己身边坐下，叮嘱道："你快调一下气息，运过两个小周天，再沉于丹田凝住，切不可马上散开，你的体质先天并不强，这一岔气不好好调顺，在五脏内会凝结成伤的。"

言豫津依言闭了眼睛，摒弃杂念，静静调平气息。一开始还有些神思涣散，后来渐渐集中精神，外界的嘈杂被挡于耳外，专心运转一股暖息，浸润发僵的身体筋脉，最后沉于丹田，一丝丝消去内腑间的疼痛之感。

等他调息已毕，再次睁开眼睛时，不禁吓了一跳。只见四周箭雨攻击已停，大家都神情凝重地看着岸上某一个方向，可他跟着去看时，又根本什么都看不清，于是习惯性地拉住了萧景睿的袖子问道："景睿，岸上怎么了？"

话刚出口，突然想起萧景睿目前的情绪并不正常，忙转头看他，果然面白如纸。正想要找句话来安慰，萧景睿突然甩开他的手，纵身一跃入湖，快速地向岸边游去。

"喂……"言豫津一把没拉住，着急地跺跺脚。夏冬在旁叹着气道："我们也过去吧。"

她这句话刚说到一半时，宇文念已经下了水，追着萧景睿凫游的水痕而去，余下的人相互扶持照应着，也结队游到彼岸。四月天的湖水虽已无寒气，但终究并不温暖，湿漉漉地上来被风一吹，皆是周身肃紧。蒙挚频频回头看向梅长苏，后者知道他关切之意，轻声说了句："不妨，我服了药。"

其实此时聚于湖岸边的人并不算太多。宁国侯与誉王的府兵们相互僵持着，都远远退于花径的另一侧。夏春和言阙果然都已赶来，众人自小亭子间下水时他们俩就已迎到岸边。只不过两人俱都性情内敛，夏春打量了师妹一眼，什么话也没说，言阙也仅仅问了一句："没事吧？"

"没事，没事。"言豫津并不在意父亲问得简单，何况此时他已看清了岸上情形，整个注意力都已被那边吸了过去。

湖畔假山边，立着面色铁青、唇色惨白的谢玉，平日里黑深的眼珠此刻竟有些发灰的感觉，誉王负手站在离他七八步远的地方，虽然表情煞是严肃，面无笑纹，但不知怎么的，骨子里却掩不住地透了股幸灾乐祸的得意之情出来。

这两人目前视线的焦点，都在同一个地方。

第三十五章 覆巢之下

在沾满夜露的草地正中，莅阳长公主坐在那里，高挽的鬓发散落两肩，衣衫有些折皱和零乱。一柄寒若秋水的长剑握在她白如蜡雕的手中，斜斜拖在身侧。那张泪痕纵横的脸上仍残留着一些激动的痕迹，两颊潮红，气息微喘，脖颈中时时青筋隐现。萧景睿就坐在她身边，扶着母亲的身体，让她的头靠在自己肩上，一只手慢慢拍抚着她的背心，另一只手捏着袖子，轻柔地给她擦拭被泪水浸润得残乱的妆容，口中喃喃地安慰着："好了……我在这里……好了……会好的……"

"他……他们呢……"莅阳长公主闭着眼睛，轻声问道。

"有些伤……但都还活着……"

长公主紧紧咬着干裂的下唇，深而急促地呼吸着，却仍然没有睁开双眼。

夏冬压低了嗓音问自己的师兄："怎么回事？"

夏春以同样的音调回答道："我接了你的讯号赶来时，看到誉王殿下已在门外，后来言侯也到了。谢侯爷说只是小小失火，一直挡着不让我们进去，本来都快要打起来了，长公主突然执剑而出，压住双方没有起冲突，把我们带到这里……今晚到底出了什么事？怎么闹成这样？"

"唉……此地不便，回去再跟春兄说吧。"夏冬想到今夜瞬息之间命运迥异的这些人，不由得心生感慨，摇头叹息。

这时梅长苏发现莅阳长公主握着长剑的手突然收紧用力，抬了起来，忙提醒地叫了一声："景睿！"

萧景睿微惊之下，立即按住了母亲的手，轻声道："娘……这个剑，我来替您拿……"

莅阳长公主摇了摇头，仿佛终于恢复了些许力气似的，将身子撑直了些，缓缓抬起眼帘："你别担心，千古艰难唯一死，娘还有很多事情要做……不会自尽的……"她一面说着，一面扶着萧景睿站了起来，深吸一口气，微微昂起了头，执剑在手，语声寒冽地问道："那个大楚的小姑娘呢？"

宇文念没想到她会叫到自己，愣了片刻才反应过来："我、我在这里……"

莅阳长公主将视线投到她脸上，定定地看了许久："听嬷嬷说，你给我磕了三个头？"

"是……"

"他让你给我叩头的意思，是想要从我这里带走景睿吗？"

"我……"宇文念毕竟年轻，嗫嚅着道，"我是晚辈，本来也应该……"

"你听着，"莅阳长公主冷冷打断了她的话，"当年他逃走后，我就曾经说过，我们之间情生自愿，事过无悔，既然抗不过天命，又何必怨天尤人。你叩的头，我受得起，可是景睿早已成年，何去何从，他自己决定，我不允许任何人强求于他。"

宇文念一时被她气势所慑，只能低低地应了一句："是……"这次她离开楚都前，父亲曾彻夜不眠向她讲述记忆中的莅阳长公主，桃花马，石榴裙，飞扬飒爽，性如烈火。但见了真人后她一直觉得跟父亲所叙述的大不一样，直到此刻，才依稀感受到了一些她当年的风采。

这一番话后，莅阳长公主显然已经完全稳住了自己的情绪，神色也愈发地坚定，慢慢推开了儿子的搀扶，向前走了一步，静静道："景桓，你过来。"

誉王怔了怔，见大家都看着他，也只好依言过去，刚施了个礼，叫了声"姑姑"，面前便寒光一闪，雪亮剑尖直指胸前。

"长公主……"夏春一惊，正想上前阻隔，莅阳长公主已开口道："景桓，你今天来，是准备带走卓家人，对不对？"

誉王面对眼前的剑锋，倒还算是镇定，点了点头道："谢玉虽是皇亲，但国法在上，不容他如此为恶，卓家……"

"这种虚言就不必说了，你为的什么我自然清楚。"莅阳长公主冷冷道，"我现在想让你答应我两件事，如果你应了，皇上那里、太皇太后那里、皇后那里，我都可以不去说话，免你以后许多麻烦。"

誉王权衡了一下，躬身道："姑姑请吩咐。"

"第一，绝不株连。"

誉王想了想，谢家除了谢玉外，都有皇家血脉，也都不是朝中有实职的人，本就不好株连，何况谢玉才是太子最有力的臂膀，折了他已达目的，其他的都无所谓，当下立即点头，很干脆地道："好。"

"第二，善待卓家。"

她这一条提得奇怪，除了某几个人面无表情外，大部分人都有些困惑。

誉王用眼尾瞟见了卓鼎风的神色，怕他疑心，赶紧表白道："卓氏一门是人证，首告有功，我一定会礼遇有加。哦，有些恩赦嘛，由我负责去向陛下求取。"

"我不是指现在，我是指永远。你可愿以皇族之名为誓，无论以后卓家是否还对你有用，你都不得对他们有任何不利的行动？"

誉王现在正是要拉拢卓鼎风以图扳倒谢玉的时候，忙趁势道："本王敬卓庄主大义，又不是只为利用他，姑姑若信不过我，发个誓又何妨？本王以皇族之血为誓，日后若有为难卓家之处，人神共弃。"

莅阳长公主手中的剑慢慢垂落，这才徐徐转身，强迫自己抬眼面对卓氏夫妇，眸中泪水盈盈，勉力忍住，低声道："我是自私的人，为了自己的孩子，瞒你们这些年，并无一言可以为自己申辩。但小女绮儿却是无辜，她已归卓门，纵然两位对我夫妇没什么旧情可念，但看在孩子分上，善待于她。"

卓氏夫妇默然片刻，最后还是由卓夫人出面答道："卓家是江湖人，只知恩怨分明，不牵连后辈。绮儿是我卓家的媳妇，若她携子来归，自有她应得的待遇，不须劳公主说情。"

莅阳长公主低头福了一礼，泪水跌落草间，抬袖拭了，又环视四周一圈，道："我有话要跟谢玉说，各位可愿稍待？"

四周一片静寂，似乎都已默许。莅阳长公主拍拍萧景睿的手，将他留在原地，自己缓步走到谢玉身边，示意他跟随自己。两人一起转到假山另一侧，避开了众人的眼光后，莅阳长公主方直视着丈夫的眼睛，低声问道："谢玉，你恨我吗？"

谢玉回视着妻子，似乎认真地想了想，道："你今夜不来，他们迟早也能冲进来。何况我的确起了把所有人都杀掉的心思，也难怪你信不过我。"

"我不是指这个……"

"如果是指当年，我觉得……"

"我更不是指当年。就算景睿的事我对不起你，但在那之前，你对得起我吗？"

谢玉眼中闪动了一下微小的亮光，没有说话。

"你果然从来都不知道，我心里想的是什么……"莅阳长公主轻叹摇头，苦笑了一下，"我问的意思是……一日夫妻百日恩，夫妻之间本该相互扶持，可是今夜我护了自己三个孩子，护了卓家，间接也护了你意图灭口的人，却唯独没有护你。而你……却明明是我最应该回护的那个人……你不恨吗？"

谢玉立即摇了摇头："如果你指这个的话，倒没恨过。"

"为什么？"

"因为你护也护不住。"

莅阳长公主点着头，慢慢道："果然是这样。我看到你居然如此大动周章，甘冒奇险也要灭口杀人，就猜到你犯下的事，已绝非我这个长公主所能挽回的了。我能不能问一句，一旦你罪名坐实，会怎样？"

"人死名灭。谢氏的世袭封爵只怕也没了。"

莅阳长公主凝望着他，轻叹一声："如果事情到了这一步，公公婆婆灵下有知，谢氏列祖列宗有知，他们会怎么想……"

谢玉冷笑一声："成王败寇，自古通理，先人们岂能不知？"

"难道你就没有想过，要拼力保住谢氏门楣不致蒙尘吗？"

这一次，谢玉快速地领会到了她的意思，心头一绞，暗暗咬紧了牙根。

"谢氏世家功勋，历代清名，岂可毁于一旦？"莅阳长公主目色凛然，将手中长剑递向丈夫，"我能为你，能为谢家做的事只剩这一件了。既然你今夜事败，已无生路，那不如就死个干脆，方不失谢氏男儿豪气。"

谢玉神色木然，喃喃问道："只要我死，一切就可以风平浪静吗？"

"至少，我不会让它翻到湖面上来。誉王只是政敌，不是仇敌，他只想要你倒，并不是非要拔掉谢氏全门。我会求见皇兄，请他准我出家，带着孩子们离开京城回采邑隐居。这样誉王就不会再浪费心思在我们身上了。"莅阳长公主神情黯淡，眸中一片凄凉迷离，"我护不住你的命，但起码可以护住你的名声。你若嫌泉下孤独，那么等我安顿好孩子们，我就过来陪你，好不好？"

她的脸微微仰着，蒙蒙月色下可以看见她眼角的泪水，顺着已带星斑的鬓角渗下来，一直滴到耳边。谢玉突然伸出手臂将她拉进怀里紧紧抱住，吻着她的耳侧，低声道："莅阳，不管你怎么想，我是真喜欢你的……"

莅阳长公主紧紧闭着眼睛，却止不住奔流的泪水。二十多年来，她未曾有一次回应过丈夫的温存，然而此刻，她却将双手环上了他的腰身。

可惜短暂的拥抱后，谢玉慢慢推开了她，也推开了她手中的长剑。

"谢玉……"

"对不起，莅阳，"谢玉的脸隐在暗影处，模模糊糊看不清楚，"我现在还不想死，我还没有到山穷水尽、走投无路的时候……就让该翻上湖面的风浪都翻上来吧，不斗到最后一刻，谁知道胜负是怎么样的？大不了输个干净，输掉谢氏门楣又当如何？人死了，才真是什么都没有了……就算我要死，最起码，我也要让自己死得甘心！"

对于谢玉的回答，莅阳长公主的表情有些复杂，像是有些失望，又像是松了一口气。或者说连她自己，都迷迷蒙蒙地不知道怎么做才是对的。

谢玉温柔地抚了抚她的头发，先行转身走出假山，步子还算平稳地迈向了誉王，视线中途掠过卓氏一家，不过没有做任何停留："殿下想请人去做客，尽管带走好了。此时夜黑风高，殿下也是不请自来，所以谢玉有招待不周的地方，想来殿下一定不会见怪。"

他的态度恢复了镇定，倒让誉王心中"咯噔"一下。梅长苏低低在旁提醒了一句："卓家所住的客院也烧了，殿下动作要快。"

誉王眸色一凛，立即叫了一名部将过来，悄声吩咐他持王符连夜赶至玢佐封闭天泉山庄，不得让任何人接近。之后只向谢玉"哼"了一声，道了声"告辞"，便示意手下护住卓家人向外走。卓夫人心中毕竟牵挂萧景睿，转头看他，似乎想再说上两句话。恰在这时长公主也走过来，满面疲色地靠在儿子手臂上，柔声叫他陪自己回府住几天。萧景睿垂着头应了一声，在原地跪下，朝着卓氏夫妇深深地叩了三个头，什么话也不说，反倒惹得卓夫人泪如雨下，哭得几乎噎住。

卓鼎风挽住妻子的肩，挽她转身走了几步，心头越来越疼痛，终于忍不住停了下来，转过头，语调怆然地道："景睿，你过来，我再跟你说一句话……"

萧景睿僵立了片刻，方慢慢走过去。明明眼前是疼爱他二十多年的父亲，此刻却难以直视他的眼睛，只得将目光飘飘地，落在他的肩后。

"景睿，"卓鼎风将一只手重重地压在萧景睿的肩上，"我知道你的性子能忍，但是该发泄出来的不能忍着，你娘和我……都不是不明事理的人，当年的事，怎么怪也怪不到你的头上，你不要太苦了自……"

"己"字还未出口，萧景睿的瞳仁突然一收，反手一把抄住卓鼎风按在自己肩上的手，顺势向旁边一推。在众人的惊呼声中，围在卓氏一家四周的誉王部属中暴起一人，雪亮刀尖直袭卓鼎风背心，尽管萧景睿推得及时，刀锋依然割裂了他背部的衣衫，可见刺客出手之快。但萧景睿发力推开卓鼎风后，自己已再无反应和闪避的时间，寒刃快速没入他的腹中，抽出时划出一道弧形，血光四溅。

这一切都发生在电光石火的刹那，几大高手皆援救不及，若非萧景睿当时因为心中难受，刻意要避开卓鼎风慈蔼的眼神而把视线无意中转开了一下，只怕也不能那么快速地将养父推离险境。刺客一击错手，心知再无机会，回手向颈间一勒，人未倒地，已喉断气绝。离得最近的夏冬扑过来一探，也只能皱眉摇头。

"景睿！景睿！"卓鼎风紧紧抱住怀中瘫软的身体，运指如风，连封他身上几处大穴，缓住伤口泉涌般的血流。此时长公主、卓夫人等俱已哭喊着扑过来看视，言豫津手忙脚乱地在怀中乱摸，想要把刚才在大厅里顺手揣在怀中的那瓶护心丹找出来，情急之下反而摸了半天没摸到。梅长苏也快速过来，俯身细看了萧景睿的伤势，见虽伤得深重，却侥幸避开了要害，年轻人有今夜已服下的那粒护心丹保住心脉，应是性命无忧，这才稍稍平定了一下被揪起来的心，拿了金创药让卓夫人给他裹伤。

这时言豫津总算找到了药瓶，匆匆倒了一粒出来要给好友服用，被梅长苏摇头止住："留着吧，这种保命的圣药，不是你这样的用法。今天一粒就够了。"

旁边被这近距离血光拼杀惊住的誉王这才回过神来，转头恶狠狠地瞪向谢玉，后者却冷淡地耸了耸肩，道："大家可都看得清楚，这刺客是你的人，你看我做什么？"

誉王被他哽住，气涌于胸，怒声叫了身侧心腹，吼道："把这尸体带回去，给本王查是怎么混进来的，一定要查个清楚！"

梅长苏看他一眼，并没有说话。百般周全的计划也终有难以完全控制的死角，方才这意外一幕确实连他都吓下了一跳，不过好在有惊无险，也算万幸。至于誉王怎么去管理他的府兵，梅长苏可是没有半点兴趣。

萧景睿的伤口经初步处理后，血总算是完全止住了，但人已昏昏沉沉，脸上一片灰白之色。宁国府显然是不能再停留了，长公主已吩咐备车，准备带他回府继续诊治。宇文念细声细气地在旁边抖着声音要求由她带萧景睿到驿宫去休养，可想而知根本没人理会她这离奇的想法。只有岳秀泽见女徒一副快要哭出来的样子，过来把她拉到一边，沉声道："这里是金陵，你要有耐心才是。"

"暄哥怎么不在？"宇文念四顾无依，带着哭腔问道。

"他大概没能进来，在外面等着。我们毕竟是异族人……"

"师父，我们怎么办？"宇文念绞着双手，"长公主这么厉害，哥哥也没有要理我的意思……辰法师不是占卜过，四月是大吉圆日，我们这时过来，就一定能带回哥哥的……"

楚人是极信卜筮星测之术的，某位楚帝还曾经因为紫微侵帝星之象，就退位让太子提早登基，所以岳秀泽立即安慰道："辰法师都卜过，你还担心什么？虽然他年轻，法位也不高，不过近来给陵王殿下卜的那几卦次次都是准的，你要心诚才行。"

这师徒二人在一旁低语，旁人并不注意，只有梅长苏偶尔瞟一两眼过来。誉王已重新指派了最心腹的数人保护卓家，搬送伤者的藤床也已抬来。莅阳长公主吩咐几名侍从去接谢弼、谢绮，再最后回头看了独自留下的丈夫一眼，忍着眼泪跟众人一起出府。

宇文暄果然是等在府门外的，与今夜最不明状况的巡防营官兵待在一起，一直被怀疑的目光注视着，但样子看来却甚是安稳自得。对于府内发生的事情，他并不感兴趣，见堂妹平安出来，脸上才露出笑容，迎过来柔声道："念念，怎么样？"

"他还没有跟我说过话……"宇文念扑进他怀中，甚是委屈地倾诉道。

"没关系，他今晚太震惊了，所以顾不上你。你与他并肩而战，他会记住你这个妹子的。"宇文暄搂着妹妹的肩，柔声安慰，"你想啊，我们挑这样一个公开的场合把事情揭出来，根本已经断了他所有的退路。这个跟私下相认的效果是不能比的。他的身份和境遇一下子变了这么多，就算现在不觉得，但过不了多久他就会发现，虽然有长公主护他，但这大梁金陵，已经不是适合他停留的地方了。到时候我们再劝劝，他一定会跟我们走的。人嘛，总是想要见见自己的生父……"

宇文念点点头，视线一直追着萧景睿被抬上马车，辘辘而去，忍不住又掉了一阵眼泪。正准备跟父亲回家的言豫津无意中看见，怜香惜玉的毛病未免发作，迟疑了一下，还是走过来劝她道："宇文姑娘，景睿的伤无碍性命，你别担心。长公主是个爽利大度的人，你多上门去求求，她会让你见见景睿的。"

宇文念知他好心，忙拭了泪，蹲了蹲身为礼，细声道："是，谢谢言公子。"

言豫津点头回礼，又看了看宇文暄，因为不喜欢这个总是满脸假笑的大楚陵王，便没再说话，转身走了。

夏冬临离去前，特意绕到梅长苏身边，凑至他耳旁轻声道："大才子，果然好手笔，有人竟说你棋下得不好，真是笑话。"

梅长苏笑道："我确实下得不好，夏大人试试就知道了。不过夏大人只对自己手上接的案子有兴趣，多半也不在意人家的棋局如何吧？"

"说得对，"夏冬娇媚地一笑，轻轻吐气，"我只管自己的案子能破，在多余的闲事面前一向装瞎子、聋子，你跟誉王殿下说，别找我，免得浪费他的精力。"

"我从不传话的。"梅长苏耳侧被她吹得发痒，笑着躲开，"再说誉王殿下是聪明人，什么时候麻烦过夏大人？"

夏冬仰天一笑，转身拉了夏春，竟就这样扬长而去。

这片刻时间誉王已经安排好了护送卓家人的诸项事宜。他一向是个善以和顺揽人的主儿，卓鼎风又是爽直的江湖人，虽然戒心未除，但看样子对誉王的观感也有些改善。梅长苏知道自己现在应该重新隐回，由誉王去收幕，便一直远远站着。反正卓家现在暂时脱离了生死险境，总算可以略略松上一口气。卓鼎风毕竟与谢玉同谋了这些年，许多事情的细节他都清楚，单单口供的杀伤力就很大，只要在天泉山庄里还保存着一点点的物证资料，谢玉翻身的可能性就基本消失了。而这一切，誉王一定会做得非常好。

"本王派些人，送苏先生回府吧？"誉王得空过来，看着梅长苏的样子越发跟看着一个宝贝一样，"先生落水，身上都是湿的，受了寒还得了，本王回去就派御医来看看可好？"

"多谢殿下。"梅长苏一笑，"接下来的事情紧要，殿下还宜连夜处理，且别为我费心。蒙大统领无端被卷进这件事情，看他的样子也反应过来自己受了我们的利用，有些不高兴呢。他现在还深受皇宠，职高位重，不可得罪。殿下先回府，我要过去想办法解释几句才行。"

誉王一愣，转头看看蒙挚有些微微黑沉的脸色，忙道："如此有劳先生了。蒙大统领为人忠直，你解释时要小心些，此刻我们绝不能再树他为敌。"

梅长苏点头应了。誉王转身，刻意来到蒙挚面前客气了两句后，方带着卓家人一起乘马车离开。梅长苏后脚便跟着走了过来，笑着招呼道："蒙大统领辛苦了。"

蒙挚看左右该走的都走得差不多了，这才放松脸上的表情，道："你还闲逛，不冷吗？"

"现在有些冷了……这么晚都宵禁了，我一个平民百姓夜行只怕要被抓，大统领可愿送我一程？"

蒙挚一时没明白他是说真的还是在玩笑，直到一辆马车赶到近前，方才回过神来，陪着梅长苏一起坐了进去。

"飞流呢？"

"反正在附近吧。"车帘放下后，梅长苏放松了些，脱去湿重的外衣，抓了马车内的毯子裹着。蒙挚忙抵住他背心，发功给他运气活血。

"说实话，今晚真是……"运功已毕，见梅长苏脸色正常，蒙挚这才放心，想起刚刚过去的林林总总，不由得感慨，"虽然你事先说了些，我还是觉得惊心动魄的。"

梅长苏叹一口气："你旁观者尚且如此，他们身在其中的人，无异于一场煎熬……"

"对了，长公主当年的隐事毕竟机密，誉王有没有问你是怎么查到的？"

"这不是我查到的。"梅长苏裹紧了身上毛毯，淡淡道，"是誉王自己查到告诉我的。"

"啊？"蒙挚冷不防听到这样一句话，顿时满头雾水，"你说什、什么？！"

梅长苏在毛茸茸的毯子里偏了偏头，慢慢道："整个事情，早在年前就开始了。先找个贩运皮货的商人在红袖招里说大楚某老王爷跟萧大公子容貌相仿，再安排个老宫人无意中提醒皇后想起当年莅阳长公主的旧事……这两条凑在一起，已足以让某些人把它们联系起来。誉王满身的心眼太多了，秦般若也是个有秘密就想追查的人，根本不用太推波助澜他们自己就动了。有件事你大概不知道，宫羽上个月刺杀过一次谢玉……"

"啊？！"

"当然刺杀不成功，受了点伤被追捕，来不及逃到妙音坊，恰好就逃进红袖招被秦般若救下……"梅长苏的目光冷冷地流动着，"誉王就是这样知道谢玉当年杀婴的秘密的。"

"我明白了！"蒙挚一拍大腿，"誉王发现了这么多事，一定会过来跟你商量怎么利用，所以你为他谋划在生日宴上揭穿一切。真是太妙了！不过宇文暄他们……"

"宇文暄来金陵，就是誉王奉旨负责接待的，自然有机会见宇文念。这位宇文姑娘的容颜只要一见，还有什么不明白的？小姑娘的心思一探便知，凭着誉王的舌头，根本不难说动他们今夜过来。"

"没错没错。狠是狠了些，但确是难得的机会。"蒙挚大发感慨，"不过他们也实在来得正是时候。"

"最初誉王来跟我商量时，我只给他策划了让宫羽到生日宴上演艺，当着卓家人的面寻机向谢玉发难的部分，不过那只是空口揭穿，效果难料。所以大楚联姻使团来京，誉王发现了宇文念之后，真是狂喜不已，跑到我这里来，不停地说'天助我也'。"

梅长苏冷冷一笑，"就让他以为这是自己运气好，确是上天在助他吧。没有誉王，我也实在难动谢玉。"

"好在一切都如你所料，有些小意外，终究没影响大局。"蒙挚抹了抹唇上的胡须，叹道，"可怜的是卓家人，受蒙蔽这些年，还有景睿这个年轻人，不知日后会怎样……他大概也猜到你在整件事情中的作用了吧？你们到底也算朋友，他会不会怪你狠了些？"

"怪就怪吧。"梅长苏的口气似乎并不在意，但低垂的眸色却难免有些黯淡，口中喃喃道，"不狠一些，如何摘得净他与谢玉之间的联系？这孩子……终究要面对这些的……"

说完这句话，梅长苏便闭上了眼睛靠在马车的板壁上，静静小憩。蒙挚素知他的性情，走这一步虽然必需，虽然不悔，但心中总难免苦涩。当下不敢多言，只默默陪他，一路无语进了苏宅。

"你让晏大夫诊一诊，如果没什么事，早些休息吧。"临告辞前，蒙挚低声叮嘱了一句。

梅长苏却似没在听他说话般，目光闪动着，不知在想些什么。蒙挚怕打断他的思路，自己慢慢转身，准备就这样悄然而去，谁知刚走了几步，就被梅长苏叫住。

"蒙大哥，后日在槿榭围场，安排了会猎吧？"

"对。是今年最后一次春猎。"

梅长苏睐了睐眼，语声凛冽地道："这次会猎陛下一定会邀请大楚使团一起参加，你跟靖王安排一下，找机会镇一镇宇文暄，免得他以为我大梁朝堂上的武将尽是谢玉这等弄权之人，无端生出狼子野心。"

蒙挚心中微震，低低答了个"好"，但默然半晌后，还是忍不住劝道："小殊，你就是灯油，也不是这般熬法。连宇文暄你都管，管得过来吗？"

梅长苏轻轻摇头："若不是因为我，宇文暄也没机会见到我朝中内斗，不处理好他，我心中不安。"

"话也不能这么说，"蒙挚不甚赞同，"太子和誉王早就斗得像乌眼鸡似的了，天下谁不知道？大楚那边难道就没这一类的事情？"

"至少他们这几年是没有的。"梅长苏眸中微露忧虑之色，"楚帝正当壮年，登基五年来政绩不俗，已渐入政通人和的佳境，除了缅夷之乱外，没什么大的繁难。可我朝中要是再像这样内耗下去，一旦对强邻威慑减弱，只怕难免有招人觊觎的一天。"

"你啊……"蒙挚虽无可奈何地向他叹气，但心中毕竟感动，用力拍拍梅长苏的肩膀，豪气十足地保证道："你放心，猎场上有我和靖王在，一定显出军威让宇文暄开开眼界，回去南边老老实实待几年。再说，南境还有霓凰郡主镇着呢。"

"未雨绸缪不留隐刺总是好的，让大楚多一分忌惮，霓凰便可减轻一分压力。后日就拜托你们了。"梅长苏笑了笑，神情放轻松了些，"你快走吧，我真是觉得冷了。"

蒙挚就着月光看了看梅长苏的脸色，不敢再多停留，拱了拱手便快速消失于夜色之中。黎纲早就准备好热水等候一旁，此时立即过来，亲自服侍梅长苏泡药澡，又请来晏大夫细细诊治，确认寒气只滞于外肌，并未侵入内腑，大家这才放心下来。

当晚梅长苏睡得并不安稳，有些难以入眠，因怕飞流担心，未敢在床上辗转。次日起身，便有些头疼，晏大夫来给他扎了针，沉着脸不说话。黎纲被老大夫锅底般的脸色吓到，便把前来禀报事情的童路挡在外面两个时辰，不让他进来打扰宗主的休息。结果梅长苏下午知道后，难得发了一次怒，把飞流都吓得躲在房梁上不敢下来。

黎纲心知自己越权，一直在院中跪着待罪。梅长苏没有理会他，坐在屋内听童路把今天誉王府、公主府等要紧处的动向汇报了一遍后，方脸色稍霁。

将近黄昏时，黎纲已跪了三个时辰，梅长苏这才走到院中，淡淡地问他："我为什么让你跪这么久，想清楚没有？"

黎纲伏身道："属下擅专，请宗主责罚。"

"你是为我好，我何尝不知？"梅长苏看着他，目光虽仍严厉，但语调已变得安宁，"你若是劝我、拦我，我都不恼，但我不能容忍你瞒我！我将这苏宅托付给你，你就是我的眼睛、我的耳朵，要是连你都在中间蒙着捂着，我岂不成了瞎子、聋子，能做成什么事？从一开始我就叮嘱过你，除非我确实病得神志不清，否则有几个人，无论什么时候来你都必须禀我知道，童路就是其中一个。难道这个吩咐，你是左耳进右耳出，完全没记在心上吗？"

黎纲满面愧色，眼中含着泪水，顿首道："属下有负宗主所托，甘愿受重罚。还请宗主保重身子，不要动气。"

梅长苏看了他半晌，摇了摇头，道："有些错，一次也不能犯。你回廊州吧，叫甄平来。"

黎纲大惊失色，向前一扑，抓住梅长苏的衣袖，哀求道："宗主，宗主，属下真的已经知错了，宗主要把属下逐回廊州，还不如先杀了属下……"

梅长苏微露倦意地看着他，声音反而愈加柔和："我到京城来，要面对太多的敌手、太多的诡局，所以我身边的人必须能够完全听从、领会我所有的意思，协助我，支持我，不需我多费一丝精力来照管自己的内部，你明白吗？"

黎纲呜咽难言，偌大一条汉子，此刻竟羞愧得话都说不出来。

"去，传信叫甄平来。"

"宗主……"黎纲心中极度绝望，却不敢再多求情，两只手紧紧攥着，指甲都陷进了肉里，渗出血珠。

"你……也留下吧。我近来犯病是勤了些，也难怪你压力大。想想你一个人照管整个苏宅，背的干系太重，弦也一直绷得太紧，丝毫没有放松的时间，难免会出差池。我早该意识到这一点，却因为心思都在外头，所以疏忽了。你和甄平两人素来配合默契，等他来了，你们可以彼此分担，遇事有个商量的人，我也就更加放心了。"

黎纲抬着头，嘴巴半张着，一开始竟没有反应过来，愣了好半天才渐渐领会到了梅长苏的意思，心中顿时一阵狂喜，大声道："是！"

梅长苏不再多说，转身回房。晏大夫后脚跟进来，端了碗药汁逼他喝，说是清肝火的，硬给灌了下去。黎纲看他喝完药，便过来扶他上床歇息，谁知刚盖好被子，就有另一个护卫奔来禀道："宗主，童路又来了。"

童路极少有一天来两次的情形，所以梅长苏立即意识到一定有急事发生，忙翻身而起，命人将他叫了进来。

"宗主，"童路进门后快速行了礼，道，"刚从长公主府得来的消息，谢家大小姐谢绮今天临产，情形好像不太好……"

梅长苏目光一跳："是难产吗？"

"是，听说胎位不正，孩子先露出脚来……已经召了五位御医进去了……"

"要不要紧？"

童路和黎纲都不知该怎么回答，呆了呆。一旁的晏大夫道："先露脚的孩子，若不是有手法极精湛的产婆相助，十例中有八例是生不下来的。何况产妇又是官宦家的小姐，体力不足，只怕难免一尸两命。"

梅长苏脸色一白："一个都保不住吗？"

"具体情形如何不清楚，很难断言。"晏大夫摇头叹道，"不过女子难产，差不多就跟进了鬼门关一样了。"

"长公主召了御医，总应该有些办法吧？"

晏大夫挑了挑花白的眉毛："能成为御医，医术当然不会差，可助产大多是要靠经验的,这些御医接生过几个孩子?还不如一个好产婆有用呢。"

梅长苏不禁站了起来,在室内踱了两步:"我想长公主请的产婆,应该也是京城最好的了……希望谢绮能够有惊无险,渡过这个难关……"

晏大夫比他更清楚难产的可怕,捻着胡须没有说话。黎纲想到了什么,突然眼睛一亮,道:"宗主,你还记得小吊儿吗?他娘生他的时候也是脚先出,都说没救了,后来吉婶用了什么揉搓手法,隔腹将胎位调正,这才平安落地的……"

梅长苏立即道:"快叫吉婶来!"

黎纲转身向院外奔去,未几便带着吉婶匆匆赶来。梅长苏快速地询问了一下,听说是乡间世代传下来的正胎手法,甚有效验,便命立刻备车,领了吉婶急忙赶往长公主府。

到了府门前,大概里面确实已混乱成了一团,原本守备严谨的门房刚听梅长苏说了"来帮着接生"几个字,便连声说"先生请",慌慌张张直接朝府里引,可见御医们已经束手无策。内院开始到处去请民间大夫,而梅长苏显然是被误以为是受邀而来的大夫之一了。

过了三重院门,到得一所花木荫盛的庭院。入正厅一看,莅阳长公主鬓发散乱地坐在靠左的一张扶椅上,目光呆滞,满面泪痕。梅长苏忙快步上前,俯低了身子道:"长公主,听说小姐不顺,苏某带来一位稳婆,手法极好,可否让她一试?"

莅阳长公主惊悚了一下,抬起头看向梅长苏,眼珠极缓慢地转动了一下,仿佛没有听懂他说的话似的。

"长公主……"梅长苏正要再说,院外突然传来一声悲号:"绮儿!绮儿!"随声跌跌撞撞奔进来一位面容憔悴的青年男子,竟是卓青遥,身后跟了两个护卫,大概是誉王为显宽厚,派人送他来的。

"岳母,绮儿怎么样?"卓青遥一眼看到莅阳长公主,扑跪在她面前,脸上灰白一片,"她怎么样?孩子怎么样?"

莅阳长公主双唇剧烈地颤抖着,原本已红肿不堪的眼睛里又涌出大颗大颗的泪珠,语调更是碎不成声:"青遥……你……你来……来晚了……"

这句话如同当空一个炸雷,震得卓青遥头晕目眩,一时间呆呆跪着,恍然不知身在何处。梅长苏也觉心头惨然,转过头去叹息一声。吉婶靠了过来,压低了声音道:"宗主,我进去里面看看可好?"

梅长苏不知人都死了还能看什么,一时没有反应。吉婶当他默许,快步转过垂帏，进到内室去了。

几乎是下一瞬间，里面一连响起了几声惊呼。

"你是谁？！"

"你干什么？"

"来人啊……"

呼喝声惊醒了卓青遥，他立即跃了起来，悲愤满面地向里冲去。与此同时，吉婶的大嗓门响了起来："宗主，孩子还能救！"

对于部属的信任使得梅长苏根本没有任何犹豫地挡在了卓青遥前方，试图将他拦阻下来。可是已经被混乱的情绪弄昏了头的年轻人根本想也不想，一掌便劈了过来。

"飞流，不要伤他！"一片乱局中，梅长苏只来得及喊出这句话。数招之后，卓青遥的身子便向后飞去，一直撞在柱子上才停下，不过从他立即又前冲过来的势头看，飞流的确很听话地没有伤他。

梅长苏正准备高声解释两句，冲到半途的卓青遥却自己停了下来。

微弱的婴儿哭声透出垂帏，从内室里传出，一开始并不响亮，也不连续，哭了两声，便要歇一歇，可是哭着哭着，声音便变得越来越大。

卓青遥全身的力气仿佛都被这婴儿啼声抽走了一样，猛地跌跪于地。一只手撑在水磨石面上，另一只手掩着眼睛，双肩不停地抽动，牙缝中泄出极力隐忍的呜咽之声，断断续续，音调压得极低，虽非痛哭号啕，却更令闻者为之心酸。

莅阳长公主此时已奔入了内室，大概半刻钟之后，她抱着一个襁褓慢慢走出来。吉婶跟在她后面，快速闪回到梅长苏身边，禀道："宗主，我进去时产妇是假厥断气，不过现在……是真的没救了，生了个男孩。"

梅长苏点点头，心下茫然，不知是喜是悲。他与谢绮基本没什么交往，但眼见昨天的红颜少妇，今日已是冷冷幽魂，终究不免有几分感伤。

"来……这是你的儿子，抱一下吧。"莅阳长公主忍着哽咽，将怀中弱婴放在了卓青遥的臂弯中。年轻的父亲只低头看了一眼，便又急急忙忙抬头，目中满是期盼："绮儿呢？孩子生下来，她应该没事了吧？"

莅阳长公主眸色悲凄，眼泪仿佛已是干涸，只余一片血红之色："青遥，把孩子带走吧，好好养大……绮儿若是活着，也必定希望孩子能跟在父亲的身边……"

卓青遥的目光定定的，仿佛穿过了面前的莅阳长公主，落在了遥远的某处。室外的风吹进，垂帏飘荡着，漫来血腥的气息。他收紧手臂，将孩子贴在胸前，摇摇晃晃地站起来。

"绮儿是我的妻子,我本不该离开她……"卓青遥向前走了两步,霍然回头,目光已变得异常清晰,"我要带绮儿一起走,无论是生是死,我们都应该在一起。"

莅阳长公主的身体晃了一下,面色灰败,容颜枯槁。她这个年纪还应残留的雍容和艳色此时已荡然无存,只余下一个苍老的母亲,无力承受却又不得不承受着已降临到眼前的悲伤。

梅长苏没有再继续看下去,而是静悄悄地转身走向院外。整个长公主府此刻如同一片死寂的坟场,只闻悲泣,并无人语。

如同来时一样,路途中并没有人上前来盘问。梅长苏就这样沿着青砖铺的主道,穿过重重垂花院门,走到府外,中间不仅没有停歇,反而越走越快,一直走到气息已吸不进肺部,方才被迫停下脚步,眼间涌起一片黑雾。

闭上眼睛,平了喘息,感觉到有人紧紧扶着自己摇晃的身体,少年的声音在耳边惊慌地叫着:"苏哥哥!"

梅长苏仰起头,暮风和暖,吹起发丝不定向地飘动着。重新睁开的眼睛里,已是一片寒潭静水,漠然、清冷、平稳而又幽深,仿佛已掩住了所有的情绪,又仿佛根本就没有丝毫的情绪。

"飞流,"他抓紧了少年的手,喃喃道,"一个人的心是可以变硬的,你知道吗?"

第三十六章 天牢末路

接下来的几天，梅长苏似乎已调整好了情绪上的微澜，可以一边逗弄飞流，一边听童路详报京城各方的动向。他不再去想那个消失在家族命运旋涡中的女子，尽管那个女子幼时也曾经摇摇摆摆在他腿边抓过他的衣角，但那些记忆都太久远了，久远得不像是他自己的，而对于成年后的谢绮，他的印象是浅淡的，仅仅是他某些计划的背景而已。

所以能不想，就尽量不再去想。

誉王动作确是不慢，第三天谢玉下狱，满朝震动，太子方的人飞快地动用所有的力量，一面打听内情，一面轮番求情相保。

一品军侯转瞬之间倒下，无论如何也算近年来的一桩大案。但令某些不知内情的人惊讶的是，无论是发起此案的誉王一方，还是拼命力保的太子一方，全都没有要求会审，而这一程序，原本应该是很必要的。

所以谢玉的案子，确确实实留由梁帝一人乾纲独断了，并没有让任何一名外臣公开插手。

在这样的局势下，谢绮的葬礼相应地迟延了。做过几场小而低调的法事后，她的灵柩停在京西上古寺一间清幽的净房中，点着长明灯，等待她的夫婿来接她迁入卓家祖坟。萧景睿的伤势尚未痊愈，便挣扎着来给妹妹扶棺。莅阳长公主已请旨出家，隐居于上古寺为女儿守香。连日来的轮番打击，纵然是久经人生风雨的莅阳也有些承受不住，病势渐生。而由于不得静养，萧景睿的伤情也未见好转。因此反而是谢弼不得不咬牙打叠起精神来，重新开始处理一些事务，照顾病中的母亲和养伤的哥哥。

在松山书院攻读的谢绪此时已惊闻家中剧变，但因莅阳长公主亲笔写信令他不得归京，他的老师墨山先生也受梅长苏之托将他留住，所以没有能够回来。

　　被这诸多烦怒搅得心神不宁的梁帝还是照原来的安排去了槿榭围场散心，盘桓了两日方回宫，一回来就重赏了靖王良马二十匹、金珠十颗、玉如意一柄，蒙挚也得了珠贝赏赐若干。空手而归的太子和誉王心里不免有些酸溜溜的，但一个自恃储君身份，另一个想到素日自己得的恩赏远胜于此，要显示友爱大度，所以面上都没表露什么，反而备下礼物，去祝贺靖王大显勇威，给大梁挣了面子。有些官员跟风，自然也随着纷纷登门送礼。靖王只收了几位皇子的礼单，说是"兄弟之馈，却之不友"，并且依制回礼，而其他朝臣所送之礼则一一婉拒，只清茶一杯，稍见便辞，不愿多谈。消息传到梁帝耳中，令他甚是满意。

　　春猎之后的第五天，仍未有处置谢玉的消息传出。梅长苏也不着急，拿着铁剪悠闲地在院中修整花木。到了下午时分，黎纲来报誉王来访，他尚未及回房换下翻弄花木时弄脏的外衣，誉王就已怒气冲冲大步而来。两人一起走进房间，还未等下人们完全退出，誉王就忍不住冒出一句："陛下真是疯了！"

　　"殿下请用茶。"梅长苏将青瓷小盖碗递到誉王面前，静静问道："殿下刚才说什么？"

　　"呃……"誉王自知失言，忙改口道，"我是说，不知陛下在想什么，谢玉的案子板上钉钉，再议亲议贵，顶多不株连，死罪终究难免，有什么好犹豫的？"

　　"陛下犹豫了？"梅长苏仍是波澜不惊，"前几日不是还好吗？"

　　"你不知道，夏江回来了。这老东西，我素日竟没看出他跟谢玉有这交情，悬镜司明明应该置身事外的，他竟为了谢玉破了大例，主动求见圣驾，不知叽叽咕咕翻动了些什么舌头，陛下今天口风就变了，召我去细细询问当天的情形，好像怀疑谢玉是被人陷害的。"

　　"铁证如山，天泉山庄不是还有些谢玉亲笔的信函吗？卓青遥那里也还留着谢玉所画的户部沈追府第的平面图，他以不法手段，谋刺朝廷大员之罪，只怕不是谁动动舌头就能翻过来的吧？"

　　"话是这么说，我终究心里梗着不舒服。夏江这人是有手段的，陛下又信任他，听说他回来之后，因为夏冬那夜帮了我们，对她大加斥骂，现在还软禁着不许走动。看他这阵势，竟是不计后果，铁了心要保谢玉。他们素日也并无亲密来往，怎么关系就铁成这样？"

梅长苏目光闪动了一下，淡淡问道："他进天牢去见过谢玉没有？"

"见过一次。把我的人都撵了出去，探听不出他们谈了些什么。"

"谢玉的口供呢？"

"他认了一些，另一些不认。"

"也就是说，他承认为了太子做过一些不法事情，但像是杀害内监那样涉及皇家天威的大案，他统统不认？"

"是，他一口咬定，确是利用过卓鼎风的力量，包括刺杀过沈追他也认了。其他要紧的，他却哭诉冤枉，反控说卓鼎风为了报私仇，故意栽在他身上的。"

"嗯，"梅长苏点点头，"看来谢玉只求保命了。这倒也对，只要保住性命，流刑什么的他都能忍，只要将来太子可以顺利登基，他还愁没有东山再起的机会吗？"

"他这是痴心妄想！"誉王被戳到痛处，冷冷地"哼"了一声，"本王要是这次还治不死他，简直就是枉费了先生你为我谋划的一番苦心。"

"对了，"梅长苏没有接话，转而问了其他的，"前日我请殿下让卓鼎风列出历年诸事的清单，不知列好没有？"

"我今天带来了。"誉王从靴内摸出一张纸来递给梅长苏，"这个谢玉真是胆大妄为，本王这些年没被他害死，还真是运气。"

梅长苏接过纸单，似乎很随便地浏览了一遍，顺口问道："有些人，只怕卓鼎风也不知道谢玉为什么要杀吧？"

"没错。有些连本王都想不通他杀了要做什么，比如那个……那个什么教书先生……真是奇怪。"

梅长苏像是记不清楚似的，重新拿纸单找了找："哦，殿下说的是这个李重心？贞平二十三年杀的，离现在差不多十二三年了，还真是一桩旧案，说不定是私人恩怨呢。"

"一个教书先生跟宁国侯有私人恩怨，先生在说笑话吧？"

"的确是笑话，"梅长苏淡淡将话题揭过，"殿下也不用急，夏江虽受皇上信任，但殿下在皇上面前的圣宠难道会逊色于他不成？这次谢玉如果逃得残生，且不说他是否有死灰复燃的机会，怕的只是殿下在百官眼中的威势会有所减损，倒是不能让步的事情。"

誉王脸色阴沉，显然这句话正中他的心思。其实谢玉现在威权已无，死与不死区别不大，但既然如此声势赫赫地开了张，若是惨淡收场，只怕自己阵营中人心不稳，以为皇帝的恩宠有减。

不过……真的只是"以为"吗？

近来几次见驾，梁帝虽然态度依旧温和，但言谈之间，冷漠了许多，以誉王的敏感，自然察觉出了其中的区别，只是暂时想不出根源为何罢了。

"殿下，"梅长苏的语声打断了誉王的沉思，"你在天牢想来还有些力量，能否让我进去见一见谢玉呢？"

"你要见谢玉？这人豺狼之心，如今保命要紧，只怕非是言辞可以说动。"

"那要看怎么说了。"梅长苏将手中纸单慢慢折起，"殿下，你也说过谢玉与夏江私交并不深，所以依我看来，他这次拼力卫护谢玉，想来不是为情，而是为利。"

"夏江有何利可图？莫非他也是为太子……"

"不，"梅长苏断然摇头，"夏江对陛下的忠诚，绝对不容人有丝毫的怀疑。对于他来说，做任何事都是为了陛下着想，这一点恐怕连殿下也不会否认吧？"

"这倒是，夏江对父皇是忠到骨子里去了，所以我才想不通他为什么会这个时候跳出来。"

"说到这个，我前几天倒还刚刚体会过，一个人对你忠心，并不代表他就不会欺瞒你，有时候他也会瞒着你做一些事情，自己心里认定是为了你好的。"

"先生的意思，夏江对父皇也有所欺瞒？"

"只是推测罢了。"梅长苏扬了扬手中长长的名单，"推测嘛，自然是什么可能性都要想一想的，比如我就在想……这份名单，会不会有些人……是谢玉为了夏江而杀的呢？"

他一语方出，誉王已经跳了起来，右拳一下子砸在左掌中，语气狠冽："没错！先生果然是神思敏捷，夏江和谢玉之间能有什么情分？一定是夏江有把柄握在谢玉手中，谢玉保他性命，他就缄口不言，这是交易！这绝对就是他们在天牢见面时达成的交易！"

梅长苏慢慢伸出一只手，做了个示意誉王静一静的手势，唇边勾起一丝微笑："殿下先不必激动。我刚才说过，这一切都只是推测而已，若是以推测为事实制定对策，只怕会有所偏差。请殿下先安排我去见谢玉吧，纵然问不出什么，探探口风总是可以的。"

"不错，本王鲁莽了。"誉王也觉失态，忙稳了稳表情，"去天牢容易安排，先生尽管放心。我也会让他们将谢玉锁好，以免他无礼伤了先生。"

"这倒不妨，飞流会跟着我……"梅长苏顿了顿，问道："可以一起去吗？"

"可以，可以，"誉王忙一迭声地应着，"倒是我忘了，有飞流护卫在，还担心什么谢玉。"

梅长苏欠身行了一礼，又道："朝中其他人的情形，殿下也该继续小心探听。不知最近有没有什么新的动向？"

他提起这个，誉王的眉头不自觉地皱了皱。秦般若最近不知怎么搞的，诸事不顺，原本安插在许多大臣府第为妾的眼线纷纷出事，要么是收集情报时失手被发现，要么出了私情案件被逐被抓，要么莫名失宠被遣到别院，甚至还有悄悄私奔遁逃了的，短短一段时间竟折了七八条重要眼线，令这位大才女焦头烂额，忙于处理后续的烂摊子，好久没有提供什么有用的情报了。

梅长苏瞟他一眼，没有追问，只淡淡道："这也不是什么要紧的，朝臣们嘛，现在还不都是唯殿下你马首是瞻？只是如今好容易把太子的气势压了一头下去，殿下切不可后续乏力啊。"

誉王面上掠过一抹杀气，手掌在袖里暗暗攥成拳头，齿缝间也似有阴风荡过。

"先生不必操心，本王……明白……"

梅长苏慢慢垂下眼帘，端起手边的薄胎白瓷茶碗，递到唇边，安然地小啜了一口。

天牢这个地方，并不是世上最阴森、最恐怖的地方，但却绝对是世上让人感觉落差最大的地方。

天牢所囚禁的每一个人，在迈过那道脱了漆的铜木大栅门之前，谁不是赫赫扬扬、体面尊贵？而对于这些刚刚离开人间富贵场，陡然跌落云端沦为阶下囚的人而言，明明并不比其他牢狱更阴酷的天牢，无异于世上最可怕的地方。

老黄头是天牢的看守，他的儿子小黄也是天牢的看守，父子两个轮番换班，守卫的是天牢中被称为寒字号的一个独立区域。虽然每天要照例巡视，日、晚两班不能离人，但其实他们真正的工作也只是打扫庭院而已。因为寒字号牢房里根本没有囚犯，一个也没有。

这里是天牢最为特殊的一个部分，向来只关押重罪的皇族。虽说王子犯法与庶民同罪，但实际上人人都知道皇族是多么高高在上的存在，谁敢随意定他们的罪？在老黄头模糊的记忆中，只记得十几年前，这里曾经关押过一个世上最尊贵的皇子。在那之后，寒字号一直就这么空着，每天打扫一次，干净而又冷清。

寒字号院外的空地另一边，是一条被称为"幽冥道"的长廊，长廊的彼端通向岩砖砌就的大片内牢房，犯事的官员全都被囚禁在那里。

比起寒字号的冷清，幽冥道算得上热闹，时不时就会有哭泣的、呆滞的、狂喊乱叫的、木然的……总之，形形色色表情的人被铁链锁着拉过去。

老黄头时常会伸长了脖子观望，儿子来接班时他便发一句感慨："都是些大老爷啊……"这句感慨好多年如一日，基本都没有变过。

当然也有人从幽冥道的那一头走出来。如果走出来的人依然披枷戴锁，面容枯槁，老黄头就会在心里拜拜，念叨一声"孽消孽消早日投胎"；如果走出来的人轻松自由，旁边还有护送的差役，老黄头就会作个揖弯个腰，什么话也不说。

在枯燥无味的看守中，看一看幽冥道上的冷暖人生戏，也不失一种打发时间的好方法。

这一天老黄头照常扫净了寒字号的院子，锁好门，站在外面的空地上，袖手躬身朝幽冥道方向呆呆看着，时不时还从袖子里的油袋中摸一颗花生米来嚼嚼。

刚嚼到第五颗的时候，幽冥道靠外一侧的栅门哗啦啦响起来，一听就知道有人在开锁。老黄头知道这代表又有新的人犯被提到此处，忙朝旁边的阴影处站了站。

门开了，先进来的是两个熟脸孔，牢头阿伟和阿牛，他们粗粗壮壮地朝两边一站，快速地弓下了腰。

老黄头哆嗦了一下，赶紧又朝墙边贴了贴。

因为随后进来的那个人实在不得了，居然是这整个天牢的一号老大，提刑司安锐安大人。这位大老爷今天没穿官服，一身藏青的袍子，笑嘻嘻地抬手做出引导的姿势，道："请，苏先生这边请。"

被安大老爷称为苏先生的是个儒衫青年，相貌瞧着还算清俊，就是瘦了些，看起来并不像是个大人物的样子。但对于提刑大老爷的恭敬客气，这青年好像安之若素，只淡淡笑了笑，步子仍是迈得不紧不慢。

一行人顺着幽冥道前行，显然是要进牢房里去探监。老黄头正皱着花白的眉毛猜测来者的身份，那个青年突然停住，视线一下子扫了过来，吓得老黄头一个趔趄，以为对方发现了自己在这里窥探。

"那边……好像不太一样……"青年指着老黄头的方向问道。

"那是寒字号房，"安锐谨慎地答着，"苏先生应该知道，就是关押皇族的地方。"

"哦。"青年面无表情地点点头，继续向前走去。在他们后面，突然有一个人影飘过，如同鬼魅般，一会儿在前一会儿在后，青年喊了一声什么，那人影乖乖地停了下来，仔细一看，却又是个正常俊秀的少年模样。安大老爷和两个牢头都是一脸好奇又不方便问的样子，一行人就这样穿过了长廊，消失在另一端的栅门内。

老黄头赶紧溜回自己守备范围内的院门后，呼一口气，坐下来，继续拧眉猜测来者会是何人。这个是他的乐趣，被怎么惊吓都不会放弃，也从不在乎他所猜测的结果根本没办法去验证对与不对。

这个令老黄头枯燥的一天又有事可做的青年，当然就是梅长苏。

由于誉王亲自出面安排，安锐哪里敢怠慢。尽管对方只是个无官无职的白衣书生，他依然小心地亲自出面陪同，并不敢自恃身份有所轻视。

天牢的狱房都是单间，灌浆而筑，结实异常。与所有的监牢一样，这里也只有小小的高窗，空气流通不畅，飘着一股阴冷发霉的味道。梅长苏进入内牢走廊时略停住脚步，抬手扶了扶额头，好像有些不习惯里面暗淡的光线。飞流走过来，挨在他身旁，很乖顺的样子。

"苏先生请小心脚下，"走到转弯处，安锐提醒了一句，"谢玉的监房，还在下面一层。"

梅长苏扶着飞流的手臂，迈下十几级粗石砌成的台阶，到了底层，朝里走过两三间，来到比较靠内的一间牢房外。

安锐一抬手，示意属下打开牢门。整个牢室大约有六尺见方，幽暗昏黄，只有顶上斜斜小窗户里透进了一缕惨淡的阳光，光线中有无数飘浮的灰尘颗粒，令人看了之后，倍加感觉此处的塞闷与脏污。

"苏先生请自便，我在上面等您。"安锐低声说毕，带着两个牢头退了出去。梅长苏在门外略站片刻，缓步走进牢门。

大概已经听到外面的对话，谢玉从墙角堆积的稻草堆里站了起来，拖着脚镣挪动了一下，眯着眼睛看向来访者。

"谢侯爷，别来无恙？"梅长苏冷冷地打了个招呼。

谢玉看着这个闲淡的年轻人，心中况味杂陈。其实自从知道他就是有麒麟才子之名的江左梅郎之后，自己明明一直都在努力防他，各种各样的手段都试过，一举一动也倍加小心。可最终的结局，居然仍是被逼至绝境，落到了这间湿冷囚室之中。如果这一切都是因为自己时运不济，才会凑巧被揭发出来的倒也罢了，如果竟是这位江左梅郎一手炮制出来的，那么静夜思之，未免有些毛骨悚然，心下惊栗，想不通他到底是如何做到的。

"怎么，才半月未见，谢侯爷就不认得苏某了？"梅长苏又刺了他一句。

谢玉忍住胸口翻腾的怒气，冷冷地"哼"了一声道："当然认得。苏先生刚到京城时，不就是以客人的身份，住在我家里的吗？"

"没错，"梅长苏坦然道，"记得当时第一次见谢侯爷，你还是丰神如玉，姿容潇洒，朝廷柱石的威仪，简直令人不敢仰视。"

"原来苏先生今天来，只是为了落井下石，讽刺我几句。这个格调……可不够高啊。"谢玉目光沉沉地看着他，"我今蒙冤落难，是命数不济，先生追打至此，不觉得是副小人嘴脸吗？"

梅长苏冷嘲道："原来谢侯爷竟还知道世上有'小人'二字。你落难不假，何曾蒙冤？你我心中都明白，卓鼎风所控桩桩件件，无一不实，你厚颜抵赖，不过是为了保命而已。可惜铁证如山，你这一番徒劳挣扎，何尝能保住自己的命，最多不过保全了夏江而已。"

谢玉目光微动，唇边浮起了一丝冷笑。

果然不出所料，这么快就提到了夏江。如果不是因为夏江，这位江左梅郎也不会屈尊来到这肮脏之所吧。

在案情如此明了的情况下，被囚半个多月仍没有处置的旨意下来，谢玉很清楚这都是因为夏江正在确实履行着他的承诺，为救自己性命想方设法活动游说。而这种行为必然会触怒誉王，使这位皇子也展开相应的回击。梅长苏出现在这间囚室之中，想来就是为了釜底抽薪，从自己这里找到对付夏江的突破点。

所以谢玉做了充分的准备，把自己缩入铁壳之中，随便怎么触动，都坚持咬紧牙根不做反应。

"谢侯爷，"梅长苏走近一步，微微倾过身子，"我知道……你一见到我就忍不住会想，自己到底是怎么败在我手下的，对不对？而且你直到现在，恐怕还是没能想出合理的原因来，对不对？你根本想不明白自己哪一步做错了，哪一步疏漏了，也不知道事情是怎么一波接一波地这样发展着，突然有一天就将你打入深渊，从贵极人臣，到囚牢待死，对不对？"

听着这些冷酷刺心的话语，谢玉绷紧了脸，两颊因牙根太用力而发酸发痛，不过仍然不发一语。

"其实你用不着这么费力地想，今天我来，就是准备明明白白告诉你的。谢侯爷，你之所以会输……"梅长苏的目光像冰凌一样在囚者的脸上刮着，慢慢吐出几个字，"就是因为你笨。"

谢玉的眉棱猛地一跳。

"我倒不是说你比一般人更笨，你只不过是比我笨罢了。"梅长苏悠悠一笑，"就是因为我比你聪明，所以你会怎么反应，怎么动作，计划什么，谋策什么，我都看得破。而反过来，我在想什么，我会怎么做，我到底如何筹谋，你却是半点也看不透。这么一来，你怎么可能不输，怎么可能不败？而且连输了、败了之后都琢磨不通自己到底是怎么输的，这不是笨……又是什么呢？"

谢玉面色发白，抑住胸口的起伏，鼻息渐粗。

梅长苏在室内踱了几步，像是在观赏这简陋的房间，转着头看了一圈儿，最后停在谢玉面前，慢慢蹲下来，直视着他，突地一笑：“你知不知道除了我以外，还有谁比你聪明？"

谢玉转过头去，坚持不理会。

"夏江。"梅长苏不以为意，仍是淡淡吐出这个名字，"夏江比你聪明多了，所以你仍然会重蹈败在我手下的覆辙，一直这么输下去。"

梅长苏刻意停顿了一下，看着谢玉脖子上跳动着的青筋，用平板无波却又极具蛊惑力的声调继续道："我来告诉你聪明人会怎么对付你吧。其实只要想通了，那真的很简单。首先，他到这里来看望你这位落难侯爷，告诉你他不会袖手旁观，跟你做一个交易。你不吐露他的秘密，他为你保命。这个交易当然不是假的。他会非常认真地想方设法，让你活着走出这个天牢。你出了天牢，不判死罪，他的承诺就完成了。他救了你的命，你自然不会再供出他的任何罪行。然后你会被判徒刑，流放到寒苦之地去。也许你觉得自己熬得过那场苦，但实际上你根本没有机会去吃这份苦。因为这个时候你的案子已经结了，不会再有人来审问你，不会有人认真听你说话，你嘴里咬着夏江再多的秘密也没有机会吐露。从京城到流放地这长长一段路，任何一个地方都可能是你的鬼门关。而到了那个时候，你的死仅仅只是一个流放犯的死，没有人关心也没有人在意，就算事后有人关心有人在意又怎么样，你已经死了，在根本来不及用你所守的机密威胁任何人的情况下很容易地死掉，把所有的一切都干干净净地带到另一个世界。而夏江……他这个聪明人却会好好地活着，从此之后再也不用担心什么了，这样多好，是不是？"

黄豆般大小的汗珠从谢玉额上滚了下来，滴在他脏污得看不出本色的囚衣上，浸成黑黑的一团。

"谢侯爷，"梅长苏紧逼而来的声音如同从地狱中传来的一般幽冷残酷，每一个字都扎在谢玉的心头，"你现在最好抬起头来，看着我，咱们两个人也来好好地谈一谈，如何？"

谢玉并没有如他所说的那样抬起头来，但梅长苏所说的每一句话都像毒刺一样扎进了他的心中。就算他真的笨，他也知道这位江左梅郎所言不虚，更何况他其实一点都不笨。

可如果不依靠夏江，还有其他的选择吗？根本没有。最后一根救命稻草，再怎么虚幻也只能牢牢抓住，早已没有了可以算计的空间。

谢玉自己非常清楚，即使将来出了天牢，他也绝不会反口再出卖夏江，因为那样做没有任何好处。夏江可以保他性命，可以为他打点，甚至可以在日后成为他东山再起的契机，他一定会为夏江保密到底的，只要这位悬镜掌司肯相信他……

"将来的事情谁说得准呢？"梅长苏仿佛看透了他心中所思般，冷冷地道，"就好比半个多月前，你也想不到自己会落到如今这样的处境吧？单从现在的情势来看，只要夏江救你，你便的确没有任何出卖他的理由。但世上的一切总是千变万化的，他与其相信你，还不如相信一个死人，那样才更干净利落，更像一个悬镜掌司行事的风格吧？"

谢玉终于抬起了头，迎住了梅长苏的视线，面上仍保有着自己的坚持："你说得不错，夏江的确有可能在我出天牢后杀我灭口，但那只是有可能而已。我现在只能赌这最后一局，不信他，难道信你不成？"

"为什么不能信我？"梅长苏微微一笑。

"信你？苏先生开什么玩笑？我有今日大半是拜你所赐，信你还不如自杀更快一点。"

"你错了。"梅长苏语意如冰，"你有今日全都是咎由自取，没有半点委屈。不过我之所以叫你信我，自然不是说着玩的。"

谢玉的视线快速颤动了一下，却没有接话。

梅长苏抿紧了唇部的线条，慢而清晰地道："夏江有想让你死的理由，而我却不是。"

"你不想我死？"谢玉仰天大笑，"你不想我死得太慢吧？"

"我刚刚已经说过，"梅长苏毫不介意，仍是静静地道，"你就算出了天牢也只是个流放犯，是死是活对我来说有何区别？我对付你，不过是因为你手握的权势对誉王殿下有所妨碍，现在你已是一败涂地，要不要你的命根本无关紧要。"

谢玉狐疑地看着他："既然我现在只剩一条你不感兴趣的命了，那你何不让我自生自灭，还费这么多精神到这暗牢之中来干什么？"

"问得好，"梅长苏缓缓点着头，"我对你的命确实一点儿都不感兴趣，我感兴趣的……只是夏江而已……"

谢玉霍然转身："苏哲，你还真敢说。现在夏江是我最后一丝希望，你居然指望利用我来对付他，你没疯吗？"

"利用你又怎么了？"梅长苏瞟了他一眼，"谢侯爷如此处境，还能有点可以被利用的地方，应该高兴才对。要真是一无用处了，绝路也就到了。"

"那恐怕要让苏先生失望了。"谢玉咬紧牙关，"我还是要赌夏江，赌他相信我绝不会出卖他，这才是我唯一的生路。"

梅长苏歪着头看了看他，脸上突然浮起了一丝笑容，明明是清雅文弱的样子，却无端让人心头发寒："真是抱歉，这条生路我已经给侯爷堵死了。"

谢玉明知不该被他引逗着询问，但还是忍不住脱口问了一句："你什么意思？"

"十三年前，你派人杀了一位籍籍无名的教书先生李重心，这个人是替夏江杀的吧？"

谢玉心头一震，强笑道："你胡说什么？"

"也许是我胡说，"梅长苏语调轻松地道，"我也只是赌一赌、猜一猜罢了。不过誉王已经去问夏江了，问他为什么要指使你杀一个无足轻重的书生，当然夏江一定会矢口否认，但他否认之后，难免心里会想，誉王是怎么知道李重心是他要杀的，想来想去，除非是谢侯爷你说的……"

"我没说！"

"我知道你没说，可是夏江不知道。"梅长苏笑意微微，摊了摊手，"看侯爷你的反应，我居然猜对了。所以不好意思，你已经出卖过夏江一次了，纵然他还相信你不是有意泄露的，但起码也证明了你的嘴并不像死人那样牢靠，有很多手段可以一点一点地挖。当然为了保住更深层次的秘密，他仍然会救你，不过救了之后，为了能够一劳永逸，不留后患，他就只好当一个我所说的聪明人了……谢侯爷，你赌夏江是一定会输的，因为你的筹码就只剩下他对你的信任，而现在这点信任，早已荡然无存……"

"你……你……"谢玉的牙关咬得咯咯作响，全身剧烈颤抖着，双目喷火，欲待要扑向梅长苏，旁边又有一个正在翻看稻草玩的飞流，只能喘息着怒道，"苏哲，我与你何怨何仇，你要逼我到如此地步？"

"何怨……何仇……"梅长苏喃喃重复一遍，放声大笑，"谢侯爷，你我为名为利，各保其主。为了达到自己的目的，你又何尝不是不择手段，今日问我这样的话，不觉得可笑吗？"

谢玉跌坐在稻草丛中，面色惨白，心中一阵阵绝望。面前的梅长苏，就如同一只正在戏耍老鼠的猫一样，不过轻轻一拨弄爪子，便让人无丝毫招架之力。

这样厉害的一个人，悔不该当初让太子轻易放弃了他……

"谢侯爷，趁着还有机会，赶紧改赌我吧。我没什么把柄在你手中，我不在乎让你活着，"梅长苏在他前方蹲下，轻声道，"好歹，这边还有一线生机呢。"

谢玉垂下头，全身的汗干了又湿，好半天才低低道："你想让我怎么做？"

"放心，我不会让你出面去指证夏江什么，我更无意再翻弄出一件夏江的案子来，"梅长苏喉间发出轻柔的笑声，"你我都很清楚，夏江做的任何事都是顺承圣意，只不过……他用了些连皇上都不知道的手段来达到目的罢了。我猜得可对？"

谢玉神情木然地顿了顿，慢慢点头。

"陛下圣心难测，猜忌多疑，当年瞒了他的那些手段，现在夏江还想继续瞒着，不过如此而已。"梅长苏淡淡道，"说到底，这些与我现在所谋之事并无多少关联，我无意自找麻烦。但誉王殿下却未免要担心夏江保你会不会是为了太子，担心他会不会破了悬镜司历年来的常例参与到党争中来，所以我也只好过来问问。谢侯爷，你把李重心的事情大略讲给我听一下好了，只要我能确认此事与当下的党争无关，我便不会拿它做文章。因为大家都心知肚明，悬镜司可不是那么好动的，毕竟它常奉密旨，一不小心，万一触到了陛下的痛处，那可怎么好？"

谢玉深深看了他一眼："讲给你听了，我有什么好处？"

"多的我也给不了你，不过请誉王放手，让夏江救你出牢，然后保你安稳到流放地，活着当你的流刑犯罢了。"

谢玉闭上眼睛，似在脑中激烈思考。他倒不担心自己说出李重心的秘密后，誉王会拿它兴什么风波。因为这个秘密背后所牵扯的那件事，誉王自己也是利益领受者之一，只不过当年他还不够成熟，没有更深入地参与罢了，论起推波助澜、落井下石这类的事，皇后和他都没少干。只要梅长苏回去跟他一说，他心里便会立即明白过来，绝对不会自讨苦吃地拿这个跟夏江为难。而夏江所防的，也只是不想让整件事情被散布出去，或者某些被他隐瞒了的细节被皇帝知道而已。

可是，如果自己开口说了，这个江左梅郎会不会真的履行他的承诺呢？

"这是赌局，"梅长苏仿佛又一次知道他在想什么似的，轻飘飘地道，"你已经没有别的地方可以押注了。我是江湖人，我知道怎么让你活下去，除了相信我的承诺，你别无选择。"

谢玉似乎已经被彻底压垮，整个身体无力地前倾，靠两只手撑在地上勉强坐着。足足沉默了大约一炷香的时间，他终于张开了干裂的嘴唇。

"李重心……的确只是个教书先生，但他却有一项奇异的才能，就是可以模仿任何他看过的字，毫无破绽，无人可以辨出真伪。十三年前……他替夏江写了一封信，仿冒的，就是聂锋的笔迹……"

"聂锋是谁？"梅长苏有意问了一句。

"他是当时赤焰军前锋大将，也是夏冬的夫婿，所以夏江有很多机会可以拿到他所写的书文草稿，从中剪了些需要的字拿给李重心看，让他可以写出一封天衣无缝，连夏冬也分辨不出的信来……"

"信中写了什么？"

"是一封求救信，写着'主帅有谋逆之心，吾察，为灭口，驱吾入死地，望救'。"

"这件事我好像知道，原来这信是假的。"梅长苏冷笑一声，"所以……你千里奔袭去救聂锋，最后因为去晚了，只能带回他尸骨的事，也是假的了？"

谢玉闭口不语。

"据我听到的传奇故事，是谢大将军你为救同僚，长途奔波，到了聂锋所在的绝魂谷，却有探报说谷内已无友军生者，只有敌国蛮兵快要冲杀出来，所以你当机立断，伐木放火封了谷口，这才阻住蛮兵之势，保了我大梁的左翼防线。这故事实在是令闻者肃然起敬啊。"梅长苏讥刺道，"今日想来，你封的其实是聂锋的退路，让这位本来不在死地的前锋大将，因为你而落入了死地，造成最终的惨局。我推测得可对？"

谢玉的嘴唇抿成一条直线，依然不接他的话。

"算了，这些都是前尘往事，查之无益。"梅长苏凝住目光，冷冷道，"接下来呢？"

"当时只有我和夏江知道那封信是假的,他有他的目的,我有我的,我们什么也没说,只是心照不宣。因为不想让他的徒儿们察觉到异样,他没有动用悬镜司的力量,只暗示了我一下,我就替他杀了李重心全家。"谢玉的语调平板无波,似乎对此事并无愧意,"整件事情就是这样。与现在的党争毫无关系,你满意了吗?"

"原来朝廷柱石就是这样打下了根基。"梅长苏点点头,隐在袖中的双手紧紧捏住,面上仍是一派平静。谢玉所讲的,只是当年隐事中的冰山一角,但逼之过多,反无益处,这短短的一段对话,已经达到今日来此的目的,而之后的路,依然要慢慢小心,一步步地稳稳走下去。

至于谢玉的下场,自有旁人操心。其实有时候死,也未必就是最可怕的一种结局。

"你好生歇着吧。夏江不会知道我今天来见过你,誉王殿下对当年旧事也无兴趣。我会履行承诺,不让你死于非命,但要是你自己熬不住流放的苦役,我可不管。"梅长苏淡淡说完这最后一句话,便不再多看谢玉一眼,转身出了牢房。飞流急忙扔下手中正在编结玩耍的稻草,跟在了他的后面。

在返程走向通往地上一层的石梯时,梅长苏有意无意地向谢玉隔壁的黑间里瞟了一眼,但脚步却没有丝毫停滞,很快就消失在了石梯的出口。

他离去片刻后,黑间的门无声地被推开,两个人一前一后走了出来,走得非常之慢,而且脚步都有些微微不稳。

前面那人身形修长,黑衣黑裙,乌发间两绺银丝扎眼醒目,俊美的面容上一丝血色也没有,惨白得如同一张纸一样,仅仅是暗廊上的一粒小石头,便将她硌得几欲跌倒,幸好被后面那人一把扶住。

两个人出了黑间并无一语交谈,即使是刚才那个搀扶,也仅仅是拉了一把后便立即收回,无声无息。他们也是沿着刚才梅长苏所走的石梯,缓缓走到了一层,唯一不同的是在门外等候着领他们出去的人并不是提刑安锐,而是已正式升任刑部尚书的蔡荃。

"麻烦蔡大人了。"

"靖王殿下不必客气。"

只这两句对话,之后便再无客套。一行人从后门隐秘处出了天牢,夏冬头也不回地快步奔离,自始至终未动一下嘴唇。在她身后,靖王默默地凝望着她孤单远去的背影,双眸之中却暗暗燃起了灼灼烈焰。

第三十七章 慈亲永绝

回到苏宅后的梅长苏立即上床休息，因为他知道，今天晚上不可能会有完整的睡眠时间。

果然，刚到三更时分，飞流就来到床边说"敲门"，他快速起身，大略打理了一下自己的形容，哄了飞流在外边等候，便匆匆进了暗道。

靖王坐在密室中他常坐的那个位置，低着头似在沉思。听到梅长苏的脚步声后方才抬起头来，神情还算平静，只是眼眸中闪动着含义复杂的光芒。

"殿下。"梅长苏微微躬身行礼，"你来了。"

"看来你好像早就料到我要来。"靖王抬手示意他坐，"苏先生今天在天牢中的表现实在精彩，连谢玉这样的人都能被你玩弄于股掌之上。麒麟之才，名不虚传。"

"殿下过奖了。"梅长苏淡淡道，"不过能逼出谢玉的实话来，我也放心了不少。原本我一直担心夏江有卫护太子之意，身为悬镜司的掌司，他可不是好对付的人，现在既然已可以确认他并无意涉及党争，与夏冬之间也有了要处理的内部嫌隙，我们总算能够不再为他分神多虑了。"

靖王不说话，一直深深地看着他，看的时间久到梅长苏心里都有些微微不自在了。

"殿下怎么了？"

"你居然只想到这些，"萧景琰的眸中掠过一抹怒色，"听到谢玉今天所吐露出来的真相，你不震惊吗？"

梅长苏思考了一下，慢慢道："殿下是指当年聂锋遇害的旧事吗？时隔多年，局势已经大变，追查这个早就毫无意义，何况夏江并不是我们的敌人，为了毫无意义的事去树一个强敌,智者不为。"

"好一个智者不为。"靖王冷笑一声,"你可知道,聂锋之事是当年赤焰军叛案的起因,现在连这个源头都是假的,说明这桩泼天巨案不知有多少黑幕重重。大皇兄和林家上下的罪名不知有多大的冤屈,而你……居然只认为那不过是一桩旧事?"

梅长苏直视着靖王的眼睛,坦然道:"殿下难道是今天才知道祁王和林家是蒙冤的吗?在苏某的印象中,好像你一直都坚信他们并无叛逆吧?"

"我……"靖王被他问得顿住了,"我以前只是坚信皇兄和林帅的为人,可是今天……"

"今天殿下发现了这条翔实的线索,知道了一些当初百思不得其解的真相,是吗?"梅长苏的神情依然平静,"那么殿下想怎么样呢?"

"当然是追查,把他们当年是如何陷害大皇兄与林帅的一切全部查个水落石出!"

"然后呢?"

"然后……然后……"靖王突然发现自己说不下去,这才恍然明白梅长苏的意思,不由得脸色一白,呼吸凝滞。

"然后拿着你查出来的结果去向陛下喊冤,要求他为当年的逆案平反,重处所有涉案者吗?"梅长苏冰冷地进逼了一句,"殿下真的以为,就凭一个夏江、一个谢玉,就算再加上皇后、越妃母子们的进言,就足以赐死一位德才兼备的皇长子,连根拔除掉一座赫赫威名的帅府吗?"

靖王神情颓然地垮下双肩,手指几乎要在坚硬的花梨木炕桌上捏出印子,低声道:"我明白你的意思……可是为什么?为什么?就算大皇兄当时的力量已足以动摇皇位,与父皇在革新朝务上也多有政见不和,但他毕竟生性贤仁,并无丝毫反意,父皇为何猜忌他至此……大家都是亲父子啊……"

"历代帝皇,杀亲子的不计其数吧?"梅长苏深深吸一口气,提醒自己控制情绪,"咱们这位皇上的刻薄心胸,又不是后来才有的。据我推测,他既有猜忌之心,又畏于祁王府当时的威势,不敢轻易削权。这份心思被夏江看出,他这样死忠,岂有不为君分忧之理?"

"你说,父皇当年是真的信了吗?"靖王目光痛楚,"他相信大皇兄谋反,赤焰军谋逆吗?"

"以皇上多疑的性格,他一开始多半是真的信了,所以才会如此狠辣,处置得毫不留情。"说到这里,梅长苏沉吟了一下,"看夏江现在如此急于封谢玉的口,至少最初聂锋一案的真相,皇上是不知道的。"

靖王看着桌上的油灯,摇头叹道:"不管怎么说,若不是父皇自己心中有疑,这样的诬言,只需召回京中便可查明,又何至于……只恨当时我不在国中……"

"幸好殿下你不在国中,否则难免受池鱼之灾。"梅长苏神色漠然,"此案虽由夏江引起,最终却是皇上处置的,殿下想要平反只怕不易。不如听苏某一劝,就此放开手,不要再查了。"

靖王站起身来,在室内踱了几圈,最终停下来时,脸上已恢复了宁静:"先生所言,固然不错,但我若真的就此放手,世上还有何情义可言?谢玉所说的,不过是一个开端,后面是怎么一步一步到那般结局的,我若不查个清楚明白,只怕从此寝食难安。我素知先生思虑缜密,透察人心,要洗雪这桩当年旧案,还请为我出力。"

梅长苏抬起头来,看着他的眼睛,轻声道:"殿下可知,如果皇上发现殿下在查祁王旧案,定会惹来无穷祸事?"

"我知道。"

"殿下可知,就算查清了来龙去脉,对殿下目前所谋之事也并无丝毫助益?"

"我知道。"

"殿下可知,只要陛下在位一日,便不会自承错失,怎会为祁王和林家平反?"

"我知道。"

"既然殿下都知道,还一定要查?"

"要查。"靖王目光坚定,唇角抿出冷硬的线条,"我必须知道他们是如何含冤屈死的,这样将来我得了皇位,才能一一为他们洗雪。只为自己私利,而对兄长好友的冤死视而不见,这不是我做得出的事,请苏先生也不要劝我去做。"

梅长苏咽下喉间涌起的热块,静静地在灯下坐了一会儿,方才慢慢起身,向靖王躬身施礼,沉声道:"苏某既奉殿下为主,殿下所命一定遵从。虽然事过多年,知情者所余不多,但苏某一定竭诚尽力,为殿下查明真相。"

"如此有劳先生了。"靖王抬手虚扶了一下,"先生如此大才,景琰有幸得之。扳倒谢玉之局,实在是环环相扣,令人叹绝。我虽未亲睹,亦可想见当日情势是何等紧张。太子现在失了强助,正在惶惶之时,先生打算让誉王乘胜追之吗?"

梅长苏摇了摇头:"不,我会劝誉王稍稍放手。"

"哦?"靖王想了想,登时明白,"可惜誉王不会听。"

"当然我也不会狠劝，略说一句，他不听就算了。"梅长苏狡然一笑，神情甚是慧黠。

"人在顺境之中，总难免有些头脑发热。太子被逼到如此境地，父皇定会回护，誉王若是不能见好就收，只怕要碰个大钉子。"靖王仰首想了想，"父皇迟迟不处置谢玉，大概也不仅仅是因为夏江在从中斡旋吧？"

梅长苏笑赞道："殿下自从开始用心旁观后，进益不小。说不定再过一两年，就不再需要我这个谋士了呢。"

"先生说笑了。谋策非我所长，这点自知之明是有的。"靖王随便一挥手，又问道："先生真的要保谢玉活命吗？"

梅长苏淡淡道："我只管帮他挡挡夏江的人，其他的我就不管了。"

"其他？"

"夏冬不是吃素的，这个杀夫之仇，她不能明报只怕也要暗报……"

"可是这个杀夫之仇，也不能都算在谢玉的身上。"靖王面露同情之色，"夏江毕竟是她师父，这场孽债，不知她会怎么算……"

"多年掌镜使生涯，夏冬自有城府，当不似她的外表那般张扬。她越是信了谢玉的话，就越不会去质问夏江。我最希望她能将此事放在心里，日后于殿下定大有用处。"

靖王知他深意，点了点头。日后若真有可以为祁王平反的那一日，由聂锋遗孀出面鸣冤，当是一个最好的开端。

不过在那之前，积蓄力量确保能拿到至尊之位，那才是最重要的。

想到此节，靖王强自收敛心神，暂且抛开因聂锋案的真相而带来的悲怒情绪，开始与梅长苏讨论起朝堂上的政务来。

由于多年耽于军旅，对于民政的不熟悉是靖王的一大弱点，为此梅长苏物色了许多理政好手，制造机会让靖王与他们相识相熟，从而学习治理民政的知识和方法。每次密室见面时，两人也会针对具体的事例进行详尽讨论，常常会不知不觉谈到天亮。

应该说，靖王与梅长苏之间的关系经过一段时间的磨合，现在总算是渐入佳境。

昨天朝堂之上刚刚廷辩过在各地设铁矿督办以及统一马政两项大事，靖王是领兵之人，对于武器锻造和战马供应见解颇深，可因为朝堂上他必须谨守低调，发言不得不以精而少为原则，一肚子话没有能够全倒出来，此刻没了顾忌，当然是想到什么说什么，更难得梅长苏竟能跟得上他的思路，有些理念甚至不须沟通就很契合。靖王说到酣畅处时，本不觉得，直到谈话接近尾声了，他才心生讶异，问道："先生虽有麒麟之才，但毕竟是江湖出身，怎么对军需之事如此熟悉，倒像是打过仗的……"

梅长苏微微一怔，自悔方才有些忘情，但面上并未露出，而是不在意地一笑："说句俗语，没吃过猪肉，还没见过猪走路吗？我们盟内也常收些退役的老兵，你别小看这些身经百战的士卒，他们着眼点不一样，很能开阔视野。到京城后托飞流的福认识了蒙大统领，竟是出奇地谈得来，好些事情都是向他请教的。不过说到底这方面我学得杂七杂八，不成个体统，只怕有些话让殿下见笑了。"

靖王也只是随口问问，并没有深想，见他谦逊，忙道："哪里，先生的见解甚是精辟，让人敬服。看来先生之才竟不可单一而论，让景琰刮目相看。"

梅长苏欠身回谢，心中已起谨慎之意，不愿多说，便道："沙漏将尽，殿下还要早朝，不如回去休息一下的好。虽然你是军人筋骨，但也不能打熬得过分了。"

靖王此时还不感疲累，但见梅长苏眼下已有青影，知他的身体可不能跟自己一概而论，于是立即起身，说了两句道别的话，便开了密室中通向靖王府方向的石门，干干脆脆地走了。

梅长苏回到自己的寝室之中时，外面的天色仍是黑的，飞流点了一盏灯，安静地坐着，人刚一出来，他便扑了过去。

"又好久！"少年不悦地抱怨着。

"对不起，对不起，"梅长苏笑着拍他背心，"让我们飞流久等了。趁着天还没亮，我们睡个回笼觉吧。"

飞流将他推到床边，大声道："睡！"

梅长苏揉揉他头顶，不再管他，自己宽了外衣，倚枕安眠。飞流趴在床头守了他一会儿，便跳到外间，扯纸磨墨，开始东一笔西一笔地抹画起来。

春分之后，昼长夜短，梅长苏回来时，本已是凌晨，所以飞流还没画两张，纱窗上已隐隐透了微光。

梅长苏翻了个身，面向里面，飞流受过调教，很懂事地来到窗边，打算把竹帘拉下来。刚握住支竿，外面不知何处隐隐传来撞钟之声，他不由得竖起耳朵去听。

几乎与此同时，梅长苏自床上惊跳而起，不及披衣，便翻身下地，竟连鞋也不趿，直冲到室外院子中去了。

"苏哥哥！"飞流吓了一大跳，急急忙忙追了过去，只见他只着一双白袜，站在中庭甬道冰凉的青石板上，仰首向天，细细地听着。

这时黎纲等人也听到动静，纷纷跑了过来，围着自家宗主。但看他神情，竟又无一人敢出言叫他。

"飞流，响了几声？"钟声停歇之后，梅长苏轻声问道。

"二十七！"

黎纲浓眉一挑："金钟二十七，大丧音，宫中已无太后，那么就是……"

话音未落，梅长苏已面色煞白地闭上眼睛，似乎忍了忍，没有忍住，猛地喷出一口鲜血，洒落衣襟。

"宗主！"

"苏哥哥！"

周围的人顿时慌作一团，有人飞奔了去找晏大夫，黎纲则快速地将他抱起，送返室内，安放在床上。晏大夫来得极快，把了脉，正要行针，梅长苏却坐起了身子，摇摇手，垂首低声道："你们不用担心，都出去吧，让我静一静。"

"宗主……"黎纲正要相劝，晏大夫抬手止住了他，自己先站了起来，示意大家都跟着一起退出去，唯有飞流坚决不肯挪动，也只能由他。

等到室内重归平静后，梅长苏方缓缓抬起头，睁开眼睛，红红的眼眶处，溢着点点泪光。

"飞流，"他轻拍着少年的头，喃喃道，"我的太奶奶，终究还是没能等到我回去……"

太皇太后薨逝，并非一件令人意外的事。她年事已高，神智多年前便不太清醒，身体也时好时坏并不硬朗。礼部早就事先做过一些葬仪上的准备，一切又素有规程，所以丧礼事宜倒也安排得妥当，没有因为年前才换过礼部尚书而显得慌乱。

大丧音敲过之后，整个大梁便立即进入了国丧期。皇帝依梁礼辍朝守孝三十日，宗室随祭，诸臣三品以上入宫尽礼，全国禁乐宴三年。

同时，这一事件还带来了几个附加的后果。

首先，谢玉之案定为斩刑，但因国丧，不予处决，改判流徙至黔州，两个月后起程，谢氏宗族有爵者皆剥为庶人。

其次，梁楚联姻之事也随之暂停，只交换婚约，三年后方能迎娶送嫁。大楚这次主动提出联姻，原本就是为了结好大梁，腾出手去平定缅夷，现在对方国丧，依礼制除自卫外，原本就不可主动对外兴兵，也算达到了目的，因此并无他言，准备吊唁后便回国。景宁公主一方面悲痛太祖母之丧,一方面婚期因此而推,又松了口气,一时间心中悲喜交加,五味杂陈,反而更哭得死去活来。

在山寺中隐居的莅阳长公主,闻报后也立即起程回京守孝。萧景睿与谢弼此时已皆无封爵,无伴灵的资格,但薨逝的那位老人多年来对每位晚辈都爱护有加,于情分上不来拜祭一下实在说不过去,所以尽管回来后身份尴尬,与以前相比境遇迥然,但两人还是陪同母亲一同返京,住在莅阳公主府。

如火如荼进行着的党争在大丧音的钟声中暂时停止了。三十天的守灵期,所有皇子都必须留于宫掖之内,不许回府,不许洗浴,困无床铺,食无荤腥,每日叩灵跪经,晨昏哭祭。养尊处优的太子和誉王哪里吃得了这份苦,开始还撑着,后来便渐渐撑不下去,只要梁帝一不在,两人脸上的悲容便多多少少减了些,手下人为了奉迎,也会做些违规的小动作来讨好主子。因为这孝礼也实在严苛,若不想点办法,只怕守灵期没到,人先死半条,所以还是自己的身子要紧。反正两个人是一起违规,谁也告不着谁的状,陪祭的大臣们更是没人敢说他俩的不是。他俩一开头,其他皇子们虽较为收敛些,但也不免随之效仿,反而是靖王军人体魄,纯孝肝胆,守灵时尽哀尽礼,一丝不苟,迥异于诸皇子。因为靖王的封位仅是郡王,所以他平时在隆重场合很少跟太子和誉王站在一起,此时大家连着三十天待在同一个孝殿中,不同的表现看在陪祭的高阶大臣们眼里,那还真是良莠立见。

三十日的孝礼,梅长苏是在自己房中尽的。晏大夫虽知这样对他身体伤害极大,但若不让他寄表哀思,只怕积郁在心,更加不好,所以也只能细心在旁调理。因他只肯食白粥,黎纲和吉婶更是费尽了心思瞒着他在粥中加些滋补药材,还要小心不要被他察觉出来。好在梅长苏悲伤恍惚,倒是根本没有留意。

由于大人物们都被圈进了宫里,整个皇城日罢市、夜宵禁,各处更是戒备森严,生怕在服丧期出点儿什么淫盗凶案,这三十日竟过得安静无比,没有发生任何意外事件,黎纲与近期赶到京城的甄平主内,十三先生主外,局面仍是控制得稳稳的,力图不让守孝的宗主操一点儿心。

守灵期满,全仪出大殡,这位历经四朝,已近百岁,深得臣民子孙爱戴的高龄太后被送入卫陵,与先她而去四十多年的丈夫合葬。灵柩仪驾自宫城朱雀大道出,一路哀乐高奏,纸钱纷飞。与主道隔了一个街坊的苏宅内也可清楚地听到那高昂哀婉的乐音,梅长苏跪于廊下行礼,眼睛红红的,但却没有落泪。

出殡日后,皇帝复朝。但因为大家都被折腾得力尽神危,所以只是走了走过场,便散了回家见亲眷，好好洗个澡吃一顿睡一觉。

而梅长苏经此一月熬煎，未免病发。好在晏大夫一直在旁护持着，不像前几次那样凶险，有些少量咯血、发烧咳嗽、盗汗和昏晕的症状，发作时服一剂药，也可勉强调压下去。

昏睡了一下午后，梅长苏入夜反而清醒，拥被坐在床头，看飞流折纸人。视线转处，瞥见案上一封白帖，是霓凰郡主自云南由专使飞骑遥寄来的，昨日方到，上面只写了"请兄保重"四个字，当时看了仍是伤心，便搁在一旁，想来黎纲等人不敢随意处置，因此一直放在书案之上。

"飞流，把帖子拿过来。"

少年身形一飘，快速地完成了这项任务。梅长苏展开帖面，盯着那四个清秀中隐藏狂狷的字，出了半日神，又叫飞流移灯过来，取下纱罩，将帖子凑在灯焰上点燃，看着它慢慢化为灰烬。

"烧了？"飞流眨眨眼睛，有些惊奇。

"没关系，"梅长苏淡淡一笑，"有些字，可以刻在心里的。"

少年偏着头，似乎听不明白，但他不是会为这个烦恼的人，很快又坐在他的小凳上继续折起纸人来，大概因为纸人的头一直折不好，他不耐烦地发起脾气，丢在地上狠踩了两脚，大声道："讨厌！"

梅长苏招手，示意他拿张新纸过来坐在床边，然后慢慢地折折叠叠，折出一个漂亮的纸人来，有头有四肢，拉这只手，另一只还会跟着一起动，飞流十分欢喜，脸上扯了一个笑容出来，突然道："骗我！"

这两个字实在没头没脑，不过梅长苏却听得懂，责怪地看了他一眼，道："蔺晨哥哥教你的折纸方法是对的，没有骗你，是飞流自己没有学会，不可以随便冤枉人！"

飞流委屈地看着手中的纸人，小声道："不一样！"

"折纸人的方法，本来就有很多种啊。我会的这种，是我太奶奶教给我的……小时候，她常常给我折纸人、纸鹤什么的，可我当时还觉得不喜欢，总想要从她身边溜走，跑出去骑马……"

"小时候？"少年十分困惑，大概是想象不出苏哥哥也有小时候，嘴巴微微张着。

"是比我们飞流现在，还要小很多的时候……"

"哇？！"飞流惊叹。

"再拿张纸来，苏哥哥给你折个孔雀。"

飞流非常高兴，专门挑了一张他最喜欢的米黄色的纸来，眼睛眨也不眨，十分认真地看着梅长苏的每一个动作。

等孔雀尾巴渐渐成形的时候，飞流突然转了转头，叫道："大叔！"

梅长苏一怔，手上动作停了下来，吩咐道："飞流去接大叔进来。"

"孔雀！"

"等大叔走了，苏哥哥再继续给你折。"

由于心爱的折纸活动被粗暴打断，飞流对罪魁祸首蒙挚十分不满，带他进来时那张俊秀的脸庞沉得像被墨染过一样，全身的寒气几乎可以下好几场冰雹，倒让蒙挚摸不着头脑，不知自己哪里又惹到这个小家伙了。

"蒙大哥坐。"梅长苏将孔雀半成品交给飞流，让他到一边玩耍，自己欠身，又坐起来了些，蒙挚赶紧过来扶他。

"蒙大哥劳累了一个月，好容易换班，宫城里只怕还忙乱，若是有空，怎么不回府休息？"

"我不放心你，"蒙挚在灯光下细细看他，只见越发清瘦，不由得心中酸楚，劝道，"你和太皇太后的感情虽然深厚，但她已享遐龄，怎么都算是喜丧，你还是保重自己身子要紧。"

梅长苏垂着眼，慢慢道："你不用劝，道理我都明白，只是忍不住……上次见太奶奶，她拉着我的手叫小殊，不管她是真的认出来了，还是糊涂着随口叫的，总之她心里一定是记挂着小殊，才会喊出那个名字……我一直盼她能够等我，现在连这个念想也没有了……"

"你的这份孺慕之情，太皇太后英灵有知，早就感受到了。从小她就最疼你，一定舍不得你为她这么伤心。听说晋阳长公主生你的时候，她老人家等不及你满月进宫，就亲自赶到林府去看你呢。我在宫里当侍卫时，也常常见到太皇太后带着一群孩子，可中间最得她偏爱的，一直都是你。虽然那个时候，你实在淘气得可以……"

"是吗？"梅长苏眼角水光微闪，唇边却露出了温暖的微笑，"我这几天，也常常想起过去的那些事情……每次闯祸，都是太奶奶来救我，后来爹爹发现只要不打我，太奶奶就不会插手管得太过分，所以就想了些虽然不打，但却比责打还要让我受不了的惩罚方法……"

"我知道我知道，"蒙挚也露出怀念的笑容，"有一次，你惹了个什么事……大概是弄坏先皇一件要紧的东西吧，林帅很生气，明明是随驾在猎场，结果他偏偏不让你跟我去学骑射,反而把一堆孩子塞给你,罚你看管,还不许出纰漏,当时你自己还是个大孩子呢。"

梅长苏点着头,显然对这件事也印象深刻:"那个时候的我,宁愿一个人跑去斗熊,也不想带一堆吵闹不休的男孩子。景睿倒还安静,可是那个豫津啊,跑来跑去没有半刻消停……"

"所以你就拿绳子把他拴在树上?"蒙挚挑了挑眉,"害得好心来陪你的靖王勇背黑锅,说那是他拴的……"

"但最终罚跪的人还是我,直到太奶奶把我救走……当时觉得十分委屈,心想明明景琰都说了是他干的为什么还是罚我……"梅长苏笑着笑着,又咳嗽了起来,半日方才停歇,微微喘息着继续道,"这些事回想起来,心里就像揣了一个被火烤着的冰球,一时暖暖的,一时又是透心的凉寒……"

"小殊……"蒙挚心头一阵绞痛,欲待要劝,却又找不出合适的话来,铁铸般的汉子,也不免红了红眼圈儿。

"你别难过,"梅长苏反过来安慰他道,"太奶奶现在入土已安,我也过了最伤心的那几天,现在好多了。只不过能陪我聊聊过去那些旧事的人,如今唯有蒙大哥你一个,所以难免多说了几句……"

蒙挚长叹一声,拍了拍他的肩膀:"其实我心里也甚是矛盾,既想跟你多聊聊过去,让你记住自己不仅仅是苏哲,也依然还是林殊,但又怕说得太多,反而引起你伤心。"

"你的好意我明白,"梅长苏抬起双眼,眸色幽深,"可无论是林殊也好,苏哲也罢,都不是纸折泥捏的,所以这点熬煎,我还受得住。以后尚有那么多的事要做,岂可中途就倒了?蒙大哥,我相信自己一定能走到最后一步,你也要相信我才对。"

蒙挚听到他说"最后一步"时,心头不由自主地一颤,细想又不知为了什么,忙强颜笑道:"我当然相信你,以你的才华和心性,何事不成?"

梅长苏温和地向他一笑,仰靠在背枕上,又咳了两声,催道:"你早些回去吧,要多陪陪嫂夫人才对。你看我现在还好,没什么值得担心的,歇了这换班的一天,大统领又该忙了。"

蒙挚见时辰确已不早,也怕耽搁梅长苏休息,便依言起身,站着又叮嘱了最后一句:"事有缓急,现在你养病最重要,其他的事都要放在后面,反正也不急在这一时,徐缓图之才更稳妥啊。"

梅长苏点头应承，不许他再多停留，召了飞流来送客，少年急着要折孔雀，对这一指令执行得极有效率，几乎是连推带打把蒙挚给赶了出去。

其时已是二更，梅长苏听着街上遥遥的梆子声，抚着身上的孝衣，努力稳住了有些摇曳的心神。

既然已迈出了第一步，那么……就一定要坚持到最后……

少年飞扑回来，递过半只孔雀。其实只剩了最后的工序，一折一翻，再拉开扇状的尾羽，形神便出。在飞流欢喜的惊叹声中，梅长苏缓慢地将掌中的孔雀托高，喃喃地道："太奶奶，你看见了吗？"

第三十八章 此消彼长

金陵帝都分内宫城、外皇城两个部分，宫城治卫由皇帝直辖的禁军负责，目前的最高指挥官是禁军大统领蒙挚。比起宫城的单一，皇城治卫的分工相对而言要复杂得多。民间刑名案件、日常巡检、缉捕盗匪、水火救助等是京兆衙门的职责，城门守卫、夜间宵禁、镇压械斗之类的事项又归巡防营管。京兆衙门算是地方官府，要向六部复命，巡防营在编制上本应归兵部节制，但长期以来，由于它的直接统领者宁国侯爵职皆高于兵部尚书，所以超然而独立，兵部并不敢对它下任何指令。此外皇城有私兵之权的还有数家。东宫自惠帝朝从内宫城独立出来后，也被统归入皇城范围，依制蓄兵三千，亲王府两千，郡王府一千，一品军侯府八百。这些特权府第多多少少都会影响到皇城的动静，可谓各方力量交错，搅得跟一团乱麻似的。如今兼有巡防营统领之职的谢玉轰然倒台，就像是从这团乱麻中强行抽了一根出去似的，把剩下的弄得更乱。

太后出殡之后约一月，谕旨批下，谢玉从天牢幽冥道中走出，准备前往流放地黔州。他生于世家，青年尚主，累封至一品军侯，威权赫赫这些年，一旦冰消雪融，便恍如镜花水月、黄粱梦醒，富贵烟消，只见一副枷锁，与其他的流刑犯一样，由两个粗野衙役押解着，连水火棍也不比别人多带一根。

南越门出，是一条黄土大道，甚是平坦好走。谢玉习武之人脚力不弱，没给那两个押送者棍棒驱打的机会，走得并不慢。大约半个时辰后，天已大亮，一个衙役停下来擦汗，无意中向后瞥了一眼，只见尘土飞扬，一辆素盖黑围的马车疾驰而来，单看那拉车的神骏马匹，也知不是寻常人家。

三人一起闪到路边，两个衙役好奇地张望着，谢玉却背过身，半隐于道旁茅草之中。

马车在距离三人数丈远的地方停下，车帘掀起，一个素衣青年跳了下来，给两个衙役一人手中塞了一大锭银子，低声道："来送行的，请行个方便。"

虽然不认识来者是谁，但来给谢玉送行的，那一定不是市井之徒，两衙役极为识趣，赔笑了一下，便远远地站到了一边。

"爹……"谢弼颤颤地叫了一声，眼睛红红的，"您还好吧？"

谢玉无声无息地站了半晌，最后还是淡淡地应了一声："嗯。"

谢弼又张了张嘴，似乎不知接下来该说什么，呆了片刻，回头去看那辆马车。

谢玉顿时明白车上还有人，不由得目光一动。此情此景，他并不知道自己是否还想再见她一面。然而无论他是想见还是不想见，此刻都已没有选择。车帘再次被掀开，一身孝服的莅阳长公主慢慢地走下马车。令谢玉意外的是，陪同搀扶着有些虚弱的长公主的，竟然是萧景睿。

在离谢玉还有五六步路的时候，萧景睿放开了母亲，停在原地不再前行。莅阳长公主则继续走到谢玉面前，静静地凝望着他。谢弼想让父母单独说两句话，又体念景睿现在心中矛盾难过，便走过去将他拉到更远的地方。

"结束了吗？"沉默良久后，长公主问出第一句话。

"没有。"

"我能帮什么忙？"

"不用，"谢玉摇摇头，"在京城你尚且护不住我，茫茫江湖你更是无能为力。"

莅阳长公主的目光沉静而忧伤。虽然近来流泪甚多，眼眶周围已是色泽枯黄，皱纹深刻，但眸中眼波仍然余留秋水神采，偶尔微漾，依然醉人。

"那位苏先生……昨天派人来见我，说叫你交一封信给我。"

"信？"谢玉愣了愣，但一想到是那位令人思而生寒的梅长苏所说的话，又不敢当作等闲，忙绞尽脑汁思考起来。

"那人说，如果你还没写，叫你现在就写，因为你说的那些东西后面，一定还有更深的，写下来，交给我，你就可以活命。"莅阳长公主并不知道这些话的意思，她只是木然地、一字一句地认真转述。

尽管这个男人扼杀了她的青春恋曲，尽管这个男人曾试图谋杀她的孩子，但毕竟有二十多年的夫妻情分，他是她三个孩子的父亲，她并不想听到他凄惨死去的消息，尤其是在这个男人自己并不想死的情况下。

谢玉的眼珠转了转，突然之间恍然大悟，明白了梅长苏的意思。

自己所掌握的秘密，除了那日当面告诉梅长苏的，还有很多是他暂时不想说，或者不能说的。这漫漫流刑路，夏江如果要杀他，根本防不胜防。唯一的保命方法，就是把心中的秘密都写了下来，交托给莅阳长公主保管。如果自己没事，莅阳长公主就不公开他的手稿；如果自己死了，那手稿就成为铁证。夏江不是糊涂人，一算便知道还是让自己活着的好，自己活着再不可靠，也不会随随便便就把关系到两人共同生死的秘密说出来，反而是自己死了，一切才保不住。

这确实、确实是最后一根救命稻草了……

莅阳长公主仍是静静地看着他，静静地等待他的决定，毫无催促劝说的意思。

谢玉心头突然一热，眼眶不由得潮了潮。虽说是多年怨侣，但这世上自己唯一还敢相信，唯一还敢抱有一丝希望的人，就只有莅阳长公主了。

"有纸笔吗？"稳了稳心神后，谢玉低声问道。

莅阳长公主从宽袍袖袋中摸出一个长盒，里面装着现成的笔墨和一幅长长的素绢。

"写在这个上面吧。"

谢玉迟疑地看了看远方正瞧着这边的那两个衙役，莅阳长公主立即道："没关系，那个苏先生说，越多人知道你写过这个东西越好。"

谢玉立即领会，急忙提起笔。因他戴着枷，莅阳长公主便把素绢铺在木枷上，等他写几个字便帮他挪动一下绢面，自始至终，她目光的焦点未有一刻落在那些字迹上。等谢玉好容易写完，她立即将素绢折起，放进一个绣囊之中，拔下扎在上面的一根细针，密密将囊口封好。

"莅阳……"

"你写的这个我不会给任何人看，我自己也不会看。你曾经做过什么事我一点儿也不想知道，因为对我来说，什么都不知道才是最好的……"莅阳长公主将绣囊放入怀中，目光凄迷，"我还准备了些衣物银两，你路上带着用吧。"

谢玉柔和地看着她，想抚摸一下她的脸，手刚一动，立时惊觉自己是被枷住的，只能忍住，轻声道："莅阳，你多保重，我一定会回来再见你的。"

莅阳长公主眼圈儿微红，转过头去没有接这句话，抬手示意谢弼过来。谢玉忙定定神，趁着儿子还未走近的时候快速道："莅阳，这个绣囊，你千万不能给那个梅长苏。"

莅阳长公主看了他一眼，淡淡点头："你放心，只要你活着，这个绣囊我会一直随身携带的。"

话刚说完，谢弼已走了过来。他为人周全，见母亲示意便已明白，所以中途绕到马车上将包袱拿了下来，给谢玉拴牢在背上。萧景睿依然远远站着，偶尔会转动视线看过来一眼。

谢玉对萧景睿一向并无真正的父子情，莅阳长公主体念儿子现在心中伤痛难过，谢弼也是一向妥帖细心，因此并无一人出言唤景睿过来。大家默然对视了一阵，还是谢玉先道："今天我的路程不短，就此分手吧。弼儿，好好照顾你娘。"

谢弼应了一声，扶着母亲慢慢后退。两个倚役一看送别结束，便也提着棍子走了过来。谢玉不想看着莅阳的马车远去，所以自己先行转身，深吸一口气，正准备迈步，突然觉得一股寒意袭来，不由得打了个寒战，忙抬头四顾，只见周边荒草古道，并无人迹兽踪，以为只是感觉有误，用力甩了甩头。

就在这时，他听到了谢弼轻轻倒吸一口冷气的声音。

再次抬头张望，只见方才还空无一人的前方，齐人高的茅草似波浪般被人分开，夏冬一身纯黑衣裙，缓步走了过来。

如果单单只是夏冬，远不足以让谢弼倒吸冷气，真正令谢弼吃惊的是夏冬脸上的表情，那深如海、切入骨、冷如冰、寒如霜，浸满了怨毒与仇恨的表情……

对于夏冬周身的寒气与敌意，既然谢弼感觉到了，其他人当然也并不迟钝。莅阳长公主立即从马车上重新下来，叫了一声："夏卿……"

夏冬没有理会她，甚至连视线也未有一刻偏移，仍是以那种缓慢坚定，但却充满了威迫感的步伐一步一步走向谢玉，直到距离他只有三丈来远的地方才停下来。

不过夏冬并不是自己想要停下来的，她停下来是因为萧景睿挡在了她的前面。

由于重伤痊愈不过月余，萧景睿的脸色仍是苍白，两颊也消瘦了好多，但他的眼眸依然温和，只是多了些沉郁，多了些忧伤和茫然。面对如姐如师的夏冬，他拱手为礼，语调平稳地问道："夏冬姐姐有何事，可需景睿代劳？"

"你觉得我像是有何事呢？"夏冬挑起一抹寒至极处的冷笑，面上杀气震荡，"不需你代劳，你只要让开就好。"

萧景睿与她酷烈的视线相交片刻，仍无退缩之意："家母在此，舍弟在此，请恕景睿不能退开。"

"我又不是要为难长公主和谢弼，关他们什么事？"

"但姐姐要为难之人，却与他们相关。"

夏冬狭长的丽目中眼波如刀，怒锋一闪，在萧景睿脸上平拖而过："你以为……自己挡得住我吗？"

"挡不挡，与挡不挡得住，这是两回事。景睿只求尽力。"

"你尽力有什么用？我完全可以踩着你的身体过去。"

萧景睿淡然点头："那就请夏冬姐姐试着踩一踩吧。"

随着他这句话，夏冬双眼的瞳仁突然收缩，冰刺般的视线深深地盯在年轻人的脸上，半晌未有片刻移动。

在这肃杀的气氛中，谢弼有些不安，搓了搓手，又看看面色凝重的母亲。

可是萧景睿仍是安然未动。他静静地承受着夏冬的注视，看起来像是在对抗，但实际上，他只是不在意。

经过了那样一个惨伤的夜晚之后，像夏冬会不会真的从自己身上踩过去这种事，萧景睿怎么还会在意？

对于这个安静的阻挡者，夏冬保持着冷冽的视线。不过随着时间的流逝，她唇角的线条却在渐渐地放松，慢慢转为轻微上扬，上扬到一定程度后，又突然化为一阵仰首大笑，笑声过后，她整个人的感觉骤然改变，又变回了大家所熟识的那个夏冬，那个有几分邪魅、几分狂傲、总是似笑非笑却让人有所敬畏的夏冬。

"你们紧张什么啊，"夏冬拨了拨垂在颊边的头发，眼波斜飘，"我能来干什么，送个行罢了，也算还当年谢侯爷送我夫尸骨回京的人情。"

女掌镜使从杀气寒霜转为笑靥如花，大家全都松了一口气，谢弼奔着眉毛道："夏冬姐姐，你这个爱捉弄人的毛病还是不改，现在都什么时候了，还跟我们开这个玩笑。"

"不好意思了。"夏冬随随便便道了个歉，没再继续前行，只站在原处，视线锁在谢玉脸上，慢慢道："夏冬特来送行，请侯爷一路保重。须知前途多艰，只怕片刻难得安宁，劝侯爷时时在意，切莫放松了心神。黔地苦寒，也请善加忍耐，这世上太多是比死还要苦的境遇，您将来可一定要熬过去啊。"

那日夏冬与靖王天牢一行，来去都很隐秘，谢玉并不知道他们就在隔壁。但也许是因为夏冬方才出来时的那个表情实在太令人震撼，也许是因为心中有罪的人面对苦主时难以避免的心虚和敏感，谢玉并没有像其他人那样因夏冬态度的变化而放松，反而是在一瞬间就肯定了夏冬一定已知真相。

刚刚才感到绝处逢生的心情瞬间又被打入森森谷底，谢玉几乎已被这乍起乍伏的情绪变化折磨得濒临崩溃。夏冬与夏江不同，她怀有的是单纯的仇恨，根本无所顾忌。所以她会报仇，她随时随地都可能来报仇，她将会选择极为酷烈的手段报仇，这些都毋庸置疑，而自己，却根本无处求救。

此时的夏冬微笑着，尽管她眸中毫无笑意。对她来说，第一步结束了，谢玉将在无限的惶恐中踏上流放之路，以后，她自有无数的方法可以达到自己的目的。

"侯爷该上路了，不要耽搁了您今天的行程。"夏冬侧身让开了路，萧景睿也站到了她的身旁，但是谢玉却迈不开脚步。须发虬结间看不清他的面目，但那跌落于枷面上的汗珠，那紧紧绷着的肌肉，那僵直的双腿，那微颤的身躯，无一不表明他在害怕，只是莅阳母子三人都不知他到底在怕什么。

两个衙役这时看了看天色，互相对视了一眼，走上前一人提牢谢玉一只胳膊，说声："该走了！"便连拖带扶地将他挟带在中间，顺着土道向西南方去了。

目送了丈夫片刻，莅阳长公主缓缓转身，看了夏冬一眼，低声问道："夏卿回城吗？"

"是。"夏冬冷淡地点头，"你们四位呢？"

"我们也是。"长公主没有听出异样来，随口答了。反而是萧景睿眉尖一挑，目光开始四处搜寻。

夏冬又不是不识数，既然她说"你们四位"，那肯定就还有一位。

这一位并不难找，只需扫视四周一次，便发现了她的踪迹。站得非常远，在一处斜坡上，半隐身于老柳树后，露出粉衫黄裙。

大楚使团早已离去，她一个小姑娘却没有走，明明看起来宇文暄和岳秀泽都挺疼爱她的啊，怎么竟然放心让她独自留下来……

萧景睿先是有伤，后来谢绮去世，太皇太后薨逝，事情一桩接着一桩，宇文念一直没有机会提出她的要求。不过她不说大家心里也明白，她想把萧景睿带到大楚去。

莅阳长公主并没有阻止宇文念来见景睿，不管是长公主府也好，上古寺也罢，她一直由着这小姑娘在周围晃来荡去。但以一个母亲的心态来说，她并不愿意此时让萧景睿脱离自己的视线之外，不是因为怕失去他，而是因为她心中非常清楚，自己这个温厚的儿子虽然表面看来不是特别激动，但实际上他还一直陷在身世真相的阴影中没有走出来。

这种颠覆和坍塌般的痛苦，不是靠劝慰可以治愈的，它需要时间，需要自己慢慢去调整和适应。莅阳长公主希望陪着儿子度过这段时间,而不是放他去一个陌生的国家,见一个陌生的父亲,面临一次新的感情震荡。

如果将来萧景睿情绪恢复和稳定之后,他想要见见自己的生父是什么样子,他想要到他身边去生活,那么莅阳长公主已经做好了同意的准备。但目前这个阶段,她必须要看着萧景睿在她身边,所以尽管没有驱逐,但对于总是逡巡在周围的宇文念,长公主基本上是视而不见。

不过念念小姑娘的毅力也确实让人佩服,跟了这么久,她毫无气馁之意,只要长公主一不在,她就会上前来找话与萧景睿攀谈。虽然看着她与自己酷似的脸难免想起那伤心难过的一夜,但这毕竟是妹妹,景睿还是待她甚是温和,不仅回应了她的问话,时时也会分些心力去留意她是否安全,是否健康。

宇文念觉得,她越来越喜欢这个哥哥,带他回大楚的决心也越来越大。

此时夏冬早已自行离去,莅阳长公主也默默无语携子登车回城,宇文念骑着匹赤色马遥遥跟着,既不靠近,但也保持着可以看见的距离。

不过对于走在前面的那些人而言,根本没有任何一个人有心力去注意她的存在。

谢玉获罪以后,他所直接管理的巡防营暂由营统欧阳激接管,但由于欧阳激只是个四品参将,管理日常事务还可以,整个军营的最高指挥权都交给他是绝对不可能的。为此太子上本,提出巡防营本就该由兵部直接指挥,建议收回此权。对此提议,誉王当然大力反对,认为兵部是个官衙机构,如何指挥?当然还是必须要指定具体人选。兵部尚书事务繁多,显然难兼此任,其他兵部官员资历不足,也不比欧阳激好多少,故而建议斟选一名三品以上的驻外将领回京领受此职为好。

对于巡防营,梁帝当然远不如对禁军那么重视,可这毕竟也不是一件小事,关系着皇城各中枢机关、各王府侯府、各大臣官邸的平安和它们彼此间的平衡。太子和誉王争执不下,他一时也甚难决断,一拖便拖到了七月底。

七月天气已非常炎热,尤其午后蝉噪,更是令人心烦。梁帝为避暑,日常之事已由武英殿移至逸仙殿,那里树木葱茏,三面流水,是整个宫城最幽凉的所在,但正因为树木密植,夏蝉也特别多,小太监们日日忙碌,也粘之不尽。

梁帝青年时睡眠极好,沾枕可着,步入老年后却完全相反,只要有些微声响,便能将他惊醒,惹出一阵暴怒。前几天有个小太监因为失手摔了一个杯子搅了梁帝的午睡,就被当场拉出去杖杀。因此只要午膳过后,随侍在圣驾周边的所有人便会立时精神紧张起来。

这一日太子、誉王又在朝上发生争执，梁帝回宫后本就心情不悦，用膳时外面蝉声又起，顿时眉生怒意。小太监们吓得魂不附体，手忙脚乱地拿着粘竿四处打蝉，打到午膳结束，仍然偶有弱弱的蝉鸣在响。

内监总管高湛看见梁帝脸色越来越阴沉，心中直发慌，正没抓挠时，突然想起一事，赶紧道："陛下，今日是静妃娘娘生辰，您不去看看吗？"

往年静嫔的寿辰都是悄无声息度过的，除了内廷司依制以皇赏为名送来些物品外，跟平常日子没什么两样，从没人想过要提醒皇帝，当然就算提醒了皇帝也不会有任何表示。不过今年她新晋为妃，地位提高了一截，虽然仍旧默默无闻，到底身份不一样，高湛此时多这句嘴也没什么突兀的。

"静妃的生辰？"梁帝眯了眯眼睛，"例赏都送过去了吗？"

"回陛下，都送过去了。"

梁帝想了想，站起身来："她入宫这么些年，朕也该去看看。你准备锦缎百匹、珍珠十斛、玉器十件，随朕一起过去。"

"是。"高湛知道梁帝这一起驾，至少不会在逸仙殿午歇了，暗暗松一口气，退出去一面着人准备东西，一面严命小太监趁此机会将新蝉打尽，忙乱一阵后重新入殿，服侍梁帝更衣。

静嫔晋妃位后，仍居住在芷萝院，不过改院为宫，依制添了内监宫女、服饰器用的配置。她向来是个淡泊的人，清心知足，一应起居仍然如旧，未见大改，时常还是植弄药花药草，修理园林打发时光，把她的芷萝宫整治得比别处更秀雅别致、清新脱俗。

梁帝出发时，特别命令不要事先通报。到了芷萝宫前，只见宫门主道上一条长长的香萝藤廊，绿叶红实，煞是可爱，脸色立时转好许多，带着高湛悄悄进去，漫步四顾，暑意大消。

"你看，还是静妃会收拾屋子，这里气息温和清爽，虽不及逸仙殿幽凉，却令人备感舒适安闲……"梁帝刚夸了一句，突又觉得有些异样："可是今天会不会太清静了些？不是静妃生辰吗？就算没有贺客盈门，至少也该有点儿笑语喧哗吧？"

"大概是……"高湛努力斟酌着用词，"静妃娘娘好静，未开宴饮，如果贺客们是早上过来的，到现在午后，人也来去得差不多了，故而安静下来。"

"你倒会找原因。"梁帝瞟了他一眼，"当朕不知道吗？静妃不是宫中红人，只怕记得今天是她生辰的也没几个。若换了是越贵妃,别说午后,入夜也是川流不息的。"

"皇上圣明。"高湛挤出一个傻笑,"那是越娘娘本就喜欢热闹,大家才凑趣儿的。"

梁帝抬脚踢了他一下:"你倒是谁都不得罪。在这宫里,喜欢热闹的好,静妃这样不喜欢热闹的,也好。"

"皇上说得是。"高湛的腰弯得更低,"都走到这儿了,该让奴才进去通知静娘娘来接驾了吧?"

"闭嘴。扶着朕走就是了。"梁帝伸出右臂,由高湛搀着过了藤廊,一路上侍立或来去的宫女太监们全都在高湛的示意下跪地伏拜,不敢发出一声。

进了正殿的门,迎面围了十折绣屏,薄纱美绣之后,隐隐有人影晃动,显然静妃就在屏后。

梁帝正想出声吓她一吓,屏后突又传出一个声音,一听,是萧景琰。

梁帝起初有些意外,旋即一想,今天景琰若是不来只怕才该意外,自己之所以没想到他会在这里,实在是因为平素对这两母子关照太少的缘故,心中不由得略感愧疚。

"母亲的手艺真是越发地好了,这道百合清酿,夏天吃来好不舒爽。儿臣在外领兵时,若遇粮草不济,自然要与士兵同苦,那时腹中饥了,就想想母亲做的药膳解馋。"靖王语带笑意,"若不是怕母亲辛苦,真想日日都能吃到。"

静妃的声音温婉慈爱,听声响似在给儿子夹菜:"我倒不怕辛苦,不过依制你不能随意进来,这也是没法子的事。来了就多吃些。我做了黄金饺和绿豆翠糕,你走时带回去吃。"

"儿臣谢过了。"

"来,尝尝这个茯苓鸡……"

"嗯。"

听着里面的家常闲语,梁帝突然觉得有些不舒服,有意咳了一声。围屏内的母子二人顿时惊起,靖王当先闪身出来察看,一眼看到梁帝,脸色一变,立即翻身拜倒,静妃上前几步,也提裙下拜,口称:"臣妾不知陛下驾临,有失远迎,还请恕罪。"

"起来。"梁帝在她臂上轻轻扶了一下,又命靖王:"你也平身吧。"

梁帝不遣人先报,自己悄悄进来,原本是想看静妃惊喜的,但现在人家惊是有了,可高湛安排把赐礼送进来时,却没看出她有多喜,仍是恬淡神情,柔声谢恩。梁帝再转头看她儿子,表现也差不多,未见他对母亲所受的荣宠有多喜出望外的样子。

受惯了奉迎,看惯了大家为一点恩宠争斗不休的梁帝,心里不舒服的感觉又加重了几分。

"景琰是什么时候过来的?"斜靠在软榻上,梁帝问道。

"回父皇,儿臣午后方到。"

"你母妃生辰,怎么不一早便来请安?"

静妃忙道:"是臣妾命他午后再来的。早上要朝见皇后陪坐,还要给太皇太后跪经,他来了我也不得空见他。"

"嗯……"梁帝点点头,神色虽然淡淡,不过语气还算平和,看着靖王说的也是赞誉之语,"近来交办给景琰的几件事办得甚好,朕十分满意,一直说要赏你,事情多又耽搁了。现在刚好在你母妃面前,说说看想要什么。"

靖王有些意外,一时不知该说什么好。但问在当面,又不能不答,快速考虑了一下,道:"回父皇,儿臣领旨办差,分所应当,不敢望赏。但君恩不宜辞,既然父皇如此厚爱,那么儿臣斗胆讨个恩旨,请父皇赦免一名在岭南服流役的罪人。"

"罪人?"梁帝也有些意外,不由自主心生疑云,皱眉道,"什么罪人?又是什么名高望重,却偏爱胡言乱语妄议朝政的狂士吗?你素来忠耿,怎么也学来这沽名钓誉、招揽人心的手段?谁教你的?"

突遭斥责,靖王却未见慌乱,先跪下请了罪,接着道:"此罪人不过一介平民,无名无望,只因其子科考时文章中忘了避圣祖讳,犯大不敬罪,因此被株连流放……"

梁帝脸色稍霁:"无名无望的平民,怎么会劳烦你给他求情?"

"请陛下恕罪,"静妃上前一步道,"此人乃是乡间一郎中,臣妾微时曾从其学医,蒙其照顾多年。一月前臣妾辗转听闻他流放岭南,可怜老迈年暮,犹受苦役烟瘴之苦,却又因是受大不敬株连,此次大赦不在其列,只怕将来要老死异乡,孤魂难返,故而臣妾心中甚是不忍,方才跟景琰感慨了一下,没想到他竟记在心里……陛下若要见怪,实属臣妾之罪。"

"原来是这样。"梁帝这才露出笑容,"你到底心软。其实这也不算什么,景琰一个皇子,找府里人出个主意,怎么都有办法救他回来,哪里用得着向朕要恩赦?换一个别的赏赐吧。"

靖王眉宇微蹙,心中隐隐有些不快,忍了忍,又叩首道:"儿臣以为,大不敬之罪，唯有圣上有权赦之。儿臣纵是皇子，也没有其他办法可想。为解母忧，唯有此请，望陛下恩准。"

梁帝深深看他，听出他语中未明言之意，心中微动，叹道："你还是这个宁折不弯的拗脾气。不过你能不滥用威权，洁身自好，朕心甚慰。你所请之事朕准了，即日便下恩旨。"

"儿臣谢恩。"

梁帝抬手叫他起来，侍立在旁。平时没怎么留心，今天认真看起来，突然发现这个儿子身形挺岸，容貌英武，竟是从未觉得他这么顺眼，脑中不由得闪过一个念头。

"景琰，你带兵是个熟手，朕想把巡防营交于你节制，如何？"

此言一出，萧景琰今天第二次感到极度意外，以至于梁帝开口之后很久，他都没有任何回复。

梁帝一开始很耐心地等待着。他以为靖王的沉默是在斟酌如何措辞谢恩，毕竟这孩子常年在外领兵，少有恩宠，自然不像誉王那般反应灵敏，甜言蜜语张嘴便是一套，多等他片刻却也无妨。

不过等着等着，梁帝渐渐觉得有些不对。

靖王的表情越来越不像是在考虑如何谢恩，而是在考虑是否应该接受这一任命。

梁帝心中顿时不悦。

太子和誉王在朝堂上争得脸红脖子粗的样子，靖王又不是没看到，人家争都没有争到手的这份恩宠现在给了他，不说感恩涕零，好歹应该激动一下，无论如何也不当是这般犹豫的表情啊。

"景琰，你怕辛苦吗？"梁帝沉下脸，冷冷地问道。

"儿臣不敢，"靖王忙跪倒，"父皇的恩信，儿臣荷感。只是……"

"只是什么？"

靖王迟疑了一下，定了定神，沉声道："没什么……儿臣愿领此职，今后必当恪尽职守，不负父皇所托。"

他虽然什么都没说，但只是这个迟疑的神色，梁帝便已明白了大半。虽然靖王对于圣恩皇宠的淡泊反应小小触了一下他的逆鳞，但从另一方面来说，这个儿子明显不愿意卷进目前朝堂党争的态度，还是让他很放心的。

"你不必顾虑太多，"梁帝伸出手拍拍靖王的肩膀，"你堂堂皇子，又是军功累累，节制个小小的巡防营算什么？有父皇为你撑腰，看谁敢有话说，日后若有委屈，也尽管告诉父皇知道,自然会给你做主的。"

其实方才靖王犹豫的原因,倒并不像梁帝所想的那样淡泊。他既然已设皇位为目标,能多一分实权都是好的,之所以迟疑,不过是因为现在自身力量尚弱,不愿突然显得太受恩宠,以免过早被太子、誉王所忌。可是梁帝此刻是当面许恩,不容他有时间回去跟苏哲商量,只能一咬牙,先领受下来再说。

整个过程中,静妃侍立在旁一言不发,好像根本不关她的事。直到父子俩话说得差不多了,她才捧了一盅雪蛤羹过来,柔声道:"陛下今日还没歇午觉吧?略进两口羹,就在臣妾这里安眠片刻如何?"

梁帝接过瓷盅,用小勺舀了一口细品,比平时吃的雪蛤羹少了浓香,多了些清醇,甜味淡淡,在舌尖有薄薄一层回香,不觉吃了半盅。漱了口,由静妃扶着躺下,头一着枕,口鼻间便绕了清冽芬芳。

"这是什么枕?"

"回陛下,这是臣妾晒金银花为芯,再加入梅、桂花蕊,各色药材,用干荷叶包裹后自制的棉枕。陛下如果喜欢,臣妾再细细为陛下缝制一个新的。"

"好,好。"梁帝只觉全身舒爽,略闭闭眼,又睁了开来:"朕在这里安歇,景琰就得退下,你们母子难得聚宴,岂不是让朕给搅了?"

"侍奉陛下,是臣妾的第一本分,"静妃恬然一笑,"陛下这样说,倒让景琰惶恐。"

梁帝呵呵笑了两声,向已退至门边的靖王说:"景琰,朕今日搅了你们,自然要补偿。自即日起,你可随意入芷萝宫向你母妃请安,不必再另行请旨了。"

他今天的恩宠一个接一个,从未有过的慷慨大方,但也只有这最后一个,得到了他所希望的反应。静妃掩口微笑,眸中泪光轻闪,靖王更是满面喜色,撩衣下拜,重重叩下头去:"儿臣……谢父皇隆恩!"

第三十九章 旧日之痕

皇帝的喜好，一向是宫中最灵敏的风向标。虽然不过是来歇了个午觉，赏了些器物，但大家都已意识到芷萝宫正在开始受到圣上青睐。梁帝起驾离去后，迟来的贺客渐渐盈门，至晚不歇。黄昏前往中宫请安时，连皇后也特意问起她伴驾的细节，并借此顺便刺了越贵妃几句。不过越贵妃深谙宫中之道，分毫未露嫉色，反而娇笑晏晏，对静妃大加夸赞，不动声色地将皇后顶了回去。两个多年宿敌在朝阳殿唇舌如刀，利齿如剑，谈笑间杀气四荡，反而是身为事情起源的静妃本人安闲沉默，在一旁无言地甘当背景，一副宠辱不惊的样子，让人暗暗感叹。

宫中的这番潮生水起，暂时还没有那么快传到那座赫赫有名的苏宅中。故而蒙挚悄悄进来探望时，只看到梅长苏在灯下闲闲看书的样子。

"你近来身子和心情都还调整得不错，让我放心。"禁军大统领放松地笑道，"在看什么书呢？还加批注？"

"《翔地记》，这里面人文地理记载得翔实有趣，非实地勘游不可得，"梅长苏一面笑答，一面将手中的细毫小笔放下，"有些地方我也去过，随笔批注两句感慨，不过无聊罢了。"

蒙挚凑过去细看了一回，见梅长苏心情甚好，早就想问的一个问题今天终于问了出来："你的笔迹与先前大不一样了，刻意练成的吗？"

"算是刻意，也算是无奈吧。"梅长苏将书合上，随手放在案边，"我现在腕力虚浮，笔锋劲道本就改了，再改字体行文就要简单许多。这会儿若是让我再写两个和以前一样的字，我反而写不来了。"

蒙挚有些自悔怎么问出这么勾人伤感的问题来，忙岔开话题道："听说你不让穆青上表请回云南，是吗？"

"没错，"梅长苏为客人斟了杯茶，推过去，"穆青当初留京，是以太皇太后为由，现在她老人家薨逝未久，穆青就急着上表要走，一来显凉薄，二来会更招陛下疑心。他现在又没什么危险，不如安心待上一年，多看一看，多历练一下，也没什么坏处。"

"说得也是。"蒙挚点头道，"穆青虽不是宗室中人，但太皇太后一向关爱晚辈，皇族就不必说了，即使是外嫁公主和外姓藩王的孩子们，哪个私下里不是叫她奶奶太奶奶？为她在京守一年孝，也是应该的。"

梅长苏怔怔地看着灯花，低声道："她喜爱孩子们，孩子们心里都明白，所以就算是穆青那个急脾气，也立即停止上表，同意留京守孝。霓凰若是能来，只怕也早就来了……"

蒙挚只觉自己今天真是多说多错，倒像是专门来破坏梅长苏闲淡的心情似的，忙抓起茶杯来喝着，又转换话题："夏冬近来安静，似乎没有丝毫动作。可一想起她素日的脾气，反而觉得更让人心悸。你说夏江会不会已经有所察觉？"

"悬镜司那边我只想静观其变。就像我一直说的，夏冬又不是吃素的，她如今已知真相，无论以前再怎么敬仰她的师父，现在毕竟已起了戒心，自保的能力还是有的，所以还轮不到我担心。夏江察觉了也好，没察觉也罢，让他们先交交手吧，这个过程以及夏春、夏秋的态度，我都想再看看。"梅长苏说这番话时的语气，似乎比国丧之前更狠绝了几分，目光中也透了刺骨寒意来，"聂大哥的未亡人，当不会使我失望吧……"

"小殊……"蒙挚凝目看他，正要说什么，黎纲突然从外面直闯进来，急道："宗主，誉王快进来了，他一落轿就急着朝里冲，我们根本没法儿拦……"

梅长苏一皱眉，知道蒙挚现在出门保不准就被撞个正着，当下立即起身，打开秘道之门，顺手还把桌上的《翔地记》塞给蒙挚，一面推他进去，一面说道："委屈大统领在里面看看书，誉王走了我们再聊。"

蒙挚依言闪身而进，秘道门刚刚关好，誉王的脚步声已响至门前，梅长苏转身相迎，同时示意黎纲与跟在誉王身后的甄平退下。

"苏先生，你可知巡防营归统之事已经定了？"誉王进来后毫无开场白，第一句话就直奔主题，说的时候咬着牙，面色阴沉。

"哦？"梅长苏挑了挑眉，"看殿下的样子，难不成我料错了？"

"你没料错，父皇的确没有让兵部接管，"誉王煞是气闷，"他把节制权给了靖王。"

这次梅长苏是真的有些意外："靖王？什么时候的事？"

"就是今天下午。事先毫无征兆，陛下也没问过任何人的意思，突然就这么决定了。"

"我不知殿下在恼怒些什么，"梅长苏淡淡道，"归靖王节制不是很好吗？至少他为人公允，殿下不用担心他会偏袒太子。"

"如果靖王只是靖王，我当然乐见其成，可是……"誉王对于敌人，有一种特殊的敏感，此刻他的这种感觉尤为强烈，"苏先生不觉得靖王最近冒得太快了吗？从接侵地案开始，父皇对他的恩宠日增，连重臣们对他的口碑也越来越好，名望一天一天水涨船高。新得用的几个朝堂红人，好似都对他印象甚佳，虽然暂没有结党的迹象，但如今的靖王已绝不是去年刚回来时的那个靖王了。"

梅长苏似乎很认真地思考了一下，道："这些苗头确是有些可疑。不过靖王若有野心，没有人拥戴支持总是难成的，殿下你确认他未曾结党？"

"据般若的情报是这样。不过般若最近……有些让人失望，好些事情后知后觉，更有些是错的。她怀疑有内奸，否则不至于那么些眼线，齐刷刷地接连断掉，连个错漏的都没有。"

梅长苏屈动指节敲着桌面，缓缓道："秦姑娘的事我一向没有多问过。不过想来她的眼线名单应该是很隐秘的事，安心要查内奸，怎么会查不出？"

誉王目光一沉，没有说话。他心里很清楚，秦般若安插在各府的眼线名单，只有自己、她本人、王府首席师爷康先生和最受自己信赖的太学士朱华知道。这些人个个都该是没有嫌疑的，自己和秦般若不用说了，康先生入府二十多年，朱华更是自己在朝堂上的得力帮手，又是王妃的亲兄长……王妃的……

梅长苏用眼尾瞟了瞟，就像是没看见他那时阴时晴的表情似的，仍是安然道："殿下气冲冲进来，真的只为靖王节制了一个巡防营？"

"当然不止这个。父皇还下了恩旨，靖王以后可以随意入宫省母，不必另行请旨。这可是亲王才有的特权，只怕他这个郡王不日就能升一大级，跟我并肩了。再想想父皇多年来冷落静嫔，无缘无故竟然想起来要封妃，这些事凑在一起，根本不可能是巧合，父皇分明是有意在扶植靖王，就像他当年……"誉王说到这里，突然一定神，把后半句话咽了回去。

就像当年他扶植你一样吗？梅长苏垂下眼帘，掩住了眸中的冷笑，但却很识趣地当作没有听清一般，悠悠地拿剪子剪着灯芯，仍是一派云淡风轻。

"苏先生，"誉王被他这种不在意的态度弄得有些恼火，忍不住说话的语气加重了几分，"本王不是在开玩笑，先生这般儿戏，倒像是没把本王的处境放在心上似的！"

梅长苏慢慢放下银剪，转身正视着誉王，目光清冷如水，足以把这位皇子周身冒出的火星全都浇灭，声音更是平稳得如同无波的古井一般。

"誉王殿下，既然你已经看出那是陛下有意为之的，还着什么急呢？"

誉王心头微震，将这句话细细思量了一遍，缓缓问道："先生之意是……"

"谢玉案后，我便劝殿下对太子稍稍收手，穷寇莫追，看来殿下是当我心软，说来闲聊了？"

誉王一想似有这么回事，不由得吃吃道："先生只提了一句，本王以为不甚要紧……"

这句话说到这里，他自己就停了下来。苏哲是他的谋士不假，不过从主、被动关系上来看，这位麒麟才子一向并没什么积极的态度，肯提，就是表述了他的意见，至于自己听不听，他向来都未曾强求。没有认真对待他的提议，当是自己的过错。

"太子纵然有过，那也是陛下立的储君，殿下近来威逼太过，已是触了陛下的逆鳞了。"梅长苏叹息摇头，"难道殿下没有感到近来恩宠渐弛吗？"

"确是这样不假。父皇近来甚是冷淡，本王也是百思不得其解。"

"这有什么难解的，"梅长苏毫不客气地道，"一个东宫太子被殿下压得抬不起头来，朝堂上群臣俯首，无人敢撄殿下锋芒，你以为陛下高兴看见这个，还要加以恩宠鼓励吗？"

"可是……可是父皇他一向都……"

"没错，陛下一向支持你与太子之争。但发展到如今这个局面却是他始料未及的。几大尚书倒台，嫡庶之论的朝堂辩论，私炮坊东窗事发，还有谢玉惊天一案，这些事都是在陛下意料之外发生的，而他把这些统统都算在了殿下你的身上。你想，你在没有得到陛下有意帮助的情况下，竟然有能力将一个东宫储君羽翼折尽，朝堂上屡处下风，陛下焉能不惊心，不起疑，不打压一下你的气势？"

他一路说，誉王一路冷汗，待他告一段落，立即拱手道："本王近来是有些冒进，唯今之计，可有挽回之法？"

"殿下也不必过于惊慌。陛下有意施恩靖王，为的就是提醒你冷静一下，牢记至尊第一人是谁，这也未尝不是一种保全你的态度。我看陛下对太子已生厌弃之心，易储是迟早的事，只不过……太子只能由陛下在对他失望憎恶的情况下被废，而不是由殿下你屡加攻击，强行夺取威望而代之，这两者的区别，相信殿下不会不明白吧？"

誉王是精于算计人心、审时度势之人，无须点得更透，心中已是明亮，当下缓缓坐下，点头道："不错，越当此时，越不能着急。父皇施恩靖王，无外乎要看我的反应，只要踏错一步，后果难料，还是以静制动的好。"

梅长苏眸露赞同之意，微笑道："殿下如今最大的敌手依然是太子，不过靖王那边也不可不防，请秦姑娘多留些心就是了。"

誉王颔首，脸上表情渐转轻松，看着梅长苏笑道："先生若是肯住到我府里去，早晚请教，也不至于这般没进益。"

他想让梅长苏迁居的要求也提了十次八次了，屡屡被拒也不气馁，倒是个求才的架势，可惜无论架势摆得如何足，不能答应的事依然不会答应。

"苏某该说的话、该做的事并无藏私，"梅长苏靠在椅背上，放松了四肢，神色坦然，"就是搬去王府打扰，我也不会多说一句的，有何区别？"

誉王立即追劝道："我知道苏先生野鹤闲云，不耐拘束，其实我府里也没什么规矩，先生怎么随便都行。"

梅长苏心中暗暗冷笑。既然都来当谋士了，还戴什么野鹤的帽子？可面上依然要带着笑容，婉言相拒："殿下谋事，规矩还是不能散的，岂可为苏某破例……对了，谢玉案了结，不知殿下准备如何安置卓家？"

"自然是多加关照，让他们回天泉山庄安稳度日。卓家自有根基，倒不须本王过多操心。"

"说得也是。卓鼎风虽伤，天泉山庄根基仍在，渡过这一劫，将来仍有扬威之日。"梅长苏想了想又道："卓家虽然还握着些江湖力量，但他们毕竟是谢玉用余之人，殿下不可再用，不如让他们安稳脱身，殿下得个贤宽的名头就好。"

誉王心头一动，他原本的意思当然是物尽其用，想着卓家也许什么时候什么地方还可为他效力，此时听梅长苏这样说，忙道："江湖势力虽然上不了朝堂，但也有它独到的用处，卓家再怎么受创，到底还有几分实力，为何……"

"有苏某在，殿下还担心什么江湖？"梅长苏淡淡道。

誉王等的就是江左盟宗主的这句话，当下面露喜色，摸着唇髭笑道："说得是，天泉山庄就算在如日中天的时候，也未必看在苏先生眼中呢。"

"殿下过奖了，这样狂妄的话，我却不敢说。"梅长苏虽在谦辞，但却神情冷峻，面上一片傲气如霜，骨子里透出一股让人难以忽视的自信来。誉王一想到这位神思鬼算、江湖名重的麒麟才子如今在自己麾下，心里真是说不出的欢喜和得意，方才进来时那一番闷急嫉怒，早就烟消云散。

这时正话已经说得差不多了，誉王本想再多聊聊拉近一下感情，可是闲扯了几个话题，梅长苏却只是随之应答，并无想要攀谈的兴致，再加上飞流一直在旁边目光灼灼地瞪着，誉王也只得起身，客套告辞，主人家果然没有挽留。

待誉王离府后，梅长苏哄了飞流几句，将这个黑着脸不高兴的少年留在外边，自己启了秘道门，闪身进去。

顺着机关地道，轻车熟路来到密室，刚迈进石门，这位极难动容的江左梅郎就被吓了一跳。

蒙挚并不是密室内唯一的人，他负手站在墙边，听见石门移动声响，立即回头，而坐在桌旁椅上，就着灯光翻看《翔地记》的人，竟是靖王萧景琰。

"苏先生来了，"蒙挚上前招呼道，"适才靖王殿下看见我，也是同样地吓一跳。我已经向殿下解释过自己怎么会在这里面了。"

靖王放下手中的书，安然问道："誉王走了吗？"

梅长苏定定神，上前见礼："见过殿下。誉王刚刚离去。"

"先生既已见过誉王，有些事情想必已经知道了……"

"是，"梅长苏微微点头，"听说陛下命你节制巡防营，还有意晋封你为亲王。"

"嗯？"靖王一愣，"我领旨节制巡防营不假，可是亲王之说，却并无此言。"

"陛下没有特旨允许你随时入宫吗？"

"这个倒是有……以后我去向母亲请安，便可不拘日子，无须另行请旨。"

"誉王就是为了这个气得跳脚呢。殿下未曾注意到这一向都是亲王才有的特权吗？"

靖王当时得此特许，不过只是欣喜于自己可以随时面见母亲，丝毫也没有想到其他地方去，被梅长苏这一提醒，心中略略一喜，但又旋即迟疑："我的确没想这么多……今日是母妃寿辰，也许父皇只是一时降恩，并无晋封之意呢。"

梅长苏略一沉吟，道："我看倒是八九不离十。殿下晋封亲王，早该是顺理成章的事，就算陛下随口许诺时没有想到，内廷事后拟旨用印时也必然会提醒陛下这是亲王特权。一旦准你行亲王事，却又无故拒不加亲王衔，那算什么恩宠？既然陛下有意施恩，不会做事只做一半，反而让人心里不舒服。故而早则本月，迟则仲秋牧祭前，一定会正式晋封的。"

"这样才好，"蒙挚喜道，"也省得靖王殿下每每在誉王面前低上一头。"

"可是……现在就如此出头是否妥当呢？"靖王眯了眯眼睛，"先生不是一直叫我低调韬晦吗？"

"此一时彼一时也。"梅长苏神色安稳，"殿下现在实力尚弱，低调自然仍是上策。不过一味退缩隐身，半步不进，也不是最好的方法。巡防营我们不争，但到了手也不必向外推。殿下近一年的经营，要是到现在连吃个巡防营我都无法善后，苏某就有负谋士之责了。我还是那句话，殿下不可冒进，但也绝对不可不进。"

"好。"靖王干脆地点头，"陛下当面许我巡防营，无奈之下只得领受，还一直担心坏了先生的节奏呢。既然无妨，那是最好的。不过太子和誉王那边……"

"太子现在自身难保，眼里只有誉王，殿下就是加九锡亲王他也不会分心力来对付你。至于誉王，我方才已经劝抚住了。他如果听从我的意思，不与殿下为难，那么殿下便可趁此时间和机会再行壮大；如果他只是当面采纳我的建议，实际上依然按捺不住嫉意，非要打压一下殿下方才快意，那么我们便借力打力，引些事情到陛下面前去，届时自有施恩的那个人给殿下做主。"

"那誉王岂不是怎么做都不对？"蒙挚不禁大笑，"明明是件意外之事，苏先生竟能把对策筹划得这般周全，实在是令人佩服啊。"

"谋局自当如是。"梅长苏面上毫无自得之色，"若是把成功的机会都押在对手的选择上，那便是下下之法。只有到了无论对手怎么选择都有相应的解决之道时，才算稍稍能掌住大局。殿下离那一步虽还有些距离，但现在也算稍有根基了。"

听他这样一说，靖王心中安定许多。自从下决心为亡兄洗冤后，他对皇位的渴求和执念又增强了数倍。除了自己勤加修习，争取一切机会多办实差以增加历练经验外，他在许多方面都比以前更为倚重梅长苏，并且有意识地调整自己对于谋士本能般的厌恶感，不让偏见干扰判断。

对于靖王的努力，梅长苏虽然嘴上没说，心里还是颇为快慰的，有时跟蒙挚提起，表情甚是高兴。

不过梅长苏并不知道，自己的这种高兴看在蒙挚眼里，却常常会令他觉得莫名的心酸。

"今天静妃娘娘一定很欢喜吧，"此时蒙挚见两人都不再说话，场面有些冷，忙插了一句道，"有了陛下的恩旨，殿下与娘娘日后相见就容易多了。"

这句话当然是句废话，所以靖王也只是微笑了一下，点了个头以做回应。其实以往靖王与梅长苏在密室中见面时，场面倒没有这么冷的，说完党争的事后两人便会讨论具体的朝政，常常一聊就是一两个时辰。可是今天蒙挚在这里，靖王反而不想多说，倒不是他信不过这位禁军大统领，只是蒙挚虽然表态要助他夺嫡，但骨子里依然是先忠君后忠他的，当着蒙挚的面说说他已参与进来的党争没什么，但自己对于皇帝已处置的具体朝务所持有的不同政见，靖王并不愿意让蒙挚听得太多。

萧景琰的这份心思，梅长苏已是看出，所以他也并未挑起其他话题，只是见蒙挚很努力地想要暖场时忍不住笑了笑，道："大统领明日要早值吧？殿下也该休息了。"

靖王早就有心结束掉这次无法畅谈的会面，立即接过话茬儿："又扰了先生半日，也该歇着了，改日有疑难之处，再来请教先生。"

梅长苏并未与他多客套，只欠了欠身。蒙挚站在两人之间，也忙转身抱拳行辞别之礼。

靖王点头回了礼，转身走向通向自己府邸的石门，刚走到门边，突又想起什么，折返回来，伸手拿起一直放在桌上的那本《翔地记》，问道："这本书着实有趣，我刚才还没看完，先生不介意我拿过去借读两天吧？"

靖王提出借书要求时，蒙挚正站在距离梅长苏半臂之遥的地方。虽然没有直接转头去看，但这位禁军大统领明显感觉到梅长苏的身体僵硬了一下，呼吸有瞬间凝滞。

"没关系，殿下如果喜欢，尽管拿去看好了。"刹那异样后，梅长苏旋即浮起了微笑，语调也与平时毫无差别。

靖王略略颔首表示谢意，将书笼在袖中，转身走了。梅长苏候他那边的石门关好，方缓慢移步退出密室，蒙挚默默跟他走了一阵，终于忍不住问道："小殊，那本书有什么问题吗？"

"没有。"

他答得这么快，蒙挚倒有些意外："可是你刚才……"

梅长苏脚步微凝，眸光幽幽闪了一下，低声道："批注的内容和笔迹都没什么，只是……"

蒙挚等了等，半天没等到下文，又追问道："只是什么？"

"有两个字，我有减笔避讳。"

"避……避什么讳？哪两个字？"蒙挚有些没明白，困惑地眨眨眼睛。

梅长苏微微沉吟，并没有直接回答："先母的闺中小名，写批注时遇到……"

"那……要紧吗？"

"应该没什么的。景琰并不知道我母亲闺名是什么，那两个字也不常用，他以前从没发觉我有避讳这两字，再说都只减了最后一笔，他甚至有可能根本注意不到。"

"哦，"蒙挚松了口气，"既然这样，那你刚才紧张什么？"

"我也不知道为什么，"梅长苏的目光有些悠远，也有些哀伤，"大概是因为那里面毕竟带着过去的痕迹吧，莫名紧张了一下，然后才意识到其实景琰是根本看不出来的……"

这时密室最外层的门已自内打开，飞流俊秀的脸闪现在门边。他虽然等了很久，但好像只瞧了梅长苏一眼，就已放下心来，随即晃到里间自己床上睡觉去了。

蒙挚躲进秘道前，梅长苏说的是"出来再聊"，但现在一来时间已不早，二来两人都有些心事重重，所以一句道别后，蒙挚便直接离去。

飞流去睡觉时没有点亮里间的灯，室内唯一的光源便是外间书案上的一盏五支银座油灯。梅长苏走到桌旁，伸手将灯台端起，目光随意一落，看到案上细毫小笔仍搁在原处，书却已不在了，不由得心中有些淡淡的惘然。

已经流逝的那段过去就像黏软的藕丝，虽然被萧景琰无意中牵在了手里，但却因为太细、太透明，所以永远不会被他看见。

梅长苏深吸一口气，似乎想要摆脱掉这种有些软弱的情绪，顺手拿了本其他的书，捧起灯台走向里间。飞流已经睡熟，平稳绵长的鼻息在一片寂然中有规律地起伏着，让人安心。梅长苏遥遥看他一眼，轻手轻脚地将灯台放在床前小几上，刚解开袍扣，门外突然传来低低的声音。

"宗主安歇了吗？"

"进来吧。"梅长苏一面回应了一声，一面脱下外袍，上床斜靠在枕上。黎纲推门进来，直接进到里间，将一个铜制小圆筒双手递上。

梅长苏接过圆筒，熟练地左右各扭了几下，扭开了筒盖，朝手心里倒出一个小小的纸卷，展开来看了一遍，没什么表情，直接凑到灯前烧了。

"宗主……"

梅长苏沉吟了片刻，慢慢道："要多留意莅阳长公主府，有什么新的动向，提早报我。"

"是。"

本来移灯携书进里间，是打算再小读片刻的，但此刻的梅长苏似乎已有些困倦，吩咐完那句话他便推枕倒下，示意自己准备安睡。

黎纲不敢再多惊扰，吹灭了灯烛，悄无声息地退了出去，将门掩好。

夜浓起风，外面似乎下起了雨，淅淅沥沥的敲窗之声越发显得室内空寂。

梅长苏翻了一个身向内，在黑暗中睁开眼睛，但是没过多久，便又重新闭上……

第四十章 此去经年

犀牛镇是金陵周边众多小镇中极为普通的一个，居民不过两百来户，主街只有一条，街上开着豆腐店、小吃店、杂货店之类的铺子，除了赶集的日子还算热闹外，平时可称得上是非常冷清。

这一日的清晨，一顶双人抬的青布小轿晃悠悠进了犀牛镇。由于前夜下了微雨，轿夫的脚上都沾着黄泥，一看便是从官道那边过来的，看行色，大概是想在小镇上找个地方歇歇脚，打个尖。

整个犀牛镇除了一间兼卖干杂点心的小茶铺外，便仅有一个供应热菜、面食的小吃店，所以小轿在逛到主街的尽头后，又折了回来，在别无选择的情况下落轿于小吃店前。

轿夫打起轿帘，出来的是位女客。虽是夏日，她仍然戴着面纱，进了小吃店后，她站在店堂中间转头四处看了看，大约是嫌脏，不肯落座。

老板迎了过去，殷勤地将桌椅又细细擦了一遍，正赔笑着要说话，女客突然道："四姐不在外面？"

笑容凝固在老板面团团的脸上，不过只有一瞬间，他便又恢复了自然，将手巾朝肩上一搭，答道："在后面歇着。姑娘要进去吗？"

女客点点头，跟着老板进了后院。两个轿夫便守在小吃店门前的一张桌旁，自己倒了茶来喝。

后院与前堂只隔了一道泥砌矮墙，感觉迥异，不仅没有丝毫破烂脏污，反而格外干净舒爽。两株高大的红榴栽在正中，绿叶间已挂着沉沉的果实。老板请女客在榴树下坐了，自己进入东厢房。大约片刻后，老板没出来，却出来了另一个女子。

"四姐。"女客立即站起身,招呼道。

"你坐。"那四姐从外貌上看甚是年轻,生得皮肤细腻,眉目绰约,虽荆钗布裙,仍掩不住楚楚风致。如此一个绝色的美人,却不知为何隐居在这幽静小镇之上。

"不过几年不见,四姐竟丰腴了些。"女客取下面纱,露出雪肤花容,娇笑道。

"是啊,"四姐淡淡一笑,"几年不见,你风姿更盛。"

"如何敢与四姐相比?当年四姐艳帜最盛时,是进过琅琊美人榜前三名的。后来突然隐居,不知有多少人在你身后叹息呢。"

四姐眼睫垂下,弧度小巧的下巴微微收着,虽无其他的动作,却浮现出一种直击人心的哀愁情态:"般若,当年不辞而别我很抱歉。但我真是累了……师父的教养之恩我并没有忘记,可她老人家毕竟已经不在,我们……也该过我们自己的日子……"

秦般若秀美的双眸中闪过一丝厉芒,但随即微笑,语调仍控制得极稳:"四姐说哪里话来,复国大业未成,亡国之辱未洗,怎可轻易懈怠?"

四姐苦笑了一下:"般若,师父传衣钵于你,所以在京城时我一向听从你的指令。但有些话,我现在不得不说了。我滑族灭国,已有三十多年,所谓亡国惨痛,我们都未曾亲历,不过是听师父讲述而已。何况当时群雄林立,各自兼并,数十年间被各大国吞灭的小国就有十多个,我滑族不过是其中之一罢了,何必耿耿于怀?"

秦般若银牙轻咬,冷冷地道:"因为国小,就应当被灭吗?"

"我不是这个意思,不过想让你认清形势罢了。往昔我滑族有国之时,尚且免不了挣扎求存,先归附大梁,后又叛归大渝,百般手段使尽,也保不住一脉宗室,最终还被大梁抓住个归而复叛的口实,国灭君亡。现在我们无国无本,无根无基,滑族后人或流散,或已被梁人同化,情势比当年还不如,要提复国二字,真是谈何容易……"

"说到底,四姐还是信不过我。"秦般若凝住一双秋水,面露凄冷之色,"如果师父还在世,凭她惊艳奇才,诡谲神算,四姐也不至于像现在这般心灰吧?"

四姐面色微白,仿佛是被一语说中了般,将目光闪躲开,好半晌方低声道:"所谓过慧易折,师父就是因为灵气太盛,才难有高寿。虽然般若你也是聪颖绝顶,但终究与师父不同。你想想看,自她老人家去世后,你这般苦心经营,可曾有她当年半分盛况?时势如此,独力难支,你又何必强行执拗呢?"

秦般若开始听着,尚有几分动容,但听到最后,神色又恢复了凝肃,语气如冰地道:"那照四姐的意思,我们当年宗庙被毁、主上被杀的血仇,就不报了吗?"

"这个仇,不是已经报了吗?"四姐叹道,"师父以无双之智,隐身为谋士,算计人心，搅弄风云，最终使得大梁皇室操戈，父子相疑，赤焰军建制被除，这难道不算是报仇吗？"

秦般若摇了摇头："灭滑族者，虽是赤焰军，但这亡国之恨，却要算在大梁朝廷的身上。只可惜上天不肯给师父时间，否则以她的智计，纵然不能复国，也足可倾覆大梁天下。你我姐妹深蒙师恩，纵然再不才，也不能置她老人家的遗愿于不顾啊。"

"可是，师父当年是以阴诡之术取胜，靠的是她的头脑。虽然她留给我们的那些人脉和情报网你维系得很好，但若我们做不到像她那般算无遗策，又何谈实现她的遗愿呢？"四姐眼睫轻颤，眸色甚是暗淡，"你现在做誉王的谋士，不过是延续当年师父挑弄兄弟阋墙的旧策，但是成果却不如她当年一二。首先看誉王你就看走了眼，他可不是任你揉搓的庸才，还不如当年选太子更易操控呢。退一万步说，就算最终你助誉王灭了太子，接下来再毁誉王，终究不过是弱了大梁国力，让他国渔翁得利罢了，距离我滑族复国，仍是茫茫无期……"

秦般若唇边浮起一丝冷笑："复国无望也罢，能让大梁同样尝尝亡国的滋味，也算可以告慰师父在天之灵了。四姐，你说了这么多，无外乎是说我不会成功。可我既然承了师父衣钵，岂可因为难以成功就放弃？这些年你逍遥度日，我顾念姐妹之情，何曾前来相扰过？若不是遇到了难关，我也不会上门。可是四姐，你辞色滔滔，却一句也不问我为了什么来找你，实在让人心寒。"

四姐垂下头，眼中有些愧疚之色，语带歉意地道："般若，我闲散了这些年，哪里还有帮得上你的地方，不问，只是不敢问罢了。"

秦般若凝望着她，嘴唇颤抖，美丽双眸中慢慢浮起一层雾气："四姐，我的红袖招已快支持不下去，你可知道？"

四姐秀眉一跳，失声道："怎么会？"

"就在近几个月内，我红袖招的骨干或死或叛，折损殆尽，新招的女孩子没有调教好又不敢乱用，人手上让我捉襟见肘。这还罢了，连隐秘安插在各府的眼线也一根根被拔除，残存的几个再不敢让她们妄动。那誉王和他父亲一般多疑寡恩，我多年培植的信任，近来竟有冰消雪散之势。若非我使了些手段，让他分心相疑誉王妃，只怕他已经为那些错误情报翻脸了……四姐，师父当年嘱你关照我，难道值此存亡之时，你也不帮忙吗？"

她说得恳切，四姐也不由得有些动容，轻叹着劝道："般若，既然撑不下去就别撑了，趁此机会退隐，安稳度日不好吗？"

秦般若色若冰霜，断然道："四姐可以当我愚顽，但师命于我如天，虽然资质有限，难成大器，也终不会半途而废，惜此性命。"

"你……"四姐长叹一声，"好吧，你想让我做什么？"

秦般若喜上眉梢，敛衽为礼道："般若想借用四姐的美色与媚术，替我攻破一个男人。"

"一个男人？"四姐柳眉微挑，"要对付男人，你手下可有的是人选啊。"

秦般若摇了摇头："我的人不行，她们一向都在京城活跃，脸面太熟。四姐你归隐多年，又巧于装扮，所以更隐蔽也更容易得手。再说了，若论起惹人迷恋的手段，我手下谁能比得上四姐？"

四姐浓密卷长的睫毛垂下，遮住了闪闪秋波，低声道："般若，可我在京城也不是完全没有熟人的……"

"我知道，"秦般若嫣然一笑，"我向四姐保证，你在对付这个男人的时候，绝对不会跟以前相熟的那些达官贵人们有任何交集。"

"哦？"四姐微觉诧异，"与贵官们无关？那你要我对付的，到底是什么人？"

"明日一早，请四姐到京城华容绣坊来，我指给你看。"

四姐轻轻抿了抿朱唇，徐徐转身，在院中闲踱了几步，似乎在沉思，半天没有回答。

"若四姐此次援手，日后任凭你天高海阔，小妹再不相扰。"秦般若适时地补上了一句。

"如果……我不能成功呢？"

"那又不是什么难对付的人，我相信四姐绝对没有问题。"

"我现在也不比当年了……"四姐幽幽一声长叹，"若是辜负你所托，还请勿怪。咱们同出一门，虽然已各自殊途，但终究难以绝情。既然你说是最后一次，我也没有不信之理。好，就依你的安排，明日华容绣坊再见吧。"

秦般若大喜，一直有些暗淡的粉面顿时神采奕奕，握了四姐的手又殷殷说了好些亲密的体己话，这才重披面纱，告辞而出。

当晚秦般若多日来难得睡了安稳一夜，次日一大早就起身，梳洗打扮，换了件朴素的衣裳，戴上淡青色垂纱的帽子，不带侍女，不动家中的轿子，自己悄悄出门在街上随意拦了顶凉轿，很快就到了华容绣坊外。这间绣坊是京城规模最大的几间绣坊之一，门外沿着院墙，有好些卖染料、针线、丝绸、花样子等的小摊，搭着绣坊的名声和人气开了一溜儿,半城的姑娘、媳妇们都爱到这里来选买女红用品。秦般若装着挑选彩线的样子,拣拣看看等了约莫一刻钟,四姐婀娜苗条的身影便出现在了不远处。

两人碰面,只相互招呼了一下。秦般若也不多说,领着四姐沿各个小摊慢慢逛,买了几色针线,几幅花样子,然后才顺势进了旁边唯一的一个售卖茶水的凉棚,拣了张靠外的方桌坐下。

"你看那边,"秦般若春葱般的玉指自袖中伸出,慢慢指向了某个方向,"知道那是什么地方吗?"

四姐顺着她的指引看过去,隔着一条街,与绣坊呈夹角之势的另一边,是某处宅院挑檐的高墙,靠西边开了扇黑漆的角门,院内树木葱茏,浓荫蔽日,绿云已延伸出墙,罩了小半个街面。

"看样子是某个富贵人家的后门,你要我对付的人就住在这里吗?"

秦般若唇边浮起一丝清淡的笑容,慢慢摇头:"四姐隐于京郊,虽然地方不远,消息却闭塞了不少。若说这地方的主人,倒不是高官贵显,反而是无爵无职的一介白衣,买下这宅子也不过半年多的时光。可是现如今在京城里,提起'苏宅'二字来,大家第一个想起的,只怕就是这个地方了……"

"你这样一说,倒让我好奇,什么了不得的人物,能在这贵胄云集的帝京争得一席之地?"

秦般若握着一方血色罗帕,慢慢掩在唇前,凑近四姐耳边,仿若闺阁女儿密谈般窃窃私语了一番,四姐听了微微动容,低声问道:"既然这位苏先生也是誉王谋士,与你现在有何不利冲突?你让我攻破他,是想知道些什么?"

"不是,"秦般若按住四姐的手背,眼波飘似游云,"这位苏先生高深难测,非声色所能动也。若对其他人,色诱是上计,对他……就是下策了。我倒不敢托大,四姐也不要误会。"

"那你叫我来这里……"

"四姐少安,再看看就知道了。"

秦般若捧着茶碗递至唇边,大约是嫌粗劣,并不饮,只是微微晃着,看那淡红的茶色。四姐也非性急之人,见她停住语头,也随之静静看着苏宅的后门,并不追问。

半个时辰慢慢流逝,陆陆续续有几拨人出入那扇黑漆木门,有送水的、送每日供摆鲜花的、送果品的,林林总总,都是些日常消耗物品。秦般若一直冷眼看着,直到最后,才突然直了直身子。

四姐立即察觉，忙凝目看去，只见一辆载满新鲜蔬菜的小驴车辘辘驶至门前，赶车的是个二十多岁的精壮年轻人，穿着粗制布衣，袖子挽得高高的，露出健壮的双臂。看样子他也是常来送菜的，跟守门的人打了个招呼，驴车便直接驶入了院中。

"就是这个。"秦般若回过头，看了四姐一眼。

"那个送菜的汉子？"四姐有些疑惑，"他有什么不对吗？如果说是因为他经常出入苏宅让你起疑，我想那些送果子、送花的人也是一样地常来常往吧？"

"四姐说得没错，我原本也不觉得他跟其他送货的人有什么不一样，"秦般若面色阴沉了几分，"如果不是谦叔查到了一些有趣的东西，我恐怕到现在也不会注意到这个人。"

"你居然连谦叔都请动了？是不是也答应他这是最后一次了？"

"这次若是输了，那就是一败涂地，想不是最后一次都不行。"秦般若银牙微咬，"所以，我只能倾尽全力备此一战。"

"谦叔查到了什么？"

"我安置在各府的眼线，突然之间有好几个人因各种原因而失踪，我当时已经感觉到那并非巧合，所以力请谦叔为我清查她们的去向，同时停了其他眼线的行动，想以此保存些力量，没料到即使这样也阻止不了情况的恶化，到后来我几乎是完全无法控制。幸好谦叔那边有些进展，追查到了两个人的行踪，我自然想把她们捉捕回来细细审问缘由，谁知功亏一篑，竟被她们逃了，而其中一个人，就是那送菜的汉子亲自出手救的。"

"也许他只是英雄救美呢？"

"要是这样倒好，可惜谦叔专门对他进行追查后发现，此人名叫童路，他不仅仅是救了我要追捕的一个人，还跟我其他两三个眼线断掉的事有或多或少的联系。四姐请想，他英雄救美，是单救我手下的美人吗？"

四姐略略沉吟，慢慢点头。

"而且一个卖菜的，自己住在一个破落院子里，明明是个微不足道的小人物，却连谦叔也查不出他更多的来历。后来我又发现他日常去的几个地方中，竟然还有苏宅，再关联想想以前的种种，怎会不让我心惊？只不过，我现在也只知道童路常来苏宅送菜，至于他是否真的只是来送菜的，却难以确定。"

"连谦叔……都查不确实吗？"

秦般若无奈地叹了口气："谦叔说，苏宅就像是一个表面平常，内里无底的沼泽，他根本无法接近。如果他查得出更多的东西，我又何必麻烦四姐。"

"你是怀疑……童路是那个苏哲的人，而你红袖招目前的危机，都是由苏哲一手造成的？"

"不错。"

"可是……苏哲也是誉王的谋士，他为什么要对付你呢？莫非他知道你心怀二心？"

"不可能。"秦般若断然道，"我的二心，只是在心里而已。至少目前我还没做过什么对誉王不利的事。就算这苏先生会读心术，他连我的面都没见过，又怎么读得出我的二心？"

"照你这么说，苏哲只知道你是誉王的心腹，并不知道你的真实意图，那这样一来，他对付你岂不就跟对付誉王一样了？"

秦般若目光深沉如水，慢慢道："想通了这一节，就会察觉出许多异样来。这位麒麟才子归入誉王麾下之后，的确有不少奇谋妙想，誉王近一年来的胜果，多半是他立的功。可为什么在他屡屡立功的情况之下，誉王的恩宠反不如以前，实力也不如以前了呢？他来之前，誉王手里牢牢掌着刑部、吏部这两大中枢部门，军方也有庆国公，可现在他有什么？两手空空，一个虚架子罢了。所谓的朝堂威风，不过是因为太子势微反衬出来的，细细察究，没有半点扎实的根基。得麒麟才子者，可得天下，难道是这个得法吗？"

四姐深深地看了她一眼："这些，你可以直接跟誉王说啊。"

"誉王……"秦般若冷笑一声，"自从我屡次出错之后，他对我的信任已经大减，而这位苏先生实在太厉害，我刚才所说的那些事，桩桩件件他都置身事外，根本无法把责任推到他身上去。我凭空这么一说，誉王会信吗？如果誉王忍不住去询问他，凭苏哲的深谋巧辩，只怕还没有奈何得了他，我反倒惹火烧身。再说了，有一个问题我没有查清楚之前，我自己也还拿不准……"

"什么问题？"

"动机。假设是这位苏先生对我下手，想要斩断誉王的所有情报线，那他的动机是什么？他为什么要这么做？"

"莫非……他是太子的人？"

"我首先想的就是这一条。可转念一想，他入京以来，太子什么处境？那是屡出大案、羽翼折尽，连宫中的越贵妃都不再似往日那般荣宠，现在这一阵更是风雨飘摇,废与不废只差一纸诏书。四姐要是看了这位苏先生扳倒谢玉的手段,就不会认为他还与太子有任何联系了。"

"那他为什么又要削弱誉王呢?莫非他无心争嫡,只是想搅乱一池春水?"

秦般若拧紧了手中的丝帕,深吸了一口气:"我猜不出,这也不是可以凭空乱猜的事。四姐,童路现在是我所知道的唯一一个有望突破的地方,还请你……"

四姐迟疑了一下。这时,童路已经卸好菜蔬,赶着驴车从院中出来,甩着响鞭悠悠去了。虽然只是远远地看了几眼,但四姐心里明白,那样的一个年轻人,哪怕是有如铁的心志,也终将会被自己炼为绕指柔。

她并不认为自己一旦出手会失败,她所担心的是……

"般若,就算你查出了梅长苏真正的心思又怎样呢?从你告诉我的那些事情来看,你根本不是他的对手啊。"

"是不是对手,要较量了才知道。"秦般若微微扬了扬下巴,语气坚定,"梅长苏确是奇才,但他现在的优势,至少也是占了些他身在暗处的这个便宜。我倒要看看,如果突然被拉到了正面比拼的战场,他还能有什么了不得的手段!"

四姐樱唇微张,似乎想说什么,但最终却又什么也没有说出口。

此时秦般若的狠绝神态,让她恍恍然想起了师父当年。只可惜,滑族末代公主的惊人智计,只怕是百年也难再出第二个的……

"般若,我答应你一定尽我全力。你……也好自为之吧。"

淡淡一句话后,四姐喝下了手中已发凉的茶水,随同未曾出唇的叹息,一起咽了下去。

师姐妹二人商议停当后,不再多坐,会了账起身,正准备各自分手,恰在此时,苏宅角门突然又再次打开,晃悠悠抬出了一顶青布镶边的小轿。秦般若认出那是梅长苏时常用来外出代步的轿子,心中一动,立即尾随在后,跟了过去。四姐生性闲淡,多余的事根本没兴趣,秦般若没有叫她,她也不出声,自己一个人悄悄走了。

本来秦般若一直以为,梅长苏之所以从后院角门出来,当然是想掩盖行踪,可是跟了足足两条街后,她才不得不确认,人家走后门只是因为那里距离南越门比较近,不会绕路。

出了南越门,行人不似城中那般川流如织,秦般若一来疲累,二来并非武技高手,周围的人一稀疏,她便不敢再继续跟踪下去,只得停了脚步,眼看着那小轿悠悠去了。

当然，秦般若并不知道梅长苏出城后也没有走太远，一行人只沿着南下的大道走了约两里路，便在一处小坡上的歇马凉亭旁停下，下轿进入亭中。随从们在亭子里安置了酒茶，梅长苏便很清闲地在石凳上坐了，拿了卷书斜倚亭栏慢慢翻看起来。

大约半个时辰后，城门方向腾起一股烟尘，随侍在旁的黎纲首先张望到，叫了一声"宗主"。梅长苏掩卷起身，遥遥看了一下，因为距离还远，模模糊糊只见两人两骑，一前一后隔着半个马身，正向这边奔来。

黎纲的目力更好，当梅长苏还在定睛辨认来者是不是自己要等的人时，他已确认清楚了，低声道："宗主，是他们两个。"

梅长苏"嗯"了一声，没说什么，但黎纲已经会意，立即离开凉亭，来到大道旁。两骑越奔越近，眉目已渐清晰，只是看样子似乎暂时还没有注意到黎纲。他正想举臂招手吸引来者的视线，奔在前面的那人不知为何突然勒缰停了下来，拨转马头回去张望。

不过他的这个行动很快就有了解释。只见飞尘之后，第三骑快速追来，马上的人边追还边喊着："景睿！景睿你等一等！"

这时萧景睿身旁随行的另一个人似乎着了急，连声叫着："大哥，大哥我们快走吧。"

萧景睿抬起左手，做了个安抚的手势，不仅没有再走，反而翻身下了马。

"大哥！"宇文念心里发虚，又颤声叫了一遍。

"念念，"萧景睿向她笑了笑，"那是我的朋友，他叫我，我也听见了，怎么能甩开不理？"

"可是……你答应……"

"你放心，我答应随你回去探望他，就一定会去的。这又不是逃亡，我的朋友来送送行，你怕什么？"

就在这两三句话间，言豫津已奔到近前，看起来风尘仆仆的，服饰不似往日光鲜。他甩鞍下马后，直冲至萧景睿面前，一把握住他的手臂问道："景睿，你去哪里？"

萧景睿毫不隐瞒地答了四个字："大楚郢都。"

"景睿！"

"念念收到来信，她父亲病重，想要……想要见我一面……家母也准许，所以于情于理，我都该去探望一下。"

言豫津原本是赶来挽留他的，听到这个缘由，反倒没有话讲，抓着萧景睿胳膊的手也不由自主地松了松。不过呆了片刻后，他到底不放心，又追问了一句："那你还会回来吧？"

萧景睿垂下眼帘："母亲还在，哪有永远不回来的道理。"

他这句话语气淡淡，可言豫津听在耳中，却觉得心中酸楚。只是人家萧景睿尚且可以保持平静，没道理自己反而激动起来，所以忙抿着嘴角稳了稳情绪，好半天才道："景睿，那天之后，我一直想找你好好聊聊，可时机总是不对。既然现在你要走，该说的话必须要说了。景睿，有些事情你真的不要太在意，那毕竟已经过去了，是上一辈的恩怨，跟你一点关系都没有……"

"好了豫津，"萧景睿低声打断他，"不用说了，我知道你的意思。只是……怎么都不能说跟我没关系。我的父亲、我的母亲、我的兄弟姐妹，这是斩也斩不断的关系，何况还有多年的亲情、多年的恩义，这一切……不是说揭开了什么真相就能撕掳开的……"

"景睿……"

"我明白你是想劝我想开一点，你希望我还是以前的萧景睿。但是豫津，这一点我真的做不到。对我来说，仅仅一夕之间，周围已人事全非，既然一切都变了，我又怎么可能不变？所以无论我愿不愿意，萧景睿早已不是以前的萧景睿，只能让你失望了。"

言豫津深深吸了一口气，踏前一步，双手用力握住了萧景睿的肩头，使劲摇了摇，一字一句道："没错，我的确希望你还是以前的你。不过你既然做不到，那也没关系。我们从小一起长大，反正你一直在变。从以前胖嘟嘟的小矮子，变成现在又高又俊；从安安静静不爱说话，变成会跟着谢弼一起揭我的短。我不介意你继续变下去，反正不管你怎么变，你还是我那个独一无二的朋友，咱们两人的交情是不会变的！所以你给我听着，不管你走到哪里，一定要记住我这个朋友，要是你敢忘，我可绝对饶不了你，听明白了吗？"

他说到最后一句的时候，声音已有些喑哑，眼圈儿也已经发红，按在萧景睿肩头的手，力度更是大到手指都捏得发疼。他这一番话并不长，但话中所蕴含的真挚、坦然和温暖，谁也不会怀疑。萧景睿低下头，眼眶有些发潮，连旁观的宇文念都忍不住转过脸去，悄悄用指尖拭了拭眼角。

"好啦，现在你想去哪里就去吧，反正以前你也到处跑的，只是大楚远了些，你要保重。"言豫津吸了吸鼻子，退后一步，"有事没事的，记得写信给我。"

萧景睿"嗯"了一声，抬起头。两人相互凝望着，都不约而同地努力露出了微笑，只不过在彼此含笑的表情下，他们看到的却都是无法掩盖、无法稀释的忧伤。

因为两个年轻人心里都明白，这一分别，不知何日才会再见。

太皇太后守丧期一过，连莅阳长公主也会离京前往自己的封地，到时就算萧景睿回梁，也很难再踏上帝都的土地。

他们二人出身相仿，年龄相近，性情相投，本以为可以一直这样莫逆相交，本以为一定会有差不多的人生轨迹，谁知旦夕惊变，到如今眼睁睁天涯路远。

即使是乐观如言豫津，此时也不禁心中茫然。

"大哥，我们走吧？"宇文念揉着红红的眼睛走了过来，牵了牵兄长的袖子。

萧景睿和言豫津同时抬起双臂，紧紧拥抱了一下。

"你上马吧，我看着你走。路上要小……"言豫津正强笑着说最后一句道别的话，语声却突然哽住，视线落在萧景睿身后某个地方，表情有些古怪。

萧景睿立刻察觉到，转身顺着他的视线看过去，只见十丈开外的地方，黎纲正腰身笔挺地站在路边，见他回头，立即举手指向旁边的小山坡。

其实在随着黎纲的指引抬头之前，萧景睿就已经明白自己会看到谁，所以最初的一瞬间，他有些犹豫，但不过片刻之后，他还是坦然地抬起了双眼。

半坡凉亭之上，梅长苏凭栏而立，山风满袖，虽然因为稍远而看不清他面上的细微表情，但那个姿势却清楚地表明，他是专门在此等候萧景睿的。

"景睿……"言豫津有些担心地叫了一声。

萧景睿定了定神，回头淡淡地道："他大概也是来送行的，我过去说两句话。"

"我陪你一起……"这句冲口而出的话只说了半句便停住了。聪明如言豫津，自然明白有些心结必须当事人自己去解，绝非旁人可以插手，所以最终，他也只是退后了几步，不再多言。

宇文念原本不太清楚萧景睿与梅长苏之间曾经的朋友关系，所以有些摸不清状况，正上前想问上两句，却被言豫津一把抓住，拉了回来。

萧景睿这时已大踏步迈向凉亭，虽然脸色略白，但神态和步伐都很平稳。

"请坐。"梅长苏微微笑着，提起石桌上的银壶，斟好满满一杯清酒，递了过去，"此去路途遥远，杯酒饯行，愿你一路平安。"

萧景睿接过酒杯，仰首一饮而尽，擦了擦唇角的酒渍，还杯于桌，拱了拱手道：

"多谢苏先生来送行，在下告辞了。"

梅长苏凝目看着这年轻人掉头转身，一直等他走到亭边方轻轻问了一声："景睿，你为什么不恨我？"

萧景睿身形一顿，默然了片刻，徐徐回身直视着他，答道："我能恨你什么呢？我母亲的过往，不是你造成的；我的出生，不是你安排的；谢……谢侯的那些不义之举，都是他自己所为，并非由你怂恿谋划……你我都明白，其实让我觉得无比痛苦的，说到底还是那个真相本身，而不是揭开真相的那只手。当年的事根本与你无关，我也不至于可笑到迁怒于你，让你来为其他人做的错事负责。"

"可是，我本来有能力让真相继续被掩盖的，但我让它爆发了，而且爆发得那么激烈，丝毫没有考虑过你的感受，也没有顾及过你我之间的交情，你对此，多多少少也应该有一些怨言吧？"

萧景睿摇着头，惨然一笑："说实话，你这么做，我曾经很难过。但我毕竟不是自以为是的小孩子，我知道人总有取舍。你取了自己认为重要的东西，舍弃了我，这只是你的选择而已。我不可能因为你没有选择我而恨你，毕竟……你并没有责任和义务一定要以我为重，就算我曾经那样希望过，也终不能强求。"

"我确实不一定要以你为重，但自从你我相交以来，你对我却一直是赤诚相待的，在这一点上，是我亏欠你。"

"我之所以诚心待你，是因为我想要这么做。如果能够争取到同样的诚心，我当然高兴，如果不能，也没什么好后悔的。"

梅长苏眼神怆然，面上却仍微笑："你虽然不悔，但你我之间，终究不可能再做朋友了。"

萧景睿低下头，默然不语。自两人结识以来，他一直仰慕梅长苏的才华气度，将他视为良师益友，小心认真地维系着那份友情。可是没想到一步一步，竟会走到今日这般不能再续为友的地步。

其实认真算起因果来，两人之间除了一些心结以外，也没什么抹不开的血海深仇。但是经过了这么多事，萧景睿已经深刻地感觉到言豫津以前说的话很对，他与梅长苏根本不是同一个世界的人，他们之间有太多的不对等，缺乏成为朋友的基础。

无恨、无怨，已经是他们最好的结局。

也许将来，成长可以带来变化；也许将来，还会有意想不到的交集。可至少在目前这个阶段，他们的确正如梅长苏所说，不可能再做朋友了……

"景睿，"梅长苏踏前一步，柔和地看着年轻人的脸，"你是我认识的最有包容心的孩子，上天给了你不记仇恨、温厚大度的性情，也许就是为了抵消你的痛苦。我真心希望，你可以保持这份赤诚之心，可以得到更多的平静和幸福，因为那都是你值得拥有的……"

"多谢。"萧景睿深深吸了一口气，又缓缓地吐出。其实他心里还有很多话，只是到了唇边，又觉得已是说之无益，所以一定神，再次转身，快步离开了凉亭。

宇文念和言豫津都在坡下大道上等着他，三人重新会合后，只说了简单的几句道别之语，萧景睿兄妹便认镫上马，向南飞驰而去。言豫津目送他们身影消失，表情怅然，再抬头看看仍在凉亭中的梅长苏，犹豫了一下，还是过去打了个招呼。

不过这不是攀谈的场合，两人也没有攀谈的心情，所以客套数语后，言豫津便出言告辞，自己上马回城去了。

"宗主，此处风大，我们也回去吧？"黎纲过来收了酒具，低声问道。

梅长苏无言默许，缓缓起身出亭。临上轿前，他又回头看了看萧景睿远去的方向，凝住身形，陷入了沉思之中。

"宗主？宗主？"

梅长苏两条长而黝黑的双眉慢慢向额心攒拢，叹息一声："大楚终究也非净土……传我的命令，派朱西过去，尽量照应一下吧。"

第四十一章 东宫惊变

八月，对于朝野来说，原本有两个极为重要的日子：一是八月十五的中秋大节，二是八月三十的皇帝寿诞。不过因为太皇太后的国丧，一应庆典都停了，所以前者只是停朝放假，后者仅仅收了各地贺表，重臣宗室后宫举行了几场小型聚宴了事。

寿宴规模虽小，但众皇族亲贵依然要按惯例呈送寿礼。这一向是他们较劲的时候，大家都花了不少的心思。太子送了一面九折飞针龙绣的大屏风，精工巧妙，华彩灼然，一抬出来便人人羡叹；誉王则不知从哪里搜罗来一块两人来高，天然侵蚀穿凿成一个"寿"字的太湖石，奇美异绝，也是可遇不可求的珍品。其他皇子们或送孤本古书，或送碧玉观音，件件价值万金，不一而论。靖王送的是一只神俊猎鹰，调教得十分妥帖，神气十足地站在梁帝臂上，歪着头与皇帝对视，惹来一阵欢声大笑。

本来梁帝对所收到的寿礼在表面上都一样地喜爱夸赞，可就因为这几声大笑，不少人暗暗看出了几分端倪。

因为国丧期不能见音乐，宴饮气氛终究不浓，虽然宾客们尽力谈笑，但梁帝的兴致始终不高，依礼接了几轮敬酒后，便起驾回后宫去了。

禁苑内，皇后也早已安排六宫人等备好了内宴等候。梁帝在外殿已饮了几杯酒，歪歪地靠在软枕上接受后妃命妇们的朝贺，因觉得腰部酸疼，礼毕后便命静妃过来坐在身旁按摩，两眼时睁时闭地看着堂下。

虽是皇帝寿日，但丧期服饰有制，大家既未敢着素，也未敢艳妆，一眼望去，不似往年那般花团锦簇，五彩华丽，反倒更觉雅致。

宗室外官的命妇行罢礼，全都退了出去，殿中只余宫妃公主。皇后自然首先捧酒敬贺，之后便是越贵妃。因太子屡受斥责，越贵妃在宫中也低调了许多。今日她只描了描纤长入鬓的柳眉，未曾敷粉点朱，一张脸苍白清淡，带着薄薄的笑容，没有了以前的艳丽惊人，反而令人更觉怜惜。

梁帝从她白如象牙般的手中接过金杯，啜饮了一口，凝望了一下她低眉顺目的模样，想起方才在外殿，太子也是神态畏缩，形容消瘦，心中登时一软。

他虽然恼怒太子行为不端，但对这母子二人毕竟多年恩宠，情分犹存。何况现在岁齿日增，有时对镜照见鬓边星星华发，常有垂暮之忧，心性上也终究不能再似当年那般狠绝。

"你近来瘦了些，可是身子不适？也该传御医来瞧瞧……"梁帝抚着越妃的肩头，柔声道，"夜秦又贡来了一些螺黛，朕晚间就命人送到你那里去。"

"谢陛下。"越贵妃眼圈微红，但又不能在这样的日子里落泪，忙尽力忍了回去，眸中自然是水汽蒙蒙，波光轻漾。梁帝看了愈发怜爱，握住她的手让她坐在自己右边，低声陪她说话。

皇后有些气闷，不由得瞄了正在皇帝侧后方为他捶肩的静妃一眼，见她眼帘低垂，神情安静，好像根本没任何感觉似的，心知多半指望不上她来争取梁帝的注意力。正转念思忖间，看到旁边几个年纪尚幼的公主，忙抬手示意，让这些女孩子们围了过去敬酒。

跟外殿的寿宴一样，这场内宴也没有持续多久。酒过三巡，梁帝便觉得困倦，吩咐皇后停宴，发放例赏，之后便起驾回自己寝宫休息去了。

也许是劳累，也许是病酒，次日梁帝便感觉有些积食懒动，传旨停朝一日。御医随即赶来宫中，细细诊断后又没什么大病，只能开些疏散的方子温疗。梁帝自己也觉得只是发懒，并无特别不舒服的地方，不想动静太大，传旨令皇族朝臣们不必入宫问疾，自己服了药睡了几个时辰，下午起身时果然神清气爽了好些。

虽然身体状况转好，但梁帝依然不想处理政事，看了几页闲书，突然想起越妃母子昨日憔悴，心中一动，立即唤来高湛，叫他安排车驾，准备悄悄到东宫去探望一下，以示恩好。

皇帝说要"悄悄"去，那当然不能事先传报，高湛便只通知了禁军大统领蒙挚安排防卫，皇驾一行没有兴师动众，连同蒙挚本人及随从在内不过数十人，沿着禁苑与东宫间的高墙甬道，快速安静地来到东宫门前。

圣驾突然降临，东宫门前值守的众人慌成一团，七七八八跪了一地。因为梁帝已到了眼前，大家忙着行礼，谁也不敢这时候起身朝里面跑，一时间并无一个人进去禀知太子。

"太子在做什么？"梁帝随口问道。

一个身着六品内吏服色的人战战兢兢地答道："回……回、回禀陛下，太子殿下在、在……在里面……"

"废话！不在里面会在哪里？朕问他在里面干什么？！"

"回、回陛下……奴才不、不清楚……"

高湛见他应答得实在不成体统，忙岔开道："陛下，让他们去通知太子殿下来接驾吧？"

梁帝"嗯"了一声。高湛随手指了指刚才回话的那名内吏，小声道："还不快去！"

那内吏叩了头，爬起来就朝里面跑，因为慌乱，下台阶时不小心踩到自己的衣袍，"砰"的跌了个狗吃屎，又忙着要起来快跑，看那姿势真可谓是连滚带爬。

梁帝在后面瞧见他狼狈的样子，忍不住大笑，但刚笑了两声，心中又陡然起疑。那内吏他约莫认得，常在太子身边侍奉，虽品级不高，可也不是未曾见过驾的新人，就算今天自己来得意外了些，也不至于就吓得慌乱成这样啊……

"叫那人回来！"

高湛赶紧命小太监将那内吏追了回来，带到梁帝面前跪着等待询问。

"你刚才说……你不清楚太子在里面做什么？"

内吏蜷成一团，伏在地上不敢抬头，颤声道："奴才的确不……不清楚……"

梁帝目光阴沉地在他脸上停留了片刻，冷冷地道："所有人都给朕跪在这里，不得通报，不得擅动。蒙挚、高湛，你们随朕进去！"

"是。"

躬身领命后，高湛心中有些惴惴不安。他虽不知东宫中是个什么情形，但总觉得没对，害怕闹出什么风波来，不由得悄悄瞟了蒙挚一眼，想看看他的意思。没想到这位大统领脸上根本没什么明显的表情，只是垂首默然随行。他也只好把自己的身子弯得更低，小步半跑着跟在越走越快的梁帝身边。

东宫规制虽不比天子宫城，但毕竟是储君居所，从正门到太子日常起居的长信殿，那还是有一段不短的路程。梁帝适才怀疑太子此刻在自己宫中行为不妥，心中不悦，所以才决定暗中进去亲眼看看，可他毕竟年事已高，没走多久，便有些气喘。

高湛是最谙圣意的，早已提前做了准备，手一挥，一直跟在后面的六人步辇便抬了上前。梁帝扶着内侍的手上了步辇端坐，行动速度顿时比他自己走快了近一倍。这样一路进去，沿途当然又遇到不少东宫人等，这些人虽不明情况，但是蒙挚令他们噤声的手势还是看得懂的，纷纷跪伏在路边，无一人敢动。

过了明堂壁，转永奉阁，接下来便是长信殿。梁帝下辇，刚踏上全木铺制的殿廊，便听到里面传来丝竹乐声，顿时大怒，步子也加快了些。

国丧期全国禁音乐，这是礼制。只不过三年孝期长了些，到后来民间一般都会有不少人开始悄悄违制，只要不公开不过分，不经人举报，朝廷也多是睁一只眼闭一只眼。可是太子毕竟身份不与常人相同，一来他是储君，二来是太皇太后的嫡系子孙，国孝、家孝背着两层，何况现在也不是丧制后期，连半年都没过呢，东宫便开始演乐，实在是悖礼至极。

不过要说太子不知道此时演乐违礼，那当然不是，只不过他一向享乐惯了，耐不得丧期清寂，近来又心情郁闷压抑，忍不住想要解解闷，加之以为关了长信殿的门窗悄悄在里面玩乐，东宫辅佐御史言官都不可能会知道，未免行为放浪了些。而对于父皇的突然到来，由于以前根本没有发生过，他更加是想也未曾想到。

梁帝在廊下紧闭的殿门前略站了一会儿，听到里面刻意压低了一些的乐声，脸色十分难看。但此时他还残余了些理智在脑中，知道自己要是这样闯了进去，太子丧期演乐大不孝的罪名就坐实了，对于历来标榜以孝治国的大梁来说，这可不是一桩小罪，足以压翻太子本已薄弱的所有德名，到时不仅一个"废"字就在眼前，只怕东宫相关的人也会跟着挂落一大批。退一步来说，即使现在对太子已动废念，不再有怜惜之意，梁帝还是想要徐缓地做这件事，并不想让一个预料外的突发事件成为废嫡的缘起。

念及此处，梁帝忍了忍心中怒意，没有出声，黑着一张脸转身，正打算悄悄离去，里面突然传来了说话的语声。

"殿下……再喝一杯嘛……陛下有恙，今日又不会召殿下了，醉了也无妨啊……"

娇柔的媚语后是太子的一声冷笑："即使父皇无恙，他也不会召我。现在除了誉王，父皇眼睛里还有谁？"

"殿下怎么这样说呢，您是当朝太子，是将来的皇帝，陛下眼里，当然应该只有您了。"

"算了吧，我早就看透了，父皇无情多疑，总是骂我不修德政……他也不想想，要不是他扶了个誉王起来跟我作对，我何至于干那些事情……我的德行不好，父皇的德行难道就好了？"太子说了这一句，又大声惨笑，接着便是吞酒掷杯之声。

梁帝面色铁青，全身筛糠般颤抖。高湛担心地走近些，伸手想要搀他，却被猛力推开，几乎跌坐于地。梁帝根本看也不看他，几步冲下台阶，从蒙挚腰间拔出一把长刀，转身又冲了回来。高湛吓得脸发白，膝行几步抱了梁帝的大腿，小小声地哭喊着："陛下三思！陛下三思！"

其实梁帝只是急怒，自己也不知道自己想干什么，刚执刀冲至紧闭的殿门前，人又觉得茫然，回手挥刀用力一劈，在殿门前朱红圆柱中劈出一道深痕，随后狠狠掷刀于地，大踏步地转身走了。

这一番动静不小，殿中的太子已惊觉，扑爬出来看时，只瞥见梁帝赭黄的衣袍一角消失在外殿门外，再回眸看看柱上刀痕，顿觉汗出如浆，头上嗡嗡作响，全身的骨头如同一下子被抽走了一般，整个人瘫软在地。

梁帝一怒之下离开东宫长信殿，不坐步辇，不要人扶，走得委实太急了些，刚到永奉阁，便突觉眼前一黑，向后栽倒，幸而蒙挚快速扶住，才没有伤着。高湛忙从袖中取了安神香盒，吹了些药粉入梁帝鼻中，他打了个喷嚏，发红的双眸才渐渐清明。

"陛下……"蒙挚为他捋背输息，扶到路旁山石上坐了，徐徐劝道："龙体最为紧要，请陛下保重。"

梁帝拿过高湛递来的手巾擦了擦脸和眼睛，大半个身子的重量靠在蒙挚的臂上，重重地喘息。时间一久，方才充盈于胸间的怒气渐渐消了，取而代之的是心底一片怆然与悲凉，目中不禁落下泪来，佝偻着腰背咳嗽，发黄的脸上皱纹似乎又深了好几分。

"蒙卿……东宫如此怨懑，难道朕……真的做错了什么吗？"

蒙挚被他问得发愣，一时不知该如何回答。他到梁帝身边历任至禁军统领，时日不可谓不久，但多年以来，他只见过这位皇帝陛下驾驭制衡臣下皇子们，手段百变，从无自我怀疑和力不从心的时候，几时见过他这般憔悴感慨，软弱伤心得如同一位普通的父亲？看着那花白的头发、颤抖的干枯双手、混浊苍老的眼眸，回想起他当年杀伐决断的厉辣气质，令人不禁恍惚怔忡，感觉极是陌生。

也许，人老了之后，真的会改变许多……

"陛下，东宫这边，您打算……"蒙挚问了半句，又觉不妥，忙咽了回去。

梁帝抬袖拭了拭泪，咬牙想了半日，面色犹疑不定，也无人敢催问他。足足半盏茶工夫过去，他方吩咐道："今日之事，严令不得外传，先隐下来。"

蒙挚和高湛闻言都有些意外,却都没有在脸上表现出来,只默默领命。不过梁帝到底不是恩宽之人,沉吟一阵后,他又补充了一句:"从现在起,封禁东宫,一应人等,不得随意出入。"

蒙挚迟疑地问道:"包括太子吗?"

"包括太子!"梁帝语气沉痛,却也坚决,"太子三师,非领旨也不得入见。这个事,蒙挚你来办。"

"请陛下恕罪,"蒙挚跪下道,"幽禁太子事体重大,仅奉口谕臣难以履行。请求陛下赐圣旨诏命。"

梁帝看了他一眼,正要说话,高湛突然道:"陛下,太子殿下追过来了,跪在仙液池边,您见不见?"

"……叫他回去,朕现在……不想见他……"梁帝闭了闭眼睛,声音甚是疲累,"……抬辇过来,回宫吧……"

"陛下,"蒙挚有些着急,"臣这边……"

"传辇!"高湛尖尖的声音有些刺耳地响起,打断了蒙挚的话。

梁帝这时已经起身,颤巍巍地踩上步辇的踏板,摇摇不稳。在高湛的指挥下,三四个小太监围过来扶着,总算安置他坐得平稳。

"陛下……"蒙挚候他坐好,正要再说,高湛又高声一句"起驾"把他的声音盖了下去。等蒙挚皱着眉头再近前一步时,梁帝已伏靠在辇中软枕上,闭着眼睛挥了挥手。

他此刻满面戚容,手势的意思明显是不许人再打扰,蒙挚虽然为难,也只好不再多问,跪送他上辇去了。

圣驾离开,东宫沉寂如死。蒙挚按下心中感慨,立即开始处理后续事宜。隐住今日长信殿之事不外传并不难,一来在场的人并不多,严令禁军噤口蒙挚自然做得到,内廷的人高湛会处理,东宫的人更是不敢多说一个字,所以简简单单就把消息封锁得甚是严密。

不过禁止所有人出入东宫就难了些,太子本人还好说,他自己对幽禁的原因心知肚明,绝望之下不敢厮闹,他一安静,东宫其他人更不敢出声,因此最难的部分主要在外面。别人倒也罢了,太子少师、少保、太傅等人是每天都要来见太子的,这些人虽不是党争中人,却一门心思履行职责,太子有过,立即上本骂得最凶的是他们,但太子被左迁至圭甲宫时,保得最厉害的也是他们,只是这样的古雅之臣,如今在朝中已无实权，不似前朝那般举足轻重，因此太子礼敬他们，却不倚靠他们，誉王重视他们，却也不忌惮他们，很多时候他们都是象征性的，在真正剑拔弩张、尔虞我诈的党争中起的作用并不大。可不管是否有实权，这些老先生都是太子三师，蒙挚只凭"圣上口谕"四字，又不能详说理由，要拦住他们实在为难。再说了，幽闭东宫储君这样震动天下的大事，连道明发谕旨都没有，也难免遭人质疑。

在被三师折腾了足足一个时辰之后，口干舌燥的蒙挚突然意识到自己的做法太傻了，讲什么道理啊，现在哪不是辩论的时候，这件事也根本由不得他来辩论，所以从一开始就错了。

想通了这一点，蒙挚立即明白该怎么办。托词躲开后，他专门指派了几个愣头愣脑的小兵去守宫门，无论人家说什么，硬邦邦顶一句"奉圣上口谕"回来，谁要想跟这些兵讲道理，那场面绝对是一边讲不清，一边听不懂。三师们被气得跳脚，嚷嚷着让这些兵去找蒙挚来，结果他们直愣愣答一句"没资格跟大统领说话"，半步不挪，差点把老年人气得犯病。

躲开了东宫官员和那些老臣，蒙挚轻松了些，回来调班，把最得心应手的人重编轮值，安排去了东宫。幸好梁帝这边是回了宫后就犯病，一直躺在芷萝宫没有挪动过，省了蒙挚不少事。到次日上午，太子被禁的消息渐渐传开，各方前来打探的人一波波的。东宫进不去，内监高湛管得严，禁军方面也撬不开嘴，越是没有真实的信息来源，越是猜得邪乎，连誉王都顾不得表现出避嫌的样子，亲自来拜访蒙挚，想探点口风。不过他扑了个空，蒙府和统领府都没找着人，本以为他在内苑当值，结果查找后居然也不在，可谓消失得无踪无影。

不知真正的原因，就不好制定相应的对策，再加上梁帝卧病不朝，在后宫只让静妃服侍，连皇后和越贵妃都不见，探听不到他的真实态度，无论是打算力保的，还是准备火上浇油的，全都不敢妄动，各种各样奇怪的论调私下流转着，朝野乱成一片。

当然，身为事件重要人物之一的蒙挚虽然不知隐身何处，但他肯定不是真的消失了。谁也找不到的这位大梁第一高手此时正站在靖王的寝室之中，面对吃惊的房间主人比画着一个安抚的手势。

"殿下放心，没有任何人发现我过来，"蒙挚低声道，"东宫之事，我觉得还是尽早来禀知殿下比较好。"

靖王原本就是心性沉稳之人，近来又经更多历练，所以一惊之后，很快就镇定了下来。吩咐门外的心腹不放任何人进来后，他拉着蒙挚进了里间，一面开启秘道门，

第四十一章 东宫惊变

一面道:"见了苏先生再说吧,免得你说第二遍。"

蒙挚应诺一声,跟在靖王身后进了秘道,辗转来到那间已去过几次的密室。靖王拉动安置在墙面里的铃绳,通知梅长苏自己的到来,可等了比平时长一倍的时间后,依然没有谋士的身影出现,让密室中的两人都有些不安,但又不能直接穿过去察看究竟。

又等了一炷香的工夫,苏宅那边的秘道里终于有了动静,不过就算是武功逊于蒙挚的靖王也能确定,那门响之后便飘忽无声的来人一定不是梅长苏。

果然,顷刻之后,飞流年轻俊秀的面庞出现在密室入口,冷冰冰语气生硬地道:"等着!"

蒙挚看了靖王一眼,见他没有生气,便踏前一步,问道:"飞流,是苏哥哥叫你来的?"

"嗯!"

"苏哥哥呢?"

"外面!"

"外面卧房里?"

"更外面!"

"在客厅吗?"

蒙挚大概有些明白了:"是不是有人来找苏哥哥说话啊?"

"嗯!"

"是谁啊?"

"毒蛇!"

蒙挚吓了一跳:"你说是谁?"

"毒蛇!"飞流最不喜欢重复回答同一个问题,不耐烦地瞪了他一眼。

蒙挚想了想,确认道:"是誉王吗?"

"嗯!"

听到此处,靖王和蒙挚都清楚了情况,略略放下心来,安稳坐下。飞流仍站在门外,认真地瞧着两人,没有要走的意思。靖王心中突然一动,向他招了招手,问道:"飞流,你为什么把誉王叫作毒蛇?"

"苏哥哥!"

靖王见过多次梅长苏与飞流的相处模式后,大略也摸清了一点少年的思维方法,猜道:"是苏哥哥告诉你他叫毒蛇的?"

"嗯!"

"你知不知道苏哥哥为什么要把他叫毒蛇呢?"

"知道!"

"你知道?"靖王有些意外,"为什么呢?"

"恶心!"

"谁……谁恶心?誉王吗?"

"苏哥哥!"

靖王与蒙挚对视了一眼,两人都有些不太明白,想了好半天,才想到一个大概合理的解释:"飞流,你的意思应该不是指苏哥哥是个很恶心的人,而是说他见了誉王之后就会觉得恶心,对不对?"

"嗯!"

靖王眼珠转了转,突然动了好奇之心,又问道:"誉王是毒蛇,那我是什么?"

飞流偏着头定定地看了他一阵,慢慢地道:"水牛。"

蒙挚几乎被呛住:"水牛?你为什么觉得靖王殿下是水牛啊?"

"不知道!"

"不知道?"蒙挚这次真的糊涂,"你是随便选了水牛这个词来指称殿下吗?"

"我想,"靖王的脸上没有一丝笑意,不过还算平静,"飞流的意思是说,他不知道他的苏哥哥为什么要把我叫成水牛。"

蒙挚心头一跳,忙替梅长苏辩护道:"不会吧,苏先生为人持重,怎么会给殿下取绰号?那可不是他一向行事的风格啊。"

靖王淡淡道:"也许这位苏先生,有我们不知道的另一面呢?再说,他也不是第一个叫我水牛的人了,以前大皇兄……还有小殊,都这么叫过我,他们常说我不爱喝茶爱喝水,脾气又像牛一样的倔,怎么看都是一头水牛……"

蒙挚这一下是真的被吓得连呼吸都屏住了,脸上的肌肉僵着,好像是不知道该做出什么样的表情才好。不过他就算再多失态一会儿也无妨,因为梅长苏恰在这时走了进来,靖王的视线被引了过去,定定地凝望着他的谋士。

"抱歉来迟了。誉王刚才来商议一些事情,才送走他。"梅长苏正解释着,看到靖王与蒙挚迥异的神情,立即觉察出室内气氛不对:"怎么了?你们刚刚……在说什么吗?"

"也没什么，"靖王紧紧盯着他的眼睛，语气却很淡，"我们正在说……水牛的事情……"

靖王说出这句话的时候，整间密室里最紧张的是蒙挚，最轻松的是飞流，介于他们两人之间的梅长苏反倒没什么惊慌的表现，不过也绝不是故作轻松，他只是微微眯起了眼睛，似乎正在反应靖王到底说的是什么意思，接着他好像明白了过来，这才略微表露出来一些意外、歉疚和惶恐的情绪，慢慢侧转身子，用含着责备意味的语气叫了一声："飞流……是你乱说话吗？"

"没有！"少年不明白自己为什么被责备，睁圆了眼睛，微张着嘴，非常委屈的样子。

"飞流，我不是跟你说过，霓凰姐姐那是在玩笑，不可以学吗？"

"你自己！"

梅长苏好像被少年的反驳哽了一下，顿了顿方道："是，苏哥哥自己也学了两次，也不对，我们以后一起改，听到了吗？"

"噢。"飞流偏着头又看了靖王一眼，"改！"

"对不起，殿下。"梅长苏这才向靖王躬身施礼，"年后霓凰郡主曾来做客，我们闲聊时她谈起些当年旧事，我听了觉得有趣，所以明知如此称呼殿下十分失礼，私下里还是忍不住用了两次，谁知被飞流这孩子学去了。这是我唐突冒昧，请殿下恕罪。"

"原来是听霓凰说的，"靖王脸部表情没有大改，但低垂的眼眸中却有一丝失望，"我还以为……"

他说到一半故意停住，可梅长苏静静地站着，并不接话茬儿，倒是蒙挚忍不住追问了一句："您以为什么？"

"我还以为苏先生以前……认识别的什么人……"靖王的目光迷蒙了一下，之后突一凝神，复转清明，微微笑着道："想不到霓凰郡主真是看重苏先生，连过去的旧事都愿意讲给你听。"

"难道殿下不觉得我是个好听众吗？"梅长苏坦然一笑，"对于霓凰郡主我也十分敬重，所以很多看法并没有瞒她。虽然她现在尚不知我已投入殿下幕中，但却知道我以前甚是景慕祁王，曾有心为他效力，如今应付誉王不过是为时事所迫，虚与委蛇罢了。有了这个共识，她对我也少了些戒备，说些不要紧、不机密的旧事，无外乎抒发情怀罢了。再说郡主身边也实在没有知心朋友：她与殿下你同掌兵权，渊源又深，为避嫌不能交往过密；与夏冬之间存有旧日心结，好些话都只能避而不谈；穆青年纪又小，没有经过那段时日，也不了解那些事件……我虽然不能算她的好友，到底有这个年纪、这个阅历，多多少少能与她有些共鸣。我想，这大概就是郡主青眼于我的主要原因吧。"

靖王看他一眼，表情甚是认真地点了点头道："霓凰郡主女中豪杰，识人之慧眼远甚于我。我也只是近来与先生交往多了，才了解到先生的高才雅量，远不是我以前想象中的那种谋士。"

他这句赞誉出自真心，并无虚饰，梅长苏自然分辨得出，所以也不俗套谦逊，只微微欠身为礼，以示回应。见他二人关系融洽，最高兴的反而是旁观的蒙挚，他搓着手，呵呵笑道："君臣风云际会，不外如是。靖王殿下宽仁中正，苏先生才调奇绝，你们二位联手，何事不成？"

"蒙大统领的信心，倒是比我们还足。"梅长苏扶着桌沿慢慢坐下，也笑了笑，"不过再有雄心壮志，事情还是要一步一步踏踏实实做的。现在咱们有的没的已经闲聊了这么久，大统领有什么正事，也该说说了吧？"

被他这一提醒，蒙挚立即神色一端，道："陛下幽禁太子于东宫，你们都知道了吧？"

"并不知细节。"梅长苏凝目道，"事情究竟如何发生，陛下当时的言行如何，都要请大统领从头细讲。"

"好。"蒙挚定心回忆了一下，将当日怎么奉命随侍梁帝去东宫的一应细节，慢慢复述出来。他虽不是擅长华辞之人，但记忆力上佳，用词简单准确，当日情形倒也描述得清楚明白。

梅长苏等他说完，沉吟了片刻，问道："太子现在身边还是东宫旧人服侍吗？"

"是。不过我担心他绝望之下，有什么不当举动，所以还是派了一个机灵靠得住的人随时监看。"蒙挚说着叹了口气："这位太子爷算是毁了，只是不知道陛下究竟是怎么打算的。"

"据我判断暂不会废，即使废了也不会马上立新太子。"梅长苏转向靖王："殿下明白我的意思吗？"

靖王点点头："明白。"

他明白，可蒙挚不明白。不过这位大统领并非好奇心深重的人，想了想没想通，也没有追问。

"东宫处于皇城，宫内防卫由禁军接管，但宫外四周却是巡防营的职责，殿下也要命人加重巡视，无论朝局再乱，东宫附近不能乱。一乱就会引发意外，届时责任都在你们二人身上，誉王倒乐得占便宜呢。"

蒙挚立即赞同："这个责任的确是重，我刚才不是跟你们说过吗，我现在连道明发谕旨也没有，当时向陛下求取，可总是说不完话就被打断，现在只好靠一句口谕硬撑着。"

"说起这个，"梅长苏转头看他，"你该备一份重礼去给那位高公公。"

"啊？为什么？"

"他打断你的话是好意，是人情，你还了，就代表你知道他的好意，领了他的人情，"梅长苏朝他笑了笑，"就是这样。"

蒙挚瞪他一眼："苏先生，你明知我脑子里没这些弯弯绕绕的，别戏耍我，到底怎么回事，跟我说清楚啊！"

"那我问你，你一开始向陛下请求明发谕旨的时候，陛下有没有理你？"

"他为什么不理会你？是因为他没听清楚呢，还是因为他糊涂了？"

蒙挚怔了怔，无言可答。

"若说这世上谁最了解陛下的心意，那绝不是皇后、贵妃，不是太子、誉王，不是这些一直揣测他圣意的朝臣，而是高湛。他朝夕在陛下身边服侍，这些年恩信不衰，没有机敏的反应、准确的判断是做不到的。"梅长苏深深看了蒙挚一眼，"就拿当日长信殿的事来说，你请求手谕，陛下没有理会，这就代表陛下当时根本是犹豫不定，一来不想即时处置，一来不想处置得太死日后不好回旋。如果经由中书朝阁明发谕旨幽闭太子，总要说理由，无论写什么理由，一旦严重到要幽闭储君的地步，怎么都不是一个小罪名。太子如今的处境，承受不起这一道明谕，一旦发出去，那不废也等于废了。所以对于陛下来说，你当时请求他下发的，几乎可以算是一道废太子的诏书了……"

蒙挚背上冷汗直冒，忙道："可我不是那个意思！我只是……"

"你只是为了更方便接管东宫，这个我明白，高湛明白，连陛下也明白。所以你一开始请求时，陛下并没有发怒，而只是不理会。但如果你一而再，再而三地要求他明发诏旨，以陛下当时的心情状态，以他素日的多疑多虑，只怕就不会仅仅是不理你而已了。再说你可别忘了，经内监被杀一案誉王来为你求情后，在陛下心目中，多多少少是有些怀疑你偏向誉王的,这个时候你极力请求明发御诏,置太子于死地……嘿嘿……"梅长苏冷笑了两声,"我们陛下很宽仁吗?很体贴吗?他会疑心到什么地方去呢?"

蒙挚后退两步,一下子坐在了椅上,接连吐了两口气,也回不过神来。

"陛下急事缓办的这个心思,那位高公公清楚着呢,所以他拦你的话头,那可真是一份好心,难道你不该回礼谢谢人家?"

"听你这么说,真是该谢他了。"蒙挚擦擦额上的汗,"不过高湛为什么会偏帮我呢?素日我们虽无摩擦,但也不是特别交好啊。"

"天子身侧,侍君如虎,又处于后宫那种阴诡之地,高湛绝对是个明智聪颖之人。一心忠君,不卷入内宫宠争,不涉足朝政是非,不动坏心思不害人,有机会就不着痕迹地送些人情、卖些好意出去,这样的做法,无论将来是何人得宠、何人得位,他一个善终是跑不了的。反而越是那些动作甚多,站位排班投靠这个、支持那个的人,一批接一批地倒下。朝堂如此,后宫……又何尝不是如此。"

"苏先生,既然高湛在陛下身边如此重要,人又聪慧,先生为什么不替靖王殿下想办法收服了他呢?"

"不行。"梅长苏摇了摇头,"一来高湛多年明哲保身的做法不会因为我们的拉拢而动摇;二来他离陛下太近了,要想收服他,难免会露些机密弱点在他手上,一个掌控不好,反而弄巧成拙。靖王殿下争位,要走正道,要加强实力,争取越来越多光明正大的支持。高湛虽然重要,却也不是非他不可,何必如此贪心呢?再说以这位高公公的为人,纵然不收服也不会碍着我们什么事。等将来殿下足够强的时候,他不是我们的人也是我们的人了。"

蒙挚有些羞惭地摆着手,道:"算了,我实在太笨,不插嘴了,免得误你们商量正事。这些话你不说我不觉得,一说还真是那么回事啊!"

一直安静听着的靖王此时也不禁一笑道:"你多问问也好,苏先生有时不耐烦解释,你这一问,我也清楚了好些。"

"我哪里是不耐烦解释,实在是殿下近来进益良多,我略略一提,你就明白了。既然已经明白,我还啰唆那么多干什么?"

靖王缓缓收淡面上的笑意,正色道:"不过你不劝我收服高湛的第三个原因,我倒真是明白。多谢先生了。"

他说出这句话,梅长苏甚是意外,怔了怔,胸中一阵发暖,笑了笑转过头去,也没说什么。

收服高湛固然有难度、有弊端，但收服之后能带来的利益也是极为巨大的。让梅长苏最终决定不强求靖王到高湛身上打主意的最主要原因，确实是他没有说出口的第三个。

那就是不想让静妃卷进去。

靖王毕竟不能太过频繁入后宫去，因此无论是收服高湛的过程中，还是收服以后，都难免要通过静妃实施某些行动。静妃敏慧冷静，并非没有这个能力，但她素性恬淡，利用她进行阴诡之事，绝非靖王所愿。

梅长苏就是体贴到这一点，所以从来没有要求靖王配合他在后宫翻弄任何的风波。不过让他意外的是，一直对此不发一语的靖王，心里居然是明白他的好意的。

"那接下来我们该怎么办？"蒙挚听不懂这两人隐晦不明的话，也不想去问，他现在最关心的就是，自己千万不要再做错事了。

"四个字，静观其变。"梅长苏决断地道，"所谓异常为妖，假定你们没有卷入党争，面对现在这个局面时会怎么做，你们就怎么做。大统领严谨东宫防卫，履行圣意就行了，靖王殿下就认真办自己的差事，仍像以前一样对太子、誉王不闻不问。这种时候，谁添乱谁就倒霉。刚才我告诉誉王的是'暗中谨慎行事'，但其实最正确的做法是什么事也别行。陛下此时需要静，谁静得下来，他就会偏向谁，宫里的情形，不也是这样吗？"

第四十二章 已露锋芒

事情大概商议停当后，靖王首先起身结束会谈。梅长苏趁着他道别后转身的机会，快速地向蒙挚使了个眼色。禁军大统领现在满脑子还在回想刚才梅长苏的种种分析，一时没有领会到他的意思，直到他暗暗做了一个口型，才突然想起前几天他叮嘱过的一件事，恍然明白了过来。

"对了殿下，"眼看着靖王已走到门口，蒙挚立即道，"上次殿下在这里拿去的那本《翔地记》不知看完没有？我也略略翻过那本书，觉得非常有趣，想细读读增长些见识，不知殿下可否转借给我看两天？"

"怎么找我？书的主人可是苏先生呢，要借也该是找他借吧？"靖王挑了挑眉，"只要苏先生同意借，我就拿给你。"

梅长苏一笑道："不过一本书罢了，谁喜欢看就拿去好了。蒙统领不提，我都快忘了。"

"不过蒙卿要等两天了，"靖王笑道，"这本书现在我母妃那里，过两天我进宫请安时再拿过来吧。"

梅长苏目光一动，有些意外地问道："怎么……会在静妃娘娘那里？"

"我母妃虽生性安静，入宫前也曾游历过好些地方，现在困于宫中，日日百无聊赖，所以一向最爱读游记。苏先生此书是难得的精品，我随口提了提，母妃便十分有兴趣想要看看。算起来这本书她读了也有半个月了，想必已经看完，既然蒙统领要看，我下次记得拿回来就行了。"

蒙挚要回这本书是梅长苏授意，并非他自己要看，听靖王这样说，再看看梅长苏神色淡淡，仿若挂着张安静面具般的脸，心里不由得有些担心，却又不能说什么，只得"哦"一声，道一句"多谢"，便陪着靖王从他那边出去了。

最开始蒙挚悄悄进入靖王府时，天色就已黑了，现在差不多算是深夜，所以道了"晚安"之后，蒙挚便准备像来时般悄然离去，谁知身形刚刚移动，就听靖王叫了声"稍等"，忙收住脚步，转过身来。

可是靖王叫住他，却踌躇了半天不说话，良久后方慢慢地道："蒙统领要那本《翔地记》，是真的自己要看，还是谁叫你帮他要的？"

他此刻问出这样一句话来，蒙挚毫无准备，忍不住大吃一惊，幸好他接下来说的话跟这满面的惊讶之色还算比较符合："殿下怎么会这样问？当然是我自己要看啊！殿下觉得谁会叫我帮他要？除了我们几个，难道还有其他人知道殿下借了苏先生那本书吗？"

虽然惊讶的内容与他说的不一样，但他这满脸的惊奇表情可是实打实的，靖王看了半天也不似作伪，不禁略觉尴尬，笑了笑解释道："我只是没想到蒙统领居然也这么爱看书，随口问问，还请不要多心。"

蒙挚哈哈一笑："我这个武人本就与书本无缘，若不是那游记翻了几页确实有趣，我也不会想讨来看看，难怪殿下觉得意外……"

"是本王失礼了。"靖王微微点头以示歉意，"确实不该这样问，蒙统领别放在心上，也不必……将此事讲给苏先生听……"

"呃……"蒙挚简直弄不明白他什么意思，又怕多问多错，日后被小殊埋怨，便呵呵笑着抹了过去，快速道别，飞一般地走了。

待他离去后，靖王在灯下出了一会儿神，不知为什么总是静不下心来，便到外间书房处理了一些军中和巡防营的公务，再出院中舞了半个时辰的剑，直到身体感到倦意，方才回房洗漱休息。

次日一早起身，先入朝中，不久内苑传旨出来今日仍是停朝，靖王便自朱雀门进入后宫，去向母妃请安。算起来他已有近七天没有见过静妃了，前几次刚到宫门外，就听说梁帝在里面，不敢打扰，只得宫外行礼后离开。今日梁帝仍然不朝，靖王已做好了再次不能见面的准备，谁知到了芷萝宫外，刚一通报就有女官出来迎他进去。

静妃在日常起居的西暖阁接待儿子，仍是素服淡妆，满面柔和的笑意，殷殷问过寒暖后，便命人端上亲手制的茶点，在一旁笑微微地看着儿子吃。

"今日父皇怎么不在？"靖王吃了一块芝麻糕，随意问道。

"听说……是夏江进宫来了，陛下与他商议事情。"静妃简单答了一句，又捧过一碗板栗羹递到儿子手中："尝尝这个，这是新做的。"

"我每次来，母妃都当我在外面没饭吃似的，"靖王玩笑道，"自从可以随时觐见母妃，不觉就胖了一圈儿。"

"哪里有胖？"静妃柔声道，"做母亲的，只嫌儿子吃得少。"

那碗板栗羹其实只是很小一碗，靖王两口就喝毕，用手巾擦擦嘴，道："母妃，上次我送来的那本《翔地记》，母妃可曾看完？"

"已经看完了。你要拿回去吗？"

"有位朋友也想看看。"

静妃起身，亲自到隔间将书拿过来，凝目又看了封面片刻，这才慢慢交到儿子手中。

"母妃……很喜欢这本书吗？"

"是啊……"静妃浅浅一笑，神情有些落寞，"让我想起一些过往岁月，旧日情怀……对了，这书上的批注，就是你常说的那位苏先生写的吗？"

"是。"

"读那批注文辞，应是霁月清风，疏阔男儿，怎么听你说起来，好像这位苏先生却是位心思深沉、精于谋算之人？"

"苏先生是个多面人，有时老谋深算到让我心寒，有时却又觉得他也不失感性。"靖王浓眉微挑，"怎么，母妃对他很感兴趣？"

"你胸怀大志，要为兄长、忠臣申冤雪耻，要匡扶天下整顿朝纲，母妃以你为傲。只可惜我力弱，对你没有太多助益，当然唯愿你身边能有诚信得力之人，可以辅你功成。"静妃秋水般澄澈的眸子微微荡了荡，语气温润，"这位苏先生我看就很好，他舍了太子、誉王那边的捷径，一心相助于你，可谓至诚。你一向待人公正，我很放心，本没什么好叮嘱的，只是觉得像苏先生这样的人才难得，你对他应该要比旁人更加厚待几分才行。总之无论将来如何，切莫忘了他从一开始就扶助你的情分。"

靖王静静听着，沉吟了片刻，深深地看了母亲一眼，慢慢说："您说过了……"

"啊？"静妃微微一怔，"什么？"

"母妃看过此书不久，就专门问过我批注人的事，之后也曾叮嘱过儿臣要善待苏先生，对他多加倚重信赖……怎么今天又重复说起？莫非怕儿臣忘了？"

"这样啊……"静妃自嘲地笑了笑，用罗帕轻轻拭了拭嘴角，"人一上了年纪，就容易忘事，说过的话，要颠三倒四说上几遍，看来我真是老了……"

靖王忙起身行礼道:"母妃春秋正盛,何出此言?都是儿臣说错了话,请母妃恕罪。"

"好了,"静妃微带嗔意地笑道,"自己亲娘,做出这么惶恐的样子干什么?你已经长大,有了担当抱负,我心甚慰。外面的事我一概不管,只要你保重自己一切平安就行了。"

"是。"靖王正要再宽慰她两句,一个宫女出现在殿门外,高声道:"禀娘娘——"

"进来说吧。"

宫女低头敛眉进来跪下,禀道:"武英殿中传信过来,陛下已经起驾朝这边来,请娘娘准备接驾。"

"知道了。你退下吧。"静妃不紧不慢地站起身,拿过两个食盒递给靖王,又道:"这是我备的药膳点心,一盒给你,另一盒,你带给那位苏先生,算我谢他竭诚相助我儿的辛劳。"

靖王抿了抿嘴角,将两个食盒叠在一起,托在手中,又在桌上拿了那本《翔地记》揣入怀里,向静妃再行拜礼,缓缓退出。为防冲撞圣驾,他刻意走了偏门,绕过怀素楼,从反方向出朱雀门,登上自己府中已候了许久的马车。

刚进入车厢坐定,靖王便将两个食盒放在一边,从怀中重新取出那本《翔地记》,翻来翻去又浏览了一遍,尤其是梅长苏的批注和被他批注的内容,他更是字字句句,读得异常精细。可无论他怎么读,也没有读出什么更深的含义来,最终也只能无奈地将书丢开。

这本《翔地记》,到底有什么古怪呢?最初无意中向梅长苏借书时,他那一瞬间的表情动摇,就如千年冰层中出现的裂缝一般,让人仿若窥见了黝黑深邃的秘密之门。虽然只是一刹那的闪过,下一刻就消失得无影无踪,但他还是立即意识到,这本书里一定有些什么……

可是有什么呢?有什么能让泰山崩于前而色不变的梅长苏出现瞬时的失态?有什么能让身为武职不好读书的蒙挚特意来讨要?最关键的是,有什么能使得自己那位幽居宫中三十多年古井无波的母亲,一而再,再而三地询问关照起一位她根本没见过面的谋士?

靖王知道,连最亲的母妃都有意回避,那么自己的这些疑团就根本不可能再问任何人了,即使问了,也未必能得到真实的答案,要想解惑,还得自己思考。

靖王捡起被丢在一边的《翔地记》,再次翻开细看,最后甚至把梅长苏批注的字颠倒分拆重新组合来读，也没读出什么名堂来。

当马车驶入靖王府的大门后，靖王放弃地吐了一口气，将书合上，跳下车来。

随身侍从过来帮他解下披风，他顺手把《翔地记》递过去，吩咐道："派个人，送到蒙大统领府中，请他亲收。"

"是。"

靖王朝书房走了几步，突然想起，又驻足道："车上有两个食盒，都搬到我的卧房去。"

"是。"

"召列将军、季将军、刘参史和魏巡检到书房来。"

"是！"

靖王仰首向天，深深吸了一口气，抛去满脑的疑思，振作了一下精神，大踏步地走向自己的书房。

正在这时，门外突然有喧哗之声传来，一个亲兵飞奔了进来，气喘吁吁地禀道："陛下圣旨到！请殿下接旨……"说到此处，这亲兵又咽了口唾沫润了润嗓子，以极为兴奋的语气补充道："来传旨的，是司礼监的监正大人。"

靖王立即明白过来，心中也不禁一喜，只是面上依然沉静，只浅浅微笑了一下。他此刻还没换下朝服，所以不必耽搁，很快就迎了出去。

门外携旨前来的果然是司礼监的监正，一身严谨的官服，满面笑意。靖王与他略略见礼后，便一起并肩进来。府内总管早已欢天喜地准备好了拜毡香案，监正转入香案后，展开黄绢圣旨，高声念道："奉天承运，皇帝诏曰：皇七子萧景琰，淳厚仁孝，德礼兼备，恪忠英果，屡有宿功，特加封为靖亲王，着五珠冠。领旨谢恩！"

在萧景琰加封亲王衔之前，无论是后宫也好，朝廷也罢，甚至包括梁帝本人，都是在做一道二选一的狭窄选择题。好像不选太子，就应该选誉王，不选誉王，就应该选太子，纵然现阶段不明确表态支持谁，将来迟早也要让那二人之一登上皇位的。

在这样的思维定式下，当大家看到原本位列宗室二品阶上的靖王身穿五团龙服，头戴五珠王冠，英姿勃勃、顾盼神飞地站到了誉王身边时，那整个画面的视觉冲击力甚至比最初听到他晋封消息时还要强烈。即便是对政治最为迟钝的人也在那一刹那间意识到，新的朝政格局开始了。

其实此时的靖王还不算是完全与誉王比肩，他的王冠尚比誉王少了王珠两颗，但不管怎么说，他们现在毕竟都是同样的一品亲王了，两珠的差距比起以前亲王、郡王的差距来说，似乎可以很轻易地跨过。

人总是容易陷入盲点，长期不被关注的东西就算是放在眼前也经常看不到，可是一旦那层薄薄的窗户纸被捅破了之后，好像所有人都突然间发现，其实靖王真的不比誉王差什么。他以前之所以默默无闻，只是因为少恩宠罢了。但是也正因为少恩宠，他时常被踢出京去办差啦出征啦，反而因祸得福，建立的政绩与军功，把他的兄弟们全都压得扁扁的。

至于出身，拜誉王年前那次廷堂辩论所赐，大家把话已经说得够透够亮了，谁也不是嫡子，谁也不比谁高贵些，何况静妃现在越来越得宠，而誉王虽是皇后养子，但他自己的亲娘在死之前，也不过是个"嫔"而已。

再论到序齿，萧景琰的确要靠后些，可这毕竟不是什么重要因素，若是大家仅仅只靠年龄分果实的话，那太子、誉王这十几年可算是白折腾了。

如果在两三个月前有人说会有另一个皇子异军突起，足以匹敌如日中天的誉王的话，这个人多半会被当成痴人说梦，可仅仅只过去了这短短一段时间，大家就已经可以清楚地看到，誉王不仅有了太子以外的另一个敌手，而且在这个敌手面前他还不占什么大的优势。

当然，对于整个情势的变化，感觉最为明显的人还是靖王自己。最初他决定在极为式微的情况之下参与夺嫡时，信心其实十分薄弱。还曾经向梅长苏请教过，该如何委婉地向自己在军方的心腹将领及属下们透露争位的意愿，才不至于吓到这些人。当时梅长苏的回答是："不必透露，当你慢慢有了夺嫡的资格时，你身边的人会比你更早有感觉。"

晋封亲王后，靖王才慢慢领会到梅长苏这句话的真正含义。以前他与手下众人议事，大家连发牢骚时也最多抱怨抱怨军饷不足啦，棉衣太薄啦，朝廷能不能再多关注一点啦之类的事，可是现在，靖王府虎影堂上议论的都是如何建立更有效的兵马集结制度，如何推进新马政在地方上的实施等朝廷大事。几个颇有见识的好友心腹甚至已经开始有意无意地怂恿、激励他要多在朝堂上显露能力，要多收揽人才以备大用，如果靖王略略抒发出一点对江山或皇位的感慨，这群心腹便会立即双目炯炯、满脸发亮，兴奋之情溢于言表，反而得让靖王暗示他们还是稍微克制一点的好。

水已经涨到这一步，那真的是什么都不必再说，大家心知肚明了。

虽然靖王相信，既使自己永远不得势，这批跟着自己厮杀往来的旧部也会不离不弃，但要是从男儿建功立业的角度来说，跟着一个有望开创新朝的亲王，总比跟着个总是被压制的皇子要让人舒服得多。

对靖王的上位感到最恼火的人当然是誉王萧景桓。现在回想起来，他认为自己几乎是眼睁睁地看着靖王一步一步，不显山不露水地在朝堂之上站稳了脚跟的，而在这个过程中，明明有那么多的机会可以把他打压到再不能出头，自己竟然鬼使神差般凭空放过了。更有甚者，有时还曾对他施以援手。

誉王感觉自己就像是那个焐暖了冻蛇的农夫，悔恨得直想骂人。由于多年来的主要精力只集中在太子身上，誉王府对新冒出来的这个对手了解不足，只流于一些表面的印象，甚至连宫中的皇后，也说不清静妃到底是个什么样的人物。

萧景琰晋封亲王后，誉王一个月内就连续召集心腹专门讨论过好几次对策，可都没有得到什么有益的结果。去找梅长苏商量，那人却不急不躁，反而笑着说"恭喜"。

誉王忍不住大发脾气拍着桌子道："景琰封了亲王，你还恭喜我？"

"靖王封了亲王，就代表太子很快就要被废了，殿下你多年夙愿达成，难道不该恭喜？"

誉王拧着眉心，暂时没有说话。梅长苏的意思他明白，梁帝受当年祁王独大到无法掌控这一事件的影响，热衷于搞平衡之术，所以这些年来才有太子与自己两相对立的局面。如今靖王上位，确实代表着太子已经被放弃，梁帝打算创建新的平衡局面。可话虽然是这么说，一想到自己辛苦这么些年，最终似乎什么也没得到，心里难免窝火。

"我花了十年时间斗倒了太子，难道又要花下一个十年去斗靖王吗？"

梅长苏冷笑道："靖王和太子怎么会一样？太子是有名分的，殿下你比他先天就要弱些，可靖王不过是个五珠亲王，只因新宠，才显得炙手可热。以后的事暂且不说，让太子先把位置腾出来，就已经是殿下的一大胜果。若是不先迈出这一步，万一拖到后来陛下有什么不可言之事，你就是把太子打压得再深，那皇位也该他坐。届时要再抢，就是谋逆了。"

经他这么一劝，誉王心中略略安定，可回到府中细细一想，依然是坐卧不宁。如果是去年这个时候，他手中实力正盛，梅长苏这种说法会立即让他感到欣喜，然而时至今日，认真盘算一下手里实实在在的筹码，突然发现自己已没有什么可以确实握在掌中的东西，心里不禁一阵阵地发慌。

誉王心中疑惑不定，而梅长苏也明白这次很难再把他哄得服帖，所以靖王晋封之后，苏宅的防卫也随之加强，外松内紧，被黎纲和甄平整治得如铁桶一般。

童路依然隔天来一次，有紧急情报时甚至天天都来。不过他在苏宅停留的时间不会太长，最多也就小半个时辰，如果梅长苏对十三先生有什么指示，他就会再以送菜为名到妙音坊去一趟，如果没有，他便直接回到自己的住处。

　　因为要隐蔽身份的缘故，童路住在一处贫民聚居的街坊内，除了左右隔壁是自己盟内的人以外，其他相近的邻里全是普通的底层老百姓，有卖豆腐的、卖杂货的、扛包跑腿的、替人浆衣缝补的等，日子过得都极为辛劳勤苦，很少会有精神关注他人。

　　通常童路回到自己的破落院子时都已近黄昏，有时刚把运菜的小驴车赶进院内，便会听到身后传来粗重的爬坡喘气之声，一听就知道是住在西边隔两家的邱妈妈回来了。

　　邱妈妈自年轻时嫁过来，大半辈子都住在这里，丈夫、儿子都早死，身边只有一个七八岁的小孙女，每日里调制些糖水，用独轮车推到各处去叫卖，劳碌一日归家里，已没什么力气把车推上那一段小斜坡。

　　所以只要碰到了，童路总要出去帮她一把。

　　这个习惯从童路几年前住进这里时便养成了，只不过近一个多月来，它略略发生了一点点变化。

　　变化就是以前他仅仅在碰到时才帮忙，而现在，他会有意无意地想方设法赶在那个时间回家，就为了帮邱妈妈推一把她的独轮车。

　　而且帮完忙之后，他还可以得到一碗没有卖完的糖水，由邱妈妈那个从远方投奔来的侄女儿亲手舀来递给他。

　　邱妈妈的侄女儿名唤隽娘，一个多月前才从原籍婺州千里来投的。她刚找到这个街坊时，显然是一路上吃了许多风霜劳苦，不仅面黄肌瘦，而且神情恍惚，向人询问时连话都说不太清，最后晕倒在街上，还是童路把她救回去，问了半天才问出是找邱妈妈的。不过邱妈妈嫁离家乡太久，虽然还记得有这样一个侄女儿，却已是相见难以相识，最后还是看了隽娘左肩两颗挨在一起的红痣才把她认出来，姑侄二人抱头大哭了一场，邻里乡亲们劝了好久才停。此后隽娘就在邱妈妈家住了下来。

　　既然住了下来，邻里街坊里便有了来往，偶尔隽娘也会吐露一些自己的情况，似乎是夫死无子，地方恶霸意图欺侮，被她连夜逃了出来。大家见她虽然消瘦憔悴，但却真的是个美人胚子，难怪会被人觊觎，所以都甚是同情。尤其童路想起以前妹妹所受的屈辱，更是感同身受，有空便会前去相帮，而隽娘也因为当初被他所救，想着要报答，时常为他做些洒扫浆补的杂事。两人免不了有所接触往来。

既有新来者入住，十三先生照例也调查了一下，查实隽娘所言的初嫁新寡，族人不容，恶霸相欺，连夜逃脱等都确有其事。而且隽娘来后，日日早起晚睡，帮着邱妈妈制糖水叫卖，能吃苦，会做很多事情，日常生活也十分简朴，看得出是一个从小就习于劳作的庄稼女儿，也就没有多放在心上。

经过一个月的养息，虽然日子清苦，但姑母慈爱，邻里和睦，日子过得平安祥和，隽娘的心情愈来愈好，面上黄瘦渐退，整个人越来越有风姿，普通的荆钗布裙，也能衬出她的清雅娇美。连童路这样经常去妙音坊见过许多美女的人，时不时也会在她含羞带怯的眼波前发呆，如果哪天有事情耽搁没有见到她，心里便会怅然若失、苦涩空虚。而隽娘对他，似乎也不是全无感觉，有时含情脉脉，有时若即若离，那种旖旎情态，万千柔肠，不知不觉间已引得童路对她牵肠挂肚、神魂颠倒了……

第四十三章 山雨欲来

霜降之后，各地今年秋收的统计年表都已陆续送达朝廷。由于今年春夏偏旱，好几个州府都早报了灾情，有些地方甚至在秋天时又继发了蝗灾，乃至颗粒无收，饥民四方流散乞食，情况十分严重。誉王为挣名声，在户部赈灾的粮银外又以削减本府用度节省之名，另捐了白银三万两安民，赢得一片赞誉。靖王原本家底就不厚，又养着一大帮军中孤儿，宫中静妃也无力帮衬，所以显不得这个慷慨，一时相形见绌。

恰在这时，抚州境内发生一桩劫杀镖队的大案，惊动了刑部派员勘察，最终案子破了，被劫去的财物也追回，还抓住了几名劫匪，顺利结案。本来这事说小不小，可说大也不算大，最多就是刑部因破案快捷露个脸。没想到最后竟然查明，这个镖队所保的是岳州知府送给誉王的例礼，总计不下五千金。岳州是今年灾情最重的几个州之一，在等朝廷赈济的过程中早已饿死过人，那些被捕的劫匪都说是不忿于此，故而甘冒奇险想要将财物劫去，散还给灾民。消息传开，岳州许多民众联名请求减免劫匪之罪，闹得沸沸扬扬，让誉王灰头土脸、颜面扫地，多次出来声明自己不知道岳州送礼之事，以前也没收过州府地方上的礼。虽然他努力撇清，但朝廷诸臣中有几个会相信岳州丰年不送礼灾年反送，那就难说了。

就因为这桩丑事，梁帝虽未明确指责誉王，但却让他避嫌，不得插手一应赈灾事宜，而改派了靖王。靖王与户部尚书沈追原本就交好，两人配合默契，彼此间毫无掣肘之感，加之都是自律甚严、极有原则之人，杀了、撤了几个不明风向仍按惯例行事的州府大员后，很快就控制住了局面。虽不敢说把差事从上到下都办得至清如水，但比起往年十分灾银只有三分进了灾民手中的情形，实在是一个天上一个地下。沈追是个实干家，京城里坐不住，请旨亲到灾区巡查，务求做到少死人、不起暴乱、平安过冬、来年春耕不荒。靖王与他天天书信往来，绞尽脑汁琢磨其他能让民生尽快起复的方法。在这方面靖王虽稍弱，但梅长苏十多年身处江湖，了解民情，手下也有许多在底层摸爬多年的人，提了些建议给靖王，让他跟沈追讨论。那位尚书大人在实地考察了些时日，与靖王所提的意见十分相同，他自己又补充了几条，最终成章上报梁帝。

往年大灾，容易产生暴乱，都是因为灾民一来无食无衣，二来无事，经过灾年后没有办法安排来年春耕事项，所以心中绝望，一些小小由头，都能引发大乱，一向是最让朝廷头痛的事。靖王与沈追的奏议主要针对这个，虽然条陈甚多，总结起来主要就是先让灾民都得以果腹，再根据各州实际情况，安排民众操持其他副业度荒。比如，临水的渭州盛产蒲草，可编织为围兜、茶套、草席等织品，经官运入京，极受欢迎；其他各州也有类似的产业可以发掘，以作补益。同时趁着天气尚有一两月和暖，由朝廷工部召集进行修路建桥、疏浚河道、垦山开矿等工程，让力壮无手艺的灾民以劳作换工钱，有些不封冻的州甚至可以一直开工到来年春天。灾地春耕时的种子粮，由官府专款拨发，无种的耕农可以来领，当年的赋税全免，次年如为丰年，再把种粮费添在赋税中不加利偿还。这样林林总总算下来，灾民比往年得益，朝廷赈济的银子却少花了好些，大部分人有了事情做，纵然不能完全自给自足，但也总比到处乞食挨饿或坐着干等官府赏口活命粥的好。若遇到有些地方官头脑灵活安排得宜，这灾年的苦楚更是可以减轻许多。

这一奏议经梁帝核准实施以来，收效甚佳。不仅在局面上做到了大灾无大乱，国库也没有因此受到大的亏损，同时整肃了地方官的行为，开了新例。靖王上马能战、下马能治的形象进一步确立，沈追也官声愈著，在朝中越发地有威望，誉王想办法找了他几次碴儿，最终也没有得手。

到了年底，司天监报东南有赤光侵紫微，星象衰晦。梁帝便以此下旨，称太子无德，天已示警，故废太子为献王，令迁出京，谪居献州。同时再加靖王王珠两颗，与誉王同为七珠亲王。

当这道旨意经朝阁明发时，已先一步得到消息的誉王正在他的书房内大发脾气，室内能砸的东西基本上全都砸完了，连他自己最心爱的一盆蕙兰都不能幸免，整个暴风场周边谁也不敢接近，唯有久不见她活动露面的秦般若还算有些胆气，一直站在房间的角落里看着誉王发飙。

等誉王把心头的气恼怒火都发泄得差不多了，这位红袖才女方冷笑地道："所谓'得麒麟才子者，可得天下'，琅琊阁可真是半点也没有说错啊！"

这句话如同刀子一般深深地扎进誉王心中,他霍然回身,双眸赤红地瞪着秦般若,怒道:"你这话什么意思?"

秦般若星眸幽沉,阴冷似冰,扬了扬线条清俏的下巴,咬牙道:"去年秋天江左梅郎刚刚入京时,殿下你是什么情形,靖王是什么情形?现在一年多过去了,殿下如今是个什么情形,靖王又是什么情形?这两相一对比,到底是谁得了麒麟才子,不是一目了然的事吗?"

誉王猛然后退几步,跌坐在椅子。他从九月间景琰晋封亲王时便开始疑心,一直犹豫不定,此刻被秦般若明明白白地揭破出来,只觉得气血翻涌,恨不得把眼前的所有一切都挤为齑粉。

"殿下不要再存幻想了,靖王已得了梅长苏,这件事我已确认,殿下希望我拿证据出来吗?"秦般若刺了他一句,见他颓然垂下头,不由得笑得愈发清冷:"说起来这位宗主大人真是了不得,有决断,敢选人,也会调教,若无他的匡助,靖王几时才争得到如今的地位?现在连宫中局势也变了,越贵妃失势,静妃上位。她闷声不响这些年,皇后哪只眼睛瞧得上她,不料想一朝得势,竟是这般的难对付。这些情形,想必王妃进宫回来后,都跟殿下说过了吧?"

誉王狠狠地咬了咬牙,没有否认。

与当年锋芒烁烁的越贵妃不同,静妃就像是一汪柔水,软的也好,硬的也罢,什么手段在她身上都无效。她一不多心,二不多疑,不争宠,不敛财,不拉拢人心,礼节上又一丝不苟,每日里只想着把梁帝伺候得舒舒服服的,半句多余的话也不讲。梁帝如果封赏她,她便领受,不封赏,她也不委屈讨要。皇后好言待她,她便恭恭谨谨,若存心为难,她也甘之如饴。总之就跟一大团棉花似的,压不扁揉不烂,一拳打上去,什么力道也没有,皇后对付了越贵妃十几年,都没这一阵子对付她么累。

"是我小瞧了这对母子,"誉王长长吐出一口怨气,"本以为是羊,结果是两只狼。但要让本王认输还早着呢,本王连太子都能扳倒,还愁撕不碎一个靖王?"

"殿下有此雄心,般若深感佩服。可是梅长苏此人实在过于阴险,不先收拾了他和他的江左盟,只怕是撕不碎靖王的……"

誉王看了她一眼,道:"先收拾他,说得容易!你的红袖招零落至此,是反被他收拾的吧?"

这句话正说到秦般若的痛处,使得那张娇媚容颜上不自觉地掠过了一抹怨毒之色:"若论这一回合,是我输了。但我输不要紧,关键是殿下的大业不能毁在这个小人手上。殿下难道就不想讨还被他欺瞒利用的这口恶气吗?"

她这一撩拨,誉王胸中再次怒意翻腾,狠狠一掌拍在桌上,拍得自己的手掌都痛得发麻。不过刚刚发泄了一通之后,他已冷静了不少,虽然气得发堵发闷,不停喘息,但他最终还是咬牙忍耐了下来:"你想要我把精力集中在梅长苏身上,报了他毁你红袖招之仇,这个我明白。若论愤恨,难道我不比你更恨他?但现在的情势,不是一年多前,那时只要折了梅长苏,靖王便再无出头之路,可如今我这个七弟已非池中之物,并不是单靠梅长苏,我不能再重蹈覆辙,放任他坐大。何况梅长苏再厉害,终究只是个谋士,一个谋士的弱点总在他的主君身上,与其先攻梅长苏,不如釜底抽薪对付靖王。没了主子,任他什么麒麟才子,还不跟一条无人收养的野狗一样吗?"

誉王说最后一句话时,恶毒之气已溢于言表,连秦般若也不由得暗暗心惊,定定神问道:"那殿下打算从何处下手?"

"何处?"誉王在满是狼藉的书房内踱了几圈,冷笑道,"梅长苏的弱点我不知道,但靖王的痛处可是明明白白的。这十多年来他不受宠,根源在哪里?是他笨吗?不会办差吗?犯了什么错吗?都不是。相反,他倒是屡立军功,辛劳不断,可父皇就是不赏。而不赏的原因……还不是那桩梗在他们心头谁也不肯让步的旧案吗……"

秦般若眼波微睨,慢慢点头:"不错,靖王的痛处,正是当年祁王和赤焰军的那桩逆案。"

"为了这些逆贼,靖王违逆顶撞了父皇多少次,我数都数不清了,只不过十多年的放逐之后,父皇老了,不想计较了,靖王学乖了,不再硬顶了,大家把那一页悄悄翻过,只藏在心里,谁都不提。可不提并不代表遗忘或痊愈,只要找个好机会重新翻出来,那依然是他们之间最深的一道裂痕……"

"这果然是个很好的切入点。"秦般若甚是赞同,"不过殿下要重新揭开这道旧伤疤,不能随意,要一下子全都扯开,越是血淋淋越好。"

"正是因为不能随意,所以我还没有想好具体怎么做。如果现在能出现一个什么契机就好了……"

秦般若黑水晶般的眼珠转动了两下,慢慢道:"契机嘛……般若暂未看到,不过有一个人,殿下却应该想办法与他联手……"

"谁?"

"掌镜使本代首尊,夏江。"

"夏江?"誉王眉尖一跳,"恐怕不行吧……悬镜司历来的传统,都是不涉党争的。以前我与太子斗得那般如火如荼，他也没有……"

"以前是以前，"秦般若快速道，"您与太子之争他不插手，没什么好奇怪。可现在您的对手是靖王。夏江不是糊涂人，他很清楚靖王与当年赤焰旧人的关系，当然也记得赤焰军的案子是谁主查的。说轻了，这是心结，可往重了说，那就是仇怨。殿下以为夏江可以视若无睹地看着靖王一步步地接近储位吗？他就是再忠，也要考虑考虑自己将来的下场吧？"

秦般若这番话正中誉王下怀，令他不自禁地连搓了几下手，目光有些兴奋。夏江对梁帝的影响力，悬镜司在各地暗黑的力量，对于目前实力大损的誉王来说，这些就是雪中燃烧的火炭。

"殿下，"秦般若盈盈一笑，敛衽施礼，"如想要暗中试探夏江是否有联手之意，般若倒可以效力。我有一个师姐，正是夏江的旧识……"

年前的几天，天气特别寒冷，连续数天的大雪，将全京城罩得白茫茫一片。梅长苏犯了旧疾，总是整夜地咳嗽。自从他咳咳咳地到密室去见了靖王一次后，萧景琰就不肯再主动来了，不知是因为他本身年关太忙，还是有意让梅长苏安静养病。倒是誉王登门来探过几次病，言谈间依然关切备至，仿佛毫无心结似的，可惜他再怎么装都没用，大家谁都不傻，事情发展到了这个份儿上，梅长苏也不会再不切实际地幻想誉王仍是一无所察。

"宗主，童路来了。"黎纲今天受命外出，所以前来回报的人是甄平。

"让他进来吧。"

童路大踏步进来，带入一股雪气。甄平是个最细心不过的人，所以立即一把拉住他，让他在火炉边先烤烤再过去。

"看起来，今天没有什么急报，"梅长苏笑着指了指桌上，"喝杯茶吧。"

童路搓搓发热的手，笑着趋前一步，两大口就把一杯茶喝得干干净净。甄平笑骂他一声"饮牛"，便出去忙自己的了。

"十三先生有两件事命我回禀宗主。"童路知道正事要紧，把嘴边的茶渍擦擦立即道，"谢玉在流放地近来数次遇袭，都被我们护了下来，现在吓得不行。另外，夏冬这几个月出京的行踪已查明，她是去找谢玉当年的左副将，现任嘉兴关守帅魏奇。可是昨天得到消息，在她还未赶到嘉兴关时，魏奇就在半夜离奇死了。"

"死了？"梅长苏面色冰寒，"是夏江干的吗？"

"大概是……不过还在查实。"

梅长苏闭上眼睛，微微沉吟。其实谢玉的左右副将虽然算是当事人，但只是听命而已，对当年的真相，还没有自己知道得多，所以死活都不必放在心上。只不过……当年奔袭绝魂谷，魏奇并没有去，夏冬如果单单是为了调查聂锋之事，怎么会去找他呢？莫非……这位女掌镜使打算为了屈死的夫君，要把他主帅的整个案子，从头再调查一遍？而夏江急急灭口，想必还是很看重这位已然起疑的女徒，不愿意和她走上最终决裂之路……

只可惜夏江并不知道，那日在天牢幽暗的监房内，夏冬已经从谢玉口中听到了最致命的那段口供。

所以无论他再怎么遮掩，自从他当年狠下杀手时起，决裂就已是不可避免的结局。

"好，我知道了。你回去吧。"梅长苏将放在腿上的暖炉向上挪了挪，指头慢慢摩挲着炉套，"告诉十三先生，秦般若不是会轻易放弃的人，对她……依然不可大意。"

"是。"童路躬身行礼，慢慢退了出去。

他刚走，甄平就端了碗药进来，递到梅长苏手中，看他苦着脸喝了，又捧茶给他漱口。

"晏大夫的药越来越苦了，我这几天有得罪过他吗？"

"宗主生病，就是得罪晏大夫了。"甄平笑答了一句，将空碗放回托盘上，想了想，有些迟疑地开口道："宗主，你觉不觉得童路好像……有点变化……"

"嗯？"梅长苏将含在嘴里的茶水吐入漱盂中，回过头来，"我没注意。怎么了？"

甄平抓了抓头："我也说不上具体的……反正就是比以前匆忙，好像赶时间似的。刚才他出去跟我打招呼时，脚步都不带停的，跟以前的习惯不一样，整个人好像精神了许多……"

梅长苏想了想："在我的印象中，童路好像一直很精神呢。"

甄平爽快地哈哈笑起来："这倒是。我跟其他人说的时候，他们也不觉得童路有什么变化，看来是我的老毛病犯了，总看到人家看不到的地方。记得刚进金陵见到吉婶，我就说她胖了，气得她拿锅铲追打我……"

"吉婶胖了吗？"

"当然胖了，腰围起码又粗了两分！"

"吉婶快三尺的腰，粗两分你就看出来了？"梅长苏忍不住也笑，"难怪她打你，你明知吉婶最怕胖的。"

"所以这几个月我都在讨好她。"甄平眨眨眼睛站起来，收拾好药碗茶杯，"宗主休息吧，我先出去了。"

梅长苏点点头，看着他转身走到门外，突然又叫住了他："甄平，还是让十三先生多留意一下吧。你素来细心，有那种感觉应该也不是无缘无故的。"

"是。"甄平躬身领命，想了想又补充道："宗主放心，不会让童路察觉的。"

梅长苏知道甄平是自己身边最聪明的人之一，有些话不说他也明白，所以只是微笑颔首，让他退下了。

室内恢复平寂，只有炉火烈烈燃烧的"噼啪"之声，和飞流正在咬一块脆饼的咀嚼声。梅长苏闭目养了一会儿神，最终还是忍不住睁眼笑道："飞流，你再这样吃法，会吃成一只小猪的。"

坐在他榻旁小凳上的飞流叼着一块饼抬起头，含含糊糊地道："好吃！"

"当然好吃了，"梅长苏眸中露出一丝怀念，"她做的点心，我们全都很喜欢吃……"

飞流歪着头想了想，奔过去将整只食盒都抱了过来，递到梅长苏面前："吃！"

"不会吧？你都已经吃了这么多了？晚饭还吃得下吗？"

"嗯！"

梅长苏笑着拣了块枣泥软糕放进嘴里，一抿，还是熟悉的清甜味道。靖王第一次送食盒过来时，原本是婉拒了一下的，可景琰不听，说是母命不可违，放下就走了。后来差不多每个月都会拿一盒过来，渐渐地竟成了例。

有一次盒内的品种特别多，大约有十种不同的点心，所以梅长苏笑着说："殿下是不是拿错了，把自己那份给了我？"

靖王当时想也不想就回答："两份都一模一样，有什么错不错的。"

对于他的这个回答，梅长苏虽然表面上十分平静，但心里却忍不住有些发慌。

萧景琰从来都是一个对吃食不太上心的人，所以他还没有注意到自从静妃开始准备双份点心后，食盒内容发生了什么变化。但梅长苏却不敢保证他会永远都注意不到。

因为这份担心，飞流正在吃的这个食盒带过来的时候，梅长苏特意郑重地请靖王转告静妃，以后不要再带点心给他了，他经受不起。

可是萧景琰显然把他的话当成是真正的谦辞,所以还开了句玩笑道:"母妃是珍惜你这个难得的人才,她知道我不会拉拢人,所以替我笼络你的。"

梅长苏怕平白地引起他对食盒的过多注意,也没敢多说,只笑了笑而已。

好在自晋封以来,靖王的事务一下子加重了很多,他日日从早忙到晚,似乎也没什么余暇去考虑这些小事。

"梅花饼!"靠在他腿边的飞流,低头翻着食盒,突然冒出一句话。

"哦,我们飞流认得这个梅花饼啊?谁教你的?"

飞流闭着嘴,显然不愿意回答。当飞流不愿意回答时,那答案就昭然若揭了。

"好了,你也别再吃了。"梅长苏忍着笑拍拍他的头,"去看看黎纲大叔回来了没?"

"回来了。"

梅长苏不由得一怔,黎纲走时他曾吩咐一回来就直接见他,怎么会回来了不见动静?

"他什么时候回来的?"

"刚刚!"飞流又侧耳听了听:"进门了!"

梅长苏这才了然,正失笑间,黎纲的声音已在门外响起:"宗主!"

"进来吧。"

门被推开,黎纲穿了一身藏青色棉衣走进来,肩头还有未拍净的雪粒,可见外面风雪尚猛。

"看你的表情,此行很顺利吧?"梅长苏指了指榻旁的座椅,"言侯怎么说?"

"言侯一开始听说宗主是在为靖王效命,非常吃惊,不过很快就镇定下来,说了几声'难怪'。我直接向他转告了宗主的意思,他犹豫了很久,最终提了个要求,希望靖王将来功成时,不要薄待皇后。"

一丝笑意浮上了梅长苏的嘴角:"他提这个条件,倒也没有为难我。……皇后毕竟是母后,虽有当年旧案的心结,到底不该让她负主责。一旦靖王继位,就算只为了孝礼,也不会刻意薄待她。言侯……果然还是偏向靖王的。"

"是。言侯只提了这一个条件,就答应了宗主所托,同意趁着年关各府之间走动拜年不显眼的机会,探听一些朝臣对靖王的看法。"

"答应了就好。"梅长苏舒展了一下身子,"言侯本是长袖善舞、极会说话的人,何况闲散在家,不涉朝政,只有请他出面,才显得自然不留痕迹。再说若论起明察秋毫，善于判断人的态度，谁也比不过言侯当年的。"

"其实据属下观察，言侯只是对皇上、废太子和誉王寒心，所以才求仙访道，但其实对大梁朝局的关切，倒也并未全冷。"

梅长苏微微颔首："这是自然的。言侯出身簪缨世家，自己又曾有一段烈烈风云的岁月，一腔热血如何能够全冷？我不能让人发现与言侯有过多来往，所以以后还是多辛苦你走动了。"

黎纲忙道："宗主有所差遣，属下万死莫辞！怎么今天宗主说出如此见外客气的话来，倒让属下不安。"

梅长苏把一只手放在他肩上，微微用力按了按，不再说话，脸上显出一丝疲态，向后仰靠在方枕上，闭上了眼睛。黎纲想到他病中也要劳心，不由得心中一阵酸楚，忙将脸侧向一边，视线转动时扫到飞流，见少年已吃得饱饱的，趴在苏哥哥腿上睡着，俊秀的脸上是一派平静单纯，禁不住感觉更是复杂。

"你昨晚后半夜才睡，也下去休息一下的好。"梅长苏感觉到黎纲并没有走，又睁开了眼睛，道，"虽然现在暗里杀机重重，但你也用不着晚上亲自守夜。辛苦调教这些子弟是做什么的？夜里就交给阿庆他们吧。"

黎纲挑了挑眉："苏宅的防卫安排，是我跟甄平商议过的，宗主不要连这个也操心。"

"好好好，是我不对，我不管了，就随便你们吧。"

黎纲黝黑的脸上露出一抹暖暖的笑意："属下知道宗主的好意，但却不想让宗主多费一丝心力。宗主既知属下后半夜才睡，想必昨晚也安眠得不好吧？"

"已经好多了，不过多醒了几次而已。"梅长苏语调轻松地道，"这是时气，等立了春就好了。你寄给廊州的信里，不要乱说话。"

黎纲不忍与他辩言，忙低头应了，看他再次闭目安歇，这才轻手轻脚地退出了门外。

院外仍是风雪狂飘，甄平背对着主屋正站在廊下，听到开门声，便转过头来。

"怎么了？脸色这么黑？"黎纲走过去在他背心上重重一拍，"你这皮实的身板，难道也会冻着了不成？"

甄平垂下眼帘，低声道："方才晏大夫跟我说，晚上让安排一个人守在宗主的房里……"

"不是有飞流吗？"

"晏大夫的意思，是除了飞流之外再安排一个，机灵一点的……"

黎纲心头一阵狂跳，一把抓住他的胳膊："什么意思？"

"今冬的天候比去年更烈，尤其这场雪，已下了五天未停。晏大夫今早诊脉，发现宗主似有寒疾复发迹象，他不得已下了猛药，所以接下来的几天很危险……不过只要熬过了，就不妨事了。"

黎纲呆呆站了半天，最终甩了甩头，深吸一口气，不知是在跟甄平还是在跟自己说道："没事，一定熬得过。我看宗主的精神，还是很好的。"

甄平也定了定神，道："今晚服药前，得请晏大夫跟宗主说好，这算是闭关养病，这期间他什么事都不能管，靖王也好，童路也罢，谁都不许见。你我……也要心里稳得住才行。"

黎纲用力按着额头，好半天才道："甄平，幸好你来了！若只有我一个人，只怕会更慌。"

"你以为我不慌？"甄平用力拉了他一把，"走，我们到西院好好商量一下，在这里让飞流听见了，反而不好。"

身后的主屋内仍是宁寂一片，大约梅长苏与飞流都睡得安稳。黎纲和甄平没有绕走回廊，而是不约而同地直接穿过朔风呼啸的院子，仿佛是想让那冰寒沁骨的风雪冷静一下混乱的头脑。

幸好此时此刻，他们还不可能预见到，那一条惊人的消息，会恰恰在梅长苏病情最危急的这几天，传抵了帝都京城……

第四十四章 城门劫囚

连绵不断的风雪，在腊月二十八这一天突然停了，天空放晴，阳光金脆，看起来似乎很温暖。可是积雪深深的京城经过一夜晴空，反而更加干冷，吸一口冷气，吐一口白雾，那种冰寒的感觉似乎要把五脏六腑都冻住般，顺着鼻腔向内流动。

天气如此寒冷，又只有两天便是新年，所以能不出门的人自然全都窝在家里，享受暖暖的炉火与热腾腾的酒菜。而这个时候还不得不在外奔波的人，也因此显得更加辛苦和孤寂。

一大早，巡防营的官兵便在规定的时间准时打开了四方城门。每个城门处首班轮岗的四人分别站在两边门楼下的位置，监看出入城门的人流。巡防营在谢玉治下时，军容原本就不错，靖王治军更严，无人敢怠慢，所以愈发整肃，虽然站了片刻双脚就有些冻得发疼，可当班的四人并没有到处走动跺脚，以此取暖。

冬天的早上人不多，尤其是通向烟瘴之地的西城门，除了几个进来的，就没人出去过。到了日上三竿时，渐渐有了些人气，城门旁摆摊糊口的小贩们也陆续出来，懒懒地朝着稀稀落落经过摊前的客人们叫卖。又过了小半个时辰，城外天际线处隐隐出现了一队黑影，向着城门这边的方向进发。

"那是商队吗？"一个守兵伸着脖子看了半晌，"那么长的队伍，少见啊。"

"你新来的不知道，"他旁边的是个本地老兵，立即接话道，"那是运药材的商队。咱们大梁西边除了两三个州以外，大部分都是高寒地、烟瘴地，可越是这样的地方越产珍贵药材。我舅舅就是开药店的，他说最好的药都是从西边运来的，所以常有商队过咱们西城门。不过后天就三十了，这商队才刚刚赶到，真是辛苦……"

两人说话间，远处的队伍已越走越近，渐渐看得清车马和人的服饰了。

"我怎么觉得……那不像是商队呢……"新兵盯着瞧了很久,最后还是忍不住委婉地表述了意见,"商队不会有官兵护送吧?"

这时老兵也察觉出不同,嘴里"啦啦"了两声,有些意外地道:"真的不是商队呢……中间只有一辆车,好像不是装运药材的,那个看起来是……是……啊,是囚车!"

当他以很肯定的语气做出结论的时候,其他守兵也都已看清楚了,正向城门迤逦而来的,是一支押运囚犯的队伍。不过与平常不同的地方是,押送的官兵前后起码有三百多人,而被押运的囚车竟然只有一辆。

到底是什么重要的囚犯,竟然要这么劳师动众、戒备森严地押运进京?难道还有人敢拦截官府的囚车不成?

在西城门守兵好奇的目光中,那长长的队伍终于走到了城楼下。与队列中披甲执坚的押送官兵不同,走在最前面似乎是长官的男子,竟然只穿了一身普通的软衣便服。这人骑着一匹灰骠马,身姿修长柔韧,十分匀称挺拔,头上虽绾着髻,肩边却是散发,两鬓各有一绺银丝束入顶髻,扣着一圈玉环。再看他脸上容貌,甚是俊美,虽有些皱纹,但却难以判断年纪,气质上也有一种雌雄莫辨的味道,眼尾高挑的双眸中,时时露出些邪冷的气息来。

"啊……"老兵们都已判断出了来者是谁,全部低下头,弯腰行礼。新兵不明状况,但想来能率领这么大一支押送队伍,那男子定是位职位不低的大官,急忙也跟着行礼。

队伍的正中间,便是那辆囚车,虽然大小样式与普通的囚车基本一致,但仔细一瞧,此车的囚笼竟是熟铁铸就,根根铁条都有半掌来宽,接口都焊锻得极死。车中犯人蜷在角落里,重枷重链锁着,满头乌黑的乱发遮了脸,根本瞧不清容貌,从他坐的姿势和包扎布上的浸血可以看出,他左大腿还受了不轻的外伤,不知是不是被捕时与官兵交过手。

金陵的城墙非常厚实,门楼自然也很长,可领头的那名男子缓缓纵马走进门楼的阴影中后,却勒住了马缰,停了下来。守城的巡防营兵士不敢去问怎么了,只能呆呆地看着他。片刻之后,男子冷冷地笑了两声,突然扬声道:"我们可快进城了,进了京都就更没机会了,要不要再试一次?"

这句话如空中飞来,听得人满头雾水。不过留给守兵们迷惑的时间并不多,只有少顷凝寂,杀气瞬间大盛,城门西侧的树林中冲出大约五十名精壮汉子,俱是劲装长刀，直扑车队而来。与此同时，城内大门主道旁的小摊贩们也动作利落地从暗处抽出刀剑兵器，快速组成队形，其中三四人主攻，其余的人迂回，切到领头男子与后边囚队之间，似乎打算先把他拖住。马上男子瞳孔微缩，抬手间兵刃出鞘，使的竟是一柄弯度极大的胡刀，简简单单地随手一挥，光亮与劲气已直扑来者眉睫，冲向他的人无论是何角度，都觉得锋刃迎面袭来，不得已停步自保，唯有其中一名身着赤衫之人似毫无所觉般，身形去势不变，临到近前却突然一晃，眨眼便出现在另一个方位。

领头男子"咦"了一声，好像极是意外，脸色一凝，不敢大意，刀势一收一改，应变甚快，与来者间已交手数招。

跟赤衫人同时袭向那领头男子的其他几人中似有一位是袭击行动的指挥者，他见赤衫人已成功拖住那领头男子而且还不落下风，口中立即呼啸几声，带领城内杀出的人全体冲向囚车，与城外的同伴一起夹击守卫的官兵。

押运囚车的三百官兵数量虽多，但只是普通兵士，与这些明显身怀武功的江湖客们战力不平衡，一乱就更没章法，除了囚车四周的数十名精锐仍坚持对战外，其他人早被几番冲杀分开，完全显不出人多的优势来。不多时劫囚者已有两人冲到了车旁，可惜囚笼太结实，他们用力劈砍，但劈卷了刀口也劈不开囚笼，只能试图驾着整车逃离。

不知是因为有人来相救还是因为别的什么，囚车中的人犯非常激动，努力拖动着身上的重枷狂摇囚笼铁条，口中"呜呜"作响，却说不出清晰的话来，看样子像是被人塞住了嘴。由于他激动的样子甚是异常，劫囚指挥者心中一动，突然意识到了什么，立即大叫一声："撤！全体撤离！"

他话音未落，领头男子脸上已现冷笑。与他笑容里的冰寒之气同时弥漫开来的，是城墙顶上突然现身的近百名硬弓手所带来的死亡气息。囚车就停在城门之外数丈之地，围在四周的劫囚者除了几个隐在门楼底下的以外，几乎全都在城墙上弓手森森利箭的射程之中。虽然在接到撤离指令的那一瞬间大家已立即结束攻击全速逃离，可人的脚程又如何快得过迅如流星的飞羽？刹那之间，破空之声、惨叫之声交相响成一片，帝都城外已成屠戮狱场。纵然是身怀武技的江湖人，除非是绝世高手，否则乱箭之下也只能当活靶，区别只在于能抵挡多久，能逃开多远。

数轮箭雨后，劫囚的众人中只有大约一半的人在同伴的拼死掩护下逃入了城外密林，雪地上横七竖八躺着尸体，有的竟被射成刺猬一般，殷殷血流将积雪都浸成了黑色。面对如此惨况，指挥者两眼都红了。不过他显然是个心志坚忍之人，转念之间已控制住了自己几欲发狂的心绪，喝令从城内冲杀出去、受挫后侥幸退回城门内侧的十几人快逃。可是敌手并非寻常之人，城楼上有伏兵，城内又岂会没有？从几处巷口拥出的上百名官兵眨眼便形成了一个厚实的包围圈。从他们统一的兵刃样式和灰质皮甲的服装上来看，分明是悬镜司麾下的精锐府兵，一个个如狼似虎，气势汹汹地等待着上峰下令。

可是在这关键时刻，官府这边的那位领头男子却迟迟没有声音，倒让人有些意外。

从一开始到现在，无论战局如何偏转，有一个人丝毫没有受到周边情势急剧变化的影响，那便是在与领头男子交手的赤衫人。他只是专注地、认真地打着，领头男子的高绝武功似乎令他十分满意，呆板面容上那双黑冷的眸子闪烁着争胜的光芒，出手也毫不留情，此刻正战至酣处，逼得领头男子不得不全力抵挡，为保气息不乱，根本不能开口说一个字。

如果能让赤衫人擒住领头男子为质，情势当然又会转折，不过劫囚指挥者眼力很准，一下子就看出想要达到这个目的，只怕还很要打上一阵子才行，而悬镜司的府兵又不傻，领头男子虽开不了口，但他们也不会一直这么呆呆站着，没过多久就会反应过来，主动发起攻击。所以快速闪念考虑之后，他立即大声道："好孩子，我们要回去了，过来撕条口子！"

听说要回去了，赤衫人眸中神情有些不高兴，不过他最终还是听了话，返身纵跃，鬼魅般地变换了攻击对象。其实在听到指挥者的话时，那领头男子已做了准备，十二分功力使了十二成，没想到还是被对手轻轻松松就脱离了战局，几乎是转身就走的，毫无凝滞狼狈之感。由于没有料到会有如此高级别的人出手，又想多抓几个活的，城内的伏兵中没有设弓手，尽管他们比普通兵士战力更强，但赤衫人的武功连领头男子都奈何不得，冲杀过来时几乎势不可当，而被围着的十几人个个也已杀红了眼，绝处挣命自然更是拼尽全力，不多时竟真的被他们将包围圈撕开了一条裂口，逃了好些人出去。

不过双方的力量实在对比悬殊，虽然逃了一些，但领头男子也亲手擒住了三四个人，交与手下押走。他知道那赤衫人武功太高，追上去也没有用，所以干脆叫人不要理他，自己全力追踪那名已逃入城中小巷的指挥者。

金陵城中的路巷并不算特别复杂，除了城中心临河的那一片外，大多方方正正呈阡陌状，领头男子顺着血迹一路追寻，有几次几乎已可以看到逃亡者的身影，可是翻过一处断头墙后，血迹突然没了，大概对方察觉到了自己正在滴血，做了处理。此时面前有两个差不多的路口，分别通向两个不同的街坊，领头男子静静地判断了片刻，冷冷一笑，快速追向左方，从一条两面都是院墙的小径穿过，一下子就冲到了大路路面上。不料恰在这时，一辆马车从右边飞驶而来，双方速度都不慢，差一点就撞在一起，领头男子反应奇快，扭腰跃起，纵到了路沿另一边，而马车车夫也猛勒马缰，硬生生地将车停了下来。

"怎么回事啊？"车厢里的人大概被这突然的一停弄得跌倒，气呼呼地一面探出头一面抱怨道，"大过年的，谁这么横冲直撞啊？"正说着，他的视线已落在领头男子的身上，顿时一呆，失声叫道："夏冬姐姐，你什么时候回来的？"

领头男子耸了耸肩，瞟了他一眼。

"呃……"车中人抓了抓头，拧紧了眉心，想想又试探着叫了一声，"秋兄？"瞟过来的那一眼变成了一瞪，而被瞪的人则长长舒了一口气，埋怨道："早说嘛！秋兄你这个毛病可真不好，干吗非得要扮成跟夏冬姐姐一模一样的？很吓人你知不知道？"

"我说小津，我这可不是扮的，是长成这样的好不好？"夏秋走过来，在言豫津肩上捶了捶，"一年多不见，长结实了呢。"

"脸是天生长的没错，可你这头发呢？这绺白的不是你故意染的是什么？"言豫津与夏秋的关系显然更亲密，没有丝毫畏惧感，说话也大声大气，"你这个到底是怎么弄白的？我试了好多种染料，全都不行啊。"

"先不说这个了，"夏秋邪邪地笑了一下，突然凑至言豫津面前，紧紧盯住了他的眼睛，"你先告诉我，刚才有没有看到一个身上带伤的人从附近过去？"

"身上带伤的人？"言豫津伸着头左右看了看，"什么人啊？"

"你到底看没看见？"

"我刚才在车厢里啊。"言豫津拍了车夫一下："你看到了没？"

车夫摇摇头。

夏秋微微蹙起眉峰。难道追错了方向？否则言府的马车绝对应该碰到那个逃亡者的啊，除非……

"小津，你这是去什么地方？"

"我回家啊！我老爹喜欢吃满庭居的酱肘子，当人家儿子只好一大早跑去买，去晚了就没了。"言豫津嘀嘀咕咕地抱怨，"真是的，我爹既然那么喜欢道士，干吗不学人家吃素？"

"买到了吗？"

"买了三个呢！"言豫津探身从车厢里拽出一个大食盒，"夏秋哥哥要不要分一个？"

夏秋也是很爱美食的，一嗅就知道的确是满庭居每天早上限卖一百个的酱肘，浅浅一笑，摇头道："我还有事呢，你这个孝顺儿子快回去吧。"

"等等，等等！"言豫津向前一扑，一把揪住转身准备离开的夏秋，眨着眼睛问道："秋兄在追什么人啊？钦犯吗？犯了什么事？"

"真是的！"夏秋屈起手指用力在他头上敲了敲，"你怎么这么好奇啊？从小到大就没你不感兴趣的事！你再不回去肘子就凉了，当心你老爹打你屁股！"

"嘿嘿，"言豫津扯开嘴角笑，"我小时候我老爹都没打过我，现在更不打了。要说我从小挨的打，那可都是夏冬姐姐打的。她还没回来吗？"

"没有。不知道她在外面查什么。"提起双胞妹子，夏秋略略有些心烦意乱，再加上虽没擒到指挥者，但还是有许多事情在等待处理，所以不再多耽搁，顺手拍了言豫津一下，转身走了。

言豫津眼看着他走远，这才吩咐了车夫一声"快走"，自己重新缩回车厢，将厚厚的车帘放下。

这是一辆四轮马车，厢体非常宽阔，靠里堆着大把大把的蜡梅，一个人就蜷在这堆蜡梅之中，见言豫津进来，便移开花束，半立起身子，拱手道："多谢言公子相救。"

"不客气，我也没冒什么风险，刚才要是被秋兄发现了，我就说是被你胁持的，他不会对我怎么样的。"言豫津一派轻松地耸耸肩，"再说了，你家主人好歹也送过我爹一个好大的人情，算是还他一点吧。"

逃亡者微微有些吃惊，忙道："言公子是不是有些误会了？我不明白您指的是什么……"

"黎大总管不必掩饰，"国舅公子淡淡一笑，"虽然你易了容，但你手腕上那个刺青我还记得……对了，你的伤不要紧吧？幸好我买了半车的梅花，否则这满身的血气可瞒不过秋兄。"

"不要紧，只是皮肉之伤。"黎纲定了定神，"言公子请在邻近的街口找个僻静处把我放下吧。"

"好。"言豫津深深地看了他一眼，用随意的语气问道："苏兄不是病着吗？怎么还有心力策划与悬镜司的冲突？"

黎纲低下头，默然半响方道："如果我说今天的事宗主根本不知道，言公子信吗？"

言豫津想了想，坦白地道："不信。"

"但是他真的不知道。"黎纲抬起头，目光炯炯，"今日公子相救之恩，在下日后一定会报，可此事与我家宗主无关，请公子见谅。"

言豫津凝目看了他半响，突然放声大笑："你紧张什么？我又不会拿今天救你的事去找你家宗主兑换人情，就是你，我也没闹着要你报答啊。其实不管你们与悬镜司之间是因为江湖恩怨也好，朝局纷争也罢，都与我无关。要是你觉得我问得太多，不回答也就是了。放心，我虽然好奇心重，但人家不愿意说的话我是不会苦苦相逼的。"

黎纲知道这位国舅公子表面纨绔，实际爽阔，故而并不赘言，只拱手为谢。马车绕行到距离苏宅比较近的一处暗巷，言豫津先下车四处察看了没有异状，一摆手，黎纲快速跃出马车，顺着巷道去了。

这次以劫囚为目的的行动算是完全失败，不仅想救的人没有救出，而且死伤惨重，幸好悬镜司府兵有限，没有巡防营的准许和配合也不能擅自发动全城搜捕，逃离现场的人才侥幸赢得生机。黎纲虽然暂时还不能确认最终的损失，但回到苏宅一看甄平的脸色，也知道情况不妙。

"飞流回来了吗？"第一句话，先问这个。

"早回来了。"甄平扶住同伴进屋坐下，命人拿水拿药。

"他没跟宗主说什么吧？"

"宗主还睡着呢。不过看飞流的脸色大不高兴，我哄了半天，也不知有没有效果。"

黎纲重重地闭上眼睛。这次带飞流出去，是哄他说有个高手可以让他挑战，所以少年很开心，结果虽然夏秋算是高手，可打到一半就走了，难保飞流不跟梅长苏抱怨黎大叔骗人。

"现在怎么办？"甄平也跌坐在一旁，似在问他又似在问自己，"沿途袭击了三次，也没把人救出来，如今押进了悬镜司的大牢，救人更是难上加难……只怕宗主那边，怎么也得如实禀报了……"

"晏大夫怎么说？"

"他让我们再撑两天……"甄平正说着，突听院中有声响，忙站起身，"好像是卫夫人来了。"

话声未落,屋门便被推开,一条纤美的身影随即飘进,青衣长裙,容色清丽,正是浔阳医圣世家的长房独女,琅琊美人云飘蓼。她一进来便急匆匆地道:"听说黎大哥回来了?"语音未毕,已看到黎纲伤痕累累,不由得粉面一白,几欲下泪,忙忍住了,柔声询问:"黎大哥,你受伤了?不要紧吧?"

见云飘蓼明明心急如焚,却仍能忍耐着先关心他的伤势,黎纲也有些感动,忙道:"我不妨事的,只是对不住卫夫人了,卫峥将军……没能救出来……"

其实一见黎纲的情形,云飘蓼就已预料到这次只怕仍然无功,但听他明明白白一说,仍不免心痛如绞,强自稳了好久的心神,方颤声问道:"那你看见他了吗?他……他可好?"

"卫夫人放心,一时性命无碍。"黎纲叹了一口气,"只不过,这一进城,卫峥会立即被关押进悬镜司的大牢,以他赤焰军旧将和朝廷逆犯的罪名,只需禀知皇帝一声,根本不须再审判,随时都可能被处死,我们没有多少时间了。"

云飘蓼只觉得双腿一软,一下跌坐在椅上,喃喃道:"除了硬劫以外,就真的没有别的办法了吗?若论财力,西越药王谷名列琅琊富豪榜第七,卫峥毕竟当了素谷主八年的义子,这些年更是由他一人在管事,义父他老人家一定愿拼尽财力相救的。再加上我们浔阳云氏,你们江左盟……难道我们联手,就买不下卫峥一条命?"

"如果卫峥将军是被其他人发现的,或者还有周转。可是悬镜司夏江……不是好对付的人啊。药王谷和云氏财力再厚,也只是地方富豪,所谓富可敌国,不过说说罢了,这世上,还有什么敌得过朝廷的势力,敌得过赫赫皇权?曾排琅琊榜第三的黎南花家,不就是因为自恃财厚,和誉王争一块风水地产,生生被拖进人命官司里败落的吗?"甄平算是在场的人中比较冷静的,沉声分析道,"现在已不仅仅是卫峥一条命的事了。悬镜司的胃口到底有多大我们还没有弄清楚,夏江抓到了卫峥将军,就可以顺势指控药王谷和云氏窝藏叛逆,只怕难免有一场大风波。而且这次押运卫将军入京,一路上远远避开了江左十四州,让我们的行动受到很多限制,看来夏江也有些怀疑江左盟与赤焰旧部之间的联系了。"

"这倒未必,"黎纲摇头道,"卫峥将军素来与江左盟没有直接的关联,夏江抓捕卫将军,实际上是对付靖王。现在宗主在为靖王效力已是很多人心知肚明的事了,夏江将江左盟当作敌方来对付是理所当然的,倒不一定说明他察觉到了卫将军与宗主之间还有直接的关系。"

甄平沉思了一下，也同意道："没错。我们江左盟隐藏了十几年的真面目，是不会那么容易被人发现的。幸好这次城门劫囚又事先考虑到可能会失败，所以起用了金陵周边暗舵的兄弟，他们所知有限，即使被捕也牵连不深。只是……如今这个局面，已不是我们几个人所能控制的，宗主病得这么重，难道真的要去禀告他吗？"

黎纲跺跺脚道："要是这时候蔺公子肯来金陵坐镇几日的话，就根本不需要在这节骨眼上让宗主劳心了，可偏偏他在大楚玩得开心，远水救不了近火。"

甄平也有些无奈地道："这有什么办法，蔺公子并非我们赤焰旧人，他加入江左盟只是为了好玩罢了。高兴了做一点事，不高兴了谁也管不着他，我想他的底细，估计也只有宗主才知道吧。"

黎纲正要接着说什么，转眼看见云飘蓼此时已无语泪垂，体谅她心中忧急，俯下身安慰道："卫夫人，你别伤心，现在还不到山穷水尽的时候，宗主一定会有办法的。"

云飘蓼立即摇头道："我悄悄去看过梅宗主的脉象，现在不能惊扰他。虽然我有很多事情还不知道，但我知道对卫峥来说梅宗主有多重要。再说除了是卫夫人以外，我还是个大夫，没有一个大夫会在病人病势如此沉重的情况下，还让他加惊加忧、劳心劳力的……"

听她这样一说，黎、甄二人都有些黯然。从林殊十六岁可以拥有自己的"赤羽营"时，卫峥就一直是他的三名副将之一，也是唯一一个从火场中九死一生活下来的。他的被捕对梅长苏的冲击有多大，可能带来的后果有多严重，大家心里都清楚。可是这件事实在发生得太让人猝不及防了，悬镜司从拿人到押运入京不过半月的时间，江左盟接到药王谷的消息后中途匆匆组织起来的两次劫囚行动都因时间仓促、筹备粗疏而失败。今天乘他们入城前豁出去最后一次，连飞流都带去了，结果还是在人家早有防备之下无功而返。

正当三人一筹莫展之际，甄平在飞流一回来时就派出去的探子匆匆奔了进来，报说现在城中的情况。云飘蓼知道他们有要事商议，自己主动回了后院。黎、甄虽没有要瞒她的意思，但也不想让她过多忧思，故而也没有挽留，两人带了探子进入内室，细细查问。

这名探子是甄平亲自调教的，十分机灵得用，探回来的消息也颇抓得住重点。据他回报，参与行动的近百人，除了当场战死了三十多个以外，被捕了八名，其余的或逃入城外山林，或被接应掩藏，暂时不至于有被捕之忧。夏秋大概也对这些非高层之人不太感兴趣，并没有大肆追拿，而是很快收拾场面，带着卫峥等人回悬镜司去了。

"兄弟们有人收尸吗？"黎纲心痛如绞，忍泪问道。

"有，那毕竟是城门，京兆衙门很快就来人处理了。我们派人追踪了一下，都送进义庄了。黎总管放心，会让他们入土为安的。"

甄平也拍着黎纲的肩膀道："抚恤的事情你就不用操心了，我来办吧。你振作一点，现在十三先生被迫隐身，妙音坊也关了，城里的分堂暗口、消息渠道，都要靠我们两个重新去整合。就算没有卫将军的事，现在也是多事之秋啊。"

黎纲深吸一口气，叹道："说起妙音坊，我到现在还不敢相信童路会背叛……"

甄平面色清冷地道："他是真的叛了，还是仅仅被人胁骗，现在还无法定论。不过好在十三先生反应快，一发现童路失踪，立即遣散手下分头隐身，才让官府在妙音坊扑了个空，只是好多兄弟姐妹因此暂时不能活动了……"

黎纲点着头，在室内踱了几步。他现在最忧虑的事情并不是童路的失踪，这个传递消息的小伙子并不了解江左盟最核心、最致命的机密，就算背叛，也不过供出十三先生的所在，以及曾经向梅长苏传递过哪些情报而已。现在十三先生已顺利脱身，当初传递的好多情报也已过时，梅长苏暗中相助靖王的秘密更早就不是秘密，所以童路会带来的损失毕竟是有限的。目前最棘手的问题，依然是如何搭救身份暴露，且落入悬镜司之手的卫峥。

"黎兄，"甄平似乎知道他在想什么，眸色也变得深沉了几分，咬牙道，"虽然宗主同意闭关养病，一应事务可以由我们裁度着处理，但现在情势严重至此，我们真的能够继续这样支撑，而不禀知宗主吗？"

黎纲双眉紧锁，默然良久，刚抬起头想要说话，内室的门突然从里面被人一下子推开，飞流挺秀的身影出现在门外，扬着下巴，声音清亮地道："叫你们！"

从偏院走到梅长苏所住的主屋这一路上，黎纲数番试图从飞流嘴里打听出宗主为什么召唤他们。可飞流似乎还在生他的气，有时不理，有时虽回答两句，答案却如天外飞仙，让人不知所云。

到了主屋，推开房门看过去，梅长苏并不是独自一个人在室内，也没有躺在床上。他半靠在南面藕色纱窗下的一张长榻上，裹得圆圆鼓鼓的，只有两只手臂露在外面，衣袖还都高高挽起，晏大夫正俯身凝神为他收针。

"多谢了。"等最后一根银针从臂上拔下后，梅长苏放下衣袖，笑着道谢。他白天精神一向还不错，不似一个病势凶危之人，只是一到了晚上，便会心口火烫，四肢冰冷，常常有接不上气、晕厥咯血的险情。不过经过晏大夫的悉心调理，最吓人的关口勉强算是熬过去了。

"宗主，你召我们来吗？"黎纲静候晏大夫收好药箱，方才迈步上前，轻声问道。

"嗯。"梅长苏指指身侧的凳子，"你们坐吧。"

黎纲和甄平心里都有些七上八下的，互相对视一眼，什么话也不敢多问，默默坐下。

"你们跟我说实话，"梅长苏的目光静静地平视着前方，声音还有些虚弱，"卫峥是不是出事了？"

他一下子问到事情的重点上，两名下属都禁不住弹跳了起来。

"飞流说，宅里住进来一位卫姐姐……"梅长苏抬手示意两人少安，"我想了想，没有其他姓卫的女子可以得到你们的准许住进来，唯一想起的就是卫峥的妻子了。"

"的确是卫夫人来了，"甄平低声道，"因为宗主在养病，所以我们没有……"

"就算云飘蓼没有与卫峥同行，独自到京城来，她既然住进了苏宅，就不应该不来见我……"梅长苏的目光柔和地落在甄平的脸上，"她不来……是因为你们不想让我知道她在这里，对吗？"

黎纲与甄平一齐低下了头。

"你们放心，"梅长苏的语调很轻，但却很平静，"我知道自己现在身体状况不好，不宜激动。但让我这样瞎猜也不是什么好事吧？卫峥到底怎么了，你们尽管告诉我，我也不至于一击就碎。"

说到这里，他微微喘息了起来，咳嗽几声，闭目又凝了凝神，才又重新睁开眼睛，看着两名尚有些犹豫的下属，缓缓问道："飞流说卫姐姐没有戴孝，至少说明卫峥还活着……他是不是……被缉捕了？"

黎纲的手放在膝盖握紧又放开，如此反复了几次，方道："是。他于半月前被捕。"

梅长苏的嘴唇轻轻颤抖了一下，视线落在前方的书架上，沉默良久。

"宗主……"

"没关系……你们从头细说吧。"

"是。"既然开了头，黎纲也不想让梅长苏劳神一句一句地问，当下详详细细地将悬镜司夏秋如何猝然设伏捕人，江左盟如何得到消息，如何途中两次搭救未果，云飘蓼如何入京，他们又怎么策划城门劫囚最终失败等，前因后果一一叙述，说到最后，又安慰了一句："卫将军看起来伤势不重，请宗主放心。"

梅长苏原本就面色雪白，听了这番话后神情倒无什么大变，只是呼吸略微急促，有些咳喘。晏大夫过来为他推拿按抚了几下胸口，又被他慢慢推开。

"还有呢？"

"宗主……"

"京里还有什么别的事件发生吗？"

黎纲和甄平又对视了一眼，后者将身子稍稍前倾了一点，努力用平缓的口气道："倒没什么大事，只是上次跟宗主提过童路有些异状，没想到竟是真的……誉王那边大概察觉出妙音坊是听宗主号令的暗堂，派了官兵去查抄，幸而十三先生见机得早，大家都撤了出来，现在隐在安全之处，没有伤损。"

"梅宗主该吃药了。"晏大夫又挑在这时过来打断，捧了粒颜色丹红的丸药给梅长苏服用，之后又盯着他一口口啜饮完一杯滚烫的姜茶药引，这一岔神，等梅长苏重新开始考虑目前的危局时，情绪上已平静了好些。

"聂铎那边可有异动？"喝完药，梅长苏第一句话就是问这个。

黎纲愣了愣，答道："暂无消息。"

"立即传暗语信过去，命他无论听到什么讯息，都必须留在云南郡府，不得外出。"

"是！"

梅长苏停顿了一下，神色略有感伤："当年赤焰军英才济济，良将如云，可现在幸存下来的人中有些名气，容易被旧识认出的也只有卫峥和聂铎了……不过为防万一，叫廊州那边的旧部，无论当初阶位如何，都暂时蛰伏，不得轻动。"

"是！"

"你们两个……"梅长苏的目光又转向身侧的黎纲和甄平，正要说什么，两人突然一起跪下，甄平哽咽着道："我们两人都是孤儿，自幼就长在赤焰军中，当年也只是小小的十夫长，十多年过去，形容多多少少有些变化，不会有大人物认得我们的，请宗主不要在这时候将我二人斥离！"

梅长苏也知他二人并无家人故旧，又是无名之辈，被指认出来的可能性极小，所以当初才会带着他们公开露面，至今也没出现什么状况。再说如今多事之秋，也确实离不开他们的匡助，当下叹息一声，无奈地叮嘱道："你们两个也要小心。"

"是。"黎、甄二人松了一口气，大声应诺。

这时关着的房门突然"砰砰"响了两声，一进院子就不知所踪的飞流在外面很有精神地道："来了！"

"飞流什么时候学会敲门了？"甄平怔了怔，上前一打开门，外面站的却不是孩子般的少年，而是云飘蓼。

"卫夫人请进。"梅长苏温言道，"黎大哥，搬个座儿。"

云飘蓼迤逦而进，到梅长苏面前福了一礼方坐下，柔声道："梅宗主命飞流相召，不知有何吩咐？"

梅长苏看着这个坚强美丽的女子，就如同看着霓凰一般心中怜惜："卫峥出事，真是难为你了。"

云飘蓼眸中微微含泪，又被她强行忍下，摇头道："卫峥藏身药王谷这么多年都安然无恙……是我云氏门中出了败类，才连累了他……"

"云氏家族藤蔓牵绕，出个把朽腐之辈也难尽防。比起你多年为他苦守之情，他为你冒冒风险出来相认又算得了什么？"

"可是现在……"

"现在人还活着，就有办法。"梅长苏神态虚弱，但说出话来却极有根骨，目光也异常坚定，"卫夫人，你可信得过我？"

云飘蓼立即站了起来，正要说话，梅长苏又微微一笑，打断了她："卫夫人若信得过我，就立刻回浔阳吧。"

黎纲冲口道："宗主，浔阳云氏现在已被暗中监围，只等京城有令，便会动手的。卫夫人此时回去，不是正中悬镜司的埋伏吗？"

"没错，卫夫人一回浔阳，必然被捕无疑。"梅长苏神情清冷，眸色深深，"但被捕，并不等于定罪，而潜逃，才是自承有罪。我知道被定罪后逃亡的滋味，不到绝境，不能选这条路。再者，就算卫夫人能逃脱，云老伯呢？偌大的云氏家族呢？窝藏逆犯是可以株连的，你一逃，这泼天的罪名可就坐实了，如果悬镜司拿了云老伯为质，到时你是投案还是不投案？"

云飘蓼花容如雪，喃喃道："那梅宗主的意思是……先束手就擒，然后再鸣冤？"

"是。卫峥是十三年前的逆犯，可你们成亲只有一年多，天下共知，说云氏存心窝藏，情理不通。你大可以申辩说只知他是药王谷当家，不知他是逆犯，除了云家去告密的人有份告词以外，悬镜司也证明不了你们早是旧识。大户人家内斗是屡见不鲜的事，你是长房独女，要说他们为了争产，不知从哪里发现卫峥真实身份后借此诬告，是很讲得通的。浔阳云氏并非普通人家，朝中显贵有多少人受过令尊与你的惠泽，你比我清楚，只要有人首倡求情相保，便能趁机造出喊冤的声势来。云氏行善多年，民间人望与口碑可以依持，皇帝陛下对你们也很有好感，如果悬镜司没有确凿证据可以反驳你们的申辩，这藏逆的罪名不会那么容易扣得下去。只不过……云氏脱罪有望，可是你本人……"

云飘蓼点点头，心里很明白他的意思。云氏医善世家，名望素著，罪名不坐实很难被株连，但是对自己本人而言，无论如何都已是卫峥的妻子，就算事先不知道他逆犯的身份，现在也已算是犯妇。

"我想现在卫峥最担心的，就是怕连累了你，就算为了他，你也千万不要口硬，一定要咬口说自己不知情，那么纵然再被牵连，也会轻判。只要保了命，出了悬镜司的牢狱，自然会有各方照应，不会让你受太多苦楚的。"

"梅宗主放心，"云飘蓼淡淡一笑，"我不是娇养女儿，不怕受苦。只要能有再与卫峥相会之日，什么苦我都能受。不过……即使云氏侥幸逃过此难，药王谷那边……"

"药王谷我倒不是特别担心，"梅长苏笑了笑，"素谷主不是等闲之辈，自保之策他还是有的。西越烟瘴之地，崇山峻岭无数，素谷主既可入朝堂鸣冤，也可藏身于雨林，看他自己怎么选择吧。总之悬镜司想端掉药王谷，恐怕没这个力量，最多封了它货运药材的通路，将整个药王谷困在山中罢了。"

"封困？"云飘蓼还是有些心惊，"那岂不是……"

"没关系，药王谷是什么家底，困个三四年的无妨。再说西越之地是悬镜司熟还是人家素谷主熟？封几条主路罢了，全封谈何容易。"

云飘蓼长舒一口气，道："这样就好，义父不受大损，卫峥也不会过于愧疚了。"

"黎纲，你去做一下准备，派人在今天黄昏宵禁前将卫夫人护送出城。"

"是！"

"卫夫人路上千万要小心，你在其他任何地方被捕，悬镜司都可以说你是潜逃落网，只有回到了云府，才没有话说。"

"对啊，哪有潜逃的犯人，在风头上潜回自己家里的。"黎纲笑道，"一路定会安排妥当，卫夫人放心。"

"另外你要注意一点，卫峥是在货运药材的路上被捕的，之后便押运入京，并没有公开宣布他的罪名，你回云府一旦被捉拿，一定要当作连自己为何被扣押也不知道的样子。没有人当面告知你卫峥的逆犯身份之前,你只知道他是素玄,其他的一概不知,明白吗?"

"多谢梅宗主指点。"云飘蓼起身行礼,又说了几句保重身体之类的话,便跟着黎纲等人一起退出去了。

他们一出去,飞流就飘了进来,手中抱着一束灼灼红梅,把最大那个花瓶里供的两天前的梅花扯出来,将新折的这束插了进去。

梅长苏凝目在皎皎花色中看了半晌,突然想起来:"飞流,我们院中应该没有红梅花吧?你从哪里采的?"

"别人家!"飞流理直气壮地回答。

梅长苏本是心中沉郁,忧闷疼痛,竟也被他逗得哭笑不得,又咳了一阵,招手叫飞流过来:"飞流,你到密室里去帮我敲敲门,然后稍微等一会儿,如果有人来,再来扶我进去,好不好?"

飞流歪着头问道:"水牛吗?"

"是靖王殿下!"梅长苏板起脸,"说了多少遍了,怎么不听话?"

"顺口!"飞流辩解道。

"好了,不管顺不顺口,反正以后不许这样叫了。快去吧。"

少年轻快地转过身子,一眨眼,便消失在了帘帏之后。

第四十五章 寒风满楼

可是飞流当天并没有在密室中等到靖王，因为萧景琰根本不在府中。西门发生的那场血斗，巡防营虽然事先不知情，但也不至于事后还像瞎子一样。很快，靖王便接到了关于悬镜司押运重犯进京，在城门口遇袭的报告。不过由于悬镜司直属御前，自成体系，常常不通知相关府司自行其是，靖王一开始并没有将此事放在心上，只是吩咐巡防营统领欧阳激留心，如果悬镜司要对劫囚失败后逃匿的案犯进行围捕，那么除非有明旨，否则必须通过巡防营来协调行动，不得随意扰民，之后靖王便出门探望重病垂危的皇叔栗王去了。与当初默然无宠时不同，萧景琰如今的身份与以前相比已不可同日而语，到栗王府探病的其他宗室朝臣们见了他无一不过来寒暄，应酬盘桓了一番后，已是午后。这时欧阳激来报，说是悬镜司方面没有任何联络，但也没有擅自在京中进行搜捕，倒像是对逃逸的案犯不放在心上，反而集中大部分府兵，重重封锁看守新押进城的那名重犯。

到这时靖王心中才升起一点点疑虑，细想了半日，也想不出那名重犯可能与近来什么事件有关。但他素来与悬镜司有隙，知道派人去问也是自讨没趣，再加上今年年尾祭典由于没了太子，很多仪程都变了，梁帝命他与誉王双亲王陪祭，他跟誉王不同，多年没有进入朝堂高层，很多这方面的礼仪都不太熟悉，于是请了继任的礼部尚书柳暨亲自在内书廷教习他，现在正是最忙的时候，因此尽管疑惑，到底没有去深查，叮嘱欧阳激继续追探消息后，便进内书廷去了。

修习了近一个时辰的礼仪，靖王虽然一点都不累，可柳尚书六十多岁的老人已经气喘吁吁。他是中书令柳澄的堂弟，出身世族，朝中一向人望不低，对所有的皇子从来都没有区别待遇过，靖王也从未曾特意笼络过他，只是此时体谅老者体衰，便借口要请教历朝典章之事，请他坐下歇息，没料到聊来聊去，竟聊得十分投机。

其实这里靖王占了一个便宜，那就是他素来给朝臣们的印象都是决毅冷硬，只谙武事，不晓文治的。但事实上靖王幼时在宫中受教于母亲与宸妃，稍长后又由皇长兄祁王亲自教养，底子并不薄，只不过当年被那个飞扬任性、英才天纵的赤焰少帅林殊盖了全部的风头，从来没有引人注意过罢了。祁王逆案发生后的十来年，萧景琰确实对朝堂产生过极为厌恶的情绪，因而被父皇也被他自己放逐在外，有所荒废。但不管怎么说，他也曾是宿儒执教，名臣为师，与林殊同窗修习，且功课不错的人，如果只是简单地以武夫来评定他，自然不免在深交后惊诧意外。

聊到近晚，靖王才离开内书廷，在宫城外凑巧遇到了蒙挚，顺便问他知不知道悬镜司抓捕来的是何人，蒙挚根本毫不知情，两人只交谈了两三句，便各自散去。之后靖王便直接回到了自己的王府。可惜就在他进卧房的前一刻，第三次进密室敲门却仍然没有得到回应的飞流刚刚离去，两者之间只差毫厘，而入夜后病势转沉的梅长苏终究也没有体力第四次派飞流去找人，当晚两人没有能够见面。

次日清晨，靖王一早入宫请安。由于年关，朝廷已在两天前封印免朝，皇子们每日问安都是直接入禁内武英殿，靖王进去的时候，在殿门外遇到了好久都没有碰见过的誉王，不知是巧还是不巧。

"景琰来了，"誉王笑容满面地迎上来握住靖王的手，一副友爱兄长的样子，"看你红光满面，昨晚一定睡得很好吧？"

靖王一向不喜欢跟他虚与委蛇，梅长苏也不觉得表面上跟誉王嘻嘻哈哈有什么用，两人意见一致的情况下，靖王见誉王的态度虽不至于失礼，但难免冷淡，比如此刻，他也只是微微欠身行礼，之后便慢慢把被誉王攥住的手抽了回来。

"来来来，我们一起进去吧，听说父皇今天很高兴呢。"誉王早就习惯了他这样不咸不淡的，并不以为意，抬手一让，两人肩并肩一起迈步进了武英殿。

此时在殿中有三个人，梁帝、悬镜司首尊夏江与禁军统领蒙挚，看样子他们像是刚刚谈完什么事情，一个靠在龙椅上抚额沉思，一个慢慢捋着胡子似笑非笑，还有一个没什么表情，但脸部的皮肤却明显绷得很紧。两位亲王进来时，夏江看着誉王微微点了点头，而蒙挚则向靖王皱了皱眉。

"儿臣给父皇请安。"兄弟俩一起拜倒行礼。

"嗯，坐吧。"梁帝揉着额角慢慢抬起头，看着面前的两个儿子，他们如今服饰一致，越发有兄弟相，身材容貌都相差不大，只是一个结实沉默些，另一个更加圆滑机灵。这位大梁皇帝十多年来一向偏爱誉王，直到近来才因不满他野心太盛，刻意减了些恩宠，但余爱仍盛，而靖王重新博得受他关注的机会后，行事越来越合他的心意，正是好感度增加的时候，所以此时看着这两人，他自己也说不出更喜爱哪一个些。恍恍然间想到了祁王，想到那个优秀到令他无法掌控的皇长子，突觉心中一阵疼痛，不知是因为年老，还是因为夏江刚刚勾起了他已刻意尘封的回忆。

"父皇怎么了？"誉王关切地欠身上前，"莫非刚才在讨论什么繁难之事？儿臣可否为父皇分忧？"

梁帝挥了挥手："大过年的，有什么繁难之事……"

"是啊，"夏江看梁帝说了这半句，没有继续再说下去的意思，便接住了话茬儿，"年节吉日，能有什么繁难？像抓到旧案逆犯这样的事，其实是好彩头啊。"

"逆犯？"誉王露出吓一跳的表情，"近来出了什么逆案，我怎么不知道？"

夏江哈哈大笑："殿下当然知道，只不过不是近来的案子，是十三年前的。"

"啊？夏首尊指的是……"誉王一面接口，一面瞟了靖王一眼。后者果然闻言抬头，目色如焰地盯住了夏江。

"十三年前哪里还有两桩逆案？自然是赤焰的案子了。"夏江以轻松的口吻道，"赤焰军叛国通敌，罪名早定，只是当年聚歼他们于梅岭时，天降大雪，又起了风暴，陛下明旨要捕拿的主犯将领十七名中，只活捉了四个，找到十一具尸体，还有两个，不知是逃了，还是尸骨湮没。为此悬镜司多年来未敢懈怠。好在皇上圣德庇佑，天网难逃，竟在事隔十三年后，拿到了其中一名逆犯。"

"是谁啊？"

夏江用眼尾瞥着靖王，冷冷道："原赤羽营副将，卫峥。"

靖王放在膝上的双手已不自禁地紧握成拳，胸中一阵翻滚。但他被打压这十来年，最近又多历练，当不是以前的莽撞少年，咬了咬牙，已垂下眼帘遮住了眸中跳动的火苗。

"哎呀，这果然是好事啊！"誉王刻意抬高了的音调听起来尖锐而刺耳，"儿臣恭喜父皇了。潜逃十多年的逆犯都能落网，实在可彰我朝廷盛威。这个卫峥，一定要公开处以重刑，才足以震慑天下不臣之心！"

夏江假意思索了一阵，方徐徐赞同道："誉王殿下果然反应快捷，细想确实是这个道理。凡是胸怀二心的狂悖逆贼，教化都是没有用的，一定要以重典惩治，方可令天下有畏惧之心。卫犯逃匿十多年，说明他没有半点悔过之心，臣以为，腰斩示众比较合适。"

靖王颊边的肌肉一跳,猛地抬起了头,正要开口,蒙挚已抢先他一步跪了下来,道:"陛下,如今正是年节,又值国丧期,实在不宜当众施此酷刑啊!"

"蒙统领此言差矣。"夏江淡淡道,"谋逆是不赦之罪,与国丧何关?严苛以待逆贼,仁柔以待忠良,顺之则兴国,逆之则亡国,此方为不悖之道。你说对不对,靖王殿下?"

他轻飘飘地将话头抛给了靖王,摆明非要让他开口。而这一开口,只怕说出来的如不是违心之语,便会是逆耳之言。

蒙挚大急,欲待再次拦话,又怕做得过于明显适得其反,正束手无策时,靖王已一顿首,字字清晰地坦然道:"儿臣有异议。"

萧景琰说这句话时声音并不大,但整个语调却透着一股烈性的铿锵之意,梁帝半垂的眉睫顿时一颤,慢慢抬了起来,微带混浊的眼睛一眯,竟闪出了些锋利的亮光,定定地落在了靖王的脸上。

"你……有何异议啊?"大梁皇帝拖长了的调子听不出喜怒,却也没有多少善意。坐在他左手边的誉王立即恭敬地调整了一下坐姿,唇角向上挑了挑,不过这一抹得意的神情马上便被他自己有意识地控制住了。

靖王却看也没看誉王,只是再次顿首,回道:"儿臣以为,无论当年的案情究竟如何,那毕竟都是皇室之痛,朝廷之损,应该是祸非福,何至于如今提起来这般津津乐道,全无半点沉郁心肠?夏首尊行事一向以铁腕厉辣著称,实在是令人佩服,但如今父皇治下又不是乱世,重典二字岂可轻提?至于什么是兴国之道,什么是亡国之道,远了说有历代圣贤著书立言,近了看有父皇圣明在上,夏首尊却单问我对不对,我怎么敢答?"

一向不以雄辩著称的靖王答出这么一番水准不低的话来,倒让他的敌对者有些吃惊。誉王直了直腰,正要想法子驳两句,夏江已经呵呵笑了起来,道:"陛下面前议事,政见不同是经常的。殿下如不赞同我的提议,尽管否了就是,何至于这般辞气激愤?莫非我刚才有哪句话刺到了殿下,惹您不快了?那老臣这厢先赔个礼吧。"

"是啊,景琰你……"誉王忙着要帮腔,刚说了几个字,便接到夏江飞快闪过来的一瞥,立即顿住。他是个聪明人,闪念间便明白夏江是不想让两人一搭一唱显得过于配合,以免引起梁帝疑心,话到舌尖打了一转,亏他改得倒快:"……景琰说得其实没错,只是脾气大了些,不过夏首尊也多心了,你知道景琰只是性情如此,当不会有他意吧？"

"靖王殿下有无他意，老臣没有听出来，不过您刚才说什么'无论当年案情如何'，老臣就有些听不懂了。此案是陛下亲自逐一审定的，一丝一缕分毫不爽，莫非殿下直到今日，还没有分证清楚吗？"

其实这时靖王只需解释几句诸如"并无此意"啦，"不是对当年案情有什么异议"啦之类的话，事情也就扯开了，夏江再是元老重臣，毕竟身为臣属，也不可能非揪着死追烂打。但是靖王毕竟是靖王，十三年的坚持与执拗，并不是最近这短短半年多的时间可以磨平的，甚至可以说，正是近来陆续发现的一些真相，使得他心头的愤激之火烧得更旺，所以此时此刻，虽然他明知表面上爱听不听的梁帝其实正等着品察他的反应，但要让他无视自己的真实内心说些圆滑献媚的话，萧景琰实在做不到。

"当年的事情如何发生的，我的确不知道。我只知道，当我奉旨出使东海离开京城时，祁王还是天下景仰的贤王，林帅还是功勋卓著的忠良，赤焰军还是匡护大梁北境的雄师，可当我回来的时候，却被告知他们成了逆子、叛臣、罪人，死的死，亡的亡，除了乱坟与灵牌，我甚至连尸首也没有看到一具，却让我如何分证清楚？"

"原来如此，"夏江声色不动地点着头，"原来在殿下的心中，只要有贤王的德名，有镇主的军功，有兵将如云的雄师，就可以谋逆了吗？"

在夏江这句恶意的问话之后，蒙挚尽最大的可能向靖王使着眼色，暗示他冷静一点。可是已经沸腾起来的热血很难瞬间冷却，当此生最深最痛的伤口被人碾压在脚下时，三十二岁的萧景琰实在无法让自己就此隐忍："所谓谋逆，并无实迹，我所看到的，也只有夏首尊你一份案情奏报罢了。"

"不会吧，你只看到了夏首尊的案情奏报？"誉王语气温和地插言，"景琰，难道你连父皇亲下的处置诏书也没有看到吗？"

听到此处，斜靠在扶枕上的梁帝终于放下了支着额头旁侧的手，坐正了身体，盯住靖王的眼睛徐徐道："景琰，关于朕对赤焰案的处置……你有什么不满吗？"

这句话虽然听来平常，但细细一品，其实已是极重了，靖王立即由侧坐改为跪姿，伏地拜了拜，可抬起头来时，说的话仍无退让之意。

"儿臣并非对父皇有任何不满，儿臣只是认为，祁王素来……"

"是庶人萧景禹！"梁帝突然怒意横生，高声道，"还有什么林帅，那是逆臣林燮！你学没学会该怎么君前奏对？！"

靖王狠狠咬住了下唇，牙印深深，方稳住了脸上抽动的肌肉。蒙挚立即跪下，低声道:"陛下,年节将近,请暂息天子之怒,以安民生之泽……"

"景琰也少说两句吧,"誉王也轻声细语地劝道,"当着我和外臣的面,哪有这么顶撞父皇的?"

其实从论辩以来,靖王只有两句话是对梁帝说的,这两句都没什么顶撞之意,但誉王这罪名一扣下来,倒好像景琰说的任何话都是有意针对梁帝的,实在是一记厉害的软刀子。

蒙挚的额头上已经开始有些冒汗,但他也不是机敏灵变之人,一时哪里想得出什么化解目前局面的办法,只是心中干着急而已。

"陛下……"一直跪侍于殿角的高湛这时悄悄地爬了过来,凑在梁帝耳边低声道,"奴才斗胆提醒陛下,您每天浴足药疗的时间要到了,芷罗宫那边传过信来,静妃娘娘已准备妥当……"

梁帝的胸膛起伏着,看向殿下神色各异的这些人……惶惑不安的蒙挚,努力显得恭顺平和的誉王,面无表情的夏江,还有跪在那里,没有再继续申辩,但也没有请罪的靖王。

这位已逾耳顺之年的老皇帝突然觉得一阵泄气,闭上眼睛无力地挥了挥手,道:"退下吧,全都退下吧……"

誉王略微有些失望,本想再多说一句,被夏江的眼神止住,只好忍耐着,与众人一起行礼退出。

到得殿外,靖王绷着脸,一眼也没有朝两个同行者瞥过去,径自快步走了。誉王与太子争斗时玩了多年表面和睦的太极功夫,对于新对手这种冷硬不给脸子的风格十分地不适应,呆呆地看着他的背影,好半天才一跺脚,回头道:"夏首尊,你瞧他这样子……"

"倒也不失血性。殿下少安毋躁,老臣也告退了。"夏江简短地回了一句,拱拱手。誉王心里明白他为何如此谨慎,朝左右看了看,不再多说,回了礼与他各自分手。

三人刚离去片刻,皇帝的步辇已抬至武英殿前,高湛小心扶着梁帝出来,登车向芷萝宫而去。最近几个月梁帝足部风疾发作,时常疼痛难行,太医开的药也没有大的成效,倒是静妃为他准备的药浴蒸足疗法颇能减轻症状,所以每日都定时前去。高湛方才的提醒却也不是假的,不过时机稍稍巧了些而已。

对于武英殿的风波,静妃当然还不知道,不过就算知道了,也难说她那种闲淡安然的态度就会因此有所变化。接驾入宫后,除了应对礼仪该说的话外,她半个字也没有多讲，只忙着服侍梁帝在软椅上半躺半坐下来，为他去鞋除袜，蒸足按摩。往常这个时候，梁帝会有一搭没一搭地跟她说些话解闷，不过今日他情绪异常，一坐下来就闭上眼睛，仿佛睡着了般，唯有眉间皱着的三条褶纹，表示出他心中不快。静妃也不问缘由，见他闭目，便拿了熏香软巾，热热地叠成一条，轻轻给他盖在眼部，每隔半刻钟又重新换上一条。

大约半个时辰后，蒸疗完毕，静妃拿旧布软棉裁制的白袜给梁帝穿上，把他的双腿平放在宫女移过的靠凳上，足踝部稍稍垫高，之后便开始捶按腿部。正在忙碌之际，梁帝突然伸手拿开眼上的香巾，探身一把抓住静妃的手腕，将她拉到身前，叫了一声："静妃！"

"是，"静妃安顺地被他拉了过去，"陛下有什么吩咐？"

"你告诉朕，当年赤焰的那桩案子，你是怎么看的？"

被这突兀一问，静妃安宁如水的眼波难得起了一丝涟漪，迟疑地问道："陛下怎么问起这个……"

"你只管回答朕就是了。你到底是怎么看的，朕要听实话。"

静妃慢慢收回手，后退一步跪下，垂首道："陛下见问，臣妾不敢不答。只是无论臣妾怎么回答，都难免会让陛下伤心，故而先行请罪，请陛下见谅。"

梁帝微有触动，坐了起来，问道："你此话怎讲？"

"臣妾出身林府，与故宸妃相交甚厚，陛下早就知道。若臣妾恶语评之，陛下岂不会感伤宸妃生无挚友，死无追念？可是赤焰一案由陛下您亲自处置，以您的圣明，为的一定是稳固朝廷，若臣妾顾念与宸妃的私情，为赤焰中人开脱，陛下又难免会认为臣妾不了解您安稳大局的一片苦心……臣妾只是深宫一个小小妃子，无论对赤焰案的看法如何，都是不值一提的小事，但如果因为臣妾的回答导致陛下您伤心难过，那就是臣妾天大的罪过了。因此臣妾斗胆，请陛下先行谅解。"说罢，静妃伏地再拜，眸中珠泪已夺眶而出。

对于宸妃林乐瑶，其实梁帝自己这些年也时常暗中追思哀念。故而静妃提到与她的旧情，正中梁帝心中最柔软的一处，他不仅没有因此动怒，反而有一种心怀同感的契合之意，伸手示意静妃近前，叹息道："算了，你与宸妃一样柔善，朕也不为难你了。你们在朕身边，朕还不了解你们吗？说到底你们与皇后、越妃不同，宫外之事本不该牵涉到你们，只是……"

静妃见梁帝垂泪伤感，忙拿手巾与他净面，柔声道："臣妾明白当年陛下是有心对宸妃网开一面的,可是您也知道,她虽然心性温良,但毕竟是将门血脉,面对那般情形,自然不愿意苟且独活。以臣妾对她的了解,与其说她自尽是因为畏罪,不如说她是感到对不起陛下您,觉得生无可恋罢了。"

静妃的这番说辞令梁帝感到十分舒服,不由得连连点头。要说梁帝当年对宸妃也不可谓不狠辣,生前褫位,死后简葬,薄棺一口,孤坟一座,不立碑陵,不设祭享,除了确实没有明旨令她自尽以外,凉薄的事情能做的差不多也做完了。只不过如今年老追思,总拣自己对她宽大的事情来想,以此博得心理上的舒适感。

"一晃这么多年过去,如今这宫里敢跟朕聊聊宸妃的人,也只有你了。"梁帝抚着静妃的手背,感慨道,"景禹出生不到一年你就进宫了,你自然知道朕对她们母子有多好……前日殿祭,朕看见了言阙,他一年到头也难得在朕面前出现,朕差不多快把他给忘了。结果前日一见,朕才发现有些事情,是根本忘不了的……"

"臣妾正奇怪陛下今日怎么诸多感慨呢,原来是因为见到了言侯……"

"这倒不是。朕之所以想起这些事,是因为夏江今天进宫,告诉朕他抓到了一名当年漏网的赤焰逆犯……"

静妃大吃一惊,几乎用尽全身力气才控制住自己的手没有颤抖,但是脸色已忍不住变了,忙低下头去,稳了稳心神,好半天方道:"十多年了……不知是哪名逆犯啊?"

"你不认识,是当年小殊……呃……是当年赤羽营中的一名副将,叫什么卫峥的。"

静妃这才心魂稍定,暗暗吐出一口气,道:"怎么会呢?当年的案报上不是说,赤羽营全军被火歼,应该并无幸存吗?"

"朕也这么想,所以特意问了夏江。他说那个卫峥命大,本来他身为赤羽副将之首,确实应该在梅岭北谷的,只不过那一天恰好奉命到南谷赤焰主营里公干,所以有了一丝生机逃命。如果他还在北谷,现在也多半连块骸骨都没有。"

说到卫峥,梁帝便没了方才提到宸妃时的温情,辞气冷酷。静妃听着只觉遍体生寒,只凭着多年修养出来的深沉把持着,才没有露出什么不妥的表情来。

为什么北谷的赤羽营当年会被下了比主营更辣、更狠的杀手,火歼得如此彻底,其实静妃心里是明白的。

赤羽营的主将林殊,这位英气凌云的天之骄子,是赤焰元帅林燮与晋阳长公主的独子,自小就是太皇太后心头的肉。赤焰案最初爆发时,历经三朝却从不干预朝政的老太后跣足披发亲上武英殿，满面是泪地要求梁帝将林殊的名字从主犯名单上删去。对于当时已伤心欲绝的太皇太后而言，保住赤焰军她已做不到了，但最起码，她希望至少能保住她年仅十七岁的曾外孙的性命。然而她不知道的是，已下定决心撤掉赤焰军的梁帝，绝不可能留下那个十三岁即上战场、奇兵绝谋、纵横往来有不败威名的少年将军，为自己埋下隐患。所以尽管被逼无奈答应了太皇太后，未将林殊列入必捕主犯，他依然暗中密令谢玉，一定要确保林殊没有丝毫机会能逃得性命，事后以赤羽营抵抗激烈，局面失控，最终玉石俱焚为由回禀了太皇太后。

而一直安静地等待着前方消息的晋阳长公主，在听闻夫亡子死噩耗的那一天，携剑闯入宫城，当众自刎于朝阳殿前，血溅玉阶。

然而太皇太后的重病与晋阳长公主的鲜血并没有阻止住梁帝重新树立自己无上君威的铁腕，三日后，萧景禹被赐死，同日宸妃自尽。

曾经朝气蓬勃、英才济济的祁王府就此烟消云散，只余下满朝从此唯唯诺诺的余音。

深宫中的静嫔也就是从那时开始将皇室的冷酷刻入骨髓。死去的那些人中，有救她性命、视她如妹的林燮，有相交莫逆、彼此欣赏的晋阳长公主，有在宫中相依相伴、情逾姐妹的宸妃，但她却不得不掩住为他们而流的眼泪，隐藏内心的怨懑与激愤，收起自己所有的智慧与情感，如同一个隐形人一般留在深宫的一角，等待着未知的结局。

与静妃谈了这一阵子，梁帝感觉身体困倦，于是移到床上去安睡。静妃放下纱帐，换了炉内的熏香，刚坐下来，心中便升起一股担忧之情。

有道是知子莫若母，对于儿子萧景琰的性情，静妃是再了解不过的。虽然卫峥是谁她并不熟悉，但就凭他赤羽营副将这个身份，静妃也知道景琰绝不会坐视不管。

可是又该怎么管呢……向皇帝求情恩免？在赤焰案尚无平反希望的现在，根本没有任何恩赦逆犯的理由；为卫峥上下打通关节？悬镜司首尊夏江正张着网等人撞进来；动用武力强行救人？这是一旦失手就再无翻身之地的下下之策……

左思右想难有定论的静妃叹息一声，抛开纷乱的思绪，立起身来，走到外殿小厢房，命人取来新鲜梅蕊，坐下来亲手筛拣，准备蒸汁做沁梅糕。

侍女新儿这时捧着一只木盒走过来，行礼道："娘娘，这是内廷司才送来的上好榛子，您要看看吗？"

静妃只略略瞟了一眼，便道："放着吧。"

"是。"新儿将木盒放在架上,过来一面搭手为静妃摇筛板,一面笑道,"娘娘,是不是因为这一向内廷司进的榛子都不好啊?您好久都没给靖王殿下做榛子酥了呢,您不是说那是殿下最喜欢吃的吗?"

静妃停下了正在翻拣梅蕊的手,目光微凝。

有多久没做了呢?从开始做双份食盒起就没做了吧……景琰是个不挑食的好孩子,所谓的最喜欢吃,也不过是在给他一大堆东西时会先挑来吃罢了,如果不给他,他也不会特别想着,所以过了这么久,他也没察觉到这个变化。

想来也真是有趣,明明是一对好朋友,可一个最爱吃榛子,另一个却偏偏是不小心误食了都会全身发红、喘不过气、非得灌药吐了才会好的人,这大概是他们两人唯一不相合的一处地方吧……

希望这次的危局,那个人也能劝止住景琰的急躁,想办法平安渡过去。

"娘娘,奴婢刚才回来的时候,路上遇到惠妃娘娘的驾,看到她被人扶着,哭得脸都肿了呢。"新儿压低了声音说着宫中消息,"听齐公公说她是从正阳宫出来的,一定是被皇后娘娘狠狠地骂了。"

静妃皱眉道:"你打听这些事做什么?"

"奴婢没有打听,"新儿忙道,"是齐公公自己跟我说的,不信娘娘传问齐公公……"

"好了,"静妃淡淡一笑,"也不是大事,不过叮嘱你,宫中行事有规矩,不要自惹麻烦。"

"奴婢明白。"新儿娇俏地吐了吐舌头,夸张地掩住了嘴。

其实新儿所说的这件事,静妃已经知道了。惠妃是皇三子豫王之母,在宫中年资甚深,为人老实,一直无宠。豫王上个月在外看中一名小吏之女,准备纳为侧妃,口头约定还未下聘前,此女又被誉王妃的母弟朱樾看中。那小吏贪图誉王之势,谎称女儿得了风疾,瞒过豫王悄悄送进了朱府。后来风声走漏,被豫王知晓。他再闭门无争,也毕竟是皇子心性,气恼不过,派人上门责问,小吏惧怕,慌张从后门逃出,被追赶时失足落水而死。那女儿闻讯哀哭,朱樾为给小妾出气,请一位交好的御史上本奏劾豫王逼杀人命,又通过誉王妃向皇后告了状。因年节,案子暂时留中未发,但惠妃已背着教子不严的罪名被皇后责骂过多次了。

后宫之事,静妃一向不言不动,只是听新儿这样一说,想起明天就是除夕,有许多重要场合,考虑了一下便起身找出两袋药囊和一盒药膏,让新儿悄悄走到惠妃宫中去，教她调理发肿的眼睛与脸部，免得在年节中被梁帝看出哭相，更添责备。

到了正午时分，梁帝醒来，在静妃的服侍下用了午膳，因下午还要召见礼部尚书最终确认祭典的事，所以没多停留，起驾离去。

梁帝走后，静妃便一直在盼望儿子能进来一趟，好跟他说一句话，但一直等到暮沉掌灯，依然未见他的踪影。而与此同时，昨天与靖王失之交臂的梅长苏却欣喜地收到了靖王已进入密室等着的讯息。

他今天身体状况稍微好转了些，已开始进入恢复期，早上还在院中走了一圈儿，感觉身体不似往日那般浊重。不过为了慎重起见，当他进密室之前，黎纲和甄平还是坚持让他把飞流带在了身边。

启开石室之门，梅长苏刚迈步进去，便微微一怔。

因为在他面前等待着的，竟不是靖王独自一人。

"见过靖王殿下。列将军也来了……"尽管稍感意外，但梅长苏旋即了然，上前招呼，"苏某残躯病体，多日沉疴，只怕误了殿下很多事，还请见谅。"

"先生快请坐。"靖王欠身相迎，"先生还在养病，本不宜打扰，只是有件事着紧，不得已前来，请先生出个主意。"

"殿下客气了，"梅长苏开门见山地道，"是为了新近被捕的卫峥之事吗？"

靖王不由得一惊："先生怎么知道的？"

梅长苏凝目看着侍立在靖王身后，神情忧急的中郎将列战英，淡淡一哂道："苏某奉殿下之命，追查当年赤焰旧案，敢不尽心？不过卫峥被捕一事也是数天前才知晓，江左盟虽尽力相救，却未能成功，让卫峥被押进了京城。想来到今日，殿下也该得到消息了，何况据苏某所知，列将军当年与卫峥交情不错，既然特意跟来，那就肯定是要谈这件事的了。"

"不错不错，"列战英急道，"确是要谈此事。我本以为卫峥已蒙冤惨死，万幸还在人间。只是如今他身陷囹圄，命悬人手，须得加紧营救才行。王爷常说先生智计天下无双，还请劳神费思，指点一二啊！"

"列将军故友情深，让人感动。可是将军如今是靖王府中第一心腹，应该万事首先考虑殿下的利益才是。"梅长苏有意放慢了语速道，"所谓蒙冤，也只是我们在这里说说罢了。在明面上，卫峥的身份就是逆犯，谁也否认不了，将军可以为然？"

列战英急道："就是因为他背着逆犯的罪名，才要……"

"请将军少安。"梅长苏做了一个安抚的手势，"你的心情我明白，但请将军细想,无论我想出什么主意来,最终都是要殿下出面去实施的。这些年为了赤焰之案,殿下受了多少打压,想必将军清楚,他这一出面,难免引发陛下的记忆,断了如今恩宠在身的大好局面。"

"今天在御前,我已经为这件事惹恼过父皇了,"靖王硬邦邦地道,"所以苏先生不必瞻前顾后,还请先想个办法解决危局才是。"

"是吗……"梅长苏看他一眼,"先请殿下详叙具体情形。"

靖王记忆力不错,从进殿后开始讲起,每个人说什么话基本都复述出来了,讲到最后,脸色越发阴沉,显然又勾起了怒意。

"殿下,"梅长苏摇头叹道,"夏江是在设圈套引你入围,你没察觉吗?"

"我知道,"靖王咬了咬牙,"可是对我来说,有些事情不能苟且。"

"今日夏江与誉王本想安排你与陛下激烈冲突,可是中途被打断,你也有所克制,所以他们并没有取到预先的效果,想必有些失望。不过既然卫峥还在他们手里,这个先手他们就占定了。无论殿下你采取什么方式营救卫峥,都会落入他们的彀中,殿下可知?"

靖王点点头:"这个我当然明白。赤焰旧案,是横在我与父皇之间最深重的阴影。夏江以卫峥激我行动,就是为了让父皇明白,我的心里还是怀着旧恨,想要翻案的,一旦给了我权势与地位,我便会是一个对父皇有威胁的危险皇子,因为不管怎么说,在当年这桩案子里,责任最大的人,就是父皇他自己。"

"殿下心里明白就好。"梅长苏的眼睛如同结冰的湖面般又静又冷,"你素来同情赤焰中人,这个态度天下皆知,从这一点上来说,今天你与陛下的冲突很正常,他不会多想,也能忍得下来。但殿下必须明白,这种程度已经是极限了。陛下可不是心肠绵软的人,一旦他觉得你真正挑衅到他的权威,他便会毫不留情地处置你,绝不会有半点犹豫。这样一来,祁王当年的殷鉴,就在殿下你的眼前。"

"那……"列战英轮换着看他们两人,不由得插言问道,"卫峥到底怎么办?"

梅长苏有些艰难地闭了闭眼睛,缓缓道:"殿下如今的大业是什么,列将军心里清楚。对于卫峥,难舍的只是情义而已,就利益而言,救他有百害而无一利。殿下要谋大事,自然要割舍一二。"

列战英脸色一白,却又没法反驳,嘴唇嚅动半天,方挤出几个字:"不……不救吗?"

"好了,战英,"靖王脸色清冷地站了起来,"我们走吧。"

"可是殿下……"

"苏先生的意思,不是很清楚了吗?"靖王冷笑着,每个字都似从齿缝间迸出,"我居然曾经以为,苏先生是个与众不同的谋士,没想到此时才看清楚,你也是动辄言利,眼中没有人心良识的。我若是依从先生之意,割舍掉心中所有的道义人情,一心只图夺得大位,那我夺位的初衷又是什么?一旦我真的成了那般无情到令人齿寒的人,先生难道不担心我将来为了其他的利,也将先生曾扶助我的情义抛诸脑后?事到如今,先生既不愿援手,我也无话可说,你曾派江左盟拦救卫峥,也算尽心,此事就当我没有开口吧。"

"殿下!"梅长苏急行几步,挡在萧景琰之前,却又因为气息不平,一时难以接着说话,剧烈咳喘起来。靖王虽然愤怒,但见他病体难支的样子,也有些心软难过,便停下了脚步,没有强行离去。

咳了一阵,梅长苏调平气息,低声道:"听殿下之意,是决定要救卫峥了?"

"是。"

"哪怕为了救他代价惨重,甚至可能把自己拼进去也未必救得了呢?"

"不试试怎么知道?"

"卫峥只是赤羽营的一个副将,这样值得吗?"

"等我死后见了林殊,当他问我为什么不救他的副将,难道我能回答说不值得吗?"

"殿下重情,我已深知,"梅长苏忍着情绪上的翻滚,深吸了一口气,"但还是不行。"

"什么?"靖王正要发作,便被一把按住。虽然按在臂间的那只手绵软无力,他却不知为何没有挣开。

"殿下不能去救他,你也救不了。"梅长苏直视着靖王的眼睛,语调坚定地道,"我来吧,我会想办法,把卫峥救出来的。"

第四十六章 一诺千金

"你?"靖王全身一震,一时有些不知该怎么反应,"你怎么救?"

梅长苏暂时不答,缓缓踱步到东墙边。这里粗糙的石制墙面上悬着一柄装饰用的长剑,他伸手将剑身抽了出来,雪亮的寒光映照眼睑,再微微屈指轻弹剑尖,颤出清越龙吟。

萧景琰顿时明白,稍稍吸了一口冷气:"你准备硬抢?"

"不错。"

"可那是悬镜司的大牢啊!森严谨备更胜天牢,更何况这里毕竟是京城。"

"我知道这是下策,但问题是真的有上策吗?"梅长苏的脸色冷肃得如铁板一块,"陛下是绝不会恩赦卫峥的,所以在他面前的任何努力,得到的都是坏处,反而正中夏江与誉王挑拨你们关系的下怀。这本来就是一件无论如何都要付出代价的事情,岂有不伤不损、万全周到的法子?既然决定要做,自然要速战速决,越拖得久,刺就扎得越深,不见血光,如何拔得出这根刺来?"

"既然如此,我不能让先生的江左盟独自来做。"靖王挺直背脊,凛然道,"我府里都是血战出来的汉子,没有这么躲事的。"

"殿下说的是,"列战英也沉声道,"别的不说,至少我是没有袖手旁观的道理,只要能救出卫峥来,末将愿供先生驱遣。"

"驱遣你去做什么?送给夏江当作人证拿到御前控告靖王府参与劫囚吗?"梅长苏毫不客气地道,"悬镜司高手如云,一旦让你或靖王府的其他人去了,你们可有绝对把握不落入敌手?"

他这话说得直接,列战英不由得涨红了脸,一时答不出来。反而是靖王神色安然，慢慢道："其实事到如今，我怎么都脱不了干系了。除了我以外，这京城里可还有第二个人会如此大动干戈去救卫峥？所以就算夏江没有捉到我的人，只要他说是我在幕后指使的，父皇多少都会信上几分。"

"这倒是，"梅长苏道，"夏江这招已是将军之棋，即使我们的行动再缜密干净，一旦有人要劫夺卫峥，陛下怎么都会怀疑到殿下你的身上来。再说强攻悬镜司劫囚毕竟是一件过于挑衅皇权威严的违逆举动，必然激起陛下对赤焰旧部余力的忌惮。而殿下你偏向赤焰军的立场是众所周知的，所以这份忌惮头一个就要落在你的头上……总之，恩宠即将结束，殿下恐怕要准备好再过一段受冷落打压的日子了……"

他说得这般严重，偏偏又句句是在理的实话，并无夸张之处，靖王面上还未露什么，列战英已冷汗涔涔，忙道："先生既然分析得如此清楚，可有什么化解的法子？"

梅长苏低下头，不知在想什么，出了好半天的神，方长叹一声道："我尽力吧。"

萧景琰是个性子坚毅执拗之人，越是到了逆境越是百折不弯，此时见到列战英眸中惶然，梅长苏疲惫虚弱，心中的斗志反而更加炽烈如火烧一般，决然道："成事在天，谋事在人。不到最后一刻，我绝不轻言放弃。"

梅长苏的唇边露出一丝微笑，但随后袭来的一阵眩晕，迫使他又立即咬紧了牙根，扶住左手边的桌沿，坐了下来。

这时靖王还站着，列战英不清楚梅长苏的身体状况，觉得他这一举动有些失礼，以为这位麒麟才子是因为专心思虑而有所忽略，忙好心咳嗽了一声，以示提醒。

靖王立刻看了列战英一眼，皱眉摇了摇头。自己走到梅长苏对面坐下，亲手斟了一杯温茶，推到谋士的手边。

"先生想是累了，早些回去休息吧。虽然事不宜迟，但终究不是这一两天能解决的。再说明日就是除夕，再怎么加紧也得年后才能行动了。至于行动后将要到来的冷落打压，我早就习以为常了，没什么受不了的，先生倒不必过于为我殚精竭虑，还是身体要紧。"

他这番话就算只是客套虚辞，听着也甚是妥帖，何况梅长苏十分了解他不屑笼络虚套的性情，心里自然温暖，笑了笑道："殿下说得是，再速战速决，也不能明日就战。许多详情细节要策划考虑，还必须得等一个人回来。"

"等一个人？"靖王挑了挑眉，"谁啊？"

"攻破悬镜司的地牢抢人，本是绝无可能做到的事，但如果这个人回来了，这个不可能也许就会变成很可能……"

他说得虚泛，列战英听不懂。不过靖王了解的事情远比他多，略微想了想便心中了然，只是仍有些怀疑："她毕竟是夏江的徒儿，你有把握她会帮你吗？"

"不算太有把握。"梅长苏闭了闭眼睛，"但她不是帮我，而是帮她亡夫的战友。夏江卑劣害死聂锋在前，自己早就失了为师之义，以夏冬的性情，应该不至于迂腐到还继续受他摆布，只要她肯施以援手，我的计划便能成功一半。"

"你确认夏冬年后会回来？"

"这个倒没问题。夏冬每年初五都会上孤山祭奠聂锋，从无间断。我派人注意过她的行踪，按她现在的动向，两三天后就会进京了。"

萧景琰沉吟了一下，徐徐问道："先生是打算自己亲自去劝说夏冬吗？"

"是。"

"我却以为由你去不妥。"

梅长苏微微有些吃惊地转过头来。这当然不是靖王第一次提出反对意见，不过以前他都只是针对某件事该不该做而提出异议，还从来没有否决过具体的行动方法。

因为策划与辩才，一向都是梅长苏的长项，靖王素来都只有听从的份儿。

"我只是觉得。"靖王欠了欠身，道，"先生现在是我的谋士，虽没有公开，但至少夏冬是知道的。你以谋士之身，却要到她面前以旧事动之，大义相劝，只怕很难让她信服。毕竟……她是一个掌镜使，历来习惯了先以恶看人，先生出面，她首先会想到的就是党争，只怕不会那么容易就相信你确是只为救出卫峥而去找她的。"

"说的也是。"梅长苏模糊地笑了两声，语调中带出些自嘲之意，"我这么一个搅动风云的谋士，要拿情义公道来劝说她，可信度自然要折去几分。"

靖王看他一眼，正色道："我就事论事，并无他意，希望先生不要多心。"

"殿下的话大在情理之中，我多什么心呢！"梅长苏笑容未改，问道："那以殿下的意思，是想自己亲自去？"

"不错。"

梅长苏转动着茶杯，似在思忖。

"十三年前的那桩惨案中，她失去了丈夫，我失去了兄长和好友，我们彼此都能理解彼此的痛苦。面对我这个当年旧事的局内人，总比面对先生这样的局外人要更容易勾起凤日情肠。最起码，夏冬不会怀疑我相救卫峥的诚意，不至于一开始便心有抵触。"靖王虽然仍在解释，但从语气上已听得出他决心已下，"卫峥这件事先生不想我出面太多，这份好意我心领。但说到底，要救人，要昭雪旧案，要争皇位的人都是我，我理所当然应该是最努力、最辛苦的那个人，不能事事都靠别人为我效力，不是吗？"

若换了别的谋士，此刻最恰当的反应当然是说些"能为殿下效力实属荣幸"之类的话，但梅长苏一闪神间，竟顺着自己的第一反应甚是快慰地道："殿下打仗时也是这个脾气，只愿奋勇当先，不愿受人翼护，更不愿把强硬难打的对手推给别人，争不到也非要一起出力不可……"

一直很守礼地静立一旁的列战英此时也忍不住道："可不是嘛，我们殿下就是这个脾性，苏先生怎么知道的？"

梅长苏微怔，心知失言，忙道："殿下军威天下皆知，苏某也听人讲述过不少殿下征战沙场的英迹呢。"

靖王一开始也对梅长苏的话略有讶异之感，但后来一想，这位麒麟才子择主，当不是点兵点将，点到谁就是谁，自然对将来要侍奉的主君做过详细的了解和调查，知道自己一些军中的表现并不奇怪，所以也不多想，只是又确认了一遍道："我准备亲自去见夏冬，虽有风险，胜算到底大些，先生可以为然？"

梅长苏自知靖王出面效果更好，也相信夏冬即使不答应也不会因此出卖靖王，只不过会面时的细节需要安排得更隐秘、更周全罢了，当下没有反对，点头赞同。

大略的方向商定之后，梅长苏神情更见疲弱，靖王也必须要准备明日参加年尾祭典的事。两人都不再说些虚言絮语，简短告辞后，便各自分手。

从密室回到卧房，梅长苏体力不支，径直就上床休息。飞流按照事先得到的嘱咐拉了铃，晏大夫很快赶来，又细细地诊视了梅长苏一番，对他的状况还算比较满意，命他饮下睡前最后一剂汤药，方才退了出去。

在飞流之外又安置在室内守夜的另一位侍从两天前就已奉命搬了出去，故而晏大夫一走，室内便随即安静了下来。飞流躺在自己的小床上，翻了个身，裹紧被子正要安眠，一抬头看见梅长苏的眼睛居然是睁着的，直直地看着床顶的绣花图案，不由得很是奇怪。

"睡觉！"少年大声道。

梅长苏苦笑着叹了口气，握了飞流的手，哄道："苏哥哥暂时睡不着，飞流先睡好吗？"

"为什么？"

"飞流，不是所有事情都有为什么的……"

"为什么？"少年坚持问着，虽然就算他得到了答案，也未必能真正理解。

梅长苏定定地看了他一阵，慢慢坐了起来，披衣靠在床头，低声道："好吧，那我们来聊一聊。"

"聊天？"

"嗯，聊天。"

飞流有些开心，阴寒的表情疏散了好些，盘起腿坐到了梅长苏的床上。

"其实，苏哥哥是在想，今天晚上所做的决定……到底是不是错了……"梅长苏目光有些飘浮地看着飞流，似乎是在跟他说话，又似乎是在自言自语，"如果我是一个合格的谋士，就应该拼尽全力阻止景琰去救卫峥。因为明知不可为而为之，也许可以称之为勇气，但同时，也非常愚蠢。卫峥明明就是夏江的一次杀招，只要不予理会，他就没有了后手，这时候对他任何的回应都是愚蠢的，可我们却不得不做一次愚人……"

飞流听不懂，只是非常安静地看着梅长苏，一双眸子纯净得如同不掺任何杂质的水晶一般，让人心头的纷乱渐渐沉淀。

"景琰长年在军中，对于他这样的人来说，情义比什么都重要，这种情义是誉王那些人无法理解的。只有上过战场，与同袍并肩奋战过的人才会明白它的珍贵……"梅长苏喃喃地说着，语音模糊，"景琰自己是这样，他身边的心腹大多数也是这样，所以不会再有第二个人去劝阻他触犯圣怒搭救卫峥了。这个时候，本该由他的谋士来为他权衡利弊，让他趋利避害，争取最佳的结果，可是……"

梅长苏的声音渐低渐悄，飞流歪了歪头，向他靠近了一点儿，眨眨眼睛。

可是……萧景琰唯一的谋士也是不称职的。他被过去所局限，他有着和看重军中袍泽之情的萧景琰同样的弱点，所以他阻止不了错误的决定，甚至他自己也会义无反顾地踏上错误的道路。

"飞流，我对不起景琰，我曾经对他说，谋士有我一个就足够了，但实际上，我根本不是一个真正的谋士。"梅长苏揉了揉少年的额发，虽然明知他听不明白，仍然很认真地对他说着话，"如果这次我失败了，那么景琰的未来也会随之结束。他在我的推动下走上夺嫡之路，我却因为自己无法放弃的原则，没有让他去做绝对正确的事，这是我亏欠他的地方。"

"不失败，"飞流用斩钉截铁的语气道，"就可以！"

梅长苏怔了一下，良久后突然笑起来，笑得弯下腰，喘咳成一团，好半天才重新抬起头，用力拍了拍飞流的肩膀："没错，还是你说得对。只要不失败就没事了，我们绝对不能失败，是不是？"

飞流想了想，又道："没有！"

这次连梅长苏都真正地愣住了："什么没有？"

"你说的，没有！"

梅长苏凝住了目光，细细地思虑了很久，向后一靠，松开一直紧绷着的腰部肌肉，长长吐出一口气："是啊，这世上，也许根本没有什么绝对正确的事。我自己的心，从来没有在是否应该救卫峥的事上犹豫过半分，这就说明那不是一件错事。既然对我来说是对的，那么对景琰来说也应该是这样。我们都不可能成为完全抛弃过去的人，那么现在能做的，就是竭尽所能，努力不要失败而已……"

"不失败！"飞流双眼晶晶发亮，语音清冽坚定。

梅长苏看着如幼弟般的少年，温柔地微笑："谢谢你，飞流。苏哥哥其实没有你聪明，常常想得太多太杂。跟你说说话，自己心里就会敞亮起来，你真的是我……最不可或缺的臂膀啊……"

飞流小心地捏了捏梅长苏的臂膀，再摸摸自己，表情非常疑惑，惹得梅长苏又大笑起来，将少年赶回了自己床上。

"睡吧，明天，又要过年了哦！"

对于过年，飞流有着和所有孩子一样的期盼与欣喜，所以他立即忘记了刚才的疑问，快速滑进自己的被窝，躺得端端正正。

夜是安宁的。心，却不知是否能如静夜这般安宁。但无论如何，那些躁动的、紧张的、残酷而又充满狡诈的白昼，终究要一个接着一个到来。

下一个白天过去之后，便是新的一年。

对于大梁皇朝来说，过去的那一年是惊变迭出的一年。以血腥的内监被杀案开始，以年尾的双亲王祭典结束。

赫赫扬扬的宁国侯府坍塌，已在位十年的太子被废，虽然只是一次相对和平的废储，并没有伴随着清洗的剑与血，但朝中的稳定和平衡毕竟已被打破，几乎所有被打上太子党烙印的官员都相信，誉王没有开始的清洗行动，是被靖王的横空出世给打断了的，一旦让他腾出手来，谁也逃脱不掉站错队的下场。

所以对于这些人而言，靖王萧景琰是一根救命的稻草。就算他已明确表示出了不结朋党的态度，但好歹没有旧仇，让这位皇子登上宝座，怎么都比誉王好。

祭典上一丝不苟严谨认真的靖王，给人的印象是坚忍而又稳定的。那些厌倦了多年的权力纷争，对朝局现状感到失望，真心想要为国为民办些实事的朝臣们，也都已或多或少地把希望放在他的身上。

这两类朝臣加在一起，靖王背后的支持力量实际上早就已经不弱于誉王，更重要的是，这股力量是暗处的，誉王甚至不能像以前对付太子一样，到皇帝面前去攻击说谁谁谁是靖王党。

出招无力的誉王因此只好把大部分的筹码押在了夏江身上。就如同太子派的朝臣们因旧仇不可能转而支持他一样，一手炮制了赤焰案的夏江也永远不可能袖手旁观地看着靖王走向至尊之位。

令誉王感到庆幸的是，夏江并没有让他失望。一直岿然不动的这位悬镜司首尊，乍一出手便似乎狠狠地扼住了靖王的死穴。

"可是夏江有把握靖王一定会有行动吗？"在誉王府里，秦般若忍不住发出了疑问，"卫峥毕竟是逆犯啊，就算靖王性情愚顽、头脑发热，梅长苏也应该会想办法阻止他吧？这实在是太利弊失衡的一件事了！"

"说实话，本王也想不通，"誉王耸了耸肩，"但夏江好像很有信心，他说对有些人而言，很多东西是在骨子里的，怎么也抹不掉。"

"可是梅长苏……"

"本王也跟夏江提过梅长苏，但他认为即使梅长苏有天大的本事，也只不过是个谋士，靖王不是一个会轻易让谋士来左右的人，而且赤焰案又是靖王心里最深的刺，所以这次梅长苏是阻止不了他的。"誉王恶意地笑了笑，"如果那位麒麟才子反对得过于激烈的话，说不定还会成为他们二人失和的一个由头呢。你听没听说，初一那天梅长苏去靖王府拜年，不到一炷香的时间就出来了，显然是话不投机半句多啊。"

"希望如此吧。"秦般若也勉强随之一笑，并没有提出更多的疑义。当年赤焰案爆发时，她虽然年纪还小，不过也已经开始醒事了。夏江的心机和手段，她当然清楚，可是在内心深处，她仍然相信当年之所以能扳倒赤焰帅府与祁王，真正操纵大局筹谋策划的人是她的师父，那位才调绝伦、奇诡无双的亡国公主。对于失去了璇玑公主这个超一流智囊后的夏江，秦般若的信心可不像誉王那么足。

但是现在的秦般若已经不敢再像以前那样无所顾忌地发表自己的想法了。在江左盟的反击下几乎被灭掉所有力量的这位才女，如今差不多只能算是附庸在誉王府的一个最平常不过的谋士。除了比其他人多了一副令誉王着迷的美貌以外，她不再具有任何的优势，行动自然也要分外小心。何况现在的誉王正处于烦躁和愠怒的劣势情绪之中，也不似以前那么宽待纵容她了。

"昨天本王去悬镜司看了看那个卫峥，好像骨头很硬。夏江为了防他自杀四肢都锁着，嘴里也塞了圆囊，所以本王没能跟他说话。"誉王眯着眼睛，神情有些奇怪，"他都是这种必死的处境了，可瞪着本王看的样子，竟没有丝毫的恐惧服软。这些逆犯，实在是太狂悖了，简直让人无法理解。"

秦般若也无法理解。但一个女子对这种有铁骨气概的男子通常都不可能会有恶感，所以她也只是略略附和了一声"是啊"，便起身为誉王添茶去了。

"不过夏江知道我到了悬镜司后有些生气，"誉王接过新斟的热茶，继续道，"他不太喜欢让自己的三个徒儿知道我与他之间的联系，这一点他是对的，本王做错了。"

"殿下能如此勇于认错，纳言善改，实在是大有人君风范。"秦般若嫣然娇笑道，"悬镜司历代以不涉党争为铁则，各个掌镜使行事又都非常独立，夏江虽是首尊，也不能明目张胆、为所欲为。殿下以后若有什么需要传递给夏江的讯息，还是通过般若的四姐比较好。"

誉王看了她一眼，神情转为冷淡，道："说起你那个四姐，到底怎么回事啊？她是不愿意为本王效力吗？每次让她做事都推三阻四的，若不是因为夏江与她有旧交，指明要让她当中间人，本王早就容忍不了她的放肆了。"

被他一通责备，秦般若的如花笑靥有些发僵。她当初求四姐去攻破童路时，已言明是最后一次。后来童路果然没有逃脱璇玑高徒的绕骨情丝，陷了进去，秦般若假意以四姐的性命安危逼骗童路吐露了妙音坊的秘密，可惜慢了一步，没有斩获大的成果。正失望之际，却意外发现四姐对童路也动了真情，于是她灵机一动，以助她事成之后便放童路跟四姐远走高飞为筹码，诱使自己的师姐答应为她联络夏江。可这种交易下的承诺终究不可靠，秦般若对于四姐的控制远远达不到得心应手的程度，所以面对誉王的不满，她也无言可答。

"你四姐不是很紧张原来梅长苏手下的那个乡下小子吗？下次她再误本王的事，就斩她情人一段手指给她看，那小子在我们手里，她还能怎么样？"

秦般若明白自己四姐表面温婉，但逼到极处却异常激烈，没有敢附和，只能柔声劝道："四姐有诸多不是，般若明白。可是夏江多疑，信不过其他的人，我四姐再不好，毕竟是旧人，纵使将来抽身而去，也绝对不会背叛我们，请殿下大度宽恕她一二吧。"

"你和夏江都信得过她,本王有什么好说的。"誉王是深谙驭人之道的,慢慢又放缓了语气,"你闲了也劝劝她,让她识点时务。"

"是。"秦般若低下头,柔顺地应着。誉王见她颊边乌云滑落,秀睫低垂的娇柔样子,不由得心动,凑近过去,又嗅得阵阵幽香,一伸手间,已圈住她纤腰揽入怀中。

秦般若并没有挣扎。这倒不是说她准备现在就依从誉王,而是因为她还没挣扎前,屋外便传来了一个温煦的声音。

"殿下,我可以进来吗?"

誉王皱了皱眉,放开了怀中的秦般若,略略整整衣襟,道:"进来吧。"

雕花锦纱的木门被徐徐推开,誉王妃步履轻盈地走了进来,看到秦般若,立即露出与往常一般柔和的笑容:"秦姑娘也在啊?"

"见过王妃。"秦般若忙上前施礼,刚刚屈膝,便被扶了起来。

"你我姐妹,何必如此见外呢。"誉王妃笑着客气了一句,又转向誉王:"我不知道殿下是在书房与秦姑娘商议事情,没有遣人请准就擅自来了,请殿下万勿见怪。"

"你说什么呢,"誉王责备道,"你是王妃,我的书房你随时想来就来,哪里用得着事先请准。再说我跟秦姑娘也没谈什么要紧事。"

秦般若立即知趣地道:"是啊,也差不多谈完了。般若先行告退,请王妃见谅。"

誉王妃满面春风地笑着,礼貌周到地一直送了秦般若出去,这才回转身,坐在誉王身边。

"宫里情形怎么样?"誉王问道。

"听皇后娘娘说,静妃还是圣宠不衰,年宴上得到的赐礼是诸妃中最高的。不过靖王自初一入宫行了年礼后,这几日竟一次也没有再进宫去,不知何故。"

"难道……他还真的忙着在策划什么……"誉王自言自语道,"这么急,连大年都忍不过吗?"

"还有一桩大事。"誉王妃靠近丈夫耳边,低声道,"皇后娘娘得到密报,说静妃在自己的佛堂小室里,私设了已故宸妃的牌位,时时祭奠。"

"什么?!"誉王一下子跳了起来,先怔了怔,等完全反应过来后,立即开始兴奋地搓着双手,"这可是一个大把柄!静妃真是自寻死路!她现在可是靖王最重要的助力了,她一倒,靖王就大伤筋骨,再也不足为虑了!皇后娘娘怎么处理的?"

"皇后娘娘知道兹事体大,未敢贸然,怕打草惊蛇,等这几日找准了时机,务求一击而中。"

"好！好！"誉王大是欢喜，在屋里来回了几趟，"皇后娘娘的手段是不必担心的，我看静妃这次，不死也要脱层皮。这女人真是跟她儿子一个样，太傻了！"

誉王妃看着丈夫如此欣悦，一扫多日来的阴霾，也跟着露出笑容，站了起来道："我想近日之内，一定会有好消息的，殿下也请少安。这年节中，还要接见诸多宾客，叔王长辈处也得走动走动，外面的雪早就停了，我去给殿下安排车驾吧？"

"你可真是我的贤内助，"誉王一把将她拉到怀里搂住，亲昵地摩擦着她光滑的侧颊，调笑道，"等你将来做了皇后，我保证一定不会有任何一个妃子的恩宠压过你。"

誉王妃一直挂在唇边的笑容突然消失，表情在誉王看不到的地方转为忧伤，她伸手紧紧回抱住了丈夫，喃喃道："殿下今日说的话，以后一定要记住……"

"这是当然。"心情大好的誉王哪里顾得上去体察女人敏感的心思。一放开誉王妃后，他便急匆匆地朝外走，准备各处走动贺年尽礼，同时表示自己仍然意气风发，并没有被靖王的鹊起而打压下气势。

从初三起开始下的雪果然已停了，誉王那辆特旨逾格敕造的四轮华盖黄缨马车行走在京城宽阔的大道上时，金脆的阳光将骏马周身的华贵鞍具照得亮晃晃的，十分引人注目。可惜的是街道两边向这支王驾仪仗行注目礼的人实在太少了，少到令誉王都感到有些奇怪。

不过他很快就明白了奇怪的根源在哪里。

一向只负责城门守卫，只有在紧急事态下才会介入地方安防的巡防营现在满街都是。他们不仅戒严了京城的所有交通要道、设卡盘查，还披坚执锐一队队地到处巡视，各重要府第和官衙机构外更是加重兵力，一副如临大敌的模样。

惊疑不定的誉王刚准备派人去查问究竟发生了何事，他手下一名负责察控京城各类消息的执事已赶了过来，细细地向他禀报原委。

原来有数名流窜于外州府的巨盗趁着年节潜入京城，昨夜一连闯入数家高官府第窃取珍宝，连存放在宝光阁的夜国贡礼火凰珠也被盗走。皇帝一早闻信后勃然大怒，认为是负责夜间宵禁的巡防营失职，立即将靖王叫去大骂了一顿，靖王也坦然认错，表示要倾力严查，务求捕得犯人，追回失宝，所以才有现在全体巡防营官兵倾巢而出、满城戒严的局面，据说梁帝对于靖王这种雷厉风行的做派还很满意。

誉王的车驾虽然不在巡检之列，但一路都在巡防营的监看之下行动，令这位亲王非常不舒服。但他毕竟是个极为狡黠敏锐之人，只走了几处宗室府第，他便察觉到了看似满城开花的巡防营，实际上在某个区域里布置的重兵最多。

那便是悬镜司衙门的所在之地。

发现了这一点之后，誉王觉得像是有什么东西火辣辣地从胃部升起来似的，有些兴奋，也有些焦躁不安。

夏江的预料没有偏差，靖王果然是准备要行动的。以缉捕巨盗为由蒙得圣准，从而合理合规地大肆调动兵力，的确是聪明的一招，只可惜……

"你就是孙行者，也逃不过我的五指山。"誉王咬着牙无声地说出这句话，整个表情变得阴狠异常，不知他那么用力是在诅咒靖王，还是在给自己发空的心里鼓劲儿。

这时，前面的十字街口突然响起清脆的马蹄声，在这静寂的街道上显得格外张扬。

誉王掀开侧窗厚厚的棉帘向外看去，只见一匹锦辔华鞍的纯色骏马在街口官兵注视下飞奔而来，又拐向南边去了。马上的骑士一身漂亮的时尚新衣，绣襟玉带，炫目招摇，整个人透着一团潇洒风流的贵气，得意扬扬的样子堪比刚采过鲜花的张狂蜜蜂。

"是这小子……想不到整个京城，竟还是他最从容快活。"看着言豫津远去的背影，心情复杂的誉王放下窗帘，轻声感叹。